U0853414

梁 衡 精 品 散 文 系 列

洗尘

梁 衡

—— 著 ——

中国人民大学出版社

· 北京 ·

自　序

先要感谢读者对上一本书《觅渡》的喜欢，至今已连印了 13 次。本书《洗尘》是《觅渡》的续集，所选文章也主要是《觅渡》之后的新作，时间跨度是 2004 年至 2012 年。原本就想叫《觅渡二集》，但后来一想，那样岂不成了欧洲人给孩子起名字，本名后面又缀个父名，未免啰唆，不合国人的习惯。但这两本集子的承续关系，或者说血缘关系还是很明显的。觅渡者，寻找渡口也。《觅渡》中的主打篇目是写瞿秋白的那篇《觅渡，觅渡，渡何处?》。全书主要是表现一种求索精神，歌颂那些为民族解放、为艺术创造和为人格完善而上下求索的人们；也包括对美丽河山的审美追求。《洗尘》呈现给读者的则主要是一种历史的思考，主打篇目有《假如毛泽东去骑马》、《张闻天：一个尘封垢埋却愈见光辉的灵魂》。随着一些历史档案的解密和资料的公布，随着社会实践的推进，掩在史卷上的部分尘埃渐渐吹去。吹尽黄沙始见金，洗去尘垢见光明，历史显出了本来的面目。今天重温往事、故人，能更好地帮助我们了解社会发展的轨迹，亦有利于人性的完善。

从《觅渡》到《洗尘》，读者和作者不觉已携手走过了 8 年，其间人事更迭，物换星移。当年为《觅渡》作序的季羡林先生已经作古，《洗尘》也已无缘请他再序，而书中却多了一篇纪念他的长文。历史就是这样无情地作着轮回。书稿临付梓时加进的最后一篇文章是《一棵怀抱炸弹的老樟树》，所述之事已过了 80 年，而作者是上个月才刚刚发现，采写成文。生活中还有多少东西等着我们去挖掘去体悟。抚卷追思，唯有努力。不知在《洗尘》之后《觅渡三集》又该何名。

勉为自序。

梁衡

2012 年 11 月 27 日

目　录

大情大理

青史如镜

山川如我

哲理人生

为官为政

为艺为文

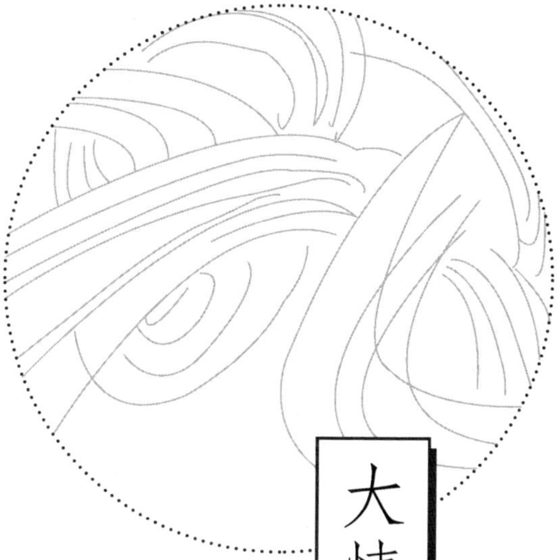

大情大理

假如毛泽东去骑马

一

毛泽东智慧超群，胆识过人，一生无论军事、政治都有出其不意的惊人之笔，让人永玩味无穷。但有一笔更为惊人，只是惜未能实现。

1959 年 4 月 5 日在上海召开的中共八届七中全会上，毛说："如有可能，我就游黄河、游长江。从黄河口子沿河而上，搞一班人，地质学家、生物学家、文学家，只准骑马，不准坐卡车，更不准坐火车，一天走 60 里，骑马 30 里，走路 30 里，骑骑走走，一路往昆仑山去。然后到猪八戒去过的那个通天河，从长江上游，沿江而下，从金沙江到崇明岛。国内国际的形势，我还可以搞，带个电台，比如，从黄河入海口走到郑州，走了一个半月，要开会了我就开会，开了会我又从郑州出发，搞它四五年就可以完成任务。我很想学明朝的徐霞客。"

1960 年，毛的专列过济南，他对上车看他的舒同、杨得志说："我就是想骑马沿着两条河走，一条黄河，一条长江。如果你们赞成，帮我准备一匹马。"1961 年 3 月 23 日毛在广州说："在下一次会议或者什么时候，我要做点典型调查，才能交账。我很想恢复骑马的制度，不坐火车，不坐汽车，想跑两条江。从黄河的河口，沿河而上，到它的发源地，然后跨过山去，到扬子江的发源地，顺流而下。不要多少时间，有三年时间就可以横过去，顶多五年。”1962年，他的一个秘书调往陕西，他说：“你先打个前站，我随后骑马就去。”1972年，毛大病一场，刚好一点，他就说：“看来，我去黄河还是有希望的。”可见他对两河之行向往的热切。

自从看到这几则史料，我就常想，要是毛泽东真的实现了骑马走江河，该是什么样子？

这个计划本已确定下来，大约准备1965年春成行。1964年夏天从骑兵部队调来的警卫人员也开始在北戴河训练。也已为毛泽东准备了一匹个头不太大的白马，很巧合，他转战陕北时骑的也是一匹白马。整个夏天，毛的运动就是两项，游泳和骑马。

但是，1964年8月5日，突发“北部湾事件”，美国入侵越南。6日晨，毛遗憾地说：“要打仗了，我的行动得重新考虑。黄河这次是去不成了。”

这实在是太遗憾了，是一个国家的遗憾、民族的遗憾，中国历史失去了一次改写的机会。按毛的计划是走三到五年，就算四年吧，两河归来，已是1969年，那个对国家民族损毁至重的“文化大革命”至少可以推迟发生，甚至避免。试想一个最高领袖深入民间四年，将会有多少新东西涌入他的脑海，又该有什么新的政策出台，党史、国史将会有一个什么样的新版本？一个伟大的诗人，用双脚丈量祖国的河山，“目既往还，心亦吐纳”，又该有多少气势磅礴的诗作？

我们再看一下1965年的形势，那是新中国成立后最好的年份。正是成绩已有不少，教训也有一些，党又一次走在将更加成熟的十字路口。当时我们已犯过的几个大错误是：1957年的反右；1958年的“大跃进”、人民公社；1959年的“反右倾”；1959年到1961年的三年困难。这时全党已经开始心平气和地看问题。在1962年的七千人大会上，中央承认了“三分天灾，七分人祸”的错误，毛泽东也做了自我批评。形势已有了明显好转。原子弹爆炸，全国学大寨、学大庆、学雷锋、学焦裕禄，国力增强，民心向上。但是从深层来看，对这些错误的根源还没有从思想上彻底解决。就像遵义会议时，从行动上和组织上已停止了“左”倾的错误，但真正从思想和路线上解决问题，还得等到延安整风。急病先治标，症退再治本。当时党和国家正是“症”初退而“本”待治之时。毛泽东就是在这样的背景下深入基层调查研究，骑马走两河的。

二

我们设想着，当毛泽东骑马走江河时，对他触动最深的是中国农业的落后和农村发展的缓慢。

毛是农民的儿子，他和农民天然地血脉相通。他最初的秋收起义、十年的土地革命是为农民翻身。他穿草鞋，住窑洞，穿补丁衣服，大口吃茶叶叶子，捡食掉在桌子上的米粒，趴在水缸盖上指挥大战役，在延安时还和战士一起开荒，在西柏坡时还下田插秧。还有包括江青看不惯的大口吃红烧肉、吃辣椒，他简直就是一个农民，一个读了书、当了领袖的农民。毛泽东一生的思维从没有离开过农民。只不过命运逼得他建国前大部分时间研究战争；新中国成立后，又急于振兴工业，以至于1953年发生了与梁漱溟的争吵，被梁误以为忘了农民。他在1958年发起的“大跃进”、人民公社运动也是为了农业的尽快翻身，有点空想，有点急躁，被彭德怀说成“小资产阶级狂热性”。那一句话真的刺伤了他的心，但没有人怀疑他不是为了农民。

他打马上路了，行行走走，一个半月后到达郑州。因为是马队，不能进城住宾馆，便找一个依岸傍河的村庄宿营，架好电台，摊开文件、书籍。一如战争时期那样，有亲热的房东打水、烧炕，有调皮的儿童跑前跑后，饭后他就挑灯读书、办公。但我猜想毛这天在郑州的黄河边肯定度过了一个不眠之夜。

河南这个地方是当年人民公社运动的发祥地。这里诞生了全国第一个人民公社——信阳地区遂平县的“嵖岈山卫星人民公社”。几年前，1958 年 8 月 6 日晚，他到郑州，7 日晨就急着听汇报，当他看到《嵖岈山卫星人民公社试行章程》时，如获至宝，连说：“这是个好东西!”便喜而携去，接着又去视察山东，8 月底就在北戴河主持政治局扩大会议，正式通过了《关于建立农村人民公社问题的决议》。公社遍行全国，河南首其功，信阳首其功。但是全国第一个饿死人的“信阳事件”也是发生在这里，成了三年困难时期的一个标志性事件。刘少奇说，饿死人这是要上史书的啊。毛不得不在 1960 年 10 月 23 日到 26 日专门听取信阳事件的汇报，全国急刹车，实行“调整、巩固、充实、提高”的方针，才渡过难关。

这次，毛沿途一路走来，看到了许多 1958 年“大跃进”留下的半截子工程，虽经调整后，农村情况大有好转，但社员还是出工不出力。房东悄悄地对他说“人哄地皮，地哄肚皮”。这使他不得不思考“大跃进”和人民公社这种形式对农村生产力到底是起了解放作用还是破坏作用。为什么农民对土地的热情反倒下降了呢？想解放战争时期，边打仗边土改，农民一分到地就参军、支前，热情何等地高。

离开郑州之后，毛溯流而上，他很急切地想知道 1960 年完工的大工程三门峡水库现在怎么样了。这工程当时是何等地激动人心啊。诗人贺敬之的《三门峡——梳妆台》曾传唱全国。“展我治黄万里图，先扎黄河腰中带……责令李白改诗句：黄河之水手中来！银河星光落天下，清水清风走东海。”这些句子直到现在我还能背得出，那真是一个充满着革命浪漫主义的时代。毛很想看看这万年的黄河，是不是已“清水清风走东海”，很想看看他日思夜想的黄河现在变成什么样子。他立马高坡，极目一望时，这里却不是他想象中的高原明镜，而是一片湿地，但见水雾茫茫，芦花荡荡。原先本想借这座水库拦腰一斩，根治黄河水害，但是才过几年就已沙淤库满，下游未得其利，上游反受其害，关中平原和西安市的安全受到威胁。他眉头一皱，问黄河上游每年来沙多少，随行专家答："16 亿吨。"又问："现库内已淤沙多少？"答："50 亿吨。"这就是再修十个水库也不够它淤填的啊。当初上上下下热情高涨，又相信苏联专家的话，并没有精细地测算和科学地论证，就匆匆上马。看来建设和打仗一样，也是要知己知彼啊。不，它比战争还要复杂，战场上可立见胜负，而一项大的经济建设决策，牵涉的面更广，显示出结果的周期更长。

毛打马下山，一路无言。他想起了一个人，就是黄炎培的儿子黄万里，水利专家，清华大学教授。当年三门峡工程上马上下叫好，只有一人坚决反对，这就是黄万里。1955 年 4 月周恩来主持 70 多人的专家论证会，会开了 7 天，他一人舌战群儒大呼：不是怎么建，而是三门峡根本就不宜建坝！下游水清，上游必灾啊。果然，大坝建成第二年，上游受灾农田就达 80 万亩。黄的意见没人听，他就写了一首小词，内有"春寒料峭，雨声凄切，静悄悄，微言绝"句。1957 年 6 月 19 日的《人民日报》第六版登出了这首词，黄一夜之间就成了大右派。毛泽东记起自己说过的一句话："真理有时在少数人手中"。不觉长叹了一口气。

我猜想毛这次重到西北，亲见水土流失，一定会让他重新考虑中国农业发展的大计。新中国成立后毛大多走江南，再没有到过黄河以西。但他阅读了大量史书，无时不在做着西行考察的准备。1958 年在成都会议上山西省委书记陶鲁笳向他汇报引黄济晋的雄心壮志，他说："你这算什么雄心壮志，你们查一下《汉书》，那时就有人建议从包头引黄河过北京东注入海。当时水大，汉武帝还能坐楼船在汾河上航行呢，现在水都干了，我们愧对晋民啊。"上世纪

80 年代，赵紫阳任总理时到山西视察，山西领导又重提引黄之事，当时我以记者身份在场，听到赵又转述毛的这番话。大约 1958 年成都会议毛、陶对话时，赵亦在场。多年来，我们愧对的岂止是晋民，陕、甘、宁之民也都很愧对啊。这块中国西北角的红色根据地，当年曾支撑了中共领导的全民抗战，支持了解放战争的胜利。但是自新中国成立以后就再也摆不脱黄风、黄沙、黄水的蹂躏。晋陕之间的这一段黄河，毛泽东曾经两次东渡。第一次是 1936 年由绥德过河东征抗日，留下了那首著名的《沁园春·雪》；第二次是由吴堡过河到临县，向西柏坡进发，定都北京。当时因木船太小，跟他多年的那匹老白马只好留在河西。他登上东岸，回望滔滔黄水，激动地讲了那名言："你可以藐视一切，但不能藐视黄河。"据他的护士长回忆，毛进城后至少 9 次谈起黄河，他说："这条河与我共过患难"，"每次看黄河回来心里就不好受"，"我们欠了黄河的情"，"我是个到了黄河也不死心的人"。

毛主席转战陕北途中

这次毛重访旧地，我猜想米脂县杨家沟是一定要去的。1947 年 11 月 22 日到 1948 年 3 月 21 日他一直住在这里，这是他转战陕北期间住得最长的一个村子，并在这里召开了有里程碑意义的准备打倒蒋介石，建立新中国的“十二月会议”。但现在这里还是沟深路窄，仅容一马，道路泥泞，一如 20 年前。农民的住房，还没有一间能赶上过去村里地主的老房子。而当年毛的指挥部，整个党中央机关就借住在杨家沟一家马姓地主的宅院里，他就是在这里胜利指挥了全国的战略大转折啊。我去看过，这处院子就是现在也十分完好，村里仍无其他民房能出其右。这次毛重回杨家沟还住在当年他的那组三孔相连的窑洞里，心中感慨良多。当年撤出延安，被胡宗南追得行无定所，但借得窑洞一孔，弹指一挥，就横扫蒋家百万兵。现在定都北京已十多年了，手握政权，却还不能一扫穷和困，给民饱与暖。可怜 20 年前边区月仍照今时放羊人。发展迟缓的原因到底何在?

向最基层的普通人学习，是毛一向所提倡的。调查研究成了毛政治品德和工作方法中最鲜明的一条。斯诺在他的《西行漫记》里曾写到对毛的第一印象是:“毛泽东光着头在街上走，一边和两个年轻的农民谈话，一边认真地在做手势。”毛曾说：“当年是一个监狱的小吏让我知道了旧中国的监狱如何黑暗。”毛在 1925 年到 1933 年曾认真作过农村调查，1941 年又将其结集出版，他在《农村调查》序言里写道:“实际工作者须随时去了解变化着的情况，这是任何国家的共产党也不能依靠别人预备的。所以，一切实际工作者必须向下作调查。”那时他十分注意倾听基层呼声。有一个很有名的故事，延安一个农民，天打雷劈死了他的毛驴，就说：“为何不劈死毛泽东?”边区保卫部门要以反革命罪逮捕这个农民。毛说，他这样说必有他的理由。一问是边区农民负担太重。毛就让减税。所以，当时边区地域虽小，生活虽苦，但领袖胸如海，百姓口无忌，上下一条心，共产党终得天下。

这次，毛一路或骑马或步行又重新回到百姓中间，所见所闻，隐隐感到民间积怨不少。他想起1945年在延安与黄炎培的“窑洞对”谈话，那时虽还未得天下，但黄已问到他将来怎样治天下。他说：“只要坚持民主，让老百姓监督政府，政权就能永葆活力。”想到让人民监督，毛忽然忆起一个人，此人就是户县农民杨伟名。杨是一普通农民，在村里任大队会计，他关心政治，以一点私塾的文化底子，苦学好读，“处江湖之远则忧其君”。在1962年曾向中央写万言书，系统分析农村形势，提出许多尖锐而又中肯的意见。如允许单干；敞开自由市场；不要急于过渡，再坚持一段新民主主义；要防止报喜不报忧等等。现在看来，这些话全部被不幸言中。这篇文章的题目叫《一叶知秋》，意即，从分析陕西情况即可知全国农村形势之危。其忠谏之情跃然纸上。当时毛正热心于“大跃进”、人民公社，这些意见当然听不进去，便愤而批曰：“什么一叶知秋，是一叶知冬。”其时，党内也早有一部分同志看到了危机，并提出了对策，比较有名的就是邓小平的“白猫黑猫”论。这篇文章在1962年的北戴河会议上被毛点名批评。从此，逆耳忠言渐少，继而鸦雀无声。邓小平推说耳聋再不主动问政，陈云则经常称病住院。而黄河之滨这个朴素的农民思想家杨伟名则被大会批、小会斗，后在“文化大革命”中自杀。（2002年，陕西曾开研讨会纪念杨伟名，并为他出版文集。2005年，我曾访其故居，秋风小院在，柿树叶正红。这是后话。）这次毛重走黄河，又到陕西，看到当年的许多问题依旧没有结果，就想起这个躬耕于关中的奇才，便着人把他接来，作彻夜之谈。毛像当年向小狱吏请教狱情、在延安街头光着头向农民恭问政情一样，向这个农民思想家问计于国是。这是20世纪60年代中共领袖与一位普通农民的对话。不是《三国演义》中卧龙冈的“隆中对”，也不是1945年延安的“窑洞对”，而是在黄河边的某一孔窑洞里的“河边对”。杨伟名一定侃侃而谈，细算生产队的家底，纵论国家大事。毛会暗暗点头，想起他自己常说的“群众是真正的英雄，而我们自己则往往是幼稚可笑的”，又想起1948年他为佳县县委题的字“站在最大多数劳动人民一面”。当时他转战到这里，部队要打佳县，仗要打三天，需12万斤粮。但粮食早让胡宗南抢掠一空。他问佳县县长张俊贤有没有办法。张说：“把全县坚壁的粮挖出来，够部队吃上一天；把全县地里未成熟的玉米、谷子收割了，还可吃一天；剩下的一天，把全县的羊和驴都杀了！”战斗打响，群众拉着粮、驴、羊支前，自己吃树叶、树皮。战后很长时间，这个县见不到驴和羊。那时候，政府和百姓，真是鱼水难分啊。看来这些年离群众是远了一点。（毛是性情中人，他或许还会当场邀杨到中央哪个政策研究部门去工作，就像后面要谈到的，他听完就三峡问题的御前辩论后，当场邀李锐做他的秘书。况杨本来就一直是西北局的特聘编外政策研究员。而以杨的性格则会说，臣本布衣，只求尽心，不求闻达，还是躬耕关中，位卑不敢忘国，不时为政府上达一点实情。）送走客人，他点燃一支烟，仰卧土炕，看着窑洞穹顶厚厚的黄土，想起自己1945年在延安说过的那句话：“我们共产党人好比种子，人民好比土地。我们到了一个地方，就要同那里的人民结合起来，在人民中间生根、开花。”现在早已生根、开花，但却要将忘其土啊。

总之，还不等走完黄河全程，在晋、陕、宁、甘一线，毛的心情就沉重复杂起来。在这里，当年的他曾是“六盘山上高峰，红旗漫卷西风”；“原驰蜡象，欲与天公试比高”。可现在毛无论如何也高兴不起来，他立马河边，面对滔滔黄水，透过阵阵风沙，看远处那沟沟坡坡、梁梁峁峁、塄塄畔畔上俯身拉犁、弯腰点豆、背柴放羊、原始耕作的农民，不禁有一点心酸。“大跃进”、人民公社运动这样轰轰烈烈，怎么就没能解放出更多的生产力，改善农民的生活，改变他们的境遇呢？

毛继续沿黄河前行，北上河套，南取宁夏，绕了一个大弯后西到兰州。在这里向北沿祁连山麓就是通往新疆的河西走廊，向南沿黄河就将进入上游的青海、四川。他决定在兰州休整一周。这兰州以西是历代流放钦犯和谪贬官员的地方。他想起林则徐虎门销烟之后就是经过这里而贬往新疆的。毛泽东出行，电台、文件、书籍三件宝，常读之书和沿途相关之书总要带足。现在韶山的“毛泽东遗物馆”里存有他出行的书箱，足有一米见方。林则徐是他敬仰的人物，长夜难眠，他便命秘书找出林的《云左山房诗钞》挑灯阅读，卷中有不少是林则徐在河南奉旨治完黄河后又一路继续戴罪西行，过兰州，出玉门的诗作，多抒发他的报国热情和记述西部的山川边情。林诗豪放而深沉，毛性刚烈而浪漫，把卷在手，戈壁古道长无尽，窗外黄河呜有声。此时，两个伟人跨越时空，颇多共鸣。毛有抄录名人诗作练字的习惯，他读得兴起，便再披衣下床，展纸挥毫，抄录了林的一首《出嘉峪关感赋》：

东西尉侯往来通，博望星槎笑凿空。
塞下传笳歌敕勒，楼头倚剑接崆峒。
长城饮马寒宵月，古戍盘雕大漠风。
除是卢龙山海险，东南谁比此关雄！[①]

这幅书法，借原诗的气势，浓墨酣情，神采飞扬，经放大后至今仍高高挂在人民大会堂甘肃厅的东墙上。书罢林诗毛推窗北望，想这次只能按原计划溯黄河而上，祁连山、嘉峪关一线是去不了啦，不觉有几分惆怅。新疆是他的胞弟毛泽民牺牲的地方。那个方向还有两件事让他心有所动。一是，当年西路军在这里全军覆没，徐向前只身讨饭走回延安，这是我军史上的极悲惨的一页。二是，1957年反右之后一大批右派发配西部，王震的兵团就安排了不少人，这其中就有诗人艾青等不少文化人。现时已十年，这些人中似可起用一些，以示宽慰。他在这里休整一周，接见了一些仍流散在河西走廊的老红军，听取了右派改造工作的汇报，嘱咐地方上调研后就这两事提出相应的政策上报。

离开兰州，毛一行逆黄河而上，又经月余到达青、甘、川三省交界处的黄河第一弯。他登上南岸四川阿坝境内的一座小山，正是晚霞压山，残阳如血，但见黄河北来，蜿蜒九曲，明灭倏忽，如一道闪电划过高原，不禁诗兴大发，随即吟道：

九曲黄河第一弯，长河落日此处圆。

从来豪气看西北，涛声依旧五千年。

他想，我们一定要对得起黄河，对得起黄河儿女。这里已近黄河源头，海拔 4 000 米以上，他们放慢速度，缓缓而行，数十天后终于翻过巴颜喀拉山，到达长江的源头大通河，这便进入长江流域。

三

接下来，毛泽东走长江与走黄河的心境不同。在黄河流域，主要是勾起了他对战争岁月的回忆和对老区人民的感念，深感现在民生建设不尽如人意，得赶快发展经济。而走长江一线更多的是政治反思，是关于在这里曾发生过的许多极左错误的思考。

顺沱沱河、通天河而下，入金沙江，便进入贵州、四川界。这里是中央部署的大三线基地。毛泽东不愧为伟大的战略家，他从战争中走来，总担心天下不稳，国家遭殃。在原子弹研制成功后，他又力主在长江、黄河的上游，建设一个可以支持原子战争的大三线基地。他还把自己的老战友、新冤家彭德怀派来任基地三把手。毛彭关系，可以说是合不来又离不开。历史上许多关系到党的命运和毛的威信的大战、硬战，都是彭帮毛来打。最关键的有三次，红军长征出发过湘江、解放战争时的转战陕北和新中国刚成立时的朝鲜战争。尤其是出兵朝鲜，中央议而不决，彭从西北赶回，投了支持毛的关键一票，而在林彪不愿挂帅出征的情况下，彭又挺身而出，实现了毛的战略。但是自从进城之后，毛彭之间渐渐生分。战争时期，大家都称毛为“老毛”，进了北京，渐渐改称“主席”。有一天彭突然发现中南海里，只有他一人还在叫“老毛”，便很不好意思，也悄悄改口。这最后一位称“老毛”的角色由彭来扮演，从中也可以看出他们的交往之深和彭性格的纯真率直。但1959年在庐山上，两个战友终于翻脸。其时毛正醉心于“大跃进”、人民公社，雄心勃勃，自以为找到了迈向共产主义的好办法。彭却发现农村公共食堂里农民吃不饱，老百姓在饿肚子，“大跃进”破坏了生产力。“谷撒地，禾叶枯，青壮炼钢去，收禾童与姑，来年日子怎么过”，他要为民鼓与呼。这场争论其实是空想与实事求是之争。结果是彭被打为右倾机会主义者，并又扩大为“彭、黄、张、周反党集团”，全国大反右倾，株连500多万人。后来黄克诚说：“这件事对我国历史的发展影响巨大深远，从此党内失去了敢言之士，而迁就逢迎之风日盛。”但是，直到下山时毛还说，我要写一篇大文章《人民公社万岁》，向全世界宣布中国的成就，并已让《人民日报》和新华社为他准备材料。但还不到年底，农村就败象渐露，这篇文章也就胎死腹中。1965年9月，毛对彭说：“也许真理在你一边。”便派他到三线来工作。

未想，两位生死之交的战友，庐山翻脸，北京一别，今日相会却在金沙江畔，在这个30年前长征经过的地方，多少话真不知从哪里说起。明月夜，青灯旁，白头搔更短，往事情却长。毛泽东盖世英雄，向来敢翻脸也敢认错。他在延安整风时对被“抢救运动”中错整的人脱帽道歉；1959年感谢陈云、周恩来在经济工作方面的冷静，说“家贫思贤妻，国难识英雄”；1962年在七千人大会上对“大跃进”的错误的认错。现在毛经三年来的沿河考察，深入民间，所见所闻，许多争论已为历史所印证。他也许会说一声：“老彭，看来是你对了！”

行至四川境内，毛还会想起另一个人，即他的秘书田家英。庐山会议前，毛提倡调查研究，便派身边的人下去了解情况，田家英被派到四川。田回京后给他带去一份农民吃不饱、农业衰退的实情报告，他心有不悦。加之四川省省委投毛之好又反告田一状，田在庐山上也受到了批评，从此就再不受信任。（“文化大革命”一起，田即自杀，这是后话。）这时他一定会想起田家英为他拟的那篇很著名的中共八大开幕词：“虚心使人进步，骄傲使人落后”，不觉怅然若失。看来自己过去确实是有点好大喜功，下面也就报喜不报忧，以至造成许多失误。长夜静思，山风阵阵，江水隆隆。他推窗望月，金沙水拍云崖暖，惊忆往事心犹寒。

新中国成立后毛出京工作，少在北方，多在南方，所以许多做出重要决策的、在党史上有里程碑意义的会议多在长江一线。如1958年3月毛坚持“大跃进”，周恩来、陈云被迫作检讨的成都会议；4月再次确立了“大跃进”思路的武汉会议；1959年4月检讨“大跃进”的上海会议（就是在这次会上，他第一次提出骑马走两河）；1959年7月“反右倾”的庐山会议、1961年纠正“左”的错误的第二次庐山会议等。总的来讲，这些会议上都是毛说了算，反面意见听得很少。

但有一次毛是认真听了不同意见，并听了进去。这就是关于建三峡水库的争论。孙中山时，就有修三峡的设想，毛也曾畅想“高峡出平湖”，但到底是否可行，毛十分慎重。1958年1月他曾在南宁组织了后来被称为“御前辩论”的两派大对决，也就在这次他很欣赏反对派李锐，当场点名要李做他的秘书。毛曾在1958年3月29日自重庆上船，仔细考察了长江三峡，至4月1日到武汉上岸。他对修三峡一直持慎重态度，他说：“最后下决心准备修建及何时修建，要待各个方面的准备工作基本完成之后，才能做出决定。”这次毛骑马从陆路过三峡一定会联想到那个当年轻易上马，现已沙淤库满的三门峡水库。幸亏当时听了不同意见，三峡才成为“大跃进”中唯一没有头脑发热、轻易上马的大工程。现在想来都有点后怕。看来科学来不得半点虚假。（34年后，1992年4月全国人大七届五次会议通过兴建三峡工程的决议。在这个长过程中因为有反对意见，才有无数次的反复论证，人们说三峡工程上马，反对派的功劳比支持派还大。)

毛从四川入湖北，过宜昌到武汉。这次因是带着马队出行，当然不住上次毛住过的东湖宾馆，他就选一依山靠水之处安营扎寨，这倒有了一点饮马长江的味道。毛不禁想起他 1956 年在这里的诗作：“才饮长沙水，又食武昌鱼，万里长江横渡，极目楚天舒。不管风吹浪打，胜似闲庭信步，今日得宽余。”又想起 1958 年 4 月在这里召开的武汉会议，在鼓动“大跃进”的同时，毛给那些很兴奋的省委书记们也泼了一点冷水。但全党的狂热已被鼓动起来，想再压下去已不容易。他想，那时的心态要是“不管风吹浪打，胜似闲庭信步”，再从容一点，继续给他们降降温，结果也许会好一点。

离开湖北进入江西不久就到庐山。这庐山堪称是中国现代政治史上的一个坐标。1886 年英国传教士李德立在这里首先买地盖房，开发庐山。从 1928 年到 1947 年，前后 20 年，蒋介石在这里指挥“剿共”、抗日。1927 年，瞿秋白在这里起草“八一”起义提纲。1937 年卢沟桥枪声骤响，正在山上举办的国民党庐山军官训练团提前结业，直接奔赴抗日前线。1948 年蒋介石败退大陆，泪别庐山。蒋离去十年后，1959 年毛第一次登上庐山，住在蒋介石和宋美龄住过的美庐别墅，看见工人正要凿掉“美庐”二字，忙上前制止，说这是历史。就是这一次在山上召开了给党留下巨大伤痛的庐山会议。1961 年，毛欲补前会之错，又上山召开第二次庐山会议。他借用《礼记》里的一句话：“未有先学养子而后嫁者也”，痛感革命事业不可能有人先给你准备好成熟的经验。这一次毛在山上说，他此生有三愿：一是下放，搞一年工业，一年农业，半年商业；二是骑马走一次长江、黄河；三是写一本书，把自己的缺点、错误统统写入，让世人评说。他认为自己好坏七三开就满足了。1970 年毛又三上庐山召开九届二中全会，敲山震虎，与林彪已初显裂痕。还有一件事少有人知，蒋介石去台多年，自知反攻无望，愿意谈判回归。1965 年 7 月已初步达成六项协议，其中有一条：蒋回大陆后所选的“汤沐之地”（封地）就是庐山。可惜“文化大革命”一起，此事告吹。

到了庐山，毛的两河之行已完成四分之三。他决定在这里修整数日，一上山便放马林间，让小白马也去自由自在地轻松几日。他还住美庐，饭后乘着月色散步在牯岭小街上，不远处就是当年庐山会议时彭德怀、黄克诚合住的176号别墅，往西30米是张闻天的别墅，再远处是周小舟的别墅，所谓“彭、黄、张、周反党集团”。在此方寸之地，却曾矗立过中共党史上的几个巨人。除周小舟资格稍差外，彭、黄、张都是井冈山时期和毛一起的“绿林好汉”，想不到掌权之后他们又到这座山上来吵架。毛忆想那次论争，虽然剑拔弩张，却也热诚感人，大家讲的都是真话。他自己也实在有点盛气压人。现在人去楼空，唯余这些石头房子，门窗紧闭，苔痕满墙，好一种历史的空茫。如果当时这庐山之争也能像三峡工程之争一样，允许发表一点不同意见，后果也不会这样。后来虽有1961年二次庐山会议的补救之举，但创痛实深，今天想来，他心中生起一种隐隐的自责。回到美庐，刚点燃一支烟，一抬头看见墙上挂着1959年他一上庐山时的那首豪迈诗作：“一山飞峙大江边，跃上葱茏四百旋。冷眼向洋看世界，热风吹雨洒江天。云横九派浮黄鹤，浪下三吴起白烟。陶令不知何处去，桃花源里可耕田？”他在自己的这幅放大的手迹前伫立良久，光阴似箭，不觉就是十年啊。他沉思片刻，口中轻轻吟道：

安得倚天转斗柄，挽回银河洗旧怨。

二十年来是与非，重来笔底化新篇。

这诗，虽是自责，却椽笔墨海，隐隐雷鸣，仍不失雄霸之气。他抽完一支烟，又翻检了一下当日收到的电报、文件，办了一会儿公，便用铅笔将这首诗抄在一张便笺上，题为《三上庐山》，放入上衣口袋，准备明天在马背上再仔细推敲，然后就上床歇息。（毛二上庐山时也写有诗，就是那首为江青所拍的仙人洞题照。）毛泽东下山后，一路过安徽，下江苏，走扬子江、黄浦江，直往长江的出海口上海市而去。

两河之行结束，大约是1969年的9月，正是国庆20周年的前夕。毛泽东回顾整理了一下四年来两河调查的思绪，便将中央政治局的委员们召集到上海，开了一次扩大的中央工作会议，通过了三项决议。一是，今后一段时间内要重点抓一下经济建设，暂不搞什么政治运动（这比后来1978年底十一届三中全会通过的党的中心工作的转移早9年）；二是，转变党的作风，特别戒假话、空话，加强调查研究和党内民主（这是1942年延安整风之后的又一次全党思想大提高）；三是，总结教训，对前几年的一些重大问题统一认识（这比1981年十一届六中全会通过的《关于建国以来党的若干历史问题的决议》早12年）。三个决议通过，局面一新，当然也就没有什么“文化大革命”，没有彭德怀等一批老干部的损失，也没有田家英等一批中年精英的夭折。如果再奢望一点，还可能通过一个关于党的领导干部退休的决议（这比1982年中央《关于建立老干部退休制度的决定》早13年）。因为到这年年底毛就满76岁，两河之行，四年岁月，一万里路云和月，风餐露宿，鞍马劳顿。他一定感到身体和精力大不比当年长征之时，毕竟年龄不饶人。而沿途，考察接谈，视事阅人，发现无数基层干部有经验，有知识，朝气向上，正堪大任。要放手起用新人。这几个决议通过，全党欢呼，全民振奋。国家、民族又出现新的机遇。真如这样，历史何幸，国家何幸，民族何幸！

可惜时光不能倒流，历史不能重演。

四

2009年10月1日，新中国成立60周年，万民同庆，举国欢腾。当时我在天安门阅兵庆典的观礼台上，手机响了，收到这样一条信息：

中国医学科学院成功克隆毛泽东，各项生理指标处于其50岁水平。新闻发布后引起强烈反响。奥巴马立即声明：美国在三天之内废除与台湾关系，并撤走在亚洲的一切军事力量。日本首相于当天下令炸毁靖国神社，承认钓鱼岛是中国领土。国内24小时县级以上干部退缴赃款980万亿；全国股市一片红；房价下跌60%；十三亿中国人民再次唱起了：东方红，太阳升，中国出了个毛泽东。祝大家节日快乐！

这是一个善意的调侃，红色的幽默，也包含着一种社会思考，一种对过去美好一面的怀念和对现在腐败一面的批判。过节了，而且不是一般的节庆，是共和国的生日，60岁的生日啊！人们忘不了开国领袖。他老人家要是还在多好啊，这天安门城楼本来就是他当年宣布中华人民共和国成立的地方。虽然他老人家后期搞“文化大革命”也曾犯有大错，但前期对民族确有大功，所以人们总希望他还能一如前期那样的英明。这善良的愿望，反映了人们对那个美好时代的怀念，对未竟之业的遗憾。如果斗柄能够倒转，如果历史能够重写，如果那次骑马走两河能够成行，如果老人家在60年代能反思自己的错误，晚年不犯或少犯错误，这该多好。这一切当然都不可能，我们也知道这永不可能。但是后人想一想还不行吗？这样的假想，是对历史的复盘，也是对再后之人的提醒。历史不能重复，但是可以思考，在思考中寻找教训，捕捉规律，再创造新的历史。一个没有英雄的民族是悲哀的民族，一个犯了错误而又不知反思的民族是更悲哀的民族，一个学会在失败中思考的民族才是真正了不起的民族。不要忘了，正是“文化大革命”浩劫之后的大思考才成就了今天的复兴。

毛泽东是一本我们永远读不完的书。

注：①尉侯，汉代设在西域的官。博望，张骞通西域，封博望侯。星槎，神话中来往

于海上或天上的木筏。崆峒，甘肃东部的名山。卢龙，长城东部古要塞，在河北喜峰口。山海，山海关。这首诗的大意是：自从张骞凿通遥远的西域之路后，东西古道上的官员就往来不断。笳歌声中，我倚剑遥望，嘉峪关连绵直接崆峒山。长城下将士乘着月色去饮马，戍楼上苍鹰在盘旋。除了卢龙、山海两关，在这以东还有何处能比得上雄伟的嘉峪关！

（2010 年 3 月 19 日）

（《学习时报》2010 年 4 月 26 日，5 月 10、17、24 日）

毛泽东翻脸

我一直认为，从性格方面研究伟人的成功，是人才学和政治学的内容之一。

伟人成事，个人意志第一，绝不受情的束缚。这是其大别于常人之处。能翻天覆地，必先要能翻过个人情面这一页。常人受常理、常情的束缚，往往过于自律、自责，作茧自缚。伟人则不顾常理，不管常情，在别人无法理解、茫然、犯傻、妥协的瞬间，就一掌打下，一招制胜。简言之，敢于翻脸，而毫无自愧。不自愧则不自责；不自责则无内伤，永是强人。常人则常自责、自律、自伤。心愈软，而自伤愈重。有时虽有理在手也不敢翻脸，循规蹈矩，坐失良机，或在自责中自伤元气。敢翻脸要有霸气，这几乎是天生的因素，学是学不来的。

毛泽东是大伟人，一生成大事无数，也翻脸无数。需要指出的是，毛的翻脸多是为大事，是为不同政见而翻。而且许多时候他也是对的。如井冈山时期，毛与当时的“左”倾中央翻脸，拒绝调回上海，而坚持农村斗争，中国革命终于胜利。新中国成立初与斯大林翻脸，坚持民族独立、国家主权完整，使中国免陷于东欧国家的尴尬之境。1947 年转战陕北时，代号为“昆仑纵队”的党中央已被敌团团围住，为毛的安全，任弼时劝毛过黄河，毛不听。任急了，就以纵队司令身份下令过河。毛翻脸说："你是司令，我是主席，从现在起，我撤了你这个司令。"没办法，最后还是听毛的。党中央和毛主席坚持留在陕北拖住了胡宗南，实现了解放战争的胜利大转折。在处理国际关系上毛也敢于翻脸。新中国刚成立时中国实行一边倒的外交政策，在许多地方仰仗苏联，尊之为"老大哥"。苏就乘机要挟中国。1958 年 7 月赫鲁晓夫访华提出与中国建联合舰队，在中国沿海建海军基地，毛当即翻脸，大声说：我们还有没有主权？你们是不是想把我们的沿海地区都拿过去？我不想再听这些！赫回国后立即撤走原子弹专家，毛就说我们自己干。1964 年 10 月 16 日，我国第一颗原子弹成功爆炸，毛风趣地说："应该给赫鲁晓夫发一个一吨重的大勋章。"

伟人一怒天地翻。一个人手中有权并不难，难的是敢不敢在关键时刻，用手中的权去决策，不失时机地去成大事。你看历史上有多少像宋徽宗赵佶、蜀主刘禅那样的权重情懦的无为之君。许多时候决策的实现常常是情感的较量。朱可夫在回忆苏联卫国战争的胜利原因时说，斯大林的性格因素是其中之一。新中国成立初党内高干有腐败苗头，毛泽东说："治国就是治吏，礼义廉耻，国之四维，四维不张，国将不国。如果臣下一个个都寡廉鲜耻，贪污无度，胡作非为，而国家还没有办法治理他们，那么天下一定大乱，老百姓一定当李自成。"乱世用重典，防患于未然。他敢于翻脸，惩治刘青山、张子善，换来了干部队伍一个较长时期的清廉。

所谓个性就是与人不同之性，这往往是优点也是缺点，成也个性，败也个性。毛泽东敢于翻脸的个性背后是他的斗争哲学。他曾说过："与天奋斗其乐无穷，与地奋斗其乐无穷，与人奋斗其乐无穷。"他一生都在无情地战斗，只要他想干的事就一定要实现，谁也别想阻拦。这也铸成了一些错事、憾事。

在延安时，毛与江青恋爱，并要结婚。延安高层几乎一致反对。最激烈者有张闻天，远在江南的项英也写来长信反对。大家主要觉得江在上海的一段历史不清，表现也不好。毛就翻脸，大发脾气，说孙中山能吃喝嫖赌，我为什么不能，并拍了桌子。结果政治局也拿他没有办法。与江的结合确实影响了他晚年的威信和国家的政局。

潘汉年是党内做地下工作的大功臣，不知为党提供了多少重要情报，团结了多少上层文化人士。出生入死，忠心耿耿。但有一件事欠妥，他做地下工作时，未经请示，见过一次汪精卫。但并无办什么错事。“高饶事件”时，他心里不安，向老上级陈毅汇报，陈说，没什么了不起，从没有人怀疑过你对党的忠诚。并自告奋勇去为他向毛泽东求情。没想到毛立即翻脸批示逮捕，一直关押到死在狱中。到毛去世，“文化大革命”结束，潘才平反。

1959 年庐山会议本是要纠“左”的。但就是因彭德怀的一封信，毛立即翻脸。把彭历史上的旧账全翻出来，好像彭从没有做过好事，甚至在大会上连骂娘的粗话都喊出来了。最后将彭打成一个“反党集团”，全国打了右倾分子 300 多万。毛与彭是同乡，又是从井冈山、长征直到朝鲜战争，共事最久的战友，30 年患难，一言不合，说翻就翻。虽然当时有各种各样的理由，但一下就翻得这样彻底，确实常人很难做到。而他与彭个人的翻脸，终于变成与党内高干，与忠心追随他多年的干部大翻脸，从此党内鸦雀无声。

1956 年，毛公开表示不再当国家主席，要集中精力研究问题，并明确将担子交给刘少奇，他就离京南下。他回京，发现刘的想法与他有分歧，就大发脾气。刘主持的会议已经散会，他又把代表追回来。这样不给面子，刘的心情可想而知。而到“文化大革命”又亲手写了一张大字报《炮打司令部》与刘公开翻脸，把刘定为“叛徒、内奸、工贼”。刘和毛是很近的同乡，又是在延安时就已确定的接班人。说翻就翻，绝不犹豫。“文化大革命”后刘少奇终于被平反。

周恩来是和毛合作时间最长的，须臾无法离开的助手。1956 年后，因经济思想有分歧，毛就大会小会批周，甚至借夸奖柯庆施的文章在众人面前奚落周："你是总理，你能写出这样的文章吗?"逼得周检查、辞职。"文化大革命"后期，他和周都年事已高，重病缠身，一般人已是得过且过了，但在中美建交问题上他听信别人的告状就大怒，指示批周。虽然后来他自我批评，向周解释是小将告状。

毛和党外人士的关系有许多佳话，但也有大翻脸的事。共和国之初，任用了许多社会贤达到重要部门，他们都是治国之才，有识之士。1956、1957 年毛多次诚恳征求党外人士意见。比如 1957 年 4 月 30 日他在最高国务会上说，明年我要辞去国家主席。民主人士陈枢铭很认真地拥护这一决定，5 月 18 日他给毛写信说：这是"至美至喜之事"，"顺便提请今后注意几点，一是好大喜功，二是喜怒不能自制，三是轻信汇报，四是过分鄙夷传统"。毛泽东收到信没有表态，半个月后反右开始，7 月 14 日《人民日报》突然发表这封私人信件（庐山会议上彭德怀也是一封表达个人意见的私信，突然印发全会），陈被打成右派。而毛与陈曾有很深的交情。陈是湖南老乡，新中国成立前夕是国民党政权的要员，对促成国民党军队起义有很大功劳。一言不合，成为右派。而整个反右扩大化就是共产党与党外朋友的一次大翻脸，从此人民内部矛盾特别是党与知识界、思想界的矛盾加深。

凡伟人者，总能见人所不见，断人所不断，该翻就翻。毛无疑是 20 世纪中国首屈一指的伟人，于国家民族有大功，个人的德才也大有过人之处。我们可以举出无数条毛在其他方面的优点，也可以举出上述这些好或坏的翻脸的例案。这里不讨论政见的对错，只讨论性格的短长。虽然我们常歌颂伟人的宽厚、仁慈、高瞻远瞩等等，但敢斗争、心肠硬、意志坚、主意决，确是他们性格的另一面。我们既不能为尊者讳，那就要承认这种翻脸现象确是伟人性格中的一个有机部分，而且也不能一概都说成是坏事。陈独秀也翻脸，他与胡适有生死之谊，但说翻就翻。孙中山也翻脸，被称为孙大炮。斯大林也翻脸，其名字在俄语中是"钢铁"。邓小平也翻脸，香港收回过程中，我一高官，当然也是很有资格的老同志，答记者问时中人圈套，说香港回归后可不驻军，邓立即向新闻界宣布将其撤职。美国总统杜鲁门也翻脸，朝鲜战场上他的司令麦克阿瑟与他意见不合，他就通过媒体公开撤职来羞辱他。古代成大事者也都敢翻脸。历史上秦皇、汉武，许多大英雄，当其成事之时没有不翻脸的。所以古书上常有这样的话：“我要借用一下你的人头”。鲜卑族统一北方，建北魏政权，但其文化落后。魏孝文帝下令推行汉字、汉姓。太子不从，谋反，孝文帝杀太子。这一政策得到推行，国力提升。

伟人翻脸可能干错事、坏事，但更多的时候是成就好事、大事。虽然我们总是希望他们不翻脸也能办成事，但你不得不承认，许多时候的成败就在于这突破柔情一点，翻与不翻之间。能一刀断情，扬长而去，这确实是常人难企及的。这折射出了伟人们坚强的个性，唯我独尊的意志，特立独行的品格。当一个人处“权倾天下”之位都不敢倾翻一脸，如何能翻新天下，成得伟人？这倒反而不正常了。

“无情未必真豪杰”，但从来不敢翻脸的人却算不得真豪杰，绝对成不了大事。历史如此。

（2008 年 12 月 29 日初稿，2010 年 7 月 5 日改定）

周恩来让座

——纪念周恩来诞辰110周年

去年九月里因事过广东新会。新会是梁启超的家乡，又是元灭宋，丞相陆秀夫背着小皇帝跳海的地方，过去为县，现在是江门市的一个区。我万没有想到在这样一个小地方竟有一个资料丰富的周恩来纪念馆。当地人也很自豪，他们说，周恩来任总理时，政务缠身，能下到一个县连住七天，一生仅此一例。我心里明白，哪里是周恩来有闲，是政局错位，一个历史的小误会。

1956年下半年，全国出现冒进的苗头。掌国家经济之舵的周恩来提出反冒进，毛泽东不悦，说“我是反反冒进”。1958年1月南宁会议、3月成都会议，周都受到批评，并作检查。7月1日至7日，他便选了一个县，广东新会县来作调查研究。其时周公心里正受着煎熬，正是伟人不幸，小县有幸，留下了这样一处纪念地。

周恩来此行所以选中新会，有一点小起因。当年6月19日《人民日报》报道新会农民周汉生用水稻与高粱杂交获得一种优良水稻新品种。周总理很重视，专门带了一位专家6月30日飞广州，又转来新会。在实验田旁周见到了这位农民。可以看出，那个时代生活条件还很差，乡干部和农民一律都是赤脚，总理的穿着也就比他们多着一双布鞋，只是衣服稍整洁一些。接待人员找了一把小竹椅、一个小方竹凳放在地头，本意让总理坐小竹椅，不想总理一到就坐在小凳上，把小椅子推给周汉生，还说你长年蹲田头，太辛苦。这就是周恩来的作风，尽量为他人着想，绝不摆什么架子。这张照片挂在展室的墙上，成了现在人们难以理解的场景。按现在的习惯，官大一级，见面让坐，起行让路，等级分明。一个大国总理来到地头已属不易，怎么能在座位上尊卑颠倒呢？我立即联想到，已逝全国记协主席吴冷西也是新会人。一次，我当面听他讲过这样一件事，50 年代初，朝鲜工会代表团来访，总理接见并合影，他的座位本安排在前排正中。周恩来不肯，他要当时的全国总工会主席刘宁一与客人坐正中，他说你是正式主人，今天我是陪客，结果他真的坐在旁边，报上也就这样照发照片，那时大家觉得也很自然。我曾见过延安时期老同志的几幅合影，大家都随意或坐或站，有几次毛泽东都站在较偏的位置。无疑，毛当时的地位是应该居首位的。现在当我们看这些老照片时，心里真说不清是陌生还是亲切。

1958 年周恩来视察广东新会与农民育种专家交谈

座位这个东西是典型的物质与精神的结合。有把椅子，坐着好说话或办事，这是物质；坐上去，别有一种感觉，这是精神。坐椅子的人多了，就要排个次序，就有了等级。等级就是一种精神。等级不可没有，如军队指挥，无等级就无效率。但不可太严，太严了就成障碍，心理障碍，工作障碍。正如列宁所说：真理很灵活，所以不会僵化；又很确定，所以人们才能为之奋斗。现在我们对座次的设计是越来越精，越来越细，只僵化而不灵活了。不用说大会谁上主席台，台上又谁前谁后，有的单位开会，除分座次，还要专制一把大一点的椅子，供一把手坐。我又听过一个故事，一位新来的部长，很不习惯这种把他架在火上烤的坐法，每次到场自己先把这把大椅子撤去。但下次来时，大椅子又巍然矗立原地与他四目相对。他的务实作风拗不过笼罩四周的座次威严。

存在决定意识，在没有椅子坐时，当然没有座次。我看过西柏坡七届二中全会的会场。那是一间大伙房，没有座椅。56 个中央委员、候补委员，随手从房东家带一个小板凳来就开大会。难的是有了椅子后怎样办？这里有个公心、私心之分。以公心论坐，党内讲平等，是同志；党外讲服务，是公仆，何必争坐？何敢争坐？以私心论坐，则私心无尽，锱铢必较，事事都要争个高低。周恩来的一生是为公的一生，这从他位次变化中可以看出来。他早年就坐到党内的第二把交椅。长征开始时，党务、军务大事由最高三人团负责：博古、周恩来，还有一个外国人李德。遵义会议后他把军事指挥的椅子让给毛泽东，一、四方面军会师，为团结四方面军又把红军总政委的椅子让给张国焘。新中国成立后他又有两次让位。一是 1958 年 6 月，就是这次到新会调查之前，因为几次受到批评，周就提出辞去总理职位，后来政治局不同意，算是让位未果。但后来经济困难立即证明周的意见对，他又毫无怨言，以总理的身份来收拾这个烂摊子。第二次是让位给林彪当副统帅，后林自我爆炸，驾机出逃。当晚，他把办公椅子搬到大会堂，整整一个通宵，坐镇指挥，力挽狂澜，化险为夷。

大位无形，不管周在历史上曾将位置让毛、让张，还是“文化大革命”中让位于林，或者还要对江青忍让三分，但在老百姓的心里他永远是国家的总管，是仅次于毛的二把手。这个位置是永远也变不了的。后来的年轻人不理解，总爱问周为什么要这样一让再让？为什么不敢与毛争一下呢？我听说一位领导同志当面问过周，周说，如果那样党就会分裂，局面更不可收拾。他是仔细衡量过利害的。“文化大革命”最困难的时期，他说过一句话：我不下地狱，谁下地狱。还是为公，为了国家利益。其实，共产党无论全党还是党员本人，都没有自己的私利。西安事变，抓蒋而不杀，反而还承认他的领袖地位，为抗日，为挽救民族危亡，这是党最大的忍让。周是代表党亲自到西安处理这件事的。周几次让位，也是出于党性的忍让。无论对内对外，若让而能利天下，他都义无反顾。

那么，周恩来争过椅子没有？争过，在西安、在重庆、在南京与国民党长达十年的谈判就是在争椅子，为党争，为民争。周恩来说，谈判都把人谈老了。但还是谈不成。周就甩手回延安，而蒋最后落得只能到台湾给自己安一把小椅子。新中国成立到周去世凡 27 年，周主持外交，参加或指挥了所有重要的国际谈判，与美国人在朝鲜谈，在华沙谈；与苏联人谈，甚至在莫斯科与老大哥吵翻，拂袖而去。都是要为中国在国际上争一把交椅。而他自己却忙得坐不暖席。毛泽东出行用专列，周出行几乎全坐飞机，不是飞机的椅子好坐，是为省时，多一点时间去工作，去为民为国多争一点权利。最危险的一次是去开万隆会议，他的坐机为敌特所炸，幸亏他临时换机，免于一难。而身边的工作人员总不会忘记周的一个工作细节，每临大会，他要亲自到主席台或会场上看一下坐席，特别是党外民主人士的座位摆得是否合适。最后又不会忘记检查一下毛主席的座椅，摇一摇，稳不稳，再看看角度，视线清不清。这就是周恩来。他心里有一个座次，孰重孰轻，何让何争，明白见底。

在看这个纪念馆时，我很庆幸1958年周让位之未成，不然国家还要多一次悲剧。又想到“文化大革命”中周虽让位，林彪又不能久坐，不是图位之人不想接，也不是接位之人不欲久坐，是他们不能承受这轻，不能承受周的这轻轻一让；又不能承受这重，承受这国事民心之重。庄子说：“先贤而后王”，从政者必得先有贤能之德、之力，才敢去接王位。王位是什么？就是一把办重要事情的椅子。历史上凡大让之人都有大公大仁之心，尧让天下于舜，舜让天下于禹，孙中山让总统位于袁世凯，华盛顿当了两届总统毅然让位，邓小平首开在位退休先例。他们都是大公大仁之人。我在新会看到的这两把小椅凳当然不是王者之椅，它实在太普通了，甚至在民间已很难找到。但纪念馆主人很郑重地对我说：“这两把椅凳，我们刚从主人家里征集到，已作为重要文物收藏了。”我想，西柏坡会议上的那些小木凳散落民间，也不知有没有人收藏。人们现在更关注的是怎样去制新椅子。前不久，我到北京一家专门开重要会议的宾馆里就会，吃饭时，座椅庞然而厚重，颇有几分威严，椅子围桌而立，远望如一圈逶迤的长城。用餐者入座挪椅很不方便。我忍不住对经理说，餐厅之椅还是以轻便为好，何用这样隆重？她说这是专门请人设计的，一把就两千元。我说这种重椅只适合主席台上用，放在这里讲错了排场，又枉费了许多钱。但设计者恐怕另有考虑。

新会的一个小型纪念馆让我联想频频，悟到一个大道理。座位这个东西有实在的物质和虚拟的精神两方面的含义。如果只从实用考虑，能坐、舒适就行，大可不必争什么座次；如果从精神方面考虑，每个人在众人心里的位置是他德与能的总和，争与不争都是一样的。相反，争则愈见其私，品位更低；让则愈见其公，品位更高。这是做人的道理。

（《炎黄春秋》2008年第1期）

周恩来为什么不翻脸

在中国现代政治史上毛泽东和周恩来两个伟人，是一种很特殊的合作关系。两人才华出众又风格各异，长期合作，又和而不同。毛大气磅礴，开天辟地；周缜密严谨，滴水不漏。毛于党于国，功比天高，但又难免霸气逼人，后又铸成大错；周为国为民，竭尽绵薄，总是隐忍负重。于是在长期的斗争与合作中，就有一种怪现象：党外朋友与毛拍案相争者有之，如马寅初、梁漱溟；党内高干与毛据理相抗者有之，如彭德怀、张闻天。而自遵义会议之后，周作为毛长期的实际上的第一助手，无论毛如何行事，都唯命是从，逆来顺受。

毛、周早已作古，离我们也已渐行渐远。但人们总还在问一个问题：面对毛的错误指责，周恩来为什么不翻脸？年轻人问得最多，而如季羡林先生这样阅世甚深的百岁老人，也爱问这个问题。我们多次见面，总不离这个话题。可见，这是国人心中解不开的一个结。我自1998年总理百周年纪念时发表《大无大有周恩来》以来，总有人在向我提这个问题。细想起来，这里有作风、性格、策略、政治智慧诸多因素，而且这也不只是毛周之间特有的现象，古今中外的政治史上大有其例，也都离不开这种组合。

一、翻脸要有条件和资格

一般老百姓所说的“翻脸”之事，大都是指新中国成立之后，现已被历史证实了的，毛错周对的事情，如经济方针之争，“文化大革命”之争。但其时，周虽手握真理已无实权，已失去与毛翻脸力争的条件和资格。

翻脸是什么？就是一，痛感对方之错，决不苟同，毫不忍让；二，如不能认同和解就一刀两断，分道扬镳，各奔东西。当两个人的力量、地位平等时，这好办，当断就断，再不见面，顶多只是感情损失；但是当两个人的力量悬殊时又当别论。如一个小孩子对父亲，要翻脸就不大容易。虽事有所悖，理所不容，已到了恩断情绝的程度，但一个孩子既不能改变家长的错误，又不能离家独立生存，翻了以后又将如何？只有隐忍。

毛泽东是开国领袖，是共和国的国父。新中国成立后他在全党全国的地位如一家之长。这个地位和势态是历史形成的。政治者，势也。如军事大势，经济大势，又如山洪、海潮等自然之势。事物凡一成势，任何个人之力都难挽回。而且往往你中有我，我中有你。一时很难看清、说清，更不用说坚持和反对了。我在《领袖如父》一文中曾谈到这种复杂的关系，兹录一段如下：

> 关于领袖、政党，列宁曾有一段著名论述：“谁都知道，群众是划分为阶级的——阶级通常是由政党领导的；政党通常是由最有威信、最有影响、最有经验、被选出担任最重要职务而称为领袖的人们所组成的比较稳固的集团来主持的。这都是起码的常识。”一个党、一个国家不可能没有领袖，他缔造、领导这个国家，就像父亲在家庭里的地位，父亲是因血缘而形成的统领地位，领袖是因思想之缘而形成领导地位。在长期的斗争中，领袖总结人民和社

会的思想成果，形成一种思想，又将这思想再灌输到人民中和事业中，再总结，再灌输，上下循环，如河川经地，似血脉布身，就与人民、国家、民族建立起一种千丝万缕、血脉相连的关系。一个国家、民族、政党必须统一在一种指导思想之下，这种思想常常就以领袖的名字来做标识。领袖属于这个群体，群体推举、选择和塑造一个领袖，然后再将集体在实践中所提炼出的思想交付给他，以之为灯塔、旗手，而旗手只能是一个。所以邓小平说：毛泽东思想不是毛泽东同志个人的思想，是全党在斗争实践中的思想总结。也就是列宁说的，通常是由作为领袖的人来实现的。领袖与党、人民、国家、民族有了如此深的思想之缘，就如父亲与家庭的血缘一样，你中有我，我中有你，不可能一下子分清你我。（见《觅渡》，中国人民大学出版社）

当新中国成立之时，毛泽东走过万水千山，经历千难万险，已被全党接受为列宁所称的“领袖”。他所以能力排众雄，越过陈独秀、瞿秋白、王明、周恩来、张闻天，一路大踏步走来，独领风骚，只因一条：就是实践检验，在无数次的流血、失败中，只有他的意见屡屡正确，一试就灵。从具体的战斗、战役到与国民党斗法、与美国人斗法、与斯大林斗法，都无不铩其羽，而扬我威。我曾问过一位亲自跟追随毛从延安到西柏坡又到北京的老人，我说：周恩来不是长期专管军事吗？转战陕北彭德怀不是打了几个大胜仗吗？他直摇头道：“他们和毛还是不能比，不能比，相差太远。关键胜局都是毛亲自下手指挥。”逢毛必胜，有毛就灵，毛已成神，这是从1921年到1949年28年间血火炼成的信条，已成新中国成立初周恩来这一班副手们和全党全民的习惯思维。周从来没有想去挑战毛，而且他也根本没有这个资格。现在人们对周有好感，是因看到毛后来的过错，在不知不觉中犯了一个时间概念倒置的错误，是一种事后诸葛亮的思维。历史上，周曾是毛的上级，在遵义会议前一直领导毛。

而历史证明其时的中央，包括周都错了，而毛对了；遵义会议之后毛更是得心应手，战无不胜，直至最后摧枯拉朽，如风扫落叶般在中国大地上抹去蒋家王朝。这中间，虽还有一个张闻天是名义上的总负责，但毛都是实际上的决策人。周作为副手，眼见毛指挥若定，出神入化，威信日增，山呼万岁，更是心服口服。

新中国成立之后，时势变化，毛不熟悉经济，出现了错误，却不能自省自察，仍在挟历史之威，大刀阔斧地蛮干。周分工经济工作，已见祸苗，心急如焚，虽屡提不同意见，但已无力回天。一是，毛威望在身，大权在手，绝不会听他的。二是，这时全党、全国上下已视毛为神，任何一种反对意见，不用毛亲自来说什么，舆论就可将其压灭。三是，由于个人崇拜的推行，毛已开始喜听颂扬逢迎之词，于是我们最鄙视的、最不愿看到的历史上重复多次的“君侧不明”的现象出现了，康生、陈伯达、柯庆施，后来的林彪、江青集团，不断谗言蔽上，煽风点火。在毛周围已渐渐形成一个风气不正的小环境。这时，周就更没有去翻脸力争的外部条件和氛围了。

新中国成立之后，周与毛和而不同，表示自己的反对意见主要有两次，结果，周只是尽职责之守小提建议，就惹来毛的大翻脸。

第一次是1956年鉴于经济发展过热，周提出“反冒进”。应该说，这时周还是据实论理，大胆工作，大概还没有过多考虑毛的情绪。就像魏徵对唐太宗犯颜进谏那样。1956年2月8日周主持二十四次国务会议说：“超过现实可能和没有根据的事，不要乱提，不要乱加快，否则就很危险。”他说对群众不要泼冷水，“但领导者的头脑发热了的，用冷水洗洗，可能会清醒些”。4月中央政治局会议，毛提出追加投资，周和大多数人都反对，会后又耐心劝毛，说我作为总理从良心上不能同意这个决定，毛就大不悦，离开北京。1957年10月9日在八届三中全会上毛的发言是《做革命的促进派》，说党委应该是促进委员会，你们那么多人要组织促退委员会，我也没办法。将领导层分成“促退”、“促进”两派，这就有点以分裂相威胁的味道，毛要翻脸了。他毫不客气地对周说，你“反冒进”，我是“反反冒进”的。接着就是一连串的追击。周也万没有想到毛会这样固执，这样情绪化地处理问题。就像唐太宗终于忍不住魏徵的一再进谏而大发脾气了。而在战争时期毛总是多听下级意见，比较各种方案，慎之又慎，现在却判若两人。其实这是一切革命党向执政党转变过程中都会遇到的问题。过了30多年，到党的十五大之后，我们才开始意识到并研究这个理论问题。

1958年1月2日杭州会议、1月11日南宁会议、3月成都会议，毛对周逢会必批。这期间给毛煽风点火的主要有柯庆施等人。其时全国上下都在狂热兴奋之中，连一些严肃的科学家也在为毛的“跃进”奇迹找科学依据。毛正在兴头上，党的领导集团，甚至全国人民都在兴头上。只有周恩来、陈云等少数领导人清醒，他们能与毛翻脸而力挽狂澜吗？当然不能。周这时连话语权也没有了。在1月南宁会议上，毛说周是“促退派”，影响了各部委、省委的情绪，并举着柯庆施的一篇鼓吹“跃进”的文章质问周：“恩来，你是总理，你能写出这样的文章吗?”这已不只是翻脸，是很不给面子，而且有点逼宫之态了。但是周忍了。回京之后就主动提出辞职，毛又不许。他只好再忍。结果是1958年的全国胡来（时隔半个世纪，2008年胡锦涛总书记在纪念改革开放30周年大会上对党史上的这种头脑发热、自乱其政的现象用了一个新词：“折腾”）。

经过1960年开始的三年困难时期，最后那场“大跃进”的闹剧以毛错、周对收场；但并未见到毛有什么正式的自我批评，或对周的褒奖。经过这次较量，周已完全明白用翻脸的办法解决问题是根本不可取的。

周恩来与毛的第二次大分歧是关于“文化大革命”。这是政治路线之争。

自1956年毛与周恩来、陈云在经济思想上发生分歧后，渐渐又与刘少奇、周恩来等在政治路线上发生分歧，主要是对中国社会基本矛盾的分析和形势的估计。先是对城乡社会主义教育运动（即“四清”运动）有分歧，直发展到对“文化大革命”意见相左。在“四清”运动之初，毛提“党内走资本主义道路的当权派”，刘少奇不理解，他说有个别人要走资本主义的路还可以，怎么会有一个“派”呢？他万没想到“文化大革命”事起，已不只是一个“派”的问题，而是全部打倒，连他这个主席也不能自保（叶剑英曾有一词咏“文化大革命”：“串连炮打何时了，罢官知多少”）。最高层唯一保留下来还在工作的旧人就只有周一人了。

和 1956 年处理经济问题不一样，这次毛批准成立了一个“文化大革命”小组，凌驾在党中央、国务院之上。周这个总理对“文化大革命”的反对已不能再有任何正面表达。他所能做的只能是借有限的权力办两件事，一是尽量保护老干部。红卫兵要纠斗陈毅，周就站在人民大会堂门口声色俱厉地说：不行，除非你们从我身上踩过去。国务院各部长已被冲击得连生命都无保证，周就把他们分批迁到中南海里住，半是保护，半是办公。二是抓生产，周带着这支奇怪的“黑帮”部长队伍，艰难地维持着最低的生产秩序，以不要弄到全国人无饭吃。但是对政治方针、对“无产阶级专政下继续革命”、对全国疯狂的个人崇拜、极左的政策，周不用说翻脸，他甚至不能有一点明显的反对。因为，这时更不利的是已形成了两个反革命集团：林彪集团和江青集团。周的地位已排到林彪之后，而江青又因其特殊的身份常在毛面前搬弄是非，陷害、刁难周，甚至设计摧残他的身体。毛既离不开周，但又对周不放心，一度还曾掀起一个“批林批孔批周公”的小高潮。周对此心知肚明，但他更是连一点点翻脸的资格和条件也没有了。

二、翻脸要计算成本和效果

现在回头看，周的经济思想和对“文化大革命”的抵制都是对的。也许我们会说，梁漱溟不是在国务会议上因农村政策和毛拍桌子翻脸了吗？马寅初不是因人口政策与毛公开翻脸了吗？彭德怀不是因“大跃进”问题和毛在庐山吵架公开翻脸了吗？他们都落得一个铮铮铁骨的好名声。周当时为什么就不能也来个拍案而起，分道扬镳呢？省得后人一再议论，背一个逆来顺受或更有不理解者曰之为“虚伪”的骂名。周不是一个普通人，是一国总理，背负着一个国家，十多亿人口。他要考虑后果。如果硬来也行，但那将是两种可以预见的结果。

一、毛以绝对权威，像对刘少奇那样将周当即彻底打倒，甚至人身迫害。这样周那一点点仅有的合法身份和权力将被剥夺干净。人民、国家将会受到更大的痛苦和灾难。而且事实证明，前面所举梁、马、彭等人的翻脸，除留下人格的光环和对后人的启发之外，当时于事并无大补。他们个人的牺牲是起到了揭露错误、倡导民主、改进党风、启迪历史的作用，殊可尊敬。但周恩来不行，他是一国总理，他首先考虑的是国家利益，是当时翻脸之后这个摊子怎么收场。政治需要妥协。

二、周可以将自己的不同政见公布于社会，并说服一部分高级干部和群众追随自己，用票决的办法逼毛表态。以周的威信和能力也是能拉起一股力量的，形成一派甚至一党。但这样的结果就是共产党的分裂，接着是国家政权的分裂。两派、两党甚至是两个政权长期的对峙斗争。因为，全国全民要从乱而后再治，重新统一到一种思想、一个方针，产生一个领袖，以中国这样幅员辽阔、人口众多的国度，没有半个世纪到一百年的争斗，甚至流血是不可能的。中国历史上多次大的分裂就是明证。汉之后经三国两晋五胡十六国南北朝的分裂到隋的重新统一经过了 361 年（公元 220—581 年），唐之后经五代十国之乱到宋的统一，经过了半个多世纪（公元 907—960 年）。元明清是基本上做到了大一统的。从 1911 年辛亥革命到 1949 年新中国成立，大陆统一，用了近 40 年。历史的教训，每一次大分裂都要经过一个相当长的整合周期，才能出现新的平衡统一，这中间人民将遭受无穷的灾难。生命的摧残，经济的倒退，生产力的破坏，山河的破碎，历史上屡见不鲜。如果再有外敌乘机入侵，插手内斗，寻找代理人，就更加复杂。所以，我们可以设想，当时周如果真的大翻脸，一个刚建国十年左右的共和国又将蹈入四分五裂，民众水深火热。这不只是一种设想，事实上，有人曾问过总理，你为什么不站出来公开反对？周说那将会使党分裂，后果更坏。据说刘少奇也说过同样意思的话：在那种情况下只有积极建议，争取把错误降到最小，如果意见不能被采纳，只能跟着走，一起犯错误，将来再一起改正。这比分裂的损失要小得多。

相信，当时的周、刘等一批革命家是认真考虑过翻脸的成本的。不翻脸，是两害相权取其轻，是不得已而为之。

三、隐忍克己，为国为民

有话不能说，或说出来无人听，只能忍，忍在肚子里。这在普通人已是一种煎熬，而一国总理，大任在肩，大责在心，忍则牺牲民利，眼看国事受损；争则得罪领袖，造成党的分裂。这种煎熬就比下油锅还难了。于是只有争中有忍，忍中有争；言语谦恭，行事务实。我们这一代人还清楚地记得“文化大革命”中周的形象，一身藏青色朴素庄重的中山装，胸前总是别着一枚毛泽东手迹“为人民服务”纪念章。他四处灭火，大讲要听毛主席的话，“抓革命，促生产”。这种复杂两难的心理可想而知。他只掌握一个原则：牺牲自己，保全国家。在“文化大革命”中周恩来有一句发自肺腑的名言最能体现他当时的心态：我不下地狱，谁下地狱？

于是我们看到两种情景。

一方面，周在毛的权威面前，俯首帖耳，不置一辞，为毛留足面子；一方面，又留得青山在，好为国为民多燃点光和热。在处理经济问题时，周利用总理身份尽量求实。连毛在1960年也不得不承认：“1956年周恩来同志主持制定的第二个五年计划，大部分指标，如钢等，替我们留了三年余地，多么好啊！”

“文化大革命”时期，毛要打倒刘少奇和一批老干部的想法已很明显。“四人帮”就又拿出当年刘少奇为保护党的高级干部，批准薄一波等71人公开登报后出狱一事来大做文章。周立即给毛写信，表示反对，说这在当时是党的高层通过的。毛不理，并随之将刘也打成叛徒。后来又重翻“伍豪”旧案，借国民党报纸的谣言影射周当年在白区也曾自首。这两件事都是历史上早已搞清、定案的事。周极愤怒，但他还是忍了。

林彪的资历远在周之下，周深知他在历史上的表现并不堪任党的第一领袖，但毛把他选为接班人，把周排在林后，为林服务，这个周也忍了。

在高层中，刘、邓是“文化大革命”的阻力，已陆续被搬开，下一个目标已是周，于是借“批林批孔”，又加上一个“批周公”，其意直指总理。“文化大革命”一开始毛甚至说，不行他就重拉队伍再上井冈山，这与上次说“促进、促退委员会”一样，还是以分裂相威胁。这，周也忍了。江青更是亲自出马或发动亲信攻击和刁难总理。甚至要总理给他改诗，专趁总理输液时要去谈工作，想尽办法折磨总理的身体。这些周都忍了。

在一般人，绝对受不得这种夹板气，早就甩手而去。但总理不能，他强忍恶气，强撑病体，另有大谋。只要不翻脸，不撕破面子，他这个总理就有合法的地位和权力，就能为国办一点事，就能挽狂澜、扶危局。正是：

且忍一腔无名火，咽下一口宰相气。

留得青山传薪火，强支病体撑危局。

能不能“忍”，是对政治家素质的更高一级要求。同时在人格上也是对为公为私、大度小量、远志近利的一种考验。中国历史上为国隐忍的著名的例子是蔺相如与廉颇的故事。廉是功勋卓著的老将，蔺是因才能而擢升为相的新秀。廉不服，常有意辱之，蔺每每相让。二人同住一巷。每天要上朝时，蔺就先让仆人打看廉是否出门，让其先行，如相遇于巷，蔺必自动回车让路。现邯郸还留有此地，就名“回车巷”。下人常为蔺相如羞愧，蔺说，我这样是为国家，只要我与廉团结，不闹分裂，国家强盛，秦就不敢小看赵，廉闻后大愧，遂有“负荆请罪”的故事。记录这个故事的是司马迁。他不但记其事，自己也遇上了一件麻烦事。他因言得罪，受了宫刑，遭奇耻大辱。他痛苦地思考着，到底是死还是活。他在那篇著名的《报任安书》里讲道：“人固有一死，或重于泰山，或轻于鸿毛，用之所趋异也。”这要看你为什么（所趋）而死。他为了完成《史记》，选择了“忍”，忍辱生存，忍辱负重。他列举了历史上许多王侯将相级的大人物强忍受辱，还有孔子、屈原那样的学者忍辱著书。他说：“勇怯，势也；强弱，形也。”你的强弱、勇怯是客观形势所定，你不能为一时义愤或为一己之名而轻举妄动，而要想到身上的责任。周恩来的名位不知超过这些将相王侯几多倍，其所负之责更是重于泰山。所以他就更得“忍”。忍看朋辈半凋零，城头变幻造反旗。他勇敢坚韧地在夹缝中工作，在重负下前行。

现在回头看，总理在忍气吞声、克己为国的心态下确实为党为民族干了许多大事。举其要者，1958 年“大跃进”后，他主持三年调整，医治狂热后遗症，拯救了国民经济。“文化大革命”中，他亲自指挥，处理林彪叛逃事件；“抓革命，促生产”，维持了国民经济最起码的运转，并且还有一些较大突破，如大庆油田的开发等；他抓科技的进步，原子弹、氢弹、卫星实验成功；他抓外交的突破，“文化大革命”中中日、中美建交等等。还有一项更大成功是四届人大召开，促成邓小平复出和一大批老干部的重新起用。为以后打倒“四人帮”，改革开放，奠定了基础。这些都是总理在忍着一口气，没有闹翻脸的情况下，一点一点艰难地争取来的。

我们设想，如果1958年总理翻脸，甩手而去，也许三年困难那一道坎，国家就迈不过去。而在“文化大革命”之乱中，如果总理翻脸而去，就正合林彪、江青之意，他们会更加大行其乱。等到人民已经觉悟，再重新组织力量，产生领袖，扭转乾坤，大约又要经过民国那样的大乱，没有三五十年，不会重归太平。那时中国与世界的差距早不知又落下多远了。

（2009年4月17日）

一个伟人的生命价值

不久前参观了周恩来总理纪念展览。

展览就设在天安门广场的东侧，大会堂对面的历史博物馆里。展览举办虽已两年，但两年来参观的人从第一天起就云集门外，直到现在并不稍减。展品涉及总理从学生时期在天津、北京搞五四运动，到他为革命事业战斗到最后一息，大概有上万件吧。这些文物忠实地记录了周总理的一生，它一件件、一幅幅，静静地展示在人们的面前，默默地安慰着千千万万颗怀念的心。

总理功高盖天，这是人人称颂的，但是他到底有多少业绩却无法数清。展品中有一本《警厅拘留记》，书已旧得发黄，并已有一些剥损。这是周恩来五四时期领导天津“觉悟社”的斗争被捕后，在监狱里编写的。它真实地记录了总理在中国革命的启蒙时期就勇敢坚定地冲杀在斗争的最前线。解放后有人在旧书摊上发现了这本书，就去请示总理，他却坚决不同意收购。还有一份总理亲自修改过的“八一”起义提纲。把“周恩来同志为首的前敌委员会”一句中，“为首的”后面加上了“党的”二字。还有凡提到周恩来同志时，后面都改成了等同志或具体列出了朱德、贺龙、叶挺等同志。我不禁想起，当年八一电影制片厂几次提出要拍“八一”起义的片子，总理都不批准，几次要为总理拍点资料镜头又都被拒绝。要不是总理伟大的谦虚，今天这个展览大厅里不知还会有多少珍贵的文物。

总理日理万机，昼夜操劳，这也是人所共知的，但这其中更深一层的艰辛，人们却极少知道。展品中有一个奇怪的小炕桌，四条细腿，桌面微斜，四围加边，这竟是总理批阅文件的办公桌子。原来，总理的工作是无时无处的。他极累时就靠在椅子上，倚在床上批阅文件。这时就往往在腿上垫几本书或一块三合板。后来邓颖超同志就亲自设计了这个小炕桌。总理住进医院后又在病床上用它来处理纷繁的政务。那些日子，我们从报上看到总理在医院里接见外宾，又哪能想到即使这时他还在用这个小炕桌顽强地工作呢？展墙上有这样一份文件，是 1975 年 3 月 1 日凌晨，新华社发“二二八”起义 27 周年的消息送请总理批示的。总理在重病中立即作了详细批示，并让迅速送当时主管报纸的姚文元。而这时姚文元却早已呼呼大睡了。就在这同一文件上，姚的办公室人员批着：“姚已休息，不阅了。”我看着这炕桌、这文件、这文件上不同的批语，心里有说不出的滋味。这时江青到总理住的医院里大嚼西瓜，寻事胡闹的场面，王洪文在总理输液时，非要叫总理接电话不可的镜头又一一浮现在我的眼前。鲁迅先生说过，他是腹背受敌进行“韧”的战斗。总理，您的晚年何尝不是这样呢？

总理，八亿人民的总理，手握重权，而又那样平易近人，艰苦朴素，竟是使人无法想象的。展览柜里有这样一张收据：“今收到高振朴（周总理）粮票肆两，人民币二角伍分。”后“二角伍分”又改为“三角”。原来是“文化大革命”中总理到一个学校去，就在学生食堂里就餐。炊事员特意为他做了一碗汤，他见同学们没有，就让同学们喝，自己却倒了一碗开水。饭后又让工作人员交了粮票、菜金。他见收据上没有汤钱就又让再补了五分。这一张普通的收据，实实在在地说明，一个伟大的人物又是这样的普通。还有一件睡衣，是总理 1951 年做的，一直穿到逝世。说明牌上写着原来是白底蓝格的绒布。但我瞪大眼睛，怎么看也是雪白的纱布。啊，原来的蓝色哪里去了？原来的线绒哪里去了？总理忧国忧民，白天日理万机，晚上辗侧难眠，20多年的岁月啊，那颜色和线绒哪能不被磨掉呢？伟大的人物，非凡的才能，清贫的生活。总理，古今中外，哪里去寻您这样的伟人呢？

展览的最后一部分有一个橱窗，里面陈列着三件文物。一件是总理生前终日佩戴的“为人民服务”的毛主席像章，红底金字光彩照人；一件是总理办公用的台历，正翻在1976年1月8日；一件是总理生前带的手表，这是一块极普通的“上海”表，尼龙表带已磨破多处，并少了一截，时针正指着9时58分。这是一个晴天炸响了霹雳的时刻，是一个至今还勾起人们心头创痛的时刻！我不禁热泪滚满了两颊。总理，您的巨手翻过了多少页裹着硝烟、浸满汗水的日历，您的心脏合着人民的脉搏跳过了近一个世纪。您立志救国不怕坐牢；您领导上海工人起义、南昌起义，不避炮火；您在重庆、南京深入虎穴不畏敌焰；直到您重病在身后又一再嘱咐医务人员：“一定要把我的病情随时如实地告诉我，因为还有许多工作要作个交代。”啊，您是随时准备为人民献身的，终于您把一切都献出来了。

我步出展览大厅，总感到刚看完的不是一个人的生平展览，好像是读了一本书，上了一堂课，有许多哲理，许多问题，还在脑中萦回、思索。我踏着天安门广场上的方砖，信步走着。突然想到《三国演义》上的一个故事，说诸葛亮死后还从容击退了魏兵的一次进攻。事情的真伪且不必考，但它反映了人们对贤能的人逝去的遗憾。而这样的事情却在20世纪70年代，在这个广场，在英雄碑下，真正地发生了。总理离开我们后的第一个清明节，那时不是敌兵压境，而是乌云压城。但是人民却不畏强暴，聚集在这里，用鲜花、黑纱、诗词作武器，向“四人帮”猛烈开火，那种民心鼎沸、飞檄讨贼的场面是中国历史上空前未有的。是谁在指挥呢？没有任何一个人，只是由于人民对总理的爱，对“四人帮”的恨，是总理对人民的恩泽组织起这场空前的示威。我们是不信人的肉体死后还会有什么灵魂的，但是我们却坚信一个伟人的思想会永存。总理，在他的心脏停止跳动之后，还在确确实实地发挥着领袖的作用，还在指挥人民去继续战斗，完成那未竟之业，还在推动着历史前进。

这就是一个伟人的生命的价值，无穷无尽的，无法估量的价值。

（1978 年 12 月 8 日）

广安真理宝鼎记

2004年是邓小平诞辰百周年。家乡广安有感于小平于国功大、于民恩深，遂略修旧居，以供凭吊；又新铸宝鼎，是为纪念。鼎为青铜所铸，传统式样，圆形、三足，周身饰以夔龙、扉棱之图，高10米，重41.8吨。庄若苍岩，稳如泰山，立于渠江之畔，城东高岸之地，仰对青天，俯视大江。

想当年，正当五四潮起，马列初兴，时代变革，风起云涌，16岁的邓小平胸怀寻求真理之大志，肩负救国救民的理想，就是从现宝鼎脚下的渡口出发，毅然告别家乡，买舟东下，经渠江，入嘉陵，假长江，东出太平洋，漂泊月余抵达法国，勤工俭学求教于异邦，又转而东行，研习马列取经于苏俄。后应召回国，先受命南下领导"百色起义"；又东赴江西，追随毛泽东创建红色政权。之后北上长征，立马太行，逐鹿中原，决胜淮海，挥师渡江，问鼎金陵，直至横扫西南，底定江山，功莫大焉。遇"文化大革命"罹祸，再困于江西。后得复出，绵里藏针，勇斗四凶；举重若轻，收拾残局。高举解放思想、实事求是的大旗，率领全国人民开始了改革开放的新长征。从此党纲重振，国运再兴，河山生辉，百姓安康。神州上下，举国同赞：翻身不忘毛主席，致富感谢邓小平。

向来铸鼎如同立碑，是为醒世记事；铭文胜于碑文，更求标高证远。广安真理宝鼎是为纪念邓小平自 16 岁起投身社会寻求真理，特别是他后期总结“文化大革命”教训，坚持真理标准，开创中国特色社会主义。鼎正面之铭为“解放思想”，背面之铭为“实事求是”，座基刻着小平的另一句名言：“发展才是硬道理”。而面江之整壁石墙则书有小平南方谈话全文。古人云，一言九鼎。小平这几句话兴邦定国，安土乐民；其理灼灼，其效隆隆。铸之于鼎，足可前证国史，后启来人。

宝鼎之下，渠江滚滚，千船竞发，波起潮涌。想风流人物，时势英雄，自古力挽狂澜，中兴大业，能有几人？中国共产党自 1921 年创立，为人民幸福，为民族昌盛，奋斗牺牲凡 28 年。然建国之后路更长，行更难。试承包、变体制，走走停停几回摸索；“跃进”潮、“文革”浪，起起落落多少风云。其间探求殊多，争论殊多，教训殊多。更一度思想僵化，如履薄冰。是小平 1978 年领导了真理标准大讨论，披沙拣金，拨乱反正；1992 年又巡视南方，再破陈规，急促发展。从此敞开国门看世界，大胆改革走市场。我古老中华重又跟上时代步伐，崛起民族之林。

邓小平纪念广场上的真理宝鼎及宝鼎下的碑文

宝鼎之侧，巷陌深深。故里情怀，桑绿荷红。千窗洞开忆往事，石板小路寻旧影。树高千丈不离土，伟人永在百姓中。想古往今来，有多少人物，起于垄亩，败于庙堂。唯共产党人，种子土地，永让于民。邓小平说：“我是中国人民的儿子。”其言何真，其情何深。

"文化大革命"后复出，小平已年届七十，他说，我还能工作20年，不是做官，是要干事。他别无所求，说只要国家发展了，我当一个富裕国家的公民就行。其先忧后乐何等胸襟！古人有云，半部《论语》治天下。"白猫黑猫"，小平只用一句民间俗语就笑谈真理，运转乾坤。他真正是想亦百姓，做亦百姓，言亦百姓。百姓何能忘小平？曾记否，三落三起民心在，"小平您好"动京城。今日，鼎下渠江流日夜，故里年年柳色新。

大哉宝鼎，真理之鼎。未知世界，艰难探寻。长夜早起，哲人先行。读铭思理，不忘小平。

大哉宝鼎，伟人之魂。巍巍山岳，涛涛江声。华夏大地，故里春风。依鼎怀人，难忘小平。

大哉宝鼎，万民之情。鼎之沉沉，民心所凝。天地不老，岁月留痕。人民儿子，永远小平。

（2004年7月）

邓小平认错

一个时代的转型和国家的进步，是以其领袖的思想转变为标志的。当我们欢呼中国改革开放 30 年的成就时，不能不追溯到 30 年前的一个思想细节。

1978 年 10 月邓小平访问新加坡。而这之前中国在极左时期一直称新为“美帝国主义的走狗”。当邓小平吃惊地看到新加坡的成就时，他承认对方实行的对外开放、引进外资的方针是对的。当谈到中国的对外方针时，李光耀说，中国必须停止革命输出。邓小平停顿片刻后突然问：“你要我怎么做?”这倒让李吃了一惊。他就大胆地说：“停止马共和印尼共在华南的电台广播，停止对游击队的支持。”李光耀后来回忆：“我从未见过一位共产党领袖，在现实面前会愿意放弃一己之见，甚至还问我要他怎么做。尽管邓小平当时已 74 岁，但当他面对不愉快的现实时，他还是随时准备改变自己的想法。”

这次新加坡之行，邓小平以他惊人的谦虚代表中国共产党和政府承认并改正了两个错误。一是，改变保守自闭，对外开放，引进外资；二是，接受建议，不再搞革命输出，大大改善了中国的对外关系。这是多么难能可贵的自我批评精神啊。

人孰能无错？但并不是人人都能事后认错。普通人认错难，有光环笼罩和鲜花托举的伟人、名人认错就更难。但也正是这一点考验出一个人的品格与能力。纵观历史，名人喜功、贪功的多，自责、担责的少。像邓小平这样，大功不自喜，大德不掩错，是真伟人。平时，我们看一个人的成功，总是说他发现了什么，创造了什么，其实同样重要的另一面是他承认了什么，改正了什么。当一个人承认并改正了前一个错误时，就为他的下一个创造准备了条件，铺平了道路。而当一个伟人这样做时，他就为国家民族的复兴铺平了道路。延安时期搞抢救运动，伤害了革命同志，毛泽东亲自到会道歉，脱帽鞠躬。1958 年犯了“大跃进”错误，第二年在庐山会议上毛泽东认错说：“去年犯了错误，每个人都有责任，首先是我。”当然，这次认错不彻底也为以后的“文化大革命”留下祸根。“文化大革命”之后，小平主政，总结历史教训，他没有委错于人，而是代毛泽东认错，说：“讲错误，不应该只讲毛泽东同志。‘大跃进’，毛泽东同志头脑发热，我们不发热？在这些问题上要公正。中央犯错误，不是一个人负责，是集体负责。”后来他又多次讲到，不争论，团结一致向前看。是这种谦虚的实事求是的科学态度，保证了大转折时期的平稳过渡。一个领袖的英明，包括他的智慧、魄力，也包括他的谦虚、诚实。一个民族的幸福不只是有领袖带领他们取得了什么成就，更是带领他们绕开了什么灾难。领袖一念，国家十年，伟人多一点谦虚，国家就少一次失误，多一次复兴的机会。

认错是痛苦的，一个伟人面向全体人民和全世界认错，更要经受巨大的心灵痛苦。党犯了错误，总得有人出来担其责，重启新航；一个时代的失误，总得有人来画个句号，另开新篇。这不是喜气洋洋的剪彩，是痛定思痛、发愤图强的誓言。只有那些敢于担起世纪责任的人，才会有超时代的思考；只有那些出以公心为民造福的人，才能不图虚名，面对现实，实事求是。当我们今天沉浸在改革开放的喜悦中时，请不要忘记当年一代伟人痛苦的思考和艰难的抉择。

（2008 年 8 月 27 日）

（《党建》2008 年第 10 期）

谁敢极言？谁能极言？

我们平常讲到一个问题的重要，或者为引起重视，就说“极言之”，如何，如何。可见人们的思维习惯是要听要害之点，不愿听不痛不痒的套话。

我们现在纪念改革开放30周年，不能忘记小平同志在1980年1月的一段著名讲话：“近三十年来，经过几次波折，始终没有把我们的工作着重点转到社会主义建设这方面来……现在要横下心来，除了爆发大规模战争外，就要始终如一地、贯彻始终地搞这件事，一切围绕着这件事，不受任何干扰……扭着不放，‘顽固’一点，毫不动摇。”当时为强调不受干扰，他还说了一句话：“我要买两吨棉花，把耳朵塞起来。”你看，横下心、不受干扰、始终如一、顽固一点、买两吨棉花，何等坚决，这就是“极言”，抓住问题的要点，以极其鲜明的态度，表达自己的意见。我们回首30年的大发展、大成功，不能不佩服邓小平这段话的精辟。什么叫振聋发聩，什么叫挽狂澜于既倒，什么叫力排众议，此言之谓也。

就像名医号脉、扎针，政治家、思想家之评事论政也是号脉、扎针，不过取的是思想之穴，号的是时代之脉。回顾28年前邓小平这段话，又使我们想起马克思也有一句“极言之”的话，讲得更彻底：“无论哪一个社会形态，在它所能容纳的全部生产力发挥出来以前，是决不会灭亡的；而新的更高的生产关系，在它的物质存在条件在旧社会的胎胞里成熟以前，是决不会出现的。”“无论”、“决不”，其口气之坚决，不容半点商榷。实践是检验真理的唯一标准，小平那段话，经过30年的检验足见其真，而马克思的这一段话已过去一百多年，我们是在栽了几个跟斗、吃了许多亏后才深刻理解的。

能极言，敢极言，除了深刻的洞察力，还要有坚持己见的勇气。自信自己是站在真理一边。彭德怀在庐山遭批判后六年不认输，1965年毛泽东给他分配工作时说：“也许真理在你一边。”近读到一则史料。当年袁世凯要复辟称帝，大造舆论。梁启超毅然站出来写文章反对，其中有一段可谓极言，掷地有声：“由此行之，就令全国四万万人中，三万万九千九百九十九万九千九百九十九人赞成，而梁某一人断不能赞成也。”当年马寅初因为提倡节制生育受到批判，他也是这种勇敢：“老夫年过八十，明知寡不敌众，自当单身匹马，出来应战，直到战死为止。决不向专以压制，不以理说服的那种批判者投降。”

极言，是指极准确、极深刻、极彻底，绝不是我们平时说的意气用事，故走极端。逞一时之快绝不算什么英雄。敢极言之人恰恰是深思熟虑，敢当大事、能为大事之人。中英香港遗留问题是个难题。1982年9月英国首相撒切尔夫人来华想再拖延交还香港。外交谈判一般是讲究方式、方法，甚至用语还要圆滑一点。但邓小平却以一席直白的铁板钉钉、力不可撼的极言，敲定了香港回归的大局。他说：“主权问题是一个不可讨论的问题。”“如果中国在1997年，也就是中华人民共和国成立48年后还不把香港收回，任何一个中国领导人和政府都不能向中国人民交代。如果不收回，就意味着中国政府是晚清政府，中国领导人是李鸿章!”就是这段态度极为明确的表态，让号称“铁娘子”的首相夫人一时头晕，走出大会堂时竟失态跌了一跤。当时有我一部长失言，说香港回归后可不驻军，邓说，无知，立即将其撤职。极言的后面必有极坚决之立场和行动为证，当年梁启超讲了那段极言之后就与他的学生蔡锷联络，策划起兵反袁了。

“极”是什么？是极点，是思想的最深处，问题的最关键点。观察事物要能找到那个点，写文章要能说出那个点。福楼拜说：“写一个动作，就要找到唯一的动词；写一件物体，要找到唯一的名词。”中国古代叫“推敲”。这是在语言层面求准确，而进一步求思想层次的准确，就是要找到那个问题的唯一的关节点，也就是极点、拐点。这样的文章才有个性，才有深度，才是一把开启人思想的钥匙，是一座照路的灯塔。

古今文章无不在追求两个极点，一是形式美的极点：字、词、音韵、格律、结构，如“落霞与孤鹜齐飞”之类；二是思想的极点，一言成名彪炳千古。我们还可举出一些著名的例子。如毛泽东在1930年革命低潮时讲的“中国革命高潮快要到来，决不是如有些人所谓‘有到来之可能’那样完全没有行动意义的、可望而不可即的一种空的东西……它是立于高山之巅远看东方已见光芒四射喷薄欲出的一轮朝日，它是躁动于母腹中的快要成熟了的一个婴儿”。还有林则徐关于禁烟的著名奏折：鸦片不禁几十年后将无可以御敌之兵，无可以充饷之银。若鸦片一日不禁，本大臣一日不回，誓与此事相始终。还有当年左宗棠在湖南初露头角，遭人构陷，险掉脑袋。大臣潘祖荫等上书也有一句极言：“天下不可一日无湖南，湖南不可一日无左宗棠。”救了一个历史功臣。这一句话也成了名言。凡在历史上站得住的极言都成了思想的里程碑。可惜我们现在报章上的套话太多，有思想光芒的极言难得一见。这是学风、文风不振的表现，极言之，将是民族思想的萎缩，令人担忧。

我劝天公重抖擞，不拘一格降文章。

（《人民日报》2008年9月24日）

邓小平的坚持

被称为“新时期”的中国改革开放30年，无疑将作为共和国的“中兴”史载入史册。相信以后许多史家会来研究这一特殊历史现象。其中原因诸多，“文化大革命”教训，时势使然；人民意志，时代潮流；时势造英雄，小平来掌舵；等等。这所有一切，当然都是多难之后兴邦的因素。但像一切领袖的成功一样，邓小平性格、意志因素不容忽视。这就是他坚定果断，敢于坚持己见。

改革就是一场革命。既要能提出新的思想、新的方针，还要能力排众议，坚持这个新思想、新方针。两者缺一不可。历史上提出方案，未能坚持，虎头蛇尾而流产的改革实在不少。小平是中国改革的总设计师，其高瞻远瞩的战略设计思路已为人所熟知，而在战术实施中的坚定不移，则还不大为人注意。近读史料，发现其例甚多。

1977年8月小平主持教育工作座谈会。大家主张恢复高考，但又觉得今年来不及，希望从明年开始，而且教育部的原招生方案报告也已送出。小平说，就从今年改！打破常规，冬季招生。让教育部追回发出的报告，他亲自修改。这一步棋改写了中国“文化大革命”十年的教育史。人才兴，国运兴。

“百科全书”，向来被称为“没有围墙的大学”，是提高民族素质和国家文化建设的基本工程。法国新兴资产阶级最早就是通过编译百科全书（史称百科全书派）进行思想启蒙，普及新知识而导致了1789年的法国资产阶级大革命，资产阶级登上历史舞台。以后百科全书随时增改，渐成一部世界性的知识总汇。十一届三中全会后，小平指示翻译出版美国《不列颠百科全书》（1768年英国出版，20世纪初转让给美国，1974年出到第15版）。消息传出社会上议论纷纷：我们怎么能出版美帝国主义的书？小平不为所动，他接见美方人员说："全世界都知道《不列颠百科全书》在学术领域内具有权威性的地位。我们中国的科学工作者把你们的百科全书翻译过来，从中得到教益，这是很好的一件事情。"在小平的坚持下，中美双方组成联合编审委员会，历时十年，全书终于出版。

香港回归是一件大事。政策性强，处理起来较复杂。1983年5月香港记者故意设套，问：回归后我方可否不驻军。我一高级官员，含糊答道：也可不驻。港报纷纷登于头条。小平大怒，在一次招待香港记者的会上，本已散场，小平说：请你们回来，给我发一条消息。说可以不在香港驻军，胡说八道！英国人能驻，我们自己怎么反而不能驻？他给外交部批示：在港驻军一条必须坚持，不能让步！

1992年，小平视察南方，下面汇报时说："我们一定贯彻您的指示。"他说："我的话可能有点用，但我的作用就是不动摇。"

敢坚持、不动摇是领袖的基本素质。领袖一身而系天下，稍有犹豫就地动山摇。轻者是一件事的失败，大者影响民族命运，历史方向。我们常说时势造英雄，而特殊时刻竟是英雄一念铸就历史。朱可夫在回忆苏联艰难的卫国战争时说：许多时候我们实在顶不住了，但就是由于斯大林坚强的意志让我们转败为胜。坚持真理是政客与政治家的根本区别。政客是从私利出发，看着风向走。政治家是从国家民族利益出发，向着理想前进，他认准的事，就是再难、再险，杀头牺牲也不改变。毛泽东敢于坚持的典型例子是在井冈山革命低潮时，他敢说革命高潮就如一轮喷薄欲出的红日，这信念一直坚持到 20 多年后终于建国。邓小平坚持最久的例子是 1962 年就提出，让农民自己选择生产关系，不管白猫黑猫抓住老鼠就是好猫。一直坚持到 16 年后，1978 年中国开始全面的农村土地制度改革。坚持是意志力的表现，但意志力的背后是思想的穿透力。

两个摔跤手的坚持是谁压倒谁，两军对阵的坚持是谁吃掉谁，而一个领袖对正确方针的坚持则是一个民族的崛起，一个新时代的到来。

（2009 年 1 月 23 日）

清贫之碑
——读《清贫》

方志敏在被捕后敌兵饿狼一样把他浑身搜了一遍，没有搜出一个铜板。对方实在不能理解这个共产党员的大官。他预感到生命行将结束，就提笔为我们留下一篇文章：《清贫》。

在《清贫》中，方志敏提出要过“洁白朴素的生活”，唯此，才可以战胜一切困难。人是由物质和精神两部分组成的，没有起码的衣食保证当然无法生存。但是，如果为物所累，也就没有了精神生命。一个人如果没有了精神，则随时可以投降、变节、苟安、屈服，也就滑向了委琐的甚至肮脏的生活。

当年蜀帝刘禅亡国被俘。司马氏整日以酒肉歌舞相待，他乐不思蜀，对方就大为放心。一个酒肉歌舞就能收买的人，还能有什么大志？现在，可以收买干部的东西太多了，车子、房子、金钱、美女、官职。林则徐因虎门销烟获罪，民间准备为他筹钱赎罪，他坚决拒绝，宁愿西出玉门，充军新疆。他追求一种精神，一种没有被污染了的生活。他成了一代民族英雄，他的名言“无欲则刚”，也成了一切有为之士的座右铭。

从来振聋发聩的好文章都是鲜血写成，然后又为历史所检验。方志敏和无数先烈以身无分文的清贫换来了人民的江山。当年衣不蔽体，在山沟里被追得东躲西藏的“匪党”现在成了执政党，当年贫穷的国家也富居世界第三，但是贪污腐败却暗暗滋生，一种糜烂生活却传染开来。全国首例巨贪高官，副省长胡长清贪污案，就发生在方志敏战斗牺牲的江西。历史再次证明，身无分文，心忧天下，必得天下；手握大权，心怀私利，必失天下。让我们记住方志敏的话，过“洁白朴素的生活”。

《清贫》是一座人格的丰碑。

（《经济晚报》2007 年 11 月 9 日）

张闻天：一个尘封垢埋却愈见光辉的灵魂

从来的纪念都是史实的盘点与灵魂的再现。

中国共产党建党90周年了。这是一个欢庆的日子，也是一个缅怀先辈的日子。我们当然不会忘记毛泽东、邓小平这两个使国家独立富强的伟人；我们不该忘记那些在对敌斗争中英勇牺牲却未能见到胜利的战士和领袖；同时我们还不能忘记那些因为我们自己的错误，在党内斗争中受到伤害甚至失去生命的同志和领导人。一项大事业的成功，从来都是由经验和教训两个方面组成；一个政党的正确思想也从来是在克服错误的过程中产生。恩格斯说，一个苹果切掉一半就不是苹果。一个90年的大党，如果没有犯错并纠错的故事，就不可能走到今天。当我们今天庆祝90年的辉煌时，怎能忘记那些为纠正党的错误付出代价，甚至献出生命的人。

这其中的一个代表人物就是张闻天。

一把钥匙解党史

张闻天曾是中国共产党的总书记。1964年4月16日，毛泽东说，在他之前中共有五朝书记：陈独秀、瞿秋白、向忠发（实际主持工作的是李立三）、博古、张闻天。张算是第五朝了。毛泽东称张闻天是“明君”，并开玩笑叫张的夫人刘英为“娘娘”（毛还是长征时为张、刘二人牵得姻缘的“红娘”）。因他在张领导下分管军事，就自称“大帅”。1935 年 1 月遵义会议后，张接替博古做总书记，真正是“受任于败军之际，奉命于危难之间”。算到 1938 年共产国际明确支持毛为首领，张任总书记是 4 年；算到 1943 年 3 月中央政治局正式推定毛为主席，在组织上完成交替，张任总书记是 8 年。无论 4 年还是 8 年，张领导的“第五朝”班子是中共和中华民族命运的重要的转折期。因为中共从 1921 年建党到 1949 年取得政权总共才 28 年。

现在回头看，张在第五任总书记任上干了三件影响中国历史的大事。一是把毛泽东扶上了领袖的位置，成就了一个伟人。遵义会议后毛的实权并没有一步到位，只是协助周恩来指挥军事。张闻天是总书记，知人善任，他说：“二次回遵义后，我看出周恩来同志领导战争无把握，故提议毛泽东同志去前方当前敌总指挥。”后来又决定毛分管军事，从此毛周就调换了位置，周成了毛的军事助手。毛借军事方面的才能进而在全党一步步确立了权威。二是正确处理西安事变，抓住了这个千载难逢的机会实现了第二次国共合作，共产党得到了难得的喘息之机，并日渐壮大。三是经过艰苦工作实现了国内战争向民族抗日战争的转变，共产党取得了敌后抗战领导权，获得民心，从此步步得势，直至取得政权。可见这“第五朝”是从建党到建立新中国的关键一朝，就算这期间毛泽东在逐渐过渡接班，张这个“明君”至少也有半朝之功吧。但

张闻天

是在以往的宣传中，张却几无踪影。他生前被逐渐地闲置、淡化、边缘化，直到悄无声息地去世。可是东边日出西边雨，历史无情又有情。在他去世几十年后，终于潮落石出，他的功绩又渐渐显现出来，他的思想重又得到后人的认同。这不能不说是党史上的一个奇观，是历史唯物主义在“显灵”。

按毛泽东的说法，张是五朝，毛就是六朝。张与毛的交接既是党内政权五、六朝之间的交替，又是中共从夺权到掌权、从革命党到执政党的转变，还是张、毛这两个出身、修养、性格截然不同的领袖之间的交班。在五朝时，张为君，毛为臣，“瓦窑堡会议”两人合作甚洽，完成了党的抗日统一战线策略的重大转变；到六朝时倒了过来，毛为君，张为臣，两人吵架于“庐山会议”，党犯了“左”的错误，元气大伤。时势相异，结果不同，两人的合作或好或坏，党的工作局面就或盛或衰。可以说毛、张的恩恩怨怨、分分合合是解开党史、国史谜团的一把钥匙，也是留给后人的一笔文化财富。

张闻天与毛泽东都有强烈的革命理想和牺牲精神，但两人的出身、经历、知识结构和性格都差异很大。张闻天上过私塾，读过技术学校，留日、留美、留苏，系统研究并在大学讲授过马列，翻译过马恩作品。他爱好文学，写过诗歌、散文、小说，也译介过外国文学作品，发表过大量文艺批评文章。1922 年诗人歌德 90 周年诞辰时他发表了两万字的长文，这是中国第一篇系统介绍歌德《浮士德》的论文。他属于开放型的知识结构，性格随和包容，与周恩来、邓小平、聂荣臻等同属党内的留洋开放派。毛泽东出身农家，受传统国学教育较深，几乎未出国门。他熟读史书，特别是熟知治国御人的典故，虽思想高远，但性格刚烈、褊狭、好斗。他自己也知道这个缺点，曾讲其弟毛泽覃批评他说：“共产党员又不是你毛家祠堂。”张、毛两人这种不同的知识背景、性格基因决定了他们的命运甚至党和国家的命运。

惹人怨怒因红颜

毛泽东与张闻天（洛甫）曾有一段合作的蜜月，即 1935 年遵义会议后到 1943 年延安整风前。这也正是前面所说张为党建树三大功劳的时期。据何方先生考证，1935 年 10 月红军长征到达陕北，到 1938 年 9 月六中全会，两人联名（多署“洛、毛”）发出的电报就有 286 件。这时期他们以民族利益为重，小心合作，互相尊重。如西安事变一出，毛主张“审蒋”，张主张和平处理，毛随即同意；红军到陕北后到底向哪个方向发展，张要向北，毛要东渡，后来张又同意了毛的意见，并率领中央机关随军，“御驾亲征”。向来历史上“明君”与“能臣”的合作都是国家的大幸，会出现政治局面的上升期，如刘备与诸葛亮、唐太宗与魏徵、宋仁宗与范仲淹的合作等。当毛称张为“明君”，自己为“大帅”的时候，也正是中共第五朝兴旺之时，总书记民主，将帅用心，内联国军，外御日寇，民心所聚，日盛一日。这时毛分管军事，随着局面的打开，其威信也水涨船高。张、毛合作的这一段蜜月期也正是全党政治局面的上升期。

但这时发生了一件不大不小的事。贺子珍与毛不合出走苏联，江青乘虚而入。但是党内高层几乎一片反对声，纷纷向张闻天这个总书记进言，就连远在敌后的项英也发来长电，他们实在不放心江青的历史和在上海的风流表现，认为这有损领袖形象。张无奈，便综合大家的意见给毛写了一信，劝其慎重考虑。谁知毛看后勃然大怒，将信撕得粉碎。说：“我明天就结婚，谁管得着!”他第二天就在供销社摆酒，遍请熟人，却不请张这个“明君”。时在 1938 年 11 月。这是毛与张的第一次结怨，毛记下了这个仇。

每一个历史事件，哪怕是一件小事，就像树枝上的一个嫩芽，总是在它必然要长出的地方悄悄露头，然后又不知会结出一个好果子还是坏果子。江青的出现恰到好处，从私生活上讲正是贺子珍的出走之际，从政治上讲又正是毛泽东的地位已经初步确立之时（两个月前刚开过六届六中全会），他已有资格与上级和战友们拍桌子。要是在遵义会议前，毛正落魄之时，估计也不会这样发威。毛江结婚这个嫩芽后来结出了什么政治果子，这是大家都知道的。其实毛这一怒可能还有更深一层的原因。他是文化的本土派，从骨子里排斥留洋回来的人。瑞金时期对他的不公平让他痛恨从莫斯科回来的人，延安整风他大反宗派主义，其实他心里也是有一个“派”的。1938 年周恩来从苏联养伤回来，顺便转述共产国际负责人的话，说张闻天是难得的理论家，毛愤而说：“什么理论家，背回一口袋教条。”可知其内心深处的芥蒂之深。

张闻天性格温和，作风谦虚，绝不恋权。他任总书记后曾有三次提出让位，第一次是遵义会议后党需要派一个人到上海去恢复白区工作，这当然很危险，他说“我去”，中央不同意，结果派了陈云。第二次是张国焘搞分裂，向中央要权，为了党的团结，张说“把我的总书记让给他”，毛说不可，结果是周恩来让出了红军总政委一职。第三次就是 1938 年的六中全会，会前王稼祥明确传达了共产国际支持毛为领袖的意见，张就立即要把总书记的位子让给毛。因为其时王明还在与毛争权（张国焘这时已经没有多大的力气了），毛的绝对权威也未确立，还需要张来顶这个书记，毛就说这次先不议这个问题。张在后来的《反省笔记》中说：“六中全会期间我虽未把总书记一职让掉，但我的方针还是把工作逐渐转移，而不是把持不放。自王明同志留延安工作后，我即把政治局会议地点移到杨家岭毛泽东同志的住处开，我只在形式上当主席，一切重大问题均由毛主席决定。”那时共产党很穷，政治局也没有个会议室，谁是一把手，就在谁的窑洞里开会。张把实权让掉后就躲开权力中心，到晋西北、陕北搞农村调查去了。而在毛的心里，也就再没有张这个“明君”。

忍辱负重二十年

1945 年日本投降后张作为政治局委员要求去东北开展工作（就像当年要求到上海开展工作一样），这正合上意，立即得到批准。他先后任两个小省省委书记，而还不是政治局委员的李富春却任东北局的副书记。这样使用显然有谪贬之意，但张不在乎，只要有工作干就行。

早在晋西北、陕北调查时，张就对经济工作产生了极大的兴趣。这回有了自己的政权，他急切地想去为人民实地探索一条发展经济、翻身富裕的路子。而勤于思考，热心研究新问题，又几乎是张的天赋之性。1936 年 12 月西安事变后他和战友们成功地促成了从国内战争向民族战争的转变，这次他也渴望着党能完成从战争向建设的转身。他热心地指导农村合作社，指出不能急，先“合作供销”，再“合作生产”。合作社一定要分红，不能增加收入叫什么合作社？新中国将要成立，他总结出未来的 6 种经济形式，甚至提出中外合资。这些思想大都被吸收到毛泽东七届二中全会的报告中。东北时期是他工作最舒心的时光。

但是好景不长，1951 年又调他任驻苏联大使，这显然有谪贬、外放之意。因为一个政治局委员任驻外大使这在中国和整个社会主义国家都是空前绝后的。这中间有一件事，1952 年刘少奇带中共代表团出席苏共十九大，团员有中央委员饶漱石、陈毅、王稼祥，候补委员刘长胜，却没有时为政治局委员的驻苏大使张闻天，这是明显的政治歧视。试想，张以政治局委员身份为几个中央委员、候补委员服务，以大使身份为代表团跑前跑后，却又上不了桌面，是何心情？这就像当年林则徐被发配新疆，皇上命他勘测荒地。林则徐风餐露宿，车马劳顿，终于完成任务，但最后上呈勘测报告时，却不能署他的名字，因为他是罪臣。这些张闻天都忍了，他向陈云表示，希望回国改行去做经济工作。陈向他透露，毛的意思，不拿下他的政治局委员，不会给他安排工作。周恩来兼外长工作太忙，上面同意周的建议调他回来任常务副部长，但外事活动又不让他多出头。1956年党的八大，他以一个从事外交工作的政治局候补委员要作一个外交方面的发言，不许。这种歧视倒使他远离权力中心，反而旁观者清。他在许多大事上表现得惊人的冷静。1957年反右，他在外交部尽力抵制，保护了一批人。1958年“大跃进”，全国处在一种燥热之中，浮夸风四起，荒唐事层出。他虽不管经济，却力排众议，到处批评蛮干，在政治局会议上大胆发言。1958年8月北戴河会议是个标志，提出钢铁产量翻一番，全国建人民公社，运动一哄而上。10月他在东北考察，见土高炉遍地开花，就对地方领导说这样不行，回京一看，他自己的外交部大院也垒起了小高炉。他说这是胡来，要求立即下马。1958年10月13日《人民日报》发表张春桥的文章《破除资产阶级的法权思想》，否定按劳分配，宣扬一步跨进共产主义。毛泽东很欣赏此文，亲自加按语。当人们被那些假马列弄得晕头转向时，他轻轻一笑说，这根本不是马列主义，恰恰违背了马列理论的最基本常识。按劳分配是社会主义阶段的分配原则，是唯一平等的分配标准，怎么能破除呢？而毛却认为按劳分配的工资制是资产阶级法权，甚至想恢复战时的供给制。对于“人有多大胆，地有多大产”之类的口号，张说这违背主客观一致的辩证法原则。并且他在这些现象背后已经看到了更可怕的个人崇拜的问题。上面好大喜功，下面就报喜不报忧，他到海南视察，那里都饿死人了也不敢上报。在1958年4月的上海会议上，毛说要提倡海瑞精神，不要怕杀头。张说：海瑞精神固然重要，但更重要的是民主气氛，要使人不害怕，敢讲话。当时为迎合毛，领导干部送材料、写文章都争着引毛的话。而张在文章中据理说事，很少引语录去阿谀迎合。毛对此心知肚明，认为他骄傲、犯上，两人就隔膜更深。当然，今非昔比，现在已是毛为“君”、张为“臣”，为大局张闻天也不得不委曲求全，多有隐忍。1958 年 4 月他向毛写信汇报看到的跃进局面，本想再提点意见，犹豫再三还是暂不说为好。毛看了很高兴，遂给他回一信，但仍不忘教训和挖苦："你这个人通了，我表示热烈的祝贺。我一直不大满意你。在延安曾对你有五个字的批评，你记得吗？进城后我对恩来、陈云几次说过，你有严重的书生气，不大懂实际。记得也对你当面说过。今天看了你的报告引起我对你的热情。"上述看法"可能对你估计过高，即书生气，大少爷气，还没有完全去掉，还没有完全实际化。若果如此，也不要紧，你继续进步就是了"。这哪里是对当年的"明君"说话，是对一个小学生的训斥。毛已经摆出"帝王"架势，对他的臣下任意挖苦、奚落了。信里说的当年给张的那五个字是"狭、高、空、怯、私"，可见在毛的眼里，张一无是处，而且还总记着他的老账，他也是强为隐忍。

从 1938 年到 1958 年，这 20 年间，张的职务是六届中央政治局常委（还有几年总书记）、七届政治局委员、八届政治局候补委员。但是，在整风后张只分管一个四五人的中央材料室，后又下基层，出国任大使，长期高职低配，久处江湖之远，而再未能登庙堂之高。就是对他在遵义会议后主持全党工作的那段经历也绝口不提。张在党内给人留下的形象是犯过错误，不能用，可有可无。对张来说，20 年来给多少权，干多少活，相忍为党，尽力为国，只要能工作就行。但他又是一个勤于思考的人，可以忍但不能不想。这也应了毛的那句话："卑贱者最聪明，高贵者最愚蠢"，张远离"庙堂"，整日在基层调查研究，接触"卑"工"贱"农，工作亲力亲为，又有扎实的理论基础，自然会有许多想法。无论毛怎样地看他、待他、压他，为党、为国、为民、为真理，他还是要说实话的。庐山上的一场争论已经不可避免。

一鸣惊破庐山雾

1959 年 6 月中旬张闻天刚动了一个手术，中央 7 月 2 日开庐山会议，他本可不去，但看到议题是：总结经验，纠正错误，他决定去。这时彭德怀刚出访8国回来，很累，不准备上山，张力劝彭去，说当此总结经验、纠正错误之时，不可不去，哪怕听一听也好。不想这一劝竟给他们俩惹下终身大祸。

庐山会议本是要纠“左”的，但是船大难调头。思想这个东西像浮尘一样，一旦飘起来，就是日落风停，也得等到明天早晨才能尘埃落定。何况这又不是一个人的一时之念，而是一个大党的指导思想。这时总路线、“大跃进”、人民公社在人们心中鼓起的狂热，已是尘嚣难停。“大跃进”出现了问题，不得不纠“左”，自揭其短，毛泽东本来就不大情愿，而这时干部中的狂热者还不在少数。有一拨儿高干围在毛的身边，说再纠“左”就要把气泄光了，鼓动他赶快反右倾。田家英在小组会上只如实说了一点在四川看到的问题，西南局书记李井泉就立即打断，不容揭短，对这个天子身边的人也敢不敬。1959年，新中国刚建立十年啊，共产党的干部还保留着不少战争思维，勇往直前，不计代价，不许泄气，不许动摇军心。还有一些人则是投毛所好，摇旗呐喊，如上海的柯庆施、张春桥等。这时正好彭德怀有一封信，认为错误检讨得还不够彻底，毛就借题发挥，小题大做，抓住彭德怀这个典型，上纲上线，转而大批右倾了。这种轻率的转向反映了当时全党对经济建设的规律还不熟悉，而在政治上一言堂、个人崇拜已经是露头了。

张闻天早就有话要说，不吐不快，眼见会议就要收场，他加紧准备发言提纲，32开的白纸，用圆珠笔写了四五张，又用红笔圈圈点点。田家英听说他要发言，忙电话告之，“大炼钢铁”的事千万不要再说，上面不悦。他放下电话沉吟片刻，对秘书说：“不去管它！”胡乔木也感到山雨欲来，21日晨打来电话，劝他这个时候还是不说为好，一定要说也少讲缺点。张表示：吾意已决。21日下午，张带着这几天熬夜写就的发言提纲，带着秘书，吩咐仔细记录，便从177号别墅向华东组的会场走去。又一颗炸弹将在庐山爆炸。

与彭德怀的信不同，张的发言除讲事实外，更注重找原因，并从经济学和哲学的高度析事说理。如果说彭的信是摸了几颗瓜给人看，张的发言就是把瓜藤提起来，细讲这瓜是怎么长出来的。针对会上不让说缺点，怕泄气，他说缺点要讲透，才能接受教训；泄掉虚气，实气才能上升。总结教训不能只说缺乏经验就算完，这样下一次还会犯错误，而是要从观点、方法、作风上找原因。如“刮共产风”，就要从所有制和按劳分配上找原因。他说好大喜功也可以，但是主客观一定要一致；政治挂帅也行，但一定要按经济规律办事。坏事可以变好事，是指接受教训，坏事本身并不是好事，我们要尽量不办坏事。他特别讲到党风，说不要听不得不同意见，不要怕没有人歌功颂德。毛主席说要敢提意见，不要怕杀头，但人总是怕杀头的，被国民党杀不要紧，被共产党杀要遗臭万年的。领导上要造成一种空气，使下面敢于发表不同意见。最后，他提到最敏感的彭总的信。明知这时毛已表态，彭正处在墙倒众人推的境地，但他还是泰然支持，并为之辩护、澄清。说到信中最敏感的一句话“小资产阶级狂热性”，他为之辩道：这话不说可能好一点，说了也可以。共产风不就是小资产阶级狂热性？

他发言的华东组，组长是柯庆施。柯最善看毛的眼色，跟风点火。连毛都说“大跃进”的发明权要归于柯庆施。1958 年 1 月南宁会议，毛批周恩来，嫌他保守，曾一度动了以柯取代周恩来当总理的念头。柯在“文化大革命”前病逝，有人说柯要不死，“文化大革命”一起就不是“四人帮”而是“五人帮”了。张在柯主持的小组发言，可谓虎穴掏子，引来四围怒目相向。柯等频频插话，他的发言不断被打断，会场气氛如箭在弦。在一旁记录的秘书直捏一把汗。张却泰然处之，紧扣主旨，娓娓道来。他没有大声强辩，也没有像给毛写信时那样违心地掩饰，他知道这是力挽狂澜的最后一搏了，就像当年在扭转危局的遵义会议上一样，一切都置之度外。遇有干扰，他如若不闻，再重复一下自己的观点，继续讲下去，条分缕析，一字一顿，像一个远行者一步一步执著地走向既定的目标。他知道这也许是飞蛾扑火，但以身自燃的一亮也能引起人们的一点关注。正像谭嗣同所说："变法总得有人流血，就让我来做流血第一人吧！"20年来，他官愈当愈小，问题却看得愈来愈透。那些热闹的"大跃进"场面，那些空想的理论，在他看来是一件皇帝的新衣，是百姓和国家的灾难，总得有人来捅破。迟捅不如早捅，就让他来做这个捅破皇帝新衣的第一人。

他足足讲了三个小时，整个下午就他一人发言。稿子整理出来有8 000多字。这个讲话戳到了毛的两个痛处。一是不尊重经济规律，搞"大跃进"；二是作风不民主，听不得不同意见。当年马克思讲，有一个共产主义的幽灵在欧洲游荡。现在又有一个"幽灵"，一个清醒的反"左"的声音在庐山上回荡。

毛泽东大为震怒。两天后的7月23日，毛作了一个疾言厉色的发言，全场为之一惊，鸦雀无声，整个庐山都在发抖。散会时人人低头看路，默无一言，只闻窸窸窣窣，挪步出门之声。8月2日毛又召所有的中央委员上山（林彪说是搬来救兵），工作会议变成了中央全会（八届八中全会）。这天毛在会上点了张闻天的名，说他旧病复发。这还不够，当天又给张写了一信并印发全会，批评、质问、讽刺、挖苦、戏谑，洋洋洒洒，玩弄于股掌，溢于纸表：

怎么搞的？你陷入那个军事俱乐部里去了，真是物以类聚，人以群分。你这次安的是什么主意？那样四面八方，勤劳辛苦，找出那些漆黑一团的材料。真是好宝贝！你是不是跑到东海龙王敖广那里取来的？不然，何其多也！然而一展览，净是假的。讲完没两天，你就心烦意乱，十五个吊桶打水，七上八下，被人们缠住，脱不得身。自作自受，怨得谁人？我以为你是旧病复发，你的老而又老的疟疾原虫还未去掉，现在又发寒热症了。昔人咏疟疾词云："冷来时冷得冰激凌上卧，热来时热得蒸笼里坐，疼时节疼得天灵破，颤时节颤得牙关挫。只被你害杀人也么哥，只被你害杀人也么哥，真是个寒来暑往人难过。”同志，是不是？如果是，那就好了。你这个人很需要大病一场。昭明文选第34卷枚乘《七发》末云：此亦天下之要言妙道也，太子岂欲闻之呼？于是太子据几而起曰：“涣乎，若一听圣人辩士之言。”涊然汗出，霍然病已。你害的病与楚太子相似，如有兴趣，可读枚乘的《七发》，真是一篇妙文。你把马克思主义的要言妙道统统忘了，于是乎跑进军事俱乐部，真是文武合璧，相得益彰。现在有什么办法呢？愿借你同志之箸，为你同志筹之。两个字曰：“痛改”。承你看得起，打来几次电话，想到我处一谈，我愿意谈，近日有些忙，请待来日。也用此信，达我困忧。

7月23日和8月2日的讲话，还有这封信让张大为震惊。他本是拼将忠心来直谏，又据实说理论短长的，想当此上下头脑发热之际，掏尽脏腑，倾平生所学、平时所研，为党开一个药方。事前田家英、胡乔木曾劝他不要说话时，他也不是没有考虑过，在再三思量后，曾手抚讲稿对秘书说：“比较成熟，估计要能驳倒这个讲话也难。”他天真了，何必依理来驳呢，只需一根棍子打来就是！毛的讲话和信给张定了调子：“军事俱乐部”、“文武合璧，相得益彰”、“反党集团”，会议立即一呼百应，展开对他的批判，并又翻起他的老账，说什么历史上忽左忽右，一贯摇摆。就这样他成了“彭、黄、张、周反党集团”的副帅。

张闻天知道，根据过去党内斗争的经验，如果他不检查，庐山上的这个会是无法收场的。为了党的团结，他顾全大局再一次违心地检查，并交了一份一万字的检查稿。但是毛还是不依不饶，又怀疑他里通外国，大会小会穷追猛打，非得逼出一个具体的反党组织和反党计划。9日那天他从会场出来，一言不发，要了一辆车子，直开到山顶的望江亭，西望山下江汉茫茫，四野苍苍，乱云飞渡，残阳如血。他心急如焚，欲哭无泪。正是：

"明君"虽明不再君，屈为"大帅"帐下臣。

延水叮咚犹在耳，庐山雾深深几重。

望江亭，望江亭，江山如画，他却心乱如麻。他抚亭向晚，痛拍栏杆。天将降大任于斯党也，必先苦其历程，炼其思想，正其路线，外能审时度势，内能精诚团结，行弗乱其所为，才能执政、治国、安邦、富民啊！

他几次求见毛，拒而不见。会议结束，8 月 18 日张闻天下山，回到北京，家人和朋友说你管外交，不干经济，何苦上山发言闯此大祸？他却冷静地以哲学相对：不上山，就没有这个发言，是偶然性；肚子里有意见总是要讲，这是必然性。但这一讲，他的名字从此就在报纸上消失了。接着召开的全国外事会议开始追查他的"里通外国"和历史问题，而这些与在庐山会议上的发言毫无关系，是欲加之罪再索事实。他只好任污水一盆盆地泼来。

留得光辉在人间

庐山一别，张与毛竟成永诀。

1960 年春，张大病初愈，便写信给毛希望给一点工作，不理。他找邓小平，邓说可研究一点国际问题。又找刘少奇，刘说还是搞经济吧，最好不要去碰中苏关系。他就明白了，自己还不脱"里通外国"的嫌疑。他去找管经济的李富春，李大喜，说正缺你这样的人，三天后却又表示不敢使用。后来中组部让他到经济研究所去当一个特约研究员，他立即回家把书房里的英文、俄文版的外交问题书籍一推而去，全部换成经济学书刊，并开始重读《资本论》。张闻天是中共八大以后的领导集体中唯一通读过《资本论》的，而且读有三四遍，研究经济正是他的所爱。1962 年七千人大会前后，全国形势好不容易出现一个亮点，中央开始检讨 1958 年以来的失误，毛、刘在会上都有自我批评。张很高兴，在南方调查后向中央报送了《关于集市贸易等问题的一些意见》。没想到这又被指为翻案风，立即被取消参加中央会议和阅读一切文件的权利，送交专案组审查。毛说别人能平反，他和彭不能平。他不知道，对中央工作的缺点别人说得，而他却是不能置一词的。到“文化大革命”，他这个曾经的总书记（前五朝的总书记当时仅存他一人了，陈、瞿、向、博都已不在世）又受到当年农民游街斗地主式的凌辱。他经常是早晨穿戴整齐，怀揣月票，挤上公共汽车，准时到指定地点去接受批斗。下午，他的妻子刘英，一起从长征走过来的老战友，门依黄昏，提心吊胆，盼他能平安回来。他有冠心病，在挨斗时已不知几次犯病，仅靠一片硝酸甘油挺过来。只 1968 年 7、8、9 三个月就被批斗十六七场。他还被强迫做伪证，以迫害忠良。遇有这种情况他都严词拒绝，牺牲自己保护干部。他以一个有罪之身为陈云、陆定一等辩诬。特别是康生和“四人帮”想借“61 人叛徒案”打倒刘少奇，他就挺身而出，以时任总书记的身份一再为刘证明和辩护（尽管刘在庐山会议和七千人大会上是帮毛整他的）。士穷而节见，他已经穷到身被欺，名被辱，而命难保的程度，却不变其节，不改其志。他将列宁的一句话写在台历上，作为自己的座右铭：“为了能够分析和考察各个不同的情况，应该在肩膀上长着自己的脑袋。”

张闻天与夫人刘英在无锡梅园

1969 年 10 月 18 日他被勒令从即日起不得再用“张闻天”三个字，而被化名“张普”流放到广东肇庆。肇庆五年是他生命的末期，也是他思想的光辉顶点。“文化大革命”中关押“走资派”或“反动权威”的地方叫“牛棚”，季羡林就专有一本书名《牛棚杂忆》。而现在软禁张闻天的这个小山坡就叫“牛冈”，比牛棚大一点，但仍不得自由。后来张的夫人刘英回忆那段日子说：“没有熟人，没有电话，部队设岗‘警卫’我们的住所。从‘监护’到‘遣送’，我们只不过是从四壁密封的黑房换进了没有栅栏的‘鸟笼’。就这样我们被抛弃在一边，开始了长达6年孤寂的流放生活。”张闻天像一个摔跤手，被人摔倒了又扔到台下，但他并不急着爬起来，他暂时也无力起身，就索性让自己安静一会儿，躺在那里看着天上的流云，听着耳边的风声，回忆着刚才双方的一招一式，探究着更深一层的道理。一个有历史责任感的政治家总是把自己作为一种元素放在社会这个大烧瓶里进行着痛苦的实验。他把鲁迅的两段话抄在卡片上，置于案头：

只要能培一朵花，就不妨做做会朽的腐草。

革命者为达目的，可用任何手段的话，我是以为不错的。所以即使因为我罪孽深重，革命文学的第一步，必须拿我来开刀，我也敢于咬着牙关忍受。杀不掉，我就退进野草里，自己舔尽了伤口上的血痕，绝不烦别人敷药。

他每日听着高音喇叭里的最高指示，感受着“文化大革命”的喧嚣，回忆着自己忽上忽下、国内国外的经历，思考着党、国家、民族的前途。他本来就是一个思想家，在以往的每一个岗位上都有新思想的萌芽破土而出，写成调查报告或文章送毛，送中央。涓流归海，竭诚为党。他希望这个新芽能长成大树，至于这树姓张还是姓党，或者姓毛，他都不在乎。思考和写作已经成了他生活的惯习，成了他自觉为党工作的一部分。但现在“休去倚危栏，斜阳正在，烟柳断肠处！”他明白不会再有人听他的什么建议，也没有地方发表他的文章，写作只是为了探求真理。他只求无愧生命，无愧青史。正像一首诗所说的：

能工作时就工作，

不能工作时就写作。

二者皆不能，

读书、积累、思索。

每当夜深人静，繁星在空，他披衣览卷，细味此生。他会想起在苏联红色教授学院时的学习，想起在长征路上与毛泽东一同反思第五次反围剿的失利，想起庐山上的那一场争吵。毛泽东比他大七岁，他们都垂垂老矣，但是直到现在还没有吵出个结果，而国家却日复一日地政治混乱，经济崩溃，江河日下。是党的路线出了毛病，还是庐山上他说的那些问题，今犹更甚。归纳起来就是三点：一是滥用阶级斗争，国无宁日，人无宁日，无休无止；二是不尊重经济规律，狂想蛮干；三是个人崇拜，缺乏民主。他将这些想法，点点所得，写成文章。但这些文字早不是他当年 20 岁时写小说、写诗歌了，已是红叶经秋，寒菊着霜，字字血，声声泪了。牛冈本为一部队农场之地，虽“文化大革命”之乱，仍不废鸡犬牛羊。所以他常于夜半凝神之时，遥闻冷巷狗吠之声；而奋笔疾书，却又雄鸡三唱，东方渐白。有哪一位画家要是能作一幅《牛冈夜思图》，或是前面所说的《望江亭远眺》，那真是摄魂、留魄、传神、言志，为历史写真，为英雄存照了。

张闻天接受七千人大会后的教训，潜心写作，秘而不露。眼见“文化大革命”之乱了无时日，他便请侄儿将文稿手抄了三份，然后将原稿销毁。这些文章只有作为“藏书”藏之后世了。这批珍贵的抄件，后经刘英呈王震才得以保存下来，学界称之为《肇庆文稿》。

多少年后当我们打开这部《文稿》时，顿觉光芒四射，英气逼人，仿佛是一个前世的预言家在路边为后人埋下的一张纸条。我们不得不惊叹，在那样狂热混乱的年代里作者竟能如此冷静大胆地直刺要害。只需看一下这些文章的标题，就知道他是在怎样努力拨开时代的迷雾：《人民群众是主人》、《论社会主义和共产主义》、《无产阶级专政下的政治和经济》、《无产阶级专政下的阶级和阶级斗争》、《党内斗争要正确进行》。我们不妨再打开书本，听一听他在40年前发出的振聋发聩的声音：生产力是决定因素，离开发展生产力去改革生产关系是空洞可笑的。社会主义与共产主义是不同的阶段，不要急着跨进共产主义。阶级斗争就是各阶级为自己阶级的物质利益的斗争，不能改善人民的生活，共产主义就是画饼充饥。共产党执政后最危险的错误是脱离群众，不要以为党决定了的东西就是对的。为保证党的正确先要作风民主，不要老是喜欢听歌功颂德，个人专断。党内矛盾是同志矛盾，没有什么“资产阶级代理人”，党内斗争只能批评与自我批评，不能镇压……他的这些话从理论上解剖了新中国成立以来反右派、“大跃进”、“反右倾”、“文化大革命”等运动的错误，是在为党开药方、动手术。这还不够，他更从哲学高度大喊一声：“一分为二”的说法有缺点，矛盾的解决不一定都要发展为分裂，许多时候可以不分裂。这是釜底抽薪，是对我们党长期信奉的“斗争哲学”的否定。试想从建党以来，党内就没有停止过残酷斗争，动辄上纲上线，或批或整，或斗或杀，不知打了多少右派、右倾分子和反党集团。大者如他这样的总书记、刘少奇那样的国家主席，小者各级干部、党员不计其数。只有张闻天这种读透哲学又身经国内外、党内外复杂斗争的人才能悟出这个道理啊。

1974年2月经周恩来干预，张闻天恢复了组织生活。10月他给毛写信说自己已是风烛残年，希望能回京居住治病，毛批示：“到北京住，恐不合适，可另换一地方居住。”张欲回老家上海，不许，1975年8月被安置到无锡。越明年，1976年7月1日，在党的55周年生日这一天，这个五朝总书记就默默地客死他乡（这一年中共去世四位元老，1月：周恩来；7月：张闻天、朱德；9月：毛泽东）。他临死前遗嘱，将解冻的存款和补发的工资上交党费。这时距打倒“四人帮”只剩三个月。上面指示：不开追悼会，骨灰存当地，火化时不许用真名字。妻子刘英送的花圈上只好写着：“送给老张同志”（两年前彭德怀在京去世，骨灰盒上也是用了一个假名字“王川”）。

火化后骨灰又不让存入骨灰堂，而放在一储物间里。对他的这种凌辱竟一直被带到了骨灰里去。正是：

在世时难去亦难，春风无力百花残。

哲人到死恨不尽，英雄成灰灰含冤。

他是为共产党天设地造的一头老黄牛，一个思想家，一个受难者，一个试验品和牺牲品啊。

张闻天一生三次让位，品高功伟；但又三次受辱，长期沉埋。在延安时因劝毛勿娶江青，被当面怒斥，整风中又屡作检查，此为一辱；庐山会议劝毛反思“大跃进”，被打成反党集团，此为二辱；“文化大革命”被整、被关、被流放，死而不得复其名，此为三辱。大半生都是“人为刀俎，我为鱼肉”，低房檐下难展身。但他一辱见其量，有大量，从容辞去总书记，到基层工作；二辱见其节，有大节，不低头，不屈服，转而去潜心研究经济理论，为治国富民探一条路；三辱见其志，不改共产主义的大志，虽为斗室之囚，却静心推演社会进步之理，最后留下雄文四卷，110 万言。辱之于他如尘埃难掩珠玉之光，如浮云难遮丽日之辉。他甚至于懒得伸手去弹掉这些浮尘，而只待历史的清风去慢慢打扫它。果然，清风徐来，云开雾散。他去世后三个月“四人帮”倒台，三年后中央为他开追悼会平反昭雪。邓小平致悼词曰：“作风正派，顾全大局，光明磊落，敢于斗争。”1985 年，他诞辰 85 周年之际《张闻天选集》出版，1990 年他诞辰 90 周年之际四卷本 110 万字的《张闻天文集》出版。到 2010 年他诞辰 110 年之际，史学界、思想界掀起一股张闻天热，许多研究专著出版。2011 年《人民日报》出版新年第一期的《文史参考》杂志，封面主题是：“遵义会议后中共最高领导人不是毛泽东而是张闻天”。《北京日报》刊出建党 90 周年特稿《张闻天在中共党史上的十大贡献》。桃李不言，下自成蹊；人心有秤，公道归来，一个时代的巨人重又站在历史的云端。历史有时会开这样的玩笑：一个胜者可以成就功业霸业，为自己建造一座富丽堂皇的宫殿，把他的对手打倒在地并踩在脚下；但历史的风雨会一层一层地剥蚀掉那座华丽的宫殿，败者也会凭借自己思想和人格的力量，重新站起身来，一点一点地剥去胜者的外衣。这就是历史唯物主义。

还汝洁白漫天雪

2011 年元旦，我为寻找张闻天的旧踪专门上了一次庐山。刚住下我就提出要去看一下他 1959 年庐山会议时住的 177 号别墅。主人说，已拆除。我知道庐山上的老别墅是一景，是文物，600 多座都是专门编号的，怎么会拆呢？主人说因旅游业发展的需要，那年就选了两栋拆建改造。老天不公啊，六百选二，怎么偏偏就轮上他呢？我说那就到原址凭吊一下吧。改造过的房子是一座崭新的二层楼，已经完全找不到旧日的影子。里面正住着一位省里的领导，我说是来看看张闻天的旧居，他一脸茫然。我不觉心中一凉，连当地的高干都不关心这些，难道他真的已经在人们的记忆里消失？

第二天一觉醒来，好一场大雪，一夜无声，满山皆白。要下山了，我想再最后看一眼 177 号别墅。这时才发现，从我住的 173 号别墅顺坡而下，就是毛泽东 1970 年上山时住的 175 号别墅，再往下就是 1959 年彭德怀住的 176 号和张闻天住的 177 号。三个曾在这里吵架的巨人，原来是这样地相傍为邻啊。我不觉起了好奇心，便用步子量了一下，从 175 毛的窗下，到 176 彭门前的台阶只有 29 步，而从 176 到 177 是 99 步。历史上的那场惊涛骇浪，竟就在这百步之内与咫尺之间。当然，1959 年上山时毛住的是“美庐”（离这里也不远），但 1970 年他在 175 号住了 23 天，每日出入其间，抬头不见低头见，睹“屋”思人，难道就没有想起彭德怀和张闻天？现在是冬天，本就游人稀少，这时天还早，177 号就更显得冷清。新楼的山墙上镶着重建时一位领导人题的两个字：“秀庐”，我却想为这栋房子命名为“冷庐”或“静庐”。这里曾住过一个最冷静、最清醒的思想家。当1959年，庐山会议上的多数人还在头脑发热时，张闻天就在这座房子里写了一篇极冷静的文章，一篇专治极左病的要言妙道，这是一篇现代版的《七发》。我在院子里徘徊，楼前空地上几棵孤松独起，青枝如臂，正静静地迎着漫天而下的雪花。石阶旁有几株我从未见过的灌木，一米多高，叶柔如柳，枝硬如铁，缀着一串串鲜红的果实，在这白雪世界里如珠似玉，晶莹剔透。我就问送我下山的郑书记（他曾在庐山植物园工作）这是何物？他说："很少见，名字也怪，叫平枝栒子，属蔷薇科。"我大奇，这山上我少说也上来过五六次，怎么却从未见过？是今日，苍天特冥冥有指吧。平者，凭也；栒者，寻之。我忽闻天语解天意，这是叫我来凭吊和寻访英灵的啊。难怪昨夜突降大雪，原来也是要还故居主人一个洁白。我在心底吟哦着这样的句子：

凭子吊子，惆怅我怀。寻子访子，旧居不再。飘飘洒洒，雪从天来。抚其辱痕，还汝洁白。水打山崖，风过林海。斯人远去，魂兮归来！

我转身下山一头扑入飞雪的怀抱里，也迈进了2011年的门槛。这一年正是中国共产党建党90周年，张闻天诞辰111年。

（2011年元旦记于庐山，春节（2月3日）改于北京，2月24日定稿）

（《北京文学》2011年第5期）

二死其身的彭德怀

——纪念彭德怀诞辰110周年

中国古代有一句为政格言："文死谏，武死战"。国家的稳定全赖文武官员各司其职，各守其责。神武之勇，战功卓著，名扬疆场者被尊为开国功臣、民族英雄，如韩信，如岳飞。敢说真话，为民请命，犯颜直谏者为诤谏之臣，如魏徵，如海瑞。进入现代社会，讲民主，讲法制，但个人的政治操守仍然是从政者必不可少的素质。在共和国历史上兼武战之功、文谏之德于一身并惊天动地、彪炳史册的当数彭德怀。

无彭则无军威，有军必有先生

在十大元帅中，彭德怀是唯一一个参加过两次国内革命战争、抗日战争，在解放后又和美国人打过仗的。文天祥在《指南录后序》里，叙述他历经敌营，不知几死。彭德怀行伍出身，自平江起义，苏区反围剿，长征、抗日、解放战争、抗美，与死神擦边更是千回百次。井冈山失守，"石子要过刀，茅草要过火"，未死；长征始发，彭殿后，血染湘江，八万红军，死伤五万，未死；抗日，鬼子扫荡，围八路军总部，副参谋长左权牺牲，彭奋力突围，未死；转战陕北，彭身为一线指挥，以2万兵敌胡宗南28万，几临险境，未死；朝鲜战争，敌机空袭，大火吞噬志愿军指挥部，参谋毛岸英等遇难，彭未死。

毛泽东对他曾是极推崇和信任的。长征途中曾有诗赠彭："山高路滑坑深，大军纵横驰骋，谁敢横刀跃马，唯我彭大将军。"十大元帅中，毛除对罗荣桓有一首悼亡诗外，对部下赠诗直夸其功，这也是唯一一首了。抗日战争，彭任八路军副总司令，后期朱老总回延安，他实际在主持总部工作。解放战争初期，彭转战西北更是直接保卫党中央、毛主席。朝鲜战事起，高层领导意见不一，毛急召彭从西北回京，他坚决支持毛泽东出兵抗美，并受命出征。三次战役较量，打破了美军不可战胜的神话。杜鲁门总统事先没有通知朝战司令麦克阿瑟，就直接从广播里宣布将他撤职，可见其狼狈与恼怒之状。从平江起义到庐山会议，这时彭德怀的革命军旅生涯已30多年，他的功劳已不是按战斗、战役能计算清的，而是要用历史时期的垒砌来估量。蔡元培评价民国功臣黄兴说："无公则无民国，有史必有先生。"此句用于彭："无彭则无军威，有军必有先生。"他不愧为国家的功臣、军队的光荣。

如果彭德怀到此打住，当他的元帅，当他的国防部长，可以善终，可以保官、保名、保一个安逸的日子。战争过去，天下太平，将军挂甲，享受尊荣，这是多么正常的事情。林彪不是就不接赴朝之命，养尊处优多年吗？但彭德怀不是这样的人。他是军人，更是人民的儿子。打仗只是他为国、为民尽忠的一部分。战争结束，忠心未了，民又有疾苦，他还是要管，要争。

没有倒在枪炮下，却倒在一封谏书前

1959年，新中国成立十周年。对战争驾轻就熟的共产党领袖们在经济建设上遇到了新问题，并产生了严重分歧。毛泽东心急，步子要快一些，周恩来从实际出发，觉得应降降温，提出反冒进。毛泽东说：你“反冒进”，我“反反冒进”，并多次批周，甚至要周辞职。怎么估价当前的经济形势，下一步该怎么办？在这样的背景下，召开了庐山会议，会议之初，毛已接受一些反“左”意见，分歧已有一点小小的弥合。但彭德怀还是不放心。会前，他到农村做过认真的调查，亲眼见到人民公社、大食堂对农村生产力的破坏和对农民生活的干扰，而干部却不敢说真话。在小组会上他先后作了七次发言，直陈其弊。就是涉及毛泽东也不回避。他说：“现在是个人决定，不建立集体威信，只建立个人威信，是很不正常的，是危险的。”在庐山176号别墅，那间阴沉沉的老石头房子里他夜不成眠，心急如焚。他知道毛泽东的脾气，他想当面谈谈自己的看法。他多么想，像延安时期那样，推开窑洞门叫一声“老毛”，就与毛泽东共商战事。或者像抗美援朝时期，形势紧急，他从朝鲜前线直回北京，一下飞机就直闯中南海，主席不在，又驱车直赴玉泉山，叫醒入睡的毛泽东。那次是解决了问题，但毛泽东也留下一句话“只有你彭德怀才敢搅了人家的觉”。现在彭德怀犹豫了，他先是想，最好面谈，踱步到了主席住处，但卫士说主席刚休息。他不敢再搅主席的觉。就回来在灯下展纸写了一封信。这真的是一封信，一封因公而呈私人的信，抬头是“主席”，结尾处是“顺致敬礼！彭德怀”。连个标题也没有，不像文章。后人习惯把这封信称为“万言书”，其实它只有3 700字。他没有想到，这封信成了他命运的转折点，全党也没有想到，因这封信党史而有了一大波折。这封信是党史、国史上的一个拐点，一个里程碑。

彭德怀是党内高级干部中第一个犯颜直谏、站出来说真话的人。随着历史的推进，人们才越来越明白，彭德怀当年所面对的绝不是一件具体的事情，而是一种制度、一种作风。当时毛泽东在党内威望极高，至少在一般人看来，他自主持全党工作以来还没有犯过任何错误。而彭德怀对毛所热心的“大跃进”、人民公社、公共食堂提出了非议，这要极大的勇气。对毛泽东来说，接受意见也要有相当的雅量。梁漱溟在新中国成立初就农村问题与毛争论时就直言，我倒要看看你有没有这个雅量。毛对党外民主人士常有过人的雅量，这次对党内同志却没有做到。

彭与毛相处30多年，深知毛的脾气，他将个人的得失早置之脑后。果然，会上，他被定为反党分子，会后被撤去国防部长之职，林彪渔翁得利。庐山上的会议开完，不久就是国庆，又恰逢十年大庆，按惯例彭德怀是该上天安门的，请柬也已送来。彭说我这个样子怎么上天安门，不去了。他叫秘书把元帅服找出来叠好，把所有的军功章找出来都交上去。秘书不忍，看着那些金灿灿的军功章说："留一个作纪念吧。"他说："一个不留，都交上去。"当年居里夫人得了诺贝尔奖后，把金质奖章送给小女儿在地上玩，那是一种对名利的淡泊；现在彭德怀把军功章全部上交，这是一种莫名的心酸。没几天，他就搬出中南海到西郊挂甲屯当农夫去了。他在自己的院子里种了三分地，把粪尿都攒起来，使劲浇水施肥。他要揭破亩产万斤的神话。1961年11月经请示毛同意后，他回乡调查了36天，写了五个共十多万字的调研报告。涉及生产、工作、市场等，甚至包括一份长长的农贸市场价格，如：木料一根2元5角，青菜一斤3~6分。他固执、朴实，真是一个农民。他还是当年湘潭乌石寨的那个石伢子。夫人浦安修生气地说："你当你的国防部长，为什么要管经济上的事？"他说："我看到了就不能不管。"生性刚烈的毛泽东希望他能认个错，好给个台阶下。但更耿介的彭德怀就是不低头。有时候一个人的命运、成败也许就是性格注定。庐山会议结束，彭德怀被扣上"反党集团头子"的帽子，其身份与阶下囚也相距不远。当大家都准备下山时，会务处打来一个电话，说为首长准备了一批上等的庐山云雾茶，问要不要买几斤，还特意说这种茶街上买不到。彭大怒："街上买不到，为什么不拿到街上去卖？尽搞这些鬼名堂，市场能不紧张？"他还特别嘱咐秘书给接待处打一个电话："这是一种坏风气，以后不能再搞。”秘书提醒他，这种时候还是不要管这事吧。他无奈地说：“看来我这脾气，一辈子也改不了。”假使彭总活到今天，看现在风气之腐败，又当如何？

被贬的日子里，他一次次地写信为自己辩护。写得长一点的有两次。一次是在1962年的七千人大会前，他正在湖南调查，听说中央要开会纠“左”，他高兴地说，赶快回京，给中央写了一封8万字的信。庐山会议已过去了三年，时间已证明他的正确，他觉得可以还一个清白了。但就在这个会上他又被点名批了一通，他绝望了。“文化大革命”期间，这位打败过日军、美军的战神被一群红卫兵娃娃玩弄于股掌，被当作囚犯关押、游街、侮辱。作为交代材料，他在狱中写了一份《自述》，那是一份长长的辩护词，细陈自己的历史，又是8万字。是用在朝鲜停战协议上签字的那支派克笔写的，写在裁下来的《人民日报》的边条上。他给专案组一份，自己又抄了一份，这份珍贵的手稿几经周转，亲人们将它放入一个瓷罐，埋在乌石寨老屋的灶台下。直到“文化大革命”结束才见天日。那年，我到乌石寨去寻访彭总遗踪，印象最深的就是这个黑乎乎的灶台和堂屋里彭总回乡调查时接待乡亲们的几条简陋的长板凳。

他愤怒了，1967年4月1日给主席写了最后一封信，没有下文。4月20日他给周总理写了最后一封信，这次没有提一句个人的事，却说了另一件很具体的与己无关的小事。他在西南工作时看到工业石棉矿渣被随意堆在大渡河两岸，常年冲刷流失很是可惜。这是农民急缺的一种肥料，他说，这事有利于工农联盟，我们不能搞了工业忘了农民。又说这么点小事本不该打扰总理，但我不知该向谁去说。这时虽然他的身体也在受着痛苦的折磨，但他的心已经很平静，他自知已无活下去的可能，只是放心不下百姓。这是他对中央的最后一次建议。

毛泽东在庐山会议后对彭德怀的评价只有一次比较客观。那是1965年在彭德怀闲置6年后中央决定给他一点工作，派他到西南大三线去。临行前，毛说："也许真理在你一边。"但这个很难得的转机又立即被"文化革命"的洪水所淹没。彭德怀最终还是死于"文化大革命"冤狱之中。"文死谏，武死战"，他这个功臣没有死于革命战争却死于"文化革命"，没有倒在枪炮下，却倒在一封谏书前。

2007 年 3 月作者采访贵州六盘水当年彭德怀三线指挥部

他二死其身，既经受住了"武死战"的考验，又通过了"文死谏"的测试

现在我们终于明白了"文死谏"的含义，他远比"武死战"要难。当一个将军在硝烟中勇敢地一冲时，他背负的代价就是一条命，以身报国，一死了之。敢将热血洒疆场，博得烈士英雄名。而当一个文臣坚持说真话，为民请命时，他身上却背负着更沉重的东西。首先，可能失宠，会丢掉前半生的政治积累，一世英名毁于一纸；其次，可能丢掉后半生的政治生命，许多未竟之业将成泡影；最后，可能丢掉性命。更可悲的是，武死，死于战场，死于敌人，举国同悲同悼，受人尊敬；文死，死于不同意见，死于自己人，黑白不清，他将要忍受长期的屈辱、折磨，并且身后落上一个冤名。这就加倍

地考验一个人的忠诚。彭德怀因为这封说真话的信，前半生功名全毁，任人批判谩骂为“右倾”、“反党”、“叛国”、“阴谋家”，扣在他背上的是一口何等沉重的黑锅。在监禁中他被病痛折磨得在地上打滚，欲死不能。而现在我们看到的哨兵关押记录竟是这样的文字：“我看这个老家伙有点装模作样”、“这个老东西从报上点他名后就很少看报”。这就是当时一个普通士兵对这个开国老帅的态度。可知他当时的处境，其所受之辱更甚于韩信钻胯。而许多旧友亲朋，早已不敢与他往来，就连妻子也已提出与他离婚。庐山会议后，全国有 300 万人被打为“右倾机会主义分子”。一纸薄薄的谏书怎承载得这样的压力？其时其境，揪斗可死，游街可死，逼供可死，加反党名可死，诬叛国罪可死。“文化大革命”中有多少老干部不堪其辱而寻死自杀啊。但是，彭德怀忍过来了，他要“留取丹心照汗青”，他相信历史会给他一个清白。他在庐山上对毛泽东说过：“我一不会反党，二不会自杀。”就这样，经 30 年的革命战争生涯后，他又有 15 年的时间被批判、赋闲、挨斗、监禁，然后含冤而去。他是 1974 年 11 月去世的，骨灰被化名“王川”，送往成都一普通陵园。当时周恩来已在病中，特嘱此骨灰盒要妥善保存，经常检查，不得移位换架。直到 4 年后的 1978 年才得以平反。当骨灰撤离成都从陵园到机场时，人们才明真相，泣不成声。专机落地前在北京上空环绕三圈，以慰忠臣之心。

中国古代，君即是国。所以传统的忠臣就是忠君。但“君”和“国”毕竟还有不同。就是在古代，真正的忠臣也是：为民不为君，忧国不惜命。朗朗吐真言，荡荡无私心。既然为“臣”，当然是领导集团的一员，上有“君”下有民。他要处理好的第一个难题就是对领导负责还是对人民负责。当出现矛盾时，唯民则忠，唯君则奸。“社稷为重君为轻”，真正的忠臣，并不是“忠君”，而是忠于国家、民族、人民。像海瑞那样，宁愿坚持真理，冒犯皇帝去坐牢。而彭德怀在毛泽东号召学海瑞后，真的在案头常摆着一本线装本《海瑞集》。第二个难题是敢不敢报真情，提中肯的意见，说逆耳的话。所谓犯颜直谏，就是实事求是，纠正上面的错误，准备承担“犯上”的最坏后果。这是对为臣者的政治考验和人格考试。“谏”文化成了中国传统政治文化中一个特有的内容。披阅中国历史，我们会发现一串长长的冒死也说真话的忠臣名单：比干被剖心、屈原投江、魏徵让唐太宗动了杀心、海瑞被打入死牢、林则徐被充军新疆……他们都是“不说真话毋宁死”的硬汉子。现在这个名单上又添了一个彭德怀。

彭德怀爱领袖更爱真理；珍惜自己的生命，更珍惜国家的前途。他浴血奋战30年，不知几死，经受住了“武死战”的考验；庐山会议30天的争论和其后15年的折磨，他又不知几死，通过了“文死谏”的测试。他是一位为人民、为国家二死其身的忠臣。

人民永远记住了庐山上的那场争论，记住了彭德怀。

（2007年7月24日）

朱镕基不修传

《朱镕基讲话实录》出版了，里面一则资料很有趣。有人要为他写传，他就给人家写信说："我必须明确表态，千万不要这么做。国事艰难，舆论纷杂，飞短流长，诚惶诚恐。如再授人以柄，树碑立传，罪不可逭（huàn，逃，避）。千祈停止撰写一切涉及我的回忆或评论材料，并代我广告亲友，不胜感激之至。"

借权出书立传在各级官员中已成趋势。方式有两种，一是自己写回忆录、日记，亲自立传；二是动用权力、财力，组织他人为自己立传，或两者并举。于是书市就多了一些垃圾，历史就多了一些包袱，同时也多了一点幽默，留下了一些笑话。

凡有资格立传者，必是干过一点大事，在社会上有一定的影响，有一定的知名度的人。传者，传（chuán）也，能传给后人一点东西才有价值。既然是为后人而立那就让后人去做，从来都是政声人去后。你看，凡史上有价值的传记都是经过岁月的沉淀，由后人从容道来。但急于立传者不这么看，理由是"趁我在世好核实材料"。说是核实却常是隐恶扬善，添枝加叶，自为粉饰。还有一个潜台词是，有权不用过期作废，趁着在世，何不享受一下吹捧的泡沫。说到底是私心加虚荣。过去帝王和贵人常在生前大修陵墓，为的是死后再延享生前的荣华尊贵。生前立传有如活人修墓，也是此意。但这实在靠不住。陶渊明诗："亲戚或余悲，他人亦已歌。死去何所道，托体同山阿。"陶渊明比今人还懂得唯物辩证法。连亲人也只有短时余悲，外人能念你几时？如果你没有干成一点大事，有何理由让人记住？如果你干了大事，历史又怎能忘记？再说既为官就是以身许国，还要这点虚名干什么？你看第一代领导人，毛、刘、周、朱等，没有一个人生前修传，周恩来连骨灰都不留。方志敏为敌所俘，敌兵搜遍全身并无分文。他当然也没有想到此生要为自己留一本传记。开国将帅，许多人身上都留下了累累弹痕，但谁也没有想到要给自己留本传记。再往上推，文天祥被俘九死一生，在狱中写了一首《正气歌》，他没有想到去写自传；司马迁是中国传记文学的鼻祖，写了许多至今还熠熠生光的人物列传，却没有为自己写一个小传。封建社会的皇帝也懂得这一点，没有人在位时给自己修传，而是听由后人根据他的行迹来评说，所谓"谥号"。传者，写人不写己，传世不娱时。

朱镕基不让人为自己修传的理由有二：一是"国事艰难"，顾不上干这种事。一个高官"居庙堂之高则忧其民"，有心忧天下，无心抹脂粉。二是干这种傻事必将"授人以柄"，传为笑话。他说，我脾气不好，就以"有容乃大，无欲则刚"为座右铭。朱的严厉是出了名的。性格直率，容易冲动，在任上骂人无数。朱说"你没有贪欲，你就刚强，什么也不怕"。其实，不贪让人刚强，更让人冷静。朱镕基在修传这件事情上就不肯上当。他说："千祈停止撰写一切涉及我的回忆或评论材料，并代我广告亲友，不胜感激之至。"你看，又求人家，又感激人家不要给他写传。真是每临大事有静气，只缘心中无私欲。其实老百姓对公务人员的要求就是少点私心，多点真话，这是底线，最低要求。但不少官员硬是连这一点也做不到，反而私随权增，利令智昏，授人笑柄。

（《北京日报》2011 年 9 月 29 日）

百年革命　三封家书

今年是辛亥革命 100 周年，中国共产党成立 90 周年。纪念活动少不了拜谒故地，披览文物。

3 月，我有事去福州，公余又去拜谒了一次林觉民故居。林觉民的《与妻书》是辛亥革命的重要文物。黄花岗 72 烈士，其事迹大多湮灭，幸有这篇美文让我们能窥见他们的心灵。广州黄花岗烈士碑

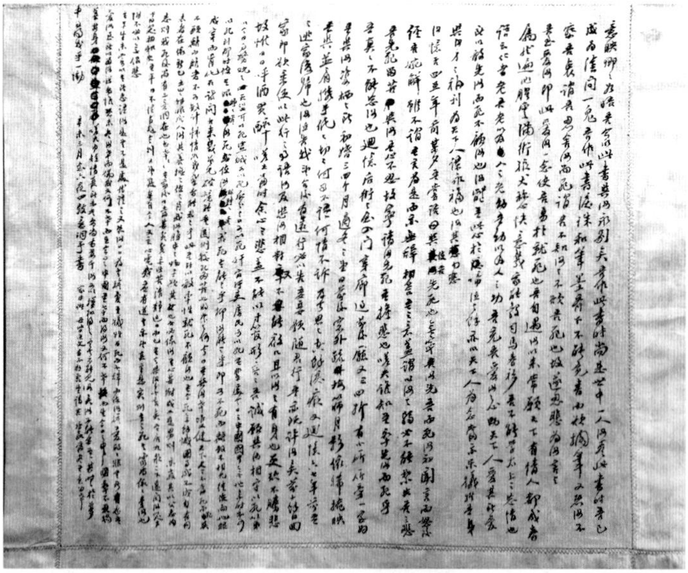

林觉民《与妻书》

上72人名单（随着后来的发掘，实际上已超过72人）中，林觉民三字人们抚摸最多，色亦最重。《与妻书》早已选入中学课本和各种文学的、政治的读本，我亦不知读了多少遍。印象最深的是“即此爱汝一念，使吾勇于就死”，“当亦乐牺牲吾身与汝身之福利，为天下人谋永福”。他反复给妻子解释，我很愿与你相守到老，但今日中国，百姓水深火热，我能眼睁睁看他们受苦、等死吗？我要把对你的爱扩展到对所有人的爱，所以才敢去你而死。林家福州故居我过去也是去过的。这次去新增的印象有二。一是书信的原物。在广州起义前三天，1911年4月24日，林知自己必死，就随手扯来的一方白布，给妻子陈意映写下这封信，竖书，29行。其笔墨酣畅淋漓，点画如电闪雷劈，走笔时有偏移，可知其时“泪珠与笔墨齐下”，心情激动，不能自已。其挥墨泣血之境，完全可与颜真卿的《祭侄稿》相媲美。二是牺牲前后之事。起义失败，林受伤被捕。审讯时，林不想说广东话，就用英语回答，痛斥清廷腐败，慷慨陈词，宣传革命，说到激动处撕去上衣，挺胸赴死。敌审讯官都不由敬畏，下令去其镣铐，给以座位。两广总督张鸣岐，不得已下令枪决，后惋惜道：“惜哉，林觉民！面貌如玉，肝肠如铁，心地光明如雪，真算得奇男子。”某日晨，家人在门缝里发现有人塞进来的《与妻书》，同时还有给父亲的一封信，只有39个字：“不孝儿叩禀父亲大人：儿死矣，惟累大人吃苦，弟妹缺衣食耳，然大有补于全国同胞也。大罪乞恕之。”其壮烈而平静之举概如此。

福州之后又两月，有事去重庆之江津，才知道这是聂荣臻元帅的家乡，便去拜谒纪念馆并故居。聂帅抗日时主持晋察冀根据地建设，被中央称为“模范根据地”，新中国成立后主持“两弹一星”研究，为国防建设立了大功。总其一生都是在默默地干大事。他在20岁那年离开家乡去法国勤工俭学，开始了探求真理、苦学报国的革命生涯。与周恩来、朱德、邓小平、陈毅等同为我党领导集体中的早期留欧人员。聂帅留法时期的家书保存完好，现在收书出版的就有13封，且都有手迹原件，从中可以看到这批革命家的少年胸怀（去法国时聂20岁，周22岁，邓16岁）。现在故居前庭的正墙上有一封放大的家书手迹，是聂荣臻1922年6月3日写给父母的：

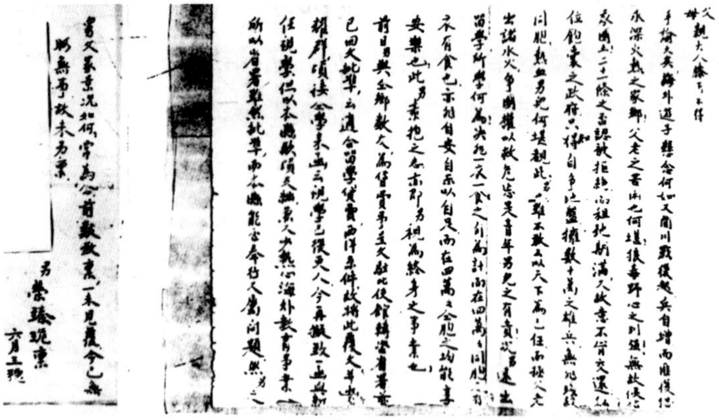

聂荣臻给父母的信

父母亲大人膝下：

不得手谕久矣。海外游子，悬念何如？又闻川战复起，兵自增而匪复狂！水深火热之家乡，父老之苦困也何堪？狼毒野心之列强无故侵占我国土。二十一条之否认被拒绝，而租地期满又故意不肯交还。私位饱囊之政府，只知自争地盘，拥数十万之雄兵，无非残杀同胞。热血男儿何堪睹此？男也，虽不敢以天下为己任，而拯父老出诸水火，争国权以救危亡，是青年男儿之有责！况男远出留学，所学何为？决非一衣一食自为计，而在四万万同胞之均有衣食也。亦非自安自乐自足，而在四万万同胞之均能享安乐也。此男素抱之志，亦即男视为终身之事业也！……

叩禀

金玉安！

男荣臻跪禀

6月3号

我拜读这封90年前（中国共产党建党之第二年）海外游子的家书不觉肃然起敬。那个时代的有为青年留学到底为了什么？“决非一衣一食自为计，而在四万万同胞之均有衣食也。亦非自安自乐自足，而在四万万同胞之均能享安乐也。”这与林觉民“当亦乐牺牲吾身与汝身之福利，为天下人谋永福”何其相通。

要考察一个人的思想，家书大概是最可靠的。因为对亲人可以说真话，而且他也想不到日后会发表这信件。看了林、聂的两封家书又使我联想到五年前在河北涉县参观八路军129师师部旧址时见到的另一封家书。那是一个不知名的普通八路军战士（或是干部）在大战前夕写给妻子的一封短信，是一个共产党员的《与妻书》。从重庆回来我就赶快翻检所存资料，终于找出那张发黄的照片，但手迹还清晰可辨，全信如下：

喜如妹：

我俩要短期之分开了。这是我们的敌人给我们的分开之痛苦，只有消灭了我们的敌人，才能消灭这个痛苦。

我的病暂时也没有什么要谨（紧），因病得的很长，一时亦难除根。我很高兴在党和上级爱护之下给我这五个月的时间休养很不错。我这此（次）决心到前方要与我们当前的敌人搏斗，拿出最大决心和牺牲精神与人民立功。我第二个高兴是你很好，特别是对我尽到一切的关心和爱护。同时我有两个很天真活泼的小孩，又有男又有女。你想这一切都使我很满足，永远是我高兴的地方。

战斗是比不得唱戏，不是开玩笑，是有牺牲的精神才能打垮和消灭敌人。趟（倘）我这次到前方或负伤牺牲都不要难过，谨记我如下之言：

无产阶级的革命一定会成功的，只是时间之长短，但也不是很长的。家人一定要翻身。要求民主与独立，这是全世界劳苦大众都走革命这条道路，苏联革命成功是我们的好好榜样。

就是我牺牲了也是很光荣的，是为革命而牺牲，是有价值。在任何情况下我是不屈不挠，坚决□□□部队与敌人战斗到底。一直把敌人消灭尽尽为止。望你好好保重身体，多吃饭，不生病，我就死前方放心。同时希你好好教育丰丰小儿、小女雪雪，长大完成我未完成之事。一直完成社会主义革命到共产主义社会。谨记谨记。

我生于一九一九年十月（即民国八年十二月二十四日）家居安徽省霍山县石家河保瓦嘴□。

茂德

一九四七.四.二□于魏□临别之写

这封信写得很镇静、乐观又有几分悲壮。作者和林觉民一样也是抱定必死的决心，但其悲剧气氛要少些，更多的是充满胜利的信心。刘、邓领导的129师1940年6月进驻涉县时不足9 000人，到1945年12月挥师南下时已发展到30万正规军，40万地方部队。这个署名“茂德”的作者，就是这支大军中的普通一员。也许他真的

一个八路军战士给妻子的信

已经在战火中牺牲，那一对可爱的小儿女丰丰、雪雪现在也该是古稀老人。这封上战场前匆匆写给妻子的信，让我们看到了那个时代的人的真实生活。

我把三封家书的手稿影印件放在案头，轻抚其面，细辨字迹，目既往还，心亦吐纳，感慨良多。这三件文物，都是用毛笔书写，所书之物，一件是临时扯的一块白布，一件是异国他乡的信纸，一件是随手撕下来的五小张笔记本纸页，皆默默地昭示着其人、其地、其时的特定背景。论时间，从第一封信算起已经整整100年，恰是辛亥革命百年祭；第二封已经89年，与共产党党龄相仿；第三封也已64年，比共和国还长两岁。而写信者当时都是热血青年，都是为自己的理想而奋斗，准备牺牲的普通的战士。其结果，一个成了名垂青史的烈士，一个成了共和国的元帅，一个没入历史的烟尘，代表着那些无数的无名英雄。细看就会发现，这三封跨越百年，不同时代的家书中却有一条红线一以贯之，就是牺牲个人，献身革命，为国家、为民族不计自己并家庭的得失。林信说：当牺牲吾身与汝身之福利，为天下人谋永福；聂信说：决非为一衣一食，而为四万万同胞之均有衣食；茂信说：我或负伤牺牲你都不要难过，是为革命而牺牲，是光荣的，有价值。百年革命，三封家书，一条红线，舍己为国。我们还可由此上推1 000年，政治家范仲淹说："先天下之忧而忧，后天下之乐而乐。"再上推2 000年，思想家司马迁说："人固有一死，或重于泰山，或轻于鸿毛，用之所趋异也（目的不同）。"其一脉相承的都是这种牺牲精神——为理想、为事业、为进步而牺牲。国歌唱道："把我们的血肉筑起新的长城"，还有一首歌唱道："为什么战旗美如画，英雄的鲜血染红了她；为什么大地春常在，英雄的生命开鲜花。"正是这一代代的前赴后继，不计牺牲才铸就我们这个民族，铸就中华文明。这是一种伟大的民族精神、历史精神，而它在革命，特别是战争时期更见光辉，又由代表人物所表现。唯此，历史才进步，人类才进步。

我从百年历史的烟尘中检出这三封革命家书，束为一札，献给祖国，并祭先烈。这是一束永不凋谢的历史之花。

（《人民日报》2011 年 6 月 23 日）

（本文见报后有热心读者多方查证，终于弄清茂德姓查，在写这封遗书的第二年牺牲于南阳战役，死时为副旅长。）

蒋巷村的共产主义猜想

参观了全国文明村常熟蒋巷村后突然想到这个题目。

共产主义是什么样子？谁也没有见过，到现在还是想象中的事情，十分遥远和渺茫。它是马克思在160多年前根据社会发展规律推演出的一种理想社会。但是先知先觉的知识分子相信它，受苦的劳动人民相信它。于是就建党，名共产党；就开展全世界的社会主义——共产主义运动，叫国际共运，用实践去求证它、逼近它。一干就是一二百年。在这一二百年间，理论家不断地进行猜想，给出理论模型，就像哥白尼、爱因斯坦不断地求证宇宙；而劳动者，那些实践着的人们，则依其时其地的背景，也不断想象和制作出各种社会模型。于是共产主义就有了各种各样的版本。

余生也晚，我的所经所见大约有两种。一是新中国成立前后，这在反映当时生活的电影上还能看到，战士们在坑道里抱着枪幻想，或者刚分了土地的农民蹲在犁沟里憧憬，共产主义是什么？“楼上楼下，电灯电话”、“点灯不用油，耕地不用牛”。主要反映人身解放了的劳动者物质上的要求。是最初级、最朴实的“解放版”共产主义。二是“人民公社”版。追求“一大二公”，农民吃食堂，不要自留地，不许养鸡，连同劳动者本身也都“归公”，甚至连每个人的思想里也不许有私人空间。第一个版本，要求不高，很快就达到了；

第二个版本则是一场黄粱梦，经“大跃进”、人民公社和“文化大革命”后就破碎了。而这次我却看到了一个与前两个不同的比较接近马克思想法的版本，我把它叫作“中国乡村版”的共产主义猜想。

我们过去对共产主义的理解有这样几点：生产资料公有、产品丰富、觉悟提高、道德高尚、贫富差别小等等。但是对人的自由讲得很少。恩格斯在去世的前两年，有记者问能不能用一句话概括你和马克思为之奋斗一生的理想，他答曰就是《共产党宣言》里的那句话：“将是这样一个联合体，在那里，每个人的自由发展是一切人的自由发展的条件。”马克思也有一句话：“自由的人就是共产主义者。”恩格斯更具体地说：“我们的目的是要建立社会主义制度，这种制度将给所有的人提供健康而有益的工作，给所有的人提供充裕的物质生活和闲暇时间，给所有的人提供真正的充分的自由。”他这里特别强调“所有的人”都能得到这三点：有工作、有物质享受、有精神自由。当然，自由的前提是物质丰富，但丰富之后怎么办？或者说鱼和熊掌怎样兼顾，这就是我要说的这个新版本。

蒋巷村不大，186 户，1 700 亩地，800 口人。40 年前曾是一块低洼闭塞的蛮荒之地，血吸虫病流行，地不产粮，食不果腹。当时的村支书常德盛提出：“天不能改，地一定要换。”现在已换成工业园、粮田园、蔬果园、居住园、旅游公园“五园”交错的新家园。村展览室的墙上贴着一张历年的人均收入统计表。上世纪 60 年代 118 元，70 年代 316 元，去年 21 600 元，这还不包括各种补贴和福利收入。

按照恩格斯说的那三条，我们来看看这个现实中蒋巷村版本。

先说人人有“健康而有益的工作”。全村工作分为工业、农业、服务业，正好是经济学家们说的第一、二、三产业。原则是“工业向园区集中，农田向能手集中，居民向社区集中”。各人可根据自己的条件和爱好选择职业。全村 1 000 多亩地集中由 16 个种粮大户来种，其余大部分劳力进了工厂，而且都是“健康而有益的工作”。村里十年前就主动关闭了一个很赚钱的化工厂，现生态极好，林木荫道，绿水绕村，鸟语花香。还设有一个大气监测站，每日除报气象，还报大气质量。

再看第二条，“充裕的物质生活”。每户一座两层楼的别墅，早已超过“楼上楼下，电灯电话”的理想。村里有商店、图书馆、博物馆、农民剧院，一应俱全。有趣的是村里有一个很大的民俗博物馆，墙上抄着一首辛弃疾800年前描写江南农村生活的词《清平乐》：“茅檐低小，溪上青青草。醉里吴音相媚好，白发谁家翁媪。大儿锄豆溪东，中儿正织鸡笼。最喜小儿无赖，溪头卧剥莲蓬。”这是中国农民几千年来的文化背景、心理背景。追求富裕、和谐、自然、自由。蒋巷人就是在这个背景下来描绘现代图画。现全村已人均年收入20 000多，中学以下上学全免费。大学生年补3 000元，研究生年补5 000元。老人，55岁开始每月补300元到600元，如身患重病者，月补400元。他们说这是“按劳分配加按老分配”。

最难能可贵的是第三条“给所有的人提供真正的充分的自由”。前面所述各人可自选工作已不必说，且以养老一项，就可见他们怎样努力创造自由状态。中国已渐入老龄社会，养老成为一个令人头痛的社会问题。难在怎样既保证老人生活舒服，又精神自由，还能减轻年轻人的负担。而中国农村的婆媳矛盾是一道传统难题，现代社会的新老“代沟”又是难抚平的伤痕。蒋巷村却有办法。全村55岁以上老人200个，按说各家都有别墅小楼，住房宽裕，三世同堂，足可养老。但村里又另盖200套老人公寓。平房庭院式，花木葱茏，阳光明媚。分单身居和夫妻居两种，面积不同。室内橱、卫、寝、厅，一应俱全。老人如愿与子女合住，则住；不愿即可搬来公寓自住。免去了许多因“代沟”所引起的习惯不合与情感摩擦。又因就是在本村，子女近在咫尺，照顾亦便，分而不裂，和而不同，亲情不减。距离产生美感。这里，无论老人还是子女，“每个人的自由都是对方自由的条件”。我执意要看一二户老人公寓。庭院排排兮，花掩地，每家都窗明几净，闲适自得。他们在院中树下或干一点轻活，或聚而闲谈。王凤英老人已 79 岁，正抱着 2 岁的曾孙在门前晒太阳。旁边晾着一笸箩新碾的米粉，雪白细腻，散发出微微的清香。近处翠竹摇曳，紫薇吐蕾，茶花艳艳，远处大田里菜花金黄，一直黄到天边。就是桃花源中人也不过这样。不是说小康的住房标准是每家要有两套住宅吗？盖此情景也。

村里的生活设计还有许多尊重人性自由的细节，如虽粮菜供应充足方便，但还是给每家半分自留地，不为吃用，只为满足农民世世代代的精神寄托。菜园里老人弄苗，童子追蝶，吴侬软语，相话桑麻。村里设早市区，买卖自由，交换方便。我去时，已收市，门面街道收拾得干干净净，都有专人管理。书记常德盛解释说，也不只为物资交流，主要是让村民有一个交往、说话的地方，要的就是一个和谐。村外有人在修渠，这是外来的打工者。果园里几个老人正在剪枝，老常说，他们本有养老费，可不干活，但如想干，也还再给工资，是轻活，可干可不干的。我立即想起一句话，到了共产主义劳动就成了人的第一需要。

蒋巷村的现状当然不是共产主义，那样说我们这些人太低能了。但它肯定是人们追求理想征途上的一小步。既然是理想就有一定的虚幻性，等待人们用实践去逼近。马克思和恩格斯生前最怕他们的书给人定死了框框，就声明说：我们不打算把最终规律强加给人类。恩格斯说，关于未来社会组织的情况，你在我这里，连影子也找不到（马恩书里确实找不到蒋巷村社会组织的影子）。正因为马恩这样唯物，这样辩证，为我们预留了理想空间，人们才可能去创造各种版本。事实上从《共产党宣言》发表那一天起，无论领袖还是群众，理论还是实践，都在摸索寻找。列宁说，共产主义是苏维埃加电气化，这也是一种版本，和“点灯不用油”有一点相似。改革开放，国门打开，有人考察发达国家，说这就是我想象中的共产主义，是从物质文明的角度看，也是一种版本。近年来还有人研究北欧版本。

当然，蒋巷村物质条件比起世界上和国内的发达地区还差得很远很远，但它和自己比是大大进步了，更可贵的是它能在自身物质进步的基础上对“自由人联合体”的含义进行积极探求，这就了不起，是中国乡村版的共产主义猜想。或者它只能算是一个新版本的幼芽，再小点，一个细胞，一点基因。基因学有一个术语：基因漂流。自然物种在进化中，总有某种基因会飘落某处与其他基因结合成新的物种。共产主义理论一产生就是一个在欧洲大陆上“游荡的幽灵”，一个漂流的理论基因、科学基因。160 多年后，它漂到中国的江南水乡，与这里从 800 年前漂过来的，辛弃疾词里所表达的那个天人合一、老少同乐、物我一体的乡土基因相结合，成了现在的这个新版本，蒋巷村版（现代中国还有其他版本，如华西村版、南街村版、大寨村版，含义各有不同）。任何科学都是从猜想起步。猜想一旦变成了现实就是科学的胜利，历史的进步，不管是自然科学还是社会科学都是如此。1543 年哥白尼创立太阳系假说，到 1846 年（《共产党宣言》发表后 6 年）法国人勒维烈按照这个假说发现海王星。恩格斯说：“哥白尼的太阳系学说有 300 年之久一直是一种假说，这个假说尽管有 99%、99.9%、99.99% 的可靠性，但毕竟是一种假说；而当勒维烈从这个太阳系学说所提供的数据……推算出这个行星在太空中的位置的时候，当后来加勒确实发现了这个行星的时候，哥白尼的学说就被证实了。”太阳系假说的证实经过了 300 年，而共产主义学说的提出才 160 年，尽管我们相信它的可靠性，但要证实它还得经过许多许多的年头，请不要急。我们得像科学家发现大小行星那样，去耐心地仔细地推算、求证、实践。这中间会有许许多多的模型和版本。这应了邓小平说的那句话，摸着石头过河。

毛泽东说：“马克思主义一定要向前发展，要随着实践的发展而发展，不能停滞不前。”邓小平说：“我们多次重申，要坚持马克思主义，坚持走社会主义道路。但是，马克思主义必须是同中国实际相结合的马克思主义，社会主义必须是切合中国实际的有中国特色的社会主义。”从陈望道翻译了《共产党宣言》的第一个中译本起，到毛泽东在延安整风，发表《改造我们的学习》，中国共产党人一直锲而不舍地致力于马克思主义中国化。从对“大跃进”、“文化大革命”运动（那也曾是一种版本）的反思，到邓小平讲“老祖宗不能丢”，提出中国特色社会主义，中国共产党的领袖和亿万群众一直用实践去求证主义，求证假说。也许将来的求证所得与马克思书上讲的相距甚远，这也没什么，马克思主义本来就是开放的科学。

在蒋巷村我又重读了一遍共产主义的猜想，也读出了一点哲学和科学社会主义的意义。

写完这篇文章猛然想到过几天就是5月5日，马克思的生日快到了，这也算是对马克思诞辰192周年的一点纪念。

（《党建》2010年第8期）

嘉兴南湖红船之铭

红船者，嘉兴南湖上一普通小船，为当年中共一大会场。以一条小船而造就大党八千万，吞吐岁月九十年，古今中外唯此一船。

红船为建党之证，本该尊为文物，储于庙堂；受专人之呵护，享国宝之典藏。然栉风沐雨，置于湖畔，广接游人，敞对青天，是别有深意，寄情悠长。

船之名红，不在其色而在其意，借物言志，别有期盼。当年长夜如磐，红烛此处破黑暗，更燃火炬上井冈。从此，红色象征革命、象征进步，代表民心、代表希望。今革命虽已成功，然兴邦还不敢轻言，社会主义最少还要100年。风帆正举，飞舟破浪，红色精神，更待发扬。

船置水上，是为不忘古训：水可载舟，亦可翻船。今登舟望湖，叹烟波之浩渺；抚舷临风，见远山之苍茫。想千帆齐发，金戈铁马曾渡江；如履薄冰，船大掉头改革难。建党如同造船，聚中坚而精诚，已属不易；治国又如远航，得民心而永葆，更是艰难。九十年，几多胜利，几多忧伤，善待吾民，谨行吾船。

船泊湖心岛旁，风雨楼前，是为居安思危，远瞩高瞻。南湖虽小，映照古今，不让八百里洞庭；小船如苇，一箭光阴，射穿两千年画卷。贾谊过秦、魏徵谏唐，毛泽东延安窑洞答客问，如数家珍说民主；陈胜揭竿、天朝末路，五领袖西柏坡下去赶考，相约不做李闯王。小舟一叶，窗明几净，仰望楼头，细思默想。

呜呼！树高有根，水长有源。今党拥众十数亿，国有版图九百万，不敢忘我九尺小船。于是泊于南湖，永存嘉兴，年年拜祭，岁岁观瞻。不忘宗旨，更写新篇。唯愿事业皇皇，国泰民安。

（《人民日报》2011 年 7 月 1 日）

西柏坡赋

西柏坡乃冀中一普通山村。然其声沸海内，名传八方；瞻者益众，研者益广。天降大任，托国运于僻壤；小村何幸，成历史之拐点。

1948 年春，中国北方大地正寒凝将消，阳气初升，国共两党还胜负未分。时毛泽东方战罢陕北，过黄河，进太行，一路西来；刘少奇正经略华北，闹土改，分田地，发动群众。中央五大书记，自一年前延安分手，重又际会于此，设立中国革命之最后一个农村指挥部，将要夺取大城市，问鼎北平。

是时也，日寇甫败，蒋介石心气正盛，仍欲圆“剿匪”旧梦。于是设指挥部于南京，乃六朝古都，纸醉金迷之城。共产党则选定这个山沟，穷乡僻壤，无名无姓之村。当是时，势虽必胜，党却还穷。战事紧，参谋竟无标图之笔，而以红蓝毛线推盘演兵；文电急，领袖苦无办公之所，只就炕桌马灯草拟电文。借得民房一室三桌，是为情报、作战、后勤三部；假小院石碾一盘，以供毛、周、朱选将、发令、点兵。虽军情火急，院门吱呀，不废房东荷锄归；指挥若定，读罢战报，还听窗外磨面声。谈笑间，一战而取辽沈，二战而收淮海，三战而下平津。全国解放，大局已定。

当此乾坤逆转，将开国定都之时，中共高层却格外之冷静。一间大伙房里正在开党的中央全会，静悄悄，审时度势，析未来；言切切，防微杜渐，议党风。斯是陋室，无彩旗之张挂，无水茶之递送；甚而上无主席台之摆设，下无出席者之席尊。主持者唯一把旧藤椅，代表席即老乡家的几十个小柴凳。通过的决议却是不祝寿、不敬酒、不命名。其心之诚，直叫拒者降、望者归，大江南北，传檄而定；其风之严，令贪者收、贿者敛，军政上下，两袖清风。孟子言，先贤而后王；哲人曰，先忧而后乐；共产党人，未曾掌权，先受戒骄之洗礼；五大领袖，进京之前，相约不做李自成。

中国革命乃土地革命，政权之争实民心之争。仰观自陈胜、吴广至太平天国，起起灭灭，热血空洒黄土旧，悲歌唱罢王朝新。只有共产党，地契旧约照天烧，彻底解放工与农。党无己利，人无私心，决心走出人亡政息周期率；言也为民，行也为民，载舟覆舟如履薄冰。西柏坡，一块丰碑，一面铜镜，一声警钟；二中全会，两个务必，两个预言，再三提醒。自古成由艰辛败由奢，谦则受益满招损。正西风烈，柏松翠，坡草青，精神在，长久存。

刻于西柏坡的《西柏坡赋》

（《人民日报》2011年6月23日）

上北戴河不办公书

——就取消北戴河暑期办公给中央的一封建议信

党中央：

今特向中央提一建议，仅供参考。

十六大以后，党中央新的领导机构有几项举措深得民心。其中包括政治局成员亲访西北坡，重提“两个务必”；中央领导同志深入基层，访贫解难；在传媒上改进领导人活动的报道等。我觉还有一事，下面反映较多，这就是中央领导每年夏天前往北戴河暑期办公，也可以取消。

理由有五：

一、当年我们的办公和生活条件很差，北京夏热又无空调设备，为中央领导就近安排在北戴河休假并办公实有必要。现在京城的条件已大为改善，似无必要再来回迁徙办公。

二、对地方来说，每年接待中央领导休假和办公是件大事。当地干部反映，虽工作头绪千条，每年唯此为大，各方举财劳民，如履薄冰。这难免增加地方负担，分散正常工作精力。

三、对中央来说，每年一次离京办公，必然带来大量工作人员往返奔波，各部呈文送信，汇报请示，后勤供应，生活服务等大增劳务。有时因一事之商也要请多个部门负责人离京赴议，增加行政成本。

四、北戴河近年已渐成旅游胜地，客流涌动，人声嘈杂，此处已非殚精竭虑、忧国治事之所。况且时当盛夏兼有休假避暑，领导人必携带家属。工作人员也难免呼朋唤友，优游嬉戏，有碍工作，失之威重。

五、其时正当旅游旺季，重要车辆来往于京戴两地，必然清道警戒，与民争路，易起非议，影响干群关系。

因此，建议将办公与休假分开，可轮流休假，办公则仍在北京。过去前几代领导人暑期京外办公，或因京城条件所致，或因年事较高兼顾休息，群众还可理解。现在中央新班子年富力强，锐意进取，正可借机革此旧制。虽一事之易，其精神号召力当不同凡响，最可表明新一届中央正党风、恤民情、重实效之决心，定会得到广大人民和干部的拥护。

谨以一个普通党员新闻工作者的忧国爱党之心竭诚进言。

敬礼

（2003 年 4 月 17 日）

说明：中央领导从 2003 年起已不再在北戴河暑期办公，而改在那里接见休假的劳模。

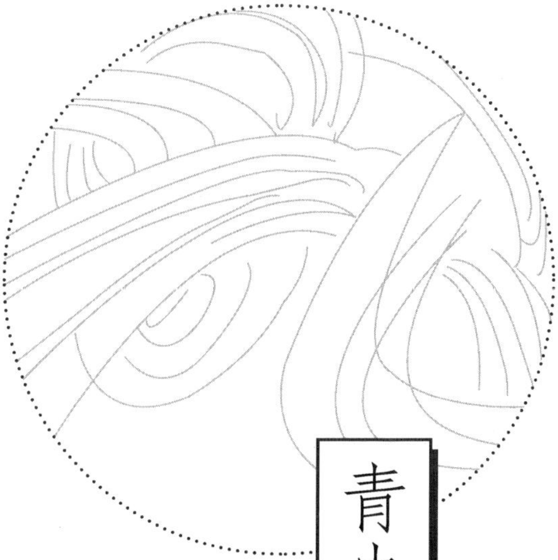

青史如镜

心中的桃花源

——陶渊明《桃花源记》解读

每一个多少读过点书的人，都知道陶渊明的《桃花源记》。一篇只有 320 字的散文能流传 1 500 年，家喻户晓，传唱不衰，其中必有它的道理。这篇文字连同作者最流行的诗作，大约是我在孩提时代，为习文识字，被父亲捉来读的。当时的印象也就是文字优美，故事奇特而已。直到年过花甲之后，才渐有所悟。一篇好文章原来是要用整整一生去阅读的。反过来，一篇文章也只有经过读者的检验，岁月的打磨，才能称得起是经典。凡是经典的散文总是说出了一种道理，蕴涵着一种美感，让你一开卷就沉浸在它的怀抱里。《桃花源记》就是这样的文字。

一、《桃花源记》想说什么？

一般人都将《桃花源记》看做一篇美文小品。它确实美，朴实无华，清秀似水，而又神韵无穷。但正是因为这美害了它，让人望美驻足，而忽略了它更深一层的含义。就如一个美女英雄或美女学者，人们总是惊叹她的容貌，而少谈她的业绩。《桃花源记》也是吃了这个亏，顶了“美文”的名，始终在文人圈子和文章堆里打转转，殊不知它的第一含义在政治。

陶渊明所处的晋代自秦统一天下已600年。在陶之前不是没有过政治家。你看，贾谊是政治家，他的《过秦论》剖析暴秦之灭亡何等精辟，但汉文帝召见他时"不问苍生问鬼神"，仍旧穷兵黩武；诸葛亮是政治家，是智者的化身，但他用尽脑汁，也不过为了帮刘备恢复汉家天下；曹操是政治家，雄才大略，横槊赋诗何其风光，但刚为曹家挣到一点江山底子，转瞬间就让司马氏篡权换成晋朝旗号。

陶渊明也不是没有参与过政治，读书人谁不想建功立业？况且他的曾祖陶侃（就是成语"陶侃惜分阴"说的那个陶侃）就曾是一个为晋王朝立有大功的政治家、军事家。陶渊明曾多次出入权贵的幕府，但是他所处的政治环境实在是太黑暗了。东晋王朝气数将尽，争权夺利，贪污腐败，军阀混战，民不聊生。以东晋的重臣刘裕为例，未发迹时是一无赖，好赌，借大族刁氏钱不还，刁氏将其绑在树上用皮鞭抽。有一叫王谧的富人可怜他，便代为还钱。刘发迹，就扶王为相，而将刁家数百人满门抄斩，后来干脆篡位灭晋，建宋。陶渊明曾四隐四出，因家里实在太穷，无力养活六个孩子，公元405年时他已42岁，不得已便又第五次出山当了彭泽县令。这更让他近距离看透了政治。东晋从公元377年起实行"口税法"，即按人口收税，每人年缴米三石。但有权有势的大户人家纷纷隐瞒人口，国家收不到税，就抬高收税标准，每人五石，恶性循环的结果是小民的负担更重，纷纷逃亡藏匿，国库更穷。陶一上任就在自己从政的小舞台上大刀阔斧地搞改革，他从清查户籍入手，先拿本县一户何姓大地主开刀。何家有成年男丁200人，却每年只缴20人的税。何家有人在郡里当官，历任县令都不敢动他一根毫毛。

陶是个知识分子，骨子里是心忧国家，要踏破不平救黎民，治天下，年轻时他就曾一人仗剑游四方。你看他的诗"刑天舞干戚，猛志固常在"，"君子死知己，提剑出燕京"，绝不只是一个东篱采菊人。所以鲁迅说陶渊明除了“静穆”之外，还有“金刚怒目”的一面。一时彭泽县里削富济贫，充实国库的政改实验搞得轰轰烈烈。正是：

莫谓我隐伴菊眠，半醉半醒酒半酣。

翻身一怒虎啸川，秀才出手乾坤转！

但是上层整整的一个利益集团已经形成，哪能容得他这个书生“刑天舞干戚”来撼动呢？邪恶对付光明自然有一套潜规则。这年干部考察时何家买通“督邮”（监察和考核官员政绩的官）来找麻烦。部下告诉陶，按惯例这时都要行贿，给点好处。陶渊明大怒：“我安能为五斗米折腰！”连夜弃官而去。回家之后便写了那篇著名的《归去来兮辞》：“归去来兮，田园将芜胡不归！既自以心为形役，奚惆怅而独悲。……世与我而相违，复驾言兮焉求？”

这次出去为官对他刺激太大了，他对官府，对这个制度已经绝望。他向往尧舜时那种人与人之间平等、和谐的生活；向往《山海经》里的神仙世界；向往古代隐士的超尘绝世。从此，他就这样在一直乡下读书、思考、种地。终于在他弃彭泽令回家16年之后的57岁时写成了这篇320字的《桃花源记》。作者纵有万般忧伤压于心底，却化作千树桃花昭示未来，虽是政治文字却不焦不躁，不偏不激，于淡淡的写景叙事中，铺排出热烈的治国理想，这种用文学翻译政治的功夫真令人叫绝。但这时离他去世只剩下6年了，这篇政治美文可以说是他一生观察思考的结晶，是他思想和艺术的顶峰。历史竟会有这样的相似，陶渊明五仕五隐，范仲淹四起四落。范仲淹那篇著名的政治美文《岳阳楼记》是在58岁那年写成，离去世也还只剩6年。这两篇政治美文都是作者在生命的末期总其一生之跌宕，积一生之情思，发出的灿烂之光。不过范文是正统的儒家治国之道，提出了一个政治家的个人行为准则；陶文却本老子的无为而治，给出了一个最佳幸福社会的蓝图。陶渊明是用文学来翻译政治的。在《桃花源记》中他塑造了这样一个理想的社会：土地平旷，屋舍俨然，良田美池，往来耕作，鸡犬相闻，黄发垂髫，怡然自乐。这是一个自自在在的社会；一种轻轻松松的生活；人人干着自己喜欢的工作。在这里没有阶级，没有欺诈，没有剥削，没有烦恼，没有污染。人与人和谐，人与自然和谐。这是什么？这简直就是共产主义。陶渊明是在晋太元年间（公元 376—396）说这个话的，离《共产党宣言》（1848 年）还差 1 400 多年呢。只是有那么一点点影子，我们就算它是"桃源主义"吧。但他确实是开了一条政治幻想的先河。当政治家们为怎样治国争论不休时，作为文学家的陶渊明却轻轻叹了一声："不如不治。"然后就提笔濡墨，描绘了一幅桃花源图。这正如五祖门下的几个佛家大弟子为怎样克服人生烦恼争论不休时，当时还是个打杂小和尚的六祖却在一旁叹道："菩提本无树，明镜亦非台，本来无一物，何处惹尘埃。"人性本自由，劳动最可爱，本来无阶级，平等最应该。不是政治家的陶渊明走的就是这种釜底抽薪的路子。

陶之后 1 200 年，欧洲出现了空想社会主义。而且巧得很，也是用文学作品来表达未来社会的蓝图，但不是散文，是两本小说，在社会发展史和世界文化史上影响极大。这就是 1516 年英国人莫尔出版的《乌托邦》和 1637 年意大利人康帕内拉出版的《太阳城》。所以《桃花源记》也可以归入政治文献而不是只存在于文学史中，其实《桃花源记》又何尝不可以当成小说来读呢。甚至那两本书的构思手法与《桃花源记》也惊人地相似。陶渊明是假设几个打鱼人误入桃花源，而在《乌托邦》里是写一个探险家在南美，误登上一孤悬海中的小岛。岛上绿草如茵，四周波平浪静。街上灯火辉煌，家家门前有花园。每个街区都有公共食堂，供人免费取食。个人所用的物品都可到公共仓库任意领取，并无人借机多占。更奇的是，他被邀参加一个订婚仪式，男女新人都要脱光衣服，让对方检验身体有无毛病，然后订约。其道德清纯、诚实高尚若此。探险家在这里生活了五年，回来后将此事传予世人，就如武陵人讲桃花源中事。

《乌托邦》成书后顷刻间风靡欧洲，被译成多国文字，传遍世界。中国近代翻译家严复也把它介绍到了中国。

1637 年意大利人康帕内拉又出版了一本书《太阳城》。很巧，还是陶渊明的手法。一个水手在印度洋遇险上岸，穿过森林进到一座城堡，内外七层，街道平整，宫殿华丽，居民身体健康，风度高雅，衣食无忧。在这个城市里没有私产，实行供给制。服装统一制作，按四季更换。每日晨起，一声长号，击鼓升旗，大家都到田里劳动。没有工农之分，没有商品交换，没有货币。孩子两岁后即离开父母交由公家培养。总之一切都是公有，需求由政府实施公共分配。甚至婚姻也是政府考虑到后代的优生而搭配，靓男配美女，胖男配瘦女。又是那个水手归来"海外谈瀛洲"，如同武陵人讲桃花源。这本书同样风靡全球，是空想社会主义的又一块里程碑。以幻想理想社会类的文学作品而论，有三大里程碑：《桃花源记》、《乌托邦》、《太阳城》。

"桃园三结义"，陶渊明是老大。

为了追求真实的桃花源，除出书外，还有人身体力行地去实验。1825 年 4 月英国人欧文用 15 万美元在美国买了一块地，办起一个"新和谐公社"。这公社规划得十分理想，有农田、工场、住宅、学校、医院。公社成员一律平等。也是吹号起床，集体劳动，吃公共食堂。没有交换，没有货币。算是一个西洋版的"桃花源"。可惜这个公社来的实在太早，与当时的生产力水平、道德标准相差太远。墙内清贫而浪漫的生活，抵挡不住墙外资本主义金钱、名利的诱惑，维持了两年，试验宣告失败。

但是人们心中那盏理想的明灯总是在轻轻闪烁，在西方这种实验一直顽强地延续着。今天，英国查尔斯王子在本国一个叫庞德里的小城，也搞了一个"小国寡民"的建设，400 户人家，全部环保建材，绿荫小街，各家一色的院落，无汽车之喧嚣，无贫富之悬殊。美国弗吉尼亚州双橡树合作社区实验从 1967 年坚持到现在已有 40

多年。450 英亩土地，百十个人口，财产公有，自愿结合。这是北美共产社区中维持时间最长的一个。

桃花源在中国人的心里更是根深蒂固，那个美丽的梦也总是挥之不去。洪秀全就曾搞过太平天国版的空想共产主义，分男营、女营，不要家庭生活（当然这并不妨碍他妻妾成群），而民国的立法院在 1930 年也讨论过要不要家庭。青年毛泽东在 1919 年，也有过一次乡村新社会的实验。他说：我数年来梦想新社会生活，而没有办法。七年（指民国七年）春季，想邀数朋友在省城对岸岳麓山设工读同志会，从事半耕半读。今春回湘，再发生这种想象，乃有在岳麓山建设新村的计议，而先从办一实行社会说本位教育说的学校入手。此新村以新家庭新学校及旁的新社会连成一块为根本理想（参见《毛泽东早期文稿》第 2 版）。1958 年在这个全球人口最多的国度又开始了一场人民公社大实验，吃饭不要钱，一如《乌托邦》和“新和谐公社”里的情景，但又像欧文一样地失败了。可是实验并没有停止。1986 年人民公社体制在全国正式取消后，个别生产力（财富）和精神文明（觉悟）发达的集体仍在坚持着“共产”模式。如河南的南街村，到今天仍是吃饭不要钱。各家用多少米面，到库房里随便领取。那天参观时我奇怪地问：“有人多领怎么办?”“领多了，吃不了，也没用。”“如果他送给外村的亲戚呢?”“相信他的觉悟。”财富加觉悟，这真是一个现代版的桃花源，微型的空想“共产主义”。

空想虽然空洞一些，但思想解放就是力量。无论是一个人还是一个社会，如果没有幻想，就会静止，就会死亡。自陶渊明之后，这种对未来社会的想象从来没有停止过。到马克思那里终于产生了科学社会主义。《共产党宣言》预言未来的理想社会是“自由人联合体”。没有阶级，没有剥削，没有贫富差别，没有尔虞我诈，大家自由地联合在一起。恩格斯给出的蓝图是：“这种制度将给所有的人提供健康而有益的工作，给所有的人提供充裕的物质生活和闲暇时间，给所有的人提供真正的充分的自由。”你看这不就是桃花源中人吗？

就主体来说，陶渊明是诗人而不是政治家、思想家，他只是以憧憬的心情写了一篇短文。武陵人误入桃花源，陶渊明误入了政治思想界。他万万没有想到他的幻想竟引来了这么多的实验版本。相比于政治和哲学，文学更富有想象力，陶渊明的桃花源足够后人一代一代地去寻找、评说。

二、桃花源在哪里？

中国文学史上有许多的游记名篇，也造就了许多的山水品牌，成了今天旅游的新卖点。但让人吃惊的是，一个虚构的桃花源却盖过了所有的真山水，弄得国内只要稍微有一点姿色的风景，就去打桃花源的牌子，硬贴软靠，甚至争风吃醋，莫辨真伪。北至山西、河北，南到广西、台湾，处处自诩桃花源，人人争当武陵人。只我亲身游历过的“桃花源”就不下几十处，遍布大半个中国。似花还似非花，也无人去从较真。但正是这似与不似之间，较哪一处真山水也比不上幻影中的桃花源，而那些著名游记又无论如何也不能与《桃花源记》等身。就连最有名的《小石潭记》，现在也只不过是柳州的一个废土坑而已，也未见有哪个地方去与之争版权、争冠名。桃花源成了风景的偶像。何方化作身千亿，一处山水一桃源，陶渊明用什么魔法将这桃花源的基因遍洒中华大地，遗传千年，繁衍不息？

凡偶像都代表一种精神，而精神的东西既无形又可幻化为万形。陶渊明笔下的桃花源是一处风景，但绝不是单纯的风景，它是被审美的汁液所浸泡，又为理想的光环所笼罩着的山水。美好的事物谁不向往？正如地球上无论东西方都有空想社会主义的模式；在中国无论东西南北，都能按图索骥找到“桃花源”。桃花源不是小石潭，不是滕王阁，不是月下赤壁，也不是雨中的西湖。它是神秘山口中放出的一束佛光，是这佛光幻化的海市蜃楼，这里桃林夹岸，中无杂树，芳草鲜美，落英缤纷。《桃花源记》是一个多棱镜，能折射出每一个人心中的桃花源，而每一个桃花源里都有陶渊明的影子，一处桃源一陶翁。

我见到的第一个桃花源是在福建武夷山区。从福州出发北上，过永安县，车停路边，有指路牌：桃花源。我说这柏油马路一条，石山一座，怎么是桃花源？主人说不急，先请下车。行几百米，果见一河，溯流而上，渐行渐深，林木葱茏，繁花似锦，两山夹岸，绿风荡漾，胸爽如洗。而半山腰庙宇民房，红墙绿瓦，飘于树梢之上，疑是仙境。折而右行，半壁之上突现一岩缝，竟容一人，曰“一线天”。我从缝中望去，山那边蓝天白云，往来如鹤。因为要赶路，我们不能如武陵人“舍船，从口入”了，但我相信穿过一线天，那边定有一个桃花源。

再沿路北上就是著名的武夷山。山之有名，因二：一是通体暗红，山崖如血，属典型的丹霞地貌；二是环山有溪水绕过，作九折之状，即著名的“武夷九曲”。想不到在这景区深处却还另藏着一个小“桃花源”。当游人气喘吁吁地翻过名为“天游”的石山顶，自天而降；或溯流而上，游完九曲，弃筏登岸时，身已累极，心乏神疲，忽眼前一亮见一竹篱小墙。穿过篱笆小门，地敞为坪，青草如茵，草坪尽处一泓碧水如镜，整座红色的山崖倒映其中，绿树四合，凉风拂衣，汗热顿消。正是陶诗“蔼蔼堂前林，中夏贮清阴。凯风因时来，回飙开我襟”的意境。这时席地而坐，仰望“天游”之顶，见人小如蚁，缘壁而行；俯视池水之中，蓝天白云，悠然自得。草坪上散摆着些茶桌，武夷山的“大红袍”茶海内知名。你在这里尽可细品杯中乾坤，把玩手中岁月。那天我正低头品茗，忽听有人呼唤，隔数桌之外走过一人，原来是十多年未见的一位南海边的朋友，不期在此相遇。我们相抱而呼，以茶代酒，痛饮一番。我一面感叹世界之小，又更觉这桃花源之妙，它真是一个可暗通今昔的时光隧道。

光阴者百代之过客，这武夷山里不知过往了多少名人，朱熹就是从这里走出去开创了他的哲学流派，我怀疑他“半亩方塘一鉴开，天光云影共徘徊。问渠那得清如许，为有源头活水来”的名句，就是取自这个意境。明代大将军戚继光在南方抗倭之后又被调到北方修长城，曾路过此地，在这里照影洗尘，竟激动地不想离去。他赋诗道：“一剑横空星斗寒，甫随平虏复征蛮。他年觅取封侯印，愿向君王换此山。”而陆游、辛弃疾在不得志之时，甚至还在这里任过守山的官职。朱、戚、陆、辛都是中国历史上屈指可数的人物。他们在绚烂过后更想要一个平淡，要做陶渊明，做一个桃花源中人。辛词写道：“今宵依旧醉中行。试寻残菊处，中路候渊明。”

我看到的第二处桃花源是湖南桃源县的桃源洞。一般认为这处景观最接近正宗的桃花源，况且国内毕竟也就只有这一个以桃源命名的县。这里除山水幽静外更多了一分文化的积淀。史上多有文人来此凭吊，孟浩然、李白、韩愈、苏轼等人都留有诗作。由此可见桃花源早已不是一个风景概念，而是一种文化现象了。

我印象最深的是这里刻于石碑上的一首回文诗：

牛郎织女会佳期，月底弹琴又赋诗。

寺静惟闻钟鼓響（响），音停始觉星斗移。

多少黄冠归道观，见几而作尽忘机。

几时得到桃源洞，同彼仙人下象棋。

一般的回文诗是下句首字套用上句的末一个字，这在修辞学上叫“顶真”格。而这首诗是从上字中拆出半个字来起写下句，这样的“顶真”就更难。接着还有一个更难的动作，刻碑时第一字不从右上起，而是中心开花，向外旋转，到最后一字收尾，正好成方：

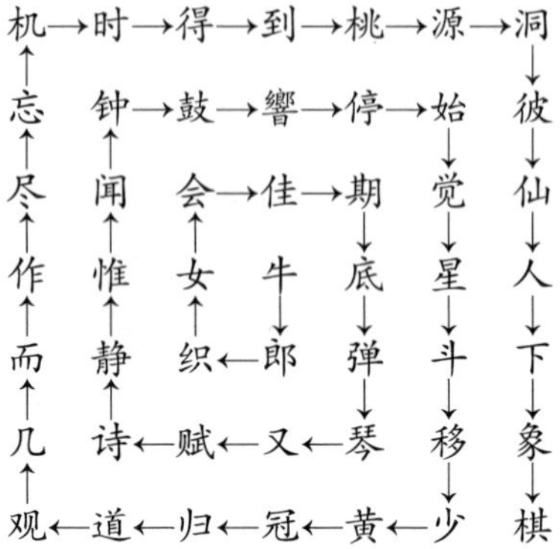

这样的挖空心思说明后人对桃花源题材是多么喜爱。而小石潭、赤壁，就是现代朱自清笔下的荷花塘也没有这样的殊荣呀！陶渊明所创造的“桃花源”实在是一个忘却时空、成仙得道的境界，比《乌托邦》、《太阳城》多了几分审美，比《小石潭记》、《赤壁赋》又多了几分理想。

那天我不觉技痒，也仿其格填了一首回文诗（比原式更苛求一点，连首尾都半字相咬）：

因曾数读《桃花源》，原知诗人梦秦汉。

又来桃源寻旧梦，夕阳压山柳如烟。

我看到的第三处桃花源是在湖北恩施。这里是湘、鄂、黔交界的武陵山区。陶渊明是今江西九江人，其活动区域不会到过这一带。但阴差阳错，这山却名“武陵”，而《桃花源记》正好说的是武陵人的事。当地人以此附比桃花源也算言之有据，比别处更多一点骄傲。况且，这里地处偏远，至今还葆有极浓的世外桃源的味道。

武陵山区多洞，洞大得让你不敢去想，一个洞就能开进一架直升飞机，而洞深几许到现在也没有探出个所以。这比陶渊明说的“桃林夹岸，山有小口，豁然开朗”更要神秘。那天我们就在山洞里的一个千人大剧场看了一台现代武陵人的歌舞演出，真是恍若隔世，不知梦在何处。

最动人的是情歌演唱。男女歌手分别站在舞台两侧的两个山头上（请注意，洞里又还有山）引吭高歌：

女：郎在高坡放早牛，
妹在院中梳早头。
郎在高坡招招手，
妹在院中点点头。

男：太阳一出红似火，
晒得小妹无处躲。
郎我心中实难过，
送顶草帽你戴着。

你看男子心疼他心爱的女子，恨不能立即送去一顶遮阳的草帽。楚人是善于歌颂爱情或者借爱情说事的，从屈原始，古今亦然。陶渊明的楚文化背景很深。这让我立即想起他的《闲情赋》中的意境：

我愿做她的衣领，以闻到她颈上的芳香；
可惜就寝时，衣服总要被弃置一旁。
我愿做她的衣带，终日系于她的腰间；
可惜换装时，衣带被解下，又有暂别的忧伤。
我愿做一滴发乳，涂在她的黑发上；
可她总要洗发，我又会受到冲洗的熬煎。
……
我愿做一把竹扇，让她握于手上，凉风送爽；
可秋天来临，还是难免有离去的凄凉。
我愿做一株桐木，制成一把她膝上的鸣琴；
可她也有悲伤的时候，会推开我不再奏弹。

（愿在衣而为领，承华首之余芳；悲罗襟之宵离，怨秋夜之未央。……）

还有哭嫁歌。婚嫁本是喜事，但女儿出嫁要哭，大哭，不舍爹娘，不舍闺友，大骂媒婆。哭，且能成歌，有腔有调，有情有韵。

艺术这种东西真是无孔不入，喜怒哀乐都有美，悲欢离合都是歌。但是这歌和大城市里舞台上那些尖嗓子、哑喉咙、扭屁股、声光电的歌不一样，这是桃花源中的歌。是在武陵山中的时光隧道中听到的魏晋声、秦汉韵啊。

那天演的又有丧葬歌。人之大悲莫过于死，但这么悲伤的事却用唱歌来表达。当地风俗"谁家昨日添新鬼，一夜歌声到天明"。你看那个主唱的男子，击鼓为拍，踏歌而舞，众人起身而合，袖之飘兮，足之蹈兮，十分洒脱。生死由命，回归自然，一种多么伟大的达观。仿佛到了一个生死无界、喜乐无忧的神仙境界。这远胜于现代都市里作秀式的告别仪式、追悼大会。在歌声中我听到了 1 500 年前陶渊明那首自己拟的《挽歌》："荒草何茫茫，白杨亦萧萧，严霜九月中，送我出远郊。""千秋万岁后，谁知荣与辱。但恨在世时，饮酒不得足。"武陵人这洒脱的丧歌，那源头竟是陶公的《挽歌》啊，你不得不承认这山洞里的桃源世界确实还在继续着陶渊明所创造的那个生命境界和审美意境。还有一种原始的茅古斯舞蹈，舞者全身紧裹稻草，男子两腿间挂着象征阳物的装饰，甩来摆去，癫狂起舞，表达的是自然崇拜与生殖崇拜。这种纯朴只有在这深幽的山洞里才能见到，这时你已完全忘了山外的高楼大厦、车水马龙、电脑网络、反恐战争、股票期货、跑官卖官，真的不知今宵何夕，身在何处了。

一连几天我就在这深山里转，感受这歌声、这舞蹈，还有米酒。这里喝酒也是桃花源式，是在别处从没有见过的。喝时要唱，要喊，要舞，喝到高兴处还要摔酒碗。双手过头，一饮而尽，然后"啪"的一声，满地瓷片，当然是那种很便宜的陶瓷碗。这正是陶渊明《杂诗》与《饮酒》诗的意境："得欢当作乐，斗酒聚比邻"；"忽与一觞酒，日夕欢相持"；"若夫不快饮，空负头上巾"。历史越千年，风物依然。

一日，喝罢酒，我们去游一个叫"四洞峡"的地方，那又是一处桃花源了。离开公路，夹岸数步，人就落入一个大峡谷中。头上奇树蔽日，脚下湍流漱石。平时在城里花盆中才能见到的杜鹃花，这里长成了合抱之粗的大树，花大如盘，洁白如雪。一种金色的不老兰，攀于岩上，遍洒峡中，灿若繁星。古藤缠树，树树翠帘倒挂；香茅牵衣，依依不叫人行。许多草木都见所未见，闻所未闻。一种铁匠树，木极硬，木工工具对付不了它，要用铁匠工具才能加工，因有此名。其木放入炉中，如炭一样一晚不灭。一种似草似灌木的植物，杆子肥肥胖胖，就名“胖婆娘的腿”。真是目不暇接。走着，走着，这一路风景突然没入一个悠长的石洞，瞬间一片幽暗，不见天日，唯闻流水潺潺，暗香浮动。我们扶杖踏石，缘壁而行，大气也不敢出一口，仿佛真的要走回到秦汉去，也不知这样如履薄冰行了几时，忽又见天日重回到了人间。这样忽明忽暗，穿峡过洞，如是者四次，是为“四洞峡”。到最后一个石洞的出口处，有巨石如人头，传说是远古时一将军在此守洞，慢慢石化。石壁上长有一株手腕粗的黄杨木，却言已生有八百年。据说这种树平时正常生长，而每逢有闰月就又往回缩，它竟能自由地挪动时空。现代物理学已有一种“虫洞”假说，人们可轻易穿越时空退回过去，而桃花源中的植物竟然早已有了这种本事。我回望洞口，看着这石将军，这黄杨树，浮想联翩。当年陶渊明由晋而返秦，我们现在莫不是返回到了东晋？

出峡之时已近黄昏，主人请我们参观他们的万亩桃林。这里乡民种桃已不知起于何年。近年来为了进一步富民，政府又请专家指导，搞了一项万亩桃园工程，好大的规模，放眼望去漫山遍野全是桃树。正是开花季节，晚照中红浪滚滚，一直铺向天边，只间或露出些道路、谷场，或农家的青瓦粉墙。我们随意选了一处半山腰的“农家乐”，在院子里摆桌吃饭。席间仍是要喝米酒，唱古老的歌，摔酒碗。主人对我们这些山外来人更是十分的亲热。有如《桃花源记》所言：“见渔人，乃大惊，问所从来，具答之。便要还家，设酒杀鸡作食。”又如陶诗：“落地为兄弟，何必骨肉亲，得欢便作乐，斗酒聚比邻。”他们也不知道什么戚继光曾经要用功名换山水，更不会去作什么回文诗。但他们知道这里就是桃花源，是他们的家，祖祖辈辈都这样自自然然地生活着。

桃花源不只是风景，而是一种生活符号，一种文化标记。

三、心中的桃花源

陶渊明为晋代柴桑人，即现在的江西的九江县、星子县一带。九江我是去过的，这次为写这篇文章又重去两地寻找感觉。结果这感觉真的让我大吃一惊。在陶渊明纪念馆，我看到了许多历代、各地甚至还有国外对他的研究资料，及出版的各种书刊。像东北鞍山这样远、这样小的地方都有陶学的研究团体，而今年的全国陶学年会是在内蒙古召开的。日本亦有专门的陶学社团。一本专刊上这样说：“渊明文学在日本的流传，不论时光如何流失，人们对他恬淡高洁的人格的憧憬，对其诗文的热爱从未中断。”而更未想到的是陶渊明的墓是在部队的一座营房里，官兵们用平时节约下来的经费将其修葺保护得十分完美。我们登上营房后的小山，香樟、桂花、茶树等江南名木掩映着一座青石古墓，墓的四角，四株合抱粗的油松皮红叶绿，直冲云天。只看这树就知这墓在数百年之上。陶卒于乱世，其墓本无可考，元代时大水在这附近冲出一块记载陶事的石碑，官民喜而存之，因碑起墓，代代飨祭。现在这个墓是部队在 2003 年重修，并立碑记其事。一个诗人，一个逝去了 1 500 多年的古人怎么会引起这么广泛、久远的共鸣呢？

陶渊明的《桃花源记》确是以艺术的魅力激起了我们千百年来对理想社会和美好山水的不断追求。但更有普世价值的是他设计出了一个人心理的最佳状态，这就是以不变应万变，永是平和自然，永葆一颗平常心。他以亲身的实践证明了这一点，接着又用自己的作品定格、升华、传达了这种感觉。他在我们每个人的心里都埋下了一粒桃花源的种子，无论如何斗转星移，岁月更换，后人只要一读陶诗、陶文，就心生桃花，暖意融融，悠然自悟，妙不可言。当代德国著名哲学家海德格尔认为，哲学家应该具有诗人的思维，他说哲学最好的表达方式是诗歌。陶渊明已经做到了这一点，他始终是用诗歌来表现人生。

人生在世有三样东西绕不过去。一是谁能没有挫折坎坷；二是任你有多少辉煌也要消失，没有不散的宴席；三是人总要死去，总要离开这个世界。与这三样东西相对应的心境是灰心、失落与恐惧。怎样面对这个难题，克服人精神上的消极面，让每一天都过得快活一些，历来不知有多少的思想家、宗教徒都在做着不尽的探索。过去关于奋斗、修养的书不知几多，现在“励志”类的书又满街满巷，而所谓“修养”，已经滑进了“厚黑”的死胡同。而你就是励志、奋斗、成就之后还是绕不开这三点。你看现实生活中有的人生活并没有到了谷底，甚至还有几分殷实小康，但还在没完没了地嫉妒、哭穷、诉苦、牢骚；有的人已身居高位，还在贪婪、虚荣、邀功；有的人已退出官场，还在回头、恋权、恋名，苦心安排身后事。陶渊明官也做过，民也当过；富也富过，穷也穷过；也曾顺利，也曾坎坷，但这些毛病他一点也没有。他学儒、学道、学佛，又非儒、非道、非佛，而求静、求真、求我，从思想到实践较好地回答了人生修养这个难题。

陶渊明生活在一个不幸的时代，军阀混战，政权更迭，民不聊生。他虽也做过几次官，但“不愿为五斗米折腰”，归隐回乡，日子过得紧巴巴。为避战乱他曾两次逃难，仇家一把火又将他可怜的家产烧了个精光。但在他的诗文中却找不到杜甫“亲朋无一字，老病有孤舟”式的哀叹，反倒常是一种“采菊东篱下，悠然见南山”的恬静。这是一种境界，一种回归，回归自然，回归自我，不为权、财、名、苦所累，永葆一颗平常心的境界。他为官时不为五斗米折腰，不丢人格；穷困时安贫知足，不发牢骚，不和自己过不去。也就是《桃花源记》里说的“黄发垂髫，怡然自乐”。我们没有理由责备陶渊明为什么不像白居易那样去写《卖炭翁》，不像陆游那样去写“铁马秋风大散关”，不像辛弃疾那样“把栏杆拍遍”。陶所处的时代没有辛弃疾、岳飞那样尖锐的民族矛盾，他也未能像魏徵、范仲淹那样身处于高层政治的旋涡之中。存在决定意识，各人有各人的历史定位。陶渊明的背景就是一个“乱”字，世乱如倾，政乱如粥，心乱如麻。他的贡献是于乱世、乱政、乱象之中在人的心灵深处开发出了一块恬静的心田。“结庐在人境，而无车马喧。问君何能尔？心远地自偏。采菊东篱下，悠然见南山。”

陶渊明一生大多身处逆境，但他却永是开朗。不是说这逆境不存在，而是他能精神变物质，逆来顺推，化烦躁为平和。他以太极手段，四两拨千斤，将愁苦从心头轻轻化去，让苦难不再发酵放大，或干脆就转而发酵为一坛美酒。马克思说：受难使人思考，思考使人受难。世上总有不平事，尤其是爱思考的知识分子，世有多大，心有多忧，忧便有苦，苦则要学会排解。陶渊明对辞官后的农耕生活要求并不高：“岂期过满腹，但愿饱粳粮。御冬足大布，粗絺以应阳。”粗布淡饭而已。但他却从这种清苦中找到精神上的寄托和审美的享受。“耕种有时息，行者无问津。日入相与归，壶浆劳近邻。长吟掩柴门，聊为陇亩民。”

陶渊明也不是没有做过官，但他不把做官当饭吃，他一生五仕五隐，那官场的生活只不过是他的人生实验。他对朝廷也曾是有过一点忠心的，甚至还有对晋王朝的眷恋。自晋亡后，他写诗就从不署新朝的年号。但是他把人格看得比政治要重。不为五斗米折腰，不看人的脸色。政治生活一旦妨碍了他的人性自由，就宁可回家。他高唱着：“归去来兮，田园将芜胡不归！既自以心为形役，奚惆怅而独悲。悟已往之不谏，知来者之可追。实迷途其未远，觉今是而昨非。舟遥遥以轻飏，风飘飘而吹衣。”何等痛快。朱熹评陶渊明说：“晋宋人物，虽曰尚清高，然个个要官职。这边一面清谈，那边一面招权纳货。陶渊明真个能不要，此所以高于晋宋人物。”他岂但只高于晋宋人物，也远高于现代的许多跑官要官、贪财受贿、争权夺利、图名好虚之人。

陶渊明对死亡的思考更是彻底，并有一种另类的美感。他说：“有生必有死，早终非命促。千秋万岁后，谁知荣与辱。”“死去何所道，托体同山阿。”“自古皆有没，何人得灵长？不死复不老，万岁如平常。”人总有一死，何必叹什么命长命短，操心什么死后的荣誉。如果一个人总是不死，那生和死又有什么区别？这种彻底的唯物主义真让我们吃惊。正因为有这种生死观，他从不要什么虚荣，没有一点浮躁。更不会如今人之非要生前争什么镜头、版面，死后留什么传记、文选。

龚自珍说：“陶潜酷似卧龙豪，万古浔阳松菊高。莫信诗人竟平淡，二分《梁父》一分《骚》”。梁启超说：“这位先生身份太高了，原来用不着我恭维”。说是不用“恭维”，但历来研究、赞美他的人实在太多。他的思想确实影响了一代又一代的人，他的这种达观精神几乎成了后人处世的楷模。如果你抚摸着陶之后的历史画卷，就会听到无数伟人、名人与他的共鸣。而这些人都是中国历史上的群山高峰啊。于是我们就会发现一股从遥远的桃花源深处发出的雷鸣，在历史的大峡谷中，滚滚回荡，隐隐不绝。李白算是中国诗歌的高峰了，被尊为诗仙，但他对陶是何等的敬仰：“梦见五柳枝，已堪挂马鞭。何时到彭泽，狂歌陶令前。”他梦见陶公门前的五柳树了，要到彭泽去与他狂歌。白居易曾被贬为江州司马，离陶的家乡不远，他在任上时陶诗不离手：“亭上独吟罢，眼前无事时。数峰太白雪，一卷陶潜诗。”苏东坡曾被发配在偏远的海南，他身处逆境是把陶渊明当老师才渡过困境的：“吾于诗人无所甚好，独好渊明。渊明作诗不多，然其诗质而实绮，癯而实腴，自曹、刘、鲍、谢、李、杜诸人，皆莫及也。”他把陶放在曹植、李白、杜甫之上，而且居然把陶诗逐一和了一遍，这恐怕主要是精神上的相通。现代人中毛泽东也有陶渊明情节。他一生轰轰烈烈是是非非，但晚年多次谈到想放浪形骸，寄情山水，去做徐霞客，或者去当一名教书先生。他上庐山，山下的九江就是陶渊明的家乡，于是赋诗道：“陶令不知何处去，桃花源里可耕田?”

庄子说“内贤而外王”，事业是皮毛，心灵的自由才是人的终极追求。魏晋人追求的大概就是这个风度，所谓“居官无官官之事，处事无事事之心”。亦即陶渊明说的不要让心情为外形所役使（即以心为形役）。翻阅史书，我们发现凡真正建功立业，轰轰烈烈的大人物，其内心深处都有一个静谧的桃花源，能隐能出，能动能静，收放自如。诸葛亮舌战群儒，火烧赤壁，六出祁山，七擒孟获，一生何等忙碌，但留下的格言是：“淡泊明志，宁静致远”。范仲淹“先天下之忧而忧，后天下之乐而乐”，其政治抱负多么强烈，但他的心理支柱是“不以物喜，不以己悲”。辛弃疾晚年写词：“岁岁有黄菊，千载一东篱……都把轩窗写遍，要使儿童诵得，《归去来兮辞》。”邓小平是继毛之后的又一伟人。“文革”之难，他在江西被软禁三年。这个昔日指挥淮海战役的主帅，在一个绿树砖墙的小院里，养了几只鸡，种了几垅菜，挑粪担水，劈柴烧火。如陶渊明那样“带月荷锄”、“守拙归园”。后来毛要他出山，他说，我是桃花源中人，只知秦汉，不识晋魏。但正是这种能伸能屈的淡定，让他后来一出山就带来国家民族的中兴。而事成之后他却淡淡地说了一句：我这个人没有什么大志，就是希望中国的老百姓都富起来，我做一个富裕国家的公民就行。他要归去。陶渊明不是政治家，却勾勒出一个理想社会，让人们不断地去追求；他不是专门的游记作家，却描绘了一幅最美的山水图，让人们不断地去寻找；他不是专门的哲学家，却给出了人生智慧，设计了一种最好的心态，让人们去解脱。如果真要说专业的话，陶渊明只是一个诗人，他开创了田园诗派，用美来净化人们的心灵。中外文学史上从来没有哪一位诗人能像他这样创造了一个社会模式、一种山水布景、一种人生哲学，深深地植根在后人的心中，让人不断地去追寻。

（2011 年 11 月 28 日）

（收入湖南人民出版社《梁衡评点历史人物》）

《岳阳楼记》是怎样写成的

毛泽东在《讲堂录》中谈到：在中国历史上，不乏建功立业的人，也不乏以思想品行影响后世的人，前者如诸葛亮、范仲淹，后者如孔孟等人。但二者兼有，即“办事而兼传教”之人，历史上只有两位，即宋代的范仲淹和清代的曾国藩。范仲淹正当北宋封建社会的成熟期，他“办事兼传教”，是一个典型的封建官员知识分子。而他留给我们的政治财富和文化思考全部浓缩在一篇只有 368 字的短文中，这就是传唱千古的《岳阳楼记》。

中国古代留下的文章不知有多少。如果让我在古今文章中选一篇最好的，只许忍痛选一篇，那就是范仲淹的《岳阳楼记》。千百年来，中国知识界流传一句话：不读《出师表》，不知何为忠；不读《陈情表》，不知何为孝。忠孝是封建道德标准。随着历史进入现代社会，这两《表》的影响力，已在逐渐减弱，特别是《陈情表》，已鲜为人知。但有一个奇怪的现象，同样产生于封建时代的《岳阳楼记》却丝毫没有因历史的变迁而被冷落、淘汰，相反，它如一棵千年古槐，经岁月的沧桑，愈显其旺盛的生命力。北宋之后，论朝代，已经南宋、元、明、清、民国等朝代的更迭；论社会形态，也经封建社会、半殖民地半封建社会、社会主义社会三世的冲击。但它穿云破雾，历久弥新。呜呼，以一文之力能抗六代之易、三世之变，靠什么？靠它的思想含量、人格思想、政治思想和艺术思想。它以传统的文字，表达了一种跨越时空的思想，上下千年，唯此一文。

《岳阳楼记》已经成为一份独特的历史遗产，其中有无尽的文化思考和政治财富。从《古文观止》到新中国成立以后历届的中学课本，常选不衰；从政界要人、学者教授到中小学生，无人不读，不背，这说明它仍有现实意义。归纳起来有三条：一是教我们怎样做人；二是教我们怎样做官；三是教我们怎样写文章。

一、我们该怎样做人——独立、理性、牺牲的人格之美

人们都熟知范仲淹在《岳阳楼记》里的名言“先天下之忧而忧，后天下之乐而乐”，却常忽略了文中的另一句话：“不以物喜，不以已悲”。前者是讲政治，怎样为政、为官，后者是讲人格，怎样做人。前者是讲政治观，后者是讲人生观。正因为讲出了这两个人生和政治的基本道理，这篇文章才达到了不朽。其实，一个政治家政治行为的背后都有人格精神在支撑，而且其人格的力量会更长久地作用于后人，存在于历史。

“不以物喜，不以已悲”：物，指外部世界，不为利动；已，指内心世界，不为私惑。就是说：有信仰、有目标，有精神追求，有道德操守。结合范仲淹的人生实践，可从三个方面来解读他的人格思想。

范仲淹

一是独立精神——无奴气，有志气。

范仲淹有两句诗最能说明他的独立人格：“心焉介如石，可裂不可夺”。范仲淹于太宗端拱二年（989 年）生于徐州，出生第二年父亲去世，29 岁的母亲贫无所依，

抱着襁褓中的他改嫁朱家，来到山东淄州（今山东邹平县附近）。他也改姓朱，名朱说。他少年时在附近的庙里借宿读书，每晚煮粥一小锅，次日用刀划为四块，早晚各取两块，拌一点咸菜为食。这就是成语“断齑画粥”的来历。这样苦读三年，直到附近的书已都被他搜读得再无可读。但他的两个异父兄长却不好好读书，花钱如流水。一次他稍劝几句，对方反唇相讥：“连你花的钱都是我们朱家的，有什么资格说话。”他才知道自己的身世，心灵大受刺激。真是未出家门便感知世态之炎凉。他发誓期以十年，恢复范姓，自立门户。

大中祥符四年（1011 年），23 岁的范仲淹开始外出游学，来到当时一所大书院应天书院（在今河南商丘），昼夜苦读。一次真宗皇帝巡幸这里，同学们都争先出去观瞻圣容，他却仍闭门读书，别人怪之，他说：“日后再见，也不晚！”可知其志之大，其心之静。有富家子弟送他美食，他竟一口不吃，任其发霉。人家怪罪，他谢曰：“我已安于喝粥的清苦，一旦吃了美味怕日后再吃不得苦。”真是天降大任于斯人，自觉自愿苦其心志，劳其筋骨。他在大中祥符八年（1015 年）中进士，在殿试时终于见到了真宗皇帝，并赴御宴。他不久调去安徽广德亳县做官，立即把母亲接来赡养，并正式恢复范姓。这时离他发愤复姓用了五年。

范仲淹中了进士后被任命的第一个地方官职是到安徽广德任“司理参军”，就是审理案件的助理。当时地方官普遍贪赃爱财，人为制造冤案。他廉洁守身，秉公办案，常与上司发生争论，任其怎样以势压人，也不屈服。每结一案，就把争论内容记在屏风上，可见其性格的耿直。一年后离任时，屏风上已写满案情，这就是“屏风记案”的故事。他两袖清风，走时无路费，只好把老马卖掉。

对历史上有骨气的人，范仲淹非常敬重。1037 年，范第三次被贬，赴润州（今江苏镇江）任上时，途中经彭泽，拜谒唐代名相狄仁杰的祠堂。狄刚正不阿不畏武则天的权势被陷入狱，又贬为县令。

范当即为其写一碑文，歌颂他：

呜呼，武暴如火，李寒如灰，何心不随，何力可回！我公哀伤，拯天之亡。逆长风而孤骞，溯（sù，向）大川而独航。金可革，公不可革，孰为乎刚！地可动，公不可动，孰为乎方！

文字掷地有声。而当时作者也正冒着朝中的“暴火寒灰”，独行在被贬的路上。而他所描写的刚不可摧、方不可变，也正是自己的形象。

二是理性精神——实事求是，按原则行事。

范仲淹的独立精神绝不是桀骜不驯的自我标榜和逞一时之快的匹夫之勇。他是按自己的信仰办事，是知识分子的那种理性的勇敢。在我写瞿秋白的《觅渡，觅渡，渡何处?》一文中曾谈到这是一种像铁轨延伸一样的坚定。

亚里士多德说：“吾爱吾师，吾更爱真理。”范仲淹是晏殊推荐入朝为官的。他一入朝就上奏章给朝廷提意见。这吓坏了推荐人晏殊，说，你刚入朝就这样轻狂，就不怕连累到我这个举荐人吗？范听后半晌没有反应过来，一会儿，难受地说：“我一入朝就总想着奉公直言，千万不敢辜负您的举荐，没想到尽忠尽职反而会得罪于您。”回到家他又给晏写了一封三千字的长信说：“当公之知，惟惧忠不如金石之坚，直不如药石之良，才不为天下之奇，名不及泰山之高，未足副大贤人之清举。今乃一变为忧，能不自疑而惊呼！为公之悔，傥默默不辨，则恐搢绅先生诮公之失举也。”晏殊是他的恩师，入朝的引路人。这件事充分体现了范爱吾师更爱真理的品格。

宋仁宗时，西北强敌西夏不断侵扰，他被任为前线副帅抗敌。当时朝野上下出于报仇心理和抗战激情，都高喊出兵。主帅命令出兵，皇上不断催问，左右不停地劝说。但他认为备战还不成熟，坚持不出兵。主帅韩琦说：“大凡用兵，先得置胜负于度外。”他说：“大军一动就是千万人的性命，怎敢置之度外?”朝廷严词催促出兵，他反复申诉，自知“不从众议则得罪必速”，“奈何成败安危之机，国家大事，岂敢避罪于其间!”结果，上面不听他的意见，1041 年好水川一战，宋军损失 6 000 人。此后宋军再不敢盲动，最终按范仲淹的策略取得了胜利。这种独立思考的理性精神类似一例就是，900 多年后共产党的粟裕将军在淮海战役前中央三下其令要他率师渡江，他三次斗胆向中央和毛主席上书，建议战场摆在江北，终于为毛泽东所接受，这一决策使得解放战争提前胜利三年。①

在人性中，独立和奴气，是基本的两大分野。一般来讲，人格上有独立精神的人，在政治上就不大容易被收买。我们不要小看人格的独立。就整个社会来讲，这种道德的进步经历了一个漫长的过程。奴隶制度造成人的奴性，封建制度下虽有“士可杀不可辱”的说法，但还是强调等级、服从。进入资产阶级民主社会，才响亮地提出平等、自由，人性的独立才作为一种普遍的社会标准和道德意识。这一点西方比我们好一些，民主革命彻底，封建残留较少。②中国封建社会长，又没有经过彻底的资本主义民主革命，人格中的奴性残留就多。③现在许多人也在变着法媚上。对照现实我们更感到范仲淹在一千年前坚持的独立精神的可贵。正是这一点，促成了他在政治上能经得起风浪。做人就应该“宠而不惊，弃而不伤，丈夫立世，独对八荒”。鲁迅就曾痛斥中国人的奴性。一个人先得骨头硬，才能成事，如果他总是看别人的脸色，他除了当奴才还能干什么?纵观范仲淹一生为官，无论在朝、在野、打仗、理政，从不人云亦云，就是对上级，对皇帝，他也实事求是，敢于坚持。这里固然有负责精神，但不改信仰、按规律办事，却是他的为人标准。

“不以物喜，不以己悲”，就是不随波逐流。那么以什么为立身根据呢？以实际情况，以国家利益为根据。用现在的话说就是实事求是，无私奉献。陈云同志讲：“不唯上，不唯书，只唯实”。人能超然物外，克服私心，就是一个大写的人，就是君子，不是小人。可惜，千年来人性虽已大有进步，社会仍然没有能摆脱这种公与私的羁绊。这个问题恐怕要到共产主义社会才能解决。你看我们的周围，有多少光明磊落，又有多少虚伪龌龊。凡成大事者，首先在人格上要能独立思考，理性处事，敢于牺牲。而那些人格上不独立的人，政治上必然得软骨病，一入官场，就阿谀奉承，明哲保身，甚而阳奉阴违，贪赃枉法，卖身投靠，紧要关头投敌叛变。我在官场几十年，目之所及，已数不清有多少的事例，让你落泪，又让你失望。有的官员，专研究上司所好，媚态献尽，唯命是从。上发一言，必弯腰尽十倍之诚，而不惜耗部下百倍之力，费公家千倍之财，以搏领导一喜。这种对上为奴、对下为虎的劣根人格实在可悲。我每次读《岳阳楼记》就会立即联想到周围的现实。“不以物喜，不以已悲”，这种对独立的人格追求，仍然是我们现在所需要的。

三是牺牲精神——为官不滑，为人不私。

“不以已悲”就是抛却个人利益，敢于牺牲，不患得患失。

怎样处理公与私关系，是判断一个人的道德高下的最基本标准。我们熟悉的林则徐的两句诗：“苟利国家生死以，岂因祸福避趋之”，讲的就是这个道理。范仲淹一生为官不滑，为人不奸。他的道德标准是只要为国家，为百姓，为正义，都可牺牲自己。兹举两例。

1038 年宋西北的西夏建国，赵元昊称帝。宋夏战事不断。边防主帅范雍无能，1040 年仁宗不得不重组一线指挥机构，任命范仲淹为陕西经略招讨副使（副总指挥）赶赴前线，这年他已 52 岁，这之前他从未带过兵。范仲淹一路兼程，赶到延州（今延安）。延州经兵火之后，前面 36 寨都被荡平，孤悬于敌阵前。朝廷曾先后任命数人，都畏敌而找借口不去就任。范说，形势危机，延州不能无守，就挺身而出，自请兼知延州。范仲淹虽是一介书生，但文韬武略，胆识过人。他见敌势坐大，又以骑兵见长，便取守势，并加紧部队的整肃改编，提拔了一批战将，在当地边民中招募了一批新兵。庆历二年（1042 年），范仲淹密令 19 岁的长子纯佑偷袭西夏，夺回战略要地“马铺寨”。他引大军带筑城工具随后跟进。部队一接近对方营地，他令就地筑城，十天，一座新城平地而起。这就是后来发挥了重要战略作用的像一个楔子一样打入西夏界的孤城——大顺城。[④]城与附近的寨堡相呼应，西夏再也撼不动宋界。西夏军中传说着，现在带兵的这个范小老子（西夏人称官为老子）胸中自有数万甲兵，不像原先那个范大老子（指前任范雍）好对付。西夏见无机可乘，随即开始议和。范以一书生领兵获胜，除其智慧之外，最主要的是这种为国牺牲的精神。

范与滕宗谅（字子京）的关系，是他为国惜才、为朋友牺牲的例证。滕与范仲淹是同年的进士，也是一个热血报国的忠臣。西北战事吃紧时滕也在边防效力，知泾州。当时正值好水川一役大败之后，形势危机。滕招兵买马，犒赏将士，重振旗鼓。范又让他兼知庆州，亦治理得井井有条。但正因为他干事太多，就总被人挑毛病，有人告他挪用公款 15 万贯。仁宗大怒，要查办。但很快查明，这 15 万贯钱，犒赏用了三千贯，其他皆是用于军饷。而这三千贯的使用也没有超出地方官的权力规定范围，但是朝中的守旧派，咬住不放，乘机大做文章，宰相等也默不作声。范这时已回京，他激愤地说，朝廷看不到边防将士的辛苦和功劳，一任某些人在这些小问题上捕风捉影，加以陷害，这必让将士寒心，边防不稳。他力保滕宗谅无大过，如有事甘愿同受处分。这样滕才没有被撤职，而在庆历四年（1044 年）贬到了岳阳，才有后来《岳阳楼记》这一段佳话。如果没有当年范对滕的冒死一保，政治史和文学史都将缺少精彩的一笔。可知范后来为他写《岳阳楼记》，本身就是一种对朋友、对正义事业的支持，而这是要冒风险、付代价的。他在文章中他叹道："微斯人，吾谁与归"，他愿意和志同道合的战友一起去为事业牺牲。

任何革命的、进步的团体和事业，都是以肝胆相照的人格精神为基础凝聚力量，团结队伍的。不要奸猾，只要忠诚。"文化大革命"中"四人帮"制造了"61 人叛徒集团"，诬刘少奇为内奸、叛徒。周恩来 1966 年 11 月 22 日致信毛泽东："当时确为少奇同志代表中央所决定，七大、八大又均已审查过，故中央必须承认知道此事。”红卫兵要揪斗陈毅，周站在大会堂门口厉声说：“你们要揪，就从我身上踩过去。”而康生对借“伍豪事件”整周恩来却装聋作哑。

二、我们该怎样做官——忧民、忧君、忧政的为官之道

范仲淹对政治文明的贡献，主要体现在一个“忧”字上。《岳阳楼记》产生于我国封建社会成熟期之宋代，作者生于忧患，长于忧患，倾其一生和一个时代来解读这个“忧”字。好像是中国封建社会发展到转折时期，专门要找一个这样的解读人。

范仲淹的忧国思想，最忧之处有三，即忧民、忧君、忧政。也可以说这是留给我们的政治财富。这是每一个政治家都要面对的问题。

1. 忧民

他在文章中写道，“居庙堂之高，则忧其民”，就是说当官千万不要忘了百姓，官位越高，越要注意这一点。

政治就是管理，就是民心。官和民的关系是政治运作中最基本的内容。忧民的本质是官员的公心、服务心，是怎样处理个人与群众的关系。人民永远是第一位的，任何政权都是靠人民来支撑。一些进步的封建政治家也看到了这一点，强调“民为邦本”，唐太宗甚至说“水可载舟，亦可覆舟”。范仲淹继承了这一思想并努力在实践中贯彻。他认为君要“爱民”、“养民”，就像调养自己的身体，要十分小心，要轻徭役、重农耕。特别是地方官，如果压榨百姓，就是自毁邦本。

范仲淹从1015年27岁中进士到1028年40岁进京任职前，已在基层为官13年。这期间，他先后转任广德（今安徽广德）、亳州（今安徽亳州）、泰州（今江苏泰州）、兴化（今江苏南通一带）、楚

州（今江苏淮安）五地，任过一些掌管刑狱的幕僚小职，最后一任是管盐仓的小吏。他表现出一个典型的有知识、有理想，又时时想着报国安民的青年官吏的所作所为。他按儒家经典的要求“达则兼济天下”，但是却扬弃了“穷则独善其身”，只要有一点机会，就去用手中的权力为老百姓办事，并时刻思考着只有百姓安康，政治才能稳定。

范仲淹的忧民思想体现在三个方面。即：为民请命、为民办实事和为民除弊。

一是为民请命。用现在的话说就是“情为民所系”。

关心民情，是中国古代清官的一种好品质，好传统。就是说先得从思想上解决问题，要有一颗为民的心。郑板桥就有一首名诗：“衙斋卧听萧萧竹，疑是民间疾苦声。些小吾曹州县吏，一枝一叶总关情。”出身贫寒，起于基层的范仲淹一生不管地位怎么变，忧民之心始终不变。1033 年，全国蝗、旱灾害流行，山东、江淮地区尤甚。时范已调回朝中，他上书希望朝廷派员视察，却迟迟得不到答复，他又忍不住了，冒杀头之祸，去当面质问仁宗：“我们在上面要时刻想着下面的百姓。要是您这宫里的人半天没有饭吃会是什么样子？今饿殍遍野，为君的怎能熟视无睹？”皇帝被他问得无言以对，就顺水推舟说：“那就派你去赈灾吧。”当年他以一个盐吏上书自讨了一个修堤的苦差事，这次他这个谏官，又因言得差，自讨了一份棘手难办的赈灾之事。但从这件事情上倒让我们看到了他的办事才干。他一到灾区就开仓济民，组织生产自救。灾后必有大疫，他遍设诊所，甚至还亲自研制出一种防疫的白药丸。赈灾结束回京后他还特意带回灾民吃的一种“乌昧草”，送给仁宗，并请传示后宫，以戒宫中的奢侈浪费。他的这个举动肯定又引起宫中人的反感。你去赈灾，完成任务回来交差就是，何苦又要借机为宫里人上一堂课呢？就你最爱表现，这怎能不招惹人嫉妒？他还给仁宗讲了他调查访问的一件实事。途中，他碰到 6 个从长沙到安徽的漕运兵，他们出来时 30

人，现连死带逃，还剩6人，路途遥远，还不知能不能活着回到家。他深感百姓粮饷和运输负担太重。他对皇帝说："知之生物有时，而国家用度无度，天下安得不困！"

二是为民办实事。用现在的话说就是"利为民所谋"。

思想上爱民还不算，还得办实事。他较突出的一件政绩是修海堤。1021年，范仲淹调泰州，任一个管理盐仓的小官。当时泰州、楚州、通州（今南通）位于淮水之南，东临黄海，海堤年久失修，海水倒灌，冲毁盐场，淹没良田，不但政府盐利受损，百姓亦流离失所，逃荒他乡。范仲淹只是一个看盐场的小吏，这些地方上的政务经济上的事本不归他管，但他见民受其苦，国损其利，便一再建议复修海堤，政府就干脆任他为灾区中心兴化县的县令。他制订规划，亲率几万民工日夜劳作在筑堤工地。一次大浪掩来，百多人顿时被卷入海底。一时各种非议四起，要求停工罢修，范力排众议，身先民工，亲自督战，前后三年，终使大堤告成。地方经济恢复，国家增收盐利，流离的百姓又回到故乡。人们感谢范仲淹，将此堤称为"范堤"，甚至有不少人改姓范，以之为荣。历代，就是直到今天，能为范仲淹之后仍是一种光荣。明朝朱元璋一次审查犯人名单，见一叫范从文的人，疑是仲淹之后，一问，果是其12世孙，便特赦了他。有一土匪绑票，见苦主名范希荣，再问是仲淹之后，立即放掉。可见范在民间的影响之大之远。现在全国为纪念他而建的"景范希望小学"就有39所。

三是为民除弊。用现在的话说，就是敢于改革。

他是一位行政能力极强的政要。他的忧民，绝不像其他官僚那样空发议论，装装样子。他能将思想和具体的行动进一步上升到制度的改革，每治一地，必有创造性的惠民政策。他在西北前线积极改革用兵制度。当时因战事紧张，政府在陕西征农民当兵，士兵不愿背井离乡，便有逃兵。政府就规定在兵的脸上刺字，谓之"黥面"。一旦黥面，他永世，甚至子孙后代都不得脱离军籍。范经调查后体恤民情，认为这“岂徒星霜之苦，极伤骨肉之恩”，就进行改革，边寨大办营田，将士可以带家，又改刺面为刺手，罢兵后还可为民。这些措施，深得百姓拥护。

范仲淹是64岁去世的。在他生命的最后三年，积劳成疾，病体难支，但愈迸发出为民请命、大胆改革的热情。1050年，他62岁时，知杭州，遇大旱，流民遍地。他不只用传统的调粮、赈济之法，而是以工代赈，大兴土木，特别是让寺院参加进来，用平时节余搞基建，增加就业；同时，大办西湖的龙舟赛事，让富人捐助，繁荣贸易，扩大内需；此外，高价收粮，使粮商无法囤粮抬价。这些举措看似不当，也受到非议，但却挖掘了民间财力，杭州平安度荒。

宋代税收常以实物缴纳，以余补缺，移此输彼，谓之支移，但运输费要纳税人出。1051年，范去世前一年，知青州，这是他生命旅途的最后一站。他见百姓往200里外的博州纳税，往返经月，路途劳苦，还误农时，运费又多出税额的二到三成。农民之苦，上面长期熟视无睹，范心里十分不安。他就改革征税方法，命将粮赋折成现金，派人到博州高于市价购粮，不出五天即完成任务，免了百姓运输之苦，还有余钱。一般地方官都是尽量超征，讨好朝廷。他却多一斤不要，将余钱退给青州百姓。

诚如他言：“求民疾于一方，分国忧于千里”。可以看出他的忧民是真忧，决不沽名，不作秀，甚至还要顶着上面的压力，冒被处分的危险。像上面所举之例，都是问题早就在那里明摆着，为什么前任那么多官都不去解决呢？为什么朝廷不管呢？关键是心中没有装着老百姓。所以“忧民”实际上是检验一个官好坏的试金石，也成了千百年来永远的政治话题。这种以民为上的思想延续到共产党就是彻底地为人民服务。毛泽东专门写过一篇《为人民服务》的文章。2004年，邓小平诞辰一百周年纪念，我受命写一篇纪念文章，在收集资料时，我问研究邓的专家：“有哪一句话最能体现邓的思想?”对方思考片刻，答曰：邓对家人说过的一句话可作代表，他说：我这个人没有什么大志，就是希望中国的老百姓都富起来，我做一个富裕国家的公民就行。

2. 忧君

范仲淹的第二忧是忧君。他说："处江湖之远则忧其君"，不管在朝在野都不忘君。封建社会"君"即是国，他的忧"君"就是忧国。不管在朝还是在野，时时处处都在忧国。

无论过去的皇帝还是现在的总统、主席，虽位高权重，但却身系一国之安危。于是，以"君"为核心的君民关系、君政关系、君臣关系，便构成了一国政治的核心部分。而君臣关系，直接涉及领导集团的团结，是核心中的核心。综观历史，历代的君大致有明君、能君、庸君、昏君四个档次，臣也有贤臣、忠臣、庸臣、奸臣四种。于是明君贤臣、昏君奸臣，抑或庸君庸臣就决定了一朝政府的工作质量。而又以君臣关系最为具体，君臣故事成了中国政治史上最生动的内容。（比如，史上最典型的明君贤臣配：唐太宗与魏徵；昏君贤臣配：阿斗与诸葛亮；昏君奸臣配：宋高宗与秦桧等。）

范仲淹是贤臣，属臣中最高一档；仁宗不庸不昏，基本上算是能君，属于第二档。他们的君臣矛盾，是比较典型的能君与贤臣的关系。在专制和权力高度集中的制度下，君既有代表国家的一面，又有权力私有的一面；臣子既要忠君，又要报国。这就带来了"君"的两重性和"臣"的两重性。君有明、昏之分，臣有忠、奸之别。遇明君则宵衣旰食，如履薄冰，勤恳为国；遇昏君，则独断专行，为所欲为，玩忽国事。"忧君"的实质是忧君所代表的国事，而不是忧君个人的私事。忠臣忧君不媚君，总是想着怎么劝君谏君，抑其私心而扬其公责，把国家治好。奸臣媚君不忧国，总在琢磨怎么满足君的私欲，把他拍得舒服一些。当然，奸臣这种行为总能得到个人的好处，而忠臣的行为则可能招来杀身之祸。范仲淹行的是忠臣之道，是通过忧君而忧国、忧民，所以，当这个"君"与国、与民矛盾时，他就左右为难。这是一种矛盾，一种悲剧，但正是这种矛盾和悲剧考验出忠臣、贤臣的人格。

这种“四重奏”和“两重性”的矛盾关系决定了一个忠心忧国的臣子必然要实事求是，敢说真话，对国家负责。用范仲淹的话说：“士不死不为忠，言不逆不为谏”。欧阳修评价他：“直辞正色，面争庭对”，“敢与天子争是非”。仁宗属于“能君”，他有他的主意，对范是既不全信任，又离不开，时用时弃，即信即离。而范仲淹既有独立见解，又有个性，这就构成范仲淹的悲剧人生。封建社会伴君如伴虎，真正的忧君，敢说真话是要以生命作抵押的。范仲淹不是不知道这一点，他说：“臣非不知逆龙鳞者，掇（duō，遭）齑粉之患；忤天威者，负雷霆之诛。理或当言，死无所避。”他将一切置之度外，一生四起四落，前后四次被贬出京城。他从 27 岁中进士，到 64 岁去世，一生为官 37 年，在京城工作却总共不到 4 年。

1028 年，范仲淹经晏殊推荐到京任秘阁校理——皇家图书馆的工作人员。这是一个可以常见到皇帝的近水楼台。如果他会钻营奉承，很快就可以飞黄腾达。中国历史上有多少宦官、近臣如高逑、魏忠贤等都是这样爬上高位的。但是范仲淹的“忧君”，却招来了他京官生涯中的第一次谪贬。

原来，这时仁宗皇帝虽已经 20 岁，但刘太后还在垂帘听政。朝中实际上是两个“君”。一个名分上的君仁宗皇帝，一个实权之君刘太后。这个刘太后可不是一般人等，她本是仁宗的父亲真宗的一位普通后宫，只有“修仪”名分，但她很会讨真宗欢心。皇后去世，真宗无子，嫔妃们都争着能为真宗生一个孩子，好荣登后位。刘修仪自己无能，便想出一计，将身边的一位李姓侍女送给皇帝“侍寝”，果然生下一子。但她立即抱入宫中，作为己子，就是后来的宋仁宗。刘随即因此封后，真宗死后她又当上太后，长期干预朝政，满朝没有一人敢有异议。范新入朝就赶上太后过生日，要皇帝率百官为之跪拜祝寿。范仲淹认为这有损君的尊严，君代表国家，朝廷是治理国家大事的地方，怎么能在这里玩起家庭游戏。皇家虽然也有家庭私事，但家礼、国礼不能混淆，便上书劝阻："天子有事亲之道，无为臣之礼；有南面之位，无北面之仪。"干脆再上一章，请太后还政于帝。这一举动震动了朝廷。那太后在当"修仪"时先夺人子，后挟子封后，又扶帝登位，从皇帝在襁袍之中到现在已20年，满朝有谁敢置一喙？今天突然杀出了个程咬金，一个刚来的图书校勘员就敢问帝后之间的事。封建王朝是家天下、私天下，大臣就是家奴，哪能容得下这种不懂家规的臣子？他即刻被贬到河中府（今山西永济）任副长官——通判。范仲淹百思不得其解，十三年身处江湖之远，时时想着能伴君左右，为国分忧，第一次进京却一张嘴就获罪，在最方便接近皇帝的秘阁只待了一年，就砸了自己的饭碗。

范仲淹第二次进京为官是三年之后，皇太后去世。也许是皇帝看中他敢说真话的长处，就召他回朝做评议朝事的言官——右司谏。我国封建社会的政府监察体制分两部分，一是谏官，专门给皇帝提意见；二是台官，专门弹劾百官，合称台谏。到宋真宗时，谏官权已扩大到可议论朝政，弹劾百官。中国封建社会长期稳定，台谏制度有其一功，它强调权力制约，是中国封建制度中的积极部分。便是皇帝也要有人来监督，勿使放任而误国事。在推行制度的同时又在道德上提倡"文死谏，武死战"，使之成为一种风气。在中国历史上从秦始皇到溥仪共三四百位皇帝，就曾有79位皇帝下罪已诏260次，作自我批评。这种对最高权力的监督和皇帝的自我批评是中国封建政治中积极的一面。范二次进京所授右司谏官的级别并不高，七品，但权大、责大、影响大。范仲淹的正直当时已很有名，他一上任立即受到朝野的欢迎。这时的当朝宰相是吕夷简。吕靠太后起家，太后一死他就说太后坏话。郭皇后揭穿其伎，相位被罢。吕也不是一般人等，他一面收买内侍，一面默而不言，等待时机。时皇帝与杨、尚两位美人热恋。一日，杨自恃得宠，对郭皇后出言不逊，郭挥手一掌向她打去，仁宗一旁急忙拉架，这一掌正打在皇帝脖颈上。吕和内侍便乘机鼓动皇帝废后。

后与帝都是稳定封建政权的重要因素，看似家事，常关国运。就是现代社会，第一夫人也会影响政治，影响国事。以毛泽东那样伟大的人，错娶江青，对他个人、党和国家都带来恶果，不堪回首。范仲淹知道后一旦被废，将会引起一场政治混乱。这种家事纠纷的背后是正邪之争，皇后易位的结果是奸相专权。他联合负责纠察的御史台官数人上殿前求见仁宗。半日无人答理，司门官又出来将大门砰的一声闭上。他的犟劲又上来了，就手执铜门环，敲击大门，并高呼“皇后被废，何不听听谏官的意见！”这真是有点不知高低，要舍命与皇帝辩论了。看看没有人理，他们议定明天上朝当面再奏。

第二天，天不亮范仲淹就穿好朝服准备出门。妻子牵着他的衣服哭着说：“你已经被贬过一次了，不为别的，就为孩子着想，你也再不敢多说了。”他就把九岁的长子叫到面前正色说道：“我今天上朝，如果回不来，你和弟弟好好读书，一生不要坐官。”说罢，头也不回地向待漏院走去。“漏”是古代计时之器，待漏院是设在皇城门外，供百官暂歇等候皇帝召见的地方。范仲淹这次上朝是在1033年，比这早46年，公元987年，宋太宗朝的大臣王禹偁曾写过一篇很有名的《待漏院记》，分析忠臣、奸臣在见皇帝前的不同心理。他说，当大臣在这个地方静等上朝时，心里却在各打各的算盘。贤相“忧心忡忡”。忧什么？有8个方面：安民、扶夷、息兵、辟田、进贤、斥佞、禳（ráng）灾、措刑，等到宫门一开就向上直言，君王采纳，“皇风于是乎清夷，苍生以之而富庶”。而奸相则“假寐而坐”，“私心慆慆”，想的是怎样报私仇、搜钱财，提拔党羽，媚惑君王，“政柄于是乎隳哉，帝位以之而危矣”。[⑤]他说，既然为官就要担起责任，那种“无毁无誉，旅进旅退，窃位而苟禄，备员而全身”的态度最不可取。他在这里惟妙惟肖地描述和揭示了贤相与明君、奸相与昏君的两个组合，还要求把这篇文章刻在待漏院的墙上，以诫后人。

不知范仲淹上朝时壁上是否真的刻有这篇文章，但范仲淹此时的确是忧心忡忡。他忧皇上不明事理，以私害公，因小乱大。这种家务之事，你要是一般百姓，爱谁、娶谁，休妻、纳妾也没有人管。你是一国之君啊，君行无私，君行无小。枕边人的好坏，常关政事国运。历史上因后贤而国安，后劣而国乱的事太多太多。同是一个唐朝，长孙皇后帮李世民出了不少好主意，甚至纠正他欲杀魏徵这样的坏念头；杨贵妃却引进家族势力，招来安史之乱。

范仲淹正盘算着怎样进一步劝谏皇上，忽然传他接旨，只听宣旨官朗朗念道，贬他到睦州（今浙江桐庐附近），接着朝中就派人赶到他家，催他当天动身离京。这果然不幸为妻子所言中，顿时全家老小，哭作一团。显然这吕夷简玩起权术来比他高明，事前已做过认真准备，三下五除二就干净利落地将他赶出京城。他 1033 年四月回京，第二年被贬出京，第二次进京做官只有一年时间。

如果说范仲淹第一次遭贬，是性格使然，还有几分书生气，这二次遭贬，确是他更自觉地心忧君王，心忧国事。平心而论，仁宗不是昏君，更不是暴君，也曾想有所作为，君臣关系也曾出现过短时蜜月，但随即就如肥皂泡一样地破灭。范仲淹不明白，几乎所有的忠臣都如诸葛亮那样希望君王“亲贤臣远小人”，但几乎所有的君王都离不开小人，喜欢用小人。

犯颜直谏的政治品德是超地域、超时代的，是一种可以继承的政治文明。时间过了近千年，到了 1979 年，庐山发生了一场中共高层领导的争论，当然有对形势和方针方面的认识问题，但也有传统的君臣政治理念和道德、人格上的问题。彭德怀当然是那个事件的一个主角，但在毛泽东的秘书田家英身上却更集中地体现出这种矛盾冲突，而别有一种悲剧色彩。田的身份有点类似范仲淹初入朝在秘阁的工作，是最高领袖的身边人。他虽对毛主席敬之如父，但在外地调查回来却如实反映了毛不愿意听的情况，7 月 23 日那天他在庐山上听了毛泽东批判彭德怀的讲话，更是忧从心底生，既为他所敬重的领袖犯错误遗憾，又为党和国家的前途担忧。他和几个朋友来到山顶的一个亭子里，俯瞰山下万里山河，更加心事沉沉。有人说这空空的亭柱上怎么没有对联，田即张口愤然吟道："四面江山来眼底，万家忧乐到心头。"其忧国、忧民又忧君的矛盾和痛苦可见一斑。他后来他在"文化大革命"中自杀明志。于此例我们也可以看出忧君思想在中国政治长河中的影响。

3. 忧政

忠臣总是一片忠心，借君之力为国家办大事；奸臣总是要尽手段投君所好，为君办私事。范仲淹一生心忧天下，总是在和政治腐败，特别是吏治腐败作斗争，并进行了中国封建社会成熟期的第一场大改革——"庆历新政"。

一个政权的腐败总是先从吏治腐败开始。当一个新政权诞生后，第一件事就是安排干部。通常，官位成了胜利者的最高回报，和掌权者对亲信、子女的最好赏赐。官吏既是这个政权的代表和既得利益者，也就成了最易被腐蚀的对象和最不情愿改革的阶层。只有其中的少数清醒者，能抛却个人利益，看到历史规律而想到改革。

1035 年，范仲淹因知苏州治水有功又被调回京，任尚书礼部员外郎，知京城开封府。他已两次遭贬，这次能够回京，在一般人定要接受教训慎言敏行，明哲保身。但这却让范仲淹更深刻地看到国家的政治危机。他又浑身热血沸腾，要指陈时弊了。

这次，范仲淹没有像前两次那样挑"君"的毛病，他这次主要针对的是干部制度问题。也就是由尽"谏官"之责，转而要尽"台官"之责了。

原来这宋朝的老祖宗，太祖赵匡胤得天下是利用带兵之权，阴谋篡位当的皇帝。他怕部下也学这一招来夺其子孙的皇位，就收买人心，凡高官的子孙后代都可荫封官职。这样累积到仁宗朝时，已官多为患，甚至骑竹马的孩子都有官在身。凡一个新政权大约到 50 年左右是一道坎，这就是当年黄炎培与毛泽东在延安讨论的"周期率"。到范仲淹在朝时，宋朝开国已 80 年，吏治腐败，积重难返。

再加上当朝宰相培植党羽，各种关系盘根错节。皇帝要保护官僚，官僚要巩固个人的势力，拼命扩大关系网，百姓养官越来越多，官的质量越来越低。这之前，范两次遭贬，三次在地方为官，深知百姓赋税之重，政府行政能力之低，民间冤狱之多，根子都在朝中吏治腐败。他经调查研究，就将朝中官员的关系网绘了一张“百官图”。1036 年他拿着这图去面见仁宗，说宰相统领百官，不替君分忧，不为国尽忠，反广开后门，大用私人，买官卖官，这样的干部路线，政府还能有什么效率，朝廷还有什么威信，百姓怎么会拥护我们。范又连上四章，要求整顿吏治。你想，拔起一株苗，连起百条根，这一整顿要伤到多少人的利益，如欧阳修所说：“如此等事，皆外招小人之怨，不免浮议之纷纷。”皇帝虽有改革之意，但他决不敢把这官僚班底兜翻，范仲淹在朝中就成了一个讨嫌的人。吕夷简对他更是恨得牙根痒，就反诬他“越职言事，荐引朋党，离间君臣”。那个仁宗是最怕大臣结党的，吕很聪明，一下就说到了皇上的痒处，于是就把他贬到饶州（今江西鄱阳）。从他 1035 年三月进京，第三次被起用，到第二年五月被贬出京，又只有一年多一点。这是他第一次试图碰一碰腐败的吏治。

这次，许多正直有为的臣子也都被划入范党，分别发配到边远僻地。朝中已彻底没有人再敢就干部问题说三道四了。范仲淹离京，几乎没有人再敢为他送行。只有一个叫王质的人扶病载酒而来，他举杯道：“范君坚守自己的立场，此行比之前两次更加光彩！”范笑道：“我已经前后‘三光’了。你看，来送行人也越来越少。下次如再送我，请准备一只整羊，祭祀我吧。”他坚守自己的信仰“不以物喜，不以己悲”，虽三次被贬而不改初衷。

从京城开封出来到饶州要经过十几个州，除扬州外，一路上竟无一人出门接待范仲淹。他对这些都不介意，到饶州任后吟诗道：“三出青城鬓如丝，斋中潇洒过禅师”。“潇洒过禅师”，这是无奈地自我解嘲，是一种无法排解的苦闷。翻读中国历史，我们经常会听到这种怀才不遇、报国无门者的自嘲之声。柳永屡试不中，就去为歌女写歌词，说自己是“奉旨填词”；林则徐被谪贬新疆，说是“谪居正是君恩厚，养拙刚于戍卒宜”；辛弃疾被免职闲居，说是“君恩重，且教种芙蓉”。现在范仲淹也是：君恩厚重，让你到湖边去休息！饶州在鄱阳湖边，风高浪大，范自幼多病，这时又肺病复发。不久，那成天担惊受怕，随他四处奔波的妻子也病死在饶州。未几，他又连调润州（今江苏镇江）、越州（今浙江绍兴）。四年换了三个地方。他想起楚国被流放的屈原，汉代被放逐的贾谊，报国无门，不知路在何方。他说：“仲淹草莱经生，服习古训，所学者惟修身治民而已。一日登朝，辄不知忌讳，效贾生‘恸哭’、‘太息’之说，为报国安危之计。情既龃龉，词乃睽戾……天下指之为狂士。”范仲淹已三进三出京城，来回调动已不下20次。他想，看来这一生他只有在人们讨嫌的目光中度过了。

但忠臣注定不得休闲。就像周恩来虽多次遭毛泽东的批评，写检讨，甚至被迫准备辞职，但救火的时候还是要用他。范仲淹也是这样，自1036年被贬外地4年后，西北战事吃紧，皇帝又想起了他。1040年他被派往延州（今延安）前线指挥抗战。1043年宋夏议和，战事稍缓，国内矛盾又尖锐起来。赋税增加，吏治黑暗，地方上暴动四起，仁宗束手无策。庆历三年（1043年）四月仁宗又将他调回京城任为副相，又免了吕夷简的官，请范主持改革，史称“庆历新政”。这是他第四次进京为官了。

这次，他指出的要害仍然是吏治。前面说过，范仲淹第三次被贬就是因为上了一个“百官图”，揭露吏治的腐败。七年过去了，他连任了四任地方官，又和西夏打了一仗，但朝中的吏治腐败不但没有解决，反愈演愈烈。他立即上书《条陈十事》。

他说，第一条，先要明确罢免升迁。现在无论功过，不问好坏，文官三年一升，武将五年一提，人人都在混日子。假如同僚中有一个忧国忧民，“思兴利去害而有为”的，“众皆指为生事，必嫉之沮之，非之笑之，稍有差失，随而挤陷。故不肖者素餐尸禄，安然而莫有为也。虽愚暗鄙猥，人莫齿之，而三年一迁，坐至卿、监、丞、郎者，历历皆是。谁肯为陛下兴公家之利，救生民之病，去政事之弊，葺纲纪之坏哉？利而不兴则国虚，病而不救则民怨，弊而不去则小人得志，坏而不葺则王者失政”。你看“国虚”、“民怨”、“小人得志”、“王者失政”，现在我们读这篇《条陈》仍能感受到范仲淹那种深深的忧国忧民之心和急切的除弊救政之志。

他条陈的第二条是抑制大官子弟世袭为官。就是说不能靠出身好当官。现在朝中的大官每年都可自荐子弟当官，“每岁奏荐，积成冗官”，甚至有“一家兄弟子孙出京官二十人”。大官子弟“充塞铨曹（官署），与孤寒争路”。范仲淹是“孤寒”出身，深深痛恨这种排斥人才的门阀观念和世袭制度。

他条陈的第三条是贡举选人，第四条是选好的地方官，“一方舒惨，百姓休戚，实系其人”。第五条是公田养廉。十条倒有五条有关吏治。后面还有厚农桑、修武备、减徭役等。我们听着这些连珠炮似的言词和条分缕析般的陈述，仿佛看到了一个痛心疾首、泪流满面的臣子，上忧其君，下忧其民，恨不得国家一夜之间扭转乾坤，来一个河清海晏，政通人和。

毛泽东认为：政治路线确定之后，干部是决定的因素。干部制度向来是政权的核心问题。治国先治吏，历来的政治改革都把吏治作为重点。不管是忧君、忧国、忧民，最后总要落实在“忧政”上，即谁来施政，怎样施政。

“庆历新政”之初，仁宗皇帝对范仲淹还是很信任的，改革的决心也很大。仁宗甚至让他搬到自己的殿旁办公。范仲淹派许多按察使到地方考察官员的政绩，调查材料一到，他就从官名册上勾掉一批赃官。仁宗即刻批准。这是一段君臣难得的合作蜜月。有人劝道：“你这一勾，就有一家人要哭！”范说：“一家人哭总比一州县的百姓哭好吧。”短短几个月，朝廷上下风气为之一新。贪官收敛，行政效率提高。但是，由于新政首先对腐败的干部制度开刀，先得罪朝中的既得利益者，必然会有强大的阻力。他的朋友欧阳修就最担心这一点，专门向仁宗上书，希望能放心用范仲淹，并能保护他，不要听信谗言。“凡小人怨怒，仲淹当自以身当，浮议奸谗，陛下亦须力拒。”但是皇帝在小人之怨和纷纭的浮议面前渐渐开始动摇了。他一次又一次地无法“自以身当”，终于在朝中难以立足。庆历四年(1044 年)，保守派制造了一起谋逆大案，将改革派一网囊括进去。这回还是利用了仁宗疑心重、怕臣子结党的弱点，把改革派打成“朋党”。庆历五年（1045 年）初，失去了皇帝支持的改革已彻底失败，范仲淹被调出京到邠州（今陕西彬县）任职，这是他第四次被贬出京了。这之后就再也没有回中央工作。

庆历六年（1046 年），范仲淹因肺病不堪北地的风寒，要求调邓州（今河南南阳），这年他已 58 岁。生命已进入最后 6 年的倒计时。他自 27 岁中进士为官，四处奔波，四起四落，已 31 年。自庆历改革失败后，他已没有重回中央的打算。现在他可以静静地回顾一生的阅历，思考为官为人的哲理。一天，他的老朋友滕子京从岳阳送来一信，并一图，画得新落成的岳阳楼，希望他能为之写一篇记。这滕子京与他是同年进士，又在泰州任上和西北前线共过事，是庆历新政的积极推行者。滕的一生也很坎坷，他敢作敢为，总想干一番事，却常招人忌，甚至被陷害。那一次在西北遭人陷害，亏得范力保，虽没有下狱却被贬岳阳，但仍怀忧国之心，才两年就政绩显著，又重修名楼。范仲淹看罢信，将图挂在堂前，只见一楼高耸，万顷碧波。胸中不由翻江倒海，那西北的风沙，东海的波涛，朝中的争斗，饥民的眼泪，金戈铁马，阁中书卷，狄仁杰的祠堂，揳入西夏的孤城，仁宗皇帝忽而手诏亲见，忽而挥袖逐他出京，还有妻子牵衣滴泪的阻劝，长子随他在西北前线的冲杀……一起浮到眼前。他心中万分激动，喊一声：“研墨!”挑灯对图，凝神静思，片刻一篇 368 字的《岳阳楼记》就如珠落玉盘，风舒岫云，标新立异，墨透纸背。他把自己奋斗一生的做人标准和政治理想提炼为“不以物喜，不以己悲”、“先天下之忧而忧，后天下之乐而乐”。震大千而醒人智，承千古而启后人。文章熔山水、政治、情感、理想、人格于一炉，用纯青的火候为我们铸炼了一面照史、照人的铜镜。文章说是写岳阳楼，实在是写他自己的一生。现在我们来看一下范仲淹怎样写文章。

三、我们该怎样做文章——文章达到的“三境之美”

1. 一文、二为、三境、五诀

在中国古代，文章是官员政治素质的一部分。“立功、立德、立言”三者缺一不可。古今有三种文章，一是官场应景，空话、套话，人们很快忘记；二是有一点思想内容，但行文不美（如大量的奏折、记、表等），人们也已经忘记；三就是以《岳阳楼记》为代表的既有思想内容，又有艺术高度，是一种思想美文。

《岳阳楼记》到底好在什么地方？在下评语前，我们不妨先探究一下好文章的标准。概括地说可以叫做“一文、二为、三境、五诀”。

“一文”是指文采。首先你要明白，你是在做文章，不是写应用文、写公文。文者，纹也，花纹之谓；章者，章法。文章是以一门以文字为对象的形式艺术，它要遵循形式美的法则，并通过这个法则表达作者的精神美。中国古代文、言相分，说话可以随便点，既要落成文字，就要讲究美。诏书、奏折、书信等文件、应用文字也一样求美。古代是把文件写成美文，而我们现在是把美文改成了文件。都一个面孔。

“二为”是写文章的目的，一为思想而写，二为美而写。既要有思想，又要有美感。文章有“思”无美则枯，有美无“思”则浮。

“三境”是指文章要达到三个层次的美，或曰三个境界。古人论诗词就有境界之说。我现在把文章的境界细分为三个层次。一是景物之美，描绘出逼真的形象，让人如临其境，谓之“形境”，类似绘画的写生；二是情感之美，创造一种精神氛围叫人留恋体味，谓之“意境”，类似绘画的写意，如徐渭（青藤）；三是哲理之美，说出一个你不得不信的道理，让你口服心服，谓之“理境”，类似绘画的抽象，是毕加索。这三个境界一个比一个高。

“五诀”是指要达到这三境的方法，我把它叫做“文章五诀”，即“形、事、情、理、典”。文中必有具体形象，有可叙之事，有真挚的情感，有深刻的道理，还有可借用的典故知识。这一切，又都得用优美的文字来表达。这就是“一文、二为、三境、五诀”之法。

以这个标准来分析《岳阳楼记》，我们就会惊喜地发现它原来暗合作文和审美的规律，所以成了一篇千古不朽的范文。

请看全文：

庆历四年春，滕子京谪守巴陵郡。越明年，政通人和，百废俱兴，乃重修岳阳楼，增其旧制，刻唐贤今人诗赋于其上，属予作文以记之。

予观夫巴陵胜状，在洞庭一湖。衔远山，吞长江，浩浩汤汤，横无际涯；朝晖夕阴，气象万千；此则岳阳楼之大观也，前人之述备矣。

然则北通巫峡，南极潇湘，迁客骚人，多会于此，览物之情，得无异乎？若夫霪雨霏霏，连月不开；阴风怒号，浊浪排空；日星隐耀，山岳潜形；商旅不行，樯倾楫摧；薄暮冥冥，虎啸猿啼；登斯楼也，则有去国怀乡，忧谗畏讥，满目萧然，感极而悲者矣。

至若春和景明，波澜不惊，上下天光，一碧万顷；沙鸥翔集，锦鳞游泳；岸芷汀兰，郁郁青青。而或长烟一空，皓月千里，浮光跃金，静影沉璧，渔歌互答，此乐何极！登斯楼也，则有心旷神怡，宠辱皆忘，把酒临风，其喜洋洋者矣。

嗟夫！予尝求古仁人之心，或异二者之为，何哉？不以物喜，不以己悲，居庙堂之高，则忧其民；处江湖之远，则忧其君。是进亦忧，退亦忧；然则何时而乐耶？其必曰：先天下之忧而忧，后天下之乐而乐欤！噫！微斯人，吾谁与归！

时六年九月十五日。

全文共有六个自然段。

第一段叙写这件事的缘起。以事起兴，作一个引子，用“事”字诀。

第二段描写洞庭湖的气象，铺垫出一个宏大的背景。借山川豪气写忠臣志士之志，用“形”字诀。

第三、四段作者借景抒情，设想了两种“览物之情”，创造出一悲一喜的意境。通过景物描写营造气氛，水到渠成，即用“形”字诀和“情”字诀，由“形境”过渡到“意境”。连用霪雨、阴风、浊浪、星隐、山潜、商断、船翻、日暮、虎啸、猿啼等十个恐怖的形象。然后推出“去国怀乡，忧谗畏讥，满目萧然，感极而悲”的伤感情境。连用春风、丽日、微波、碧浪、鸟飞、鱼游、芷草、兰花、月色、渔歌等十个美好的形象，推出“心旷神怡，宠辱皆忘，把酒临风，其喜洋洋”的快乐情境。

第五段，导出哲理，作者将形和情有意推向理的高度，设问：有没有超出上面那两种的情况呢？有，那就不是一般人，而是“古仁人之心”了。这种人超出物质利益的诱惑，超出个人的私念：在朝为官，不忘百姓；被贬江湖，不忘其君。太平时忧天下，危难时担天下。进也忧，退也忧，那么，什么时候才乐呢？到文章快结束时才推出一声绝响，一个响亮的哲理式结论：“先天下之忧而忧，后天下之乐而乐”。做官要做这样的官，做人要做这样的人！用我们现在的话说，就是无私奉献，全心全意为人民服务。用的是“理”字诀。这个道理一下讲透了，这个标准一下管了一千年，而且还要永远管下去！这是文章的高潮，全文的主题，是作者一生悟出的真理，也是他的信念。不管哪个时代，哪个国家的官员都有忠奸、公私、贤愚、勤庸之分。而公而忘私、“先忧后乐”是超时代、超阶级的道德文明、政治文明，是人类共同的、永远的精神财富。范仲淹道出了这种为人、为臣的本质的理性的大美，文章就千古不朽了。作者讲完这个结论后，文章又从“理”回转到“情”：“噫！微斯人，吾谁与归”，前不见古人，后不见来者，写出了一种超时空的向往和惆怅。

第六段，不经意间再轻带一笔转回到记“事”：“时六年九月十五日”，照应文章的开头，像一个绕梁的余音。至此文章形、事、情、理都有（注意本文没有用典），形美、情美、理美三个层次皆具，已达到了一个完美的艺术境界。

这篇文章的核心是阐述“先天下之忧而忧，后天下之乐而乐”的道理。但如果作者只说出这一句话，这一个理，就不会有多大的感染效果，那不是文学艺术，是口号，是社论。好就好在它有形、有景、有情、有人、有物的铺垫，而且全都用优美的文字来表述，用了许多修辞手法。在“理境”之美出现之前，已先收“形境”、“意境”之效，再加上贯穿始终的文字之美，形美、情美、理美、文美，算是“四美”了，在内容和形式两方面都分别达到了很难得的高度，借用王勃在《滕王阁序》里的一句话，就是“四美俱，二难并”了，是一种高难度的美。

2. 两类作者，两类文章

虽然我们给出了一个：“一文”的要求、“二为”的宗旨、“三境”的标准、“五诀”的方法，但并不是谁人拿去一套，就可以写出来一篇好文章。就像数学课上，不是老师教给一个公式，人人都能得一百分。这还得有一个艰苦的修炼过程。

凡古今文章，从作者角度分有两大类。一类是文人、专业作家。

如古代的司马相如、李白、王勃，现代的许多专业作家。作者先从文章形式入手，已娴熟地掌握了艺术技巧，然后再努力去修炼思想，充实内容，但无论如何，由于阅历所限，其思想总难拔到多高的境界。就像一个美人，已得先天之美，又想再成就一番英雄业绩，其难也哉！第二类是政治家、思想家。如古代的贾谊、诸葛亮、魏徵、韩愈、范仲淹，近代的林觉民、梁启超，现代如毛泽东等人。这类作者是从思想内容入手。他并不想以文为业，只是由于环境、经历使然，内心积累甚多，如火山之待喷，不吐不快，就借文章的形式表达出来。当然，大部分政治家是写不出好文章的，他们忙于事务，长于公文、讲话、指示等应用文字而不善美文，或者根本就没有修炼到思想的美，很难做到“四美俱，二难并”。但也有少数政治家、思想家，或因小时就有文章阅读或写作训练的童子功（如人外表的先天之美），或政务之余不忘治学（如人形体的后天训练），于是便挟思想之深又借艺术之美，登上了文章的顶峰。就像一个美女后来又成就了伟功大业，既天生丽质，又惊天动地，百里挑一。

因为有两类作家，也就有两类文章，“文人文章”和“道德文章”。中国文学传统很重视政治家的“道德文章”。政治家为文是用个性的话说出共性的思想（如诸葛亮说的“鞠躬尽瘁，死而后已”，毛泽东说的“帝国主义和一切反动派都是纸老虎”）。如果只会用共性的语言说共性的思想，就是官话、套话，有理而无美，这不叫文章，也不可能流传。“文人文章”，求“美”而不求“理”，是以个性的语言说出共性的美感。常“美”有余而理不足（如王勃的“落霞与孤鹜齐飞，秋水共长天一色”）。因为文章第一位是表达思想，“理境”为“三境”中最高之境，所以相对来讲，先入艺术之门，再求深造思想难；先登思想之峰，再入艺术之门易。所以真正的大文章家，由政治家、思想家出身的多，而专攻文章，以文为业的反倒少。历史上的范仲淹是一个政治家、军事家、学者，也许他从来也没有把自己当做一个作家。后人在排唐宋八大家之类的排行榜时，他也无缘入列。但这恰恰是他胜过一般文人之处。或者历史根本就不忍心将他排入文人之列。这倒给我们一个启示，每一个政治家都有条件写出大文章，都应该写出大文章。

这篇文章是对我国封建政治文明的高度总结。中国封建社会两千余年，政界人物多得数不清，历朝皇帝334个（按理，他们是当然的大政治家），大臣官员更不知几多。但能写出《岳阳楼记》，并被后人所记住、学习和研究的只有范仲淹一人。现在我们知道要出一篇好文章是多么不容易了。要做文，先做人。金代学者元好问评价范仲淹说："范文正公，在布衣为名士，在州县为能吏，在边境为名将。其材、其量、其忠，一身而备数器"。我们还可以再加上一句：在文坛为大家。其思想、其文采，光照千年。[6]

中国从古至今，内容形式都好，以一篇文章而影响了中华民族政治文明、人格行为和文化思想的文章为数不多。我排了一下有9篇。它们是汉代：（1）贾谊《过秦论》，（2）司马迁《报任安书》；三国时期：（3）诸葛亮《出师表》；唐代：（4）魏徵《谏太宗十思疏》；宋代：（5）范仲淹《岳阳楼记》，（6）文天祥《正气歌并序》；民国：（7）梁启超《少年中国说》，（8）林觉民《与妻书》；中华人民共和国：（9）毛泽东《为人民服务》。这些文章已经成为中华经典。什么是经典？我在《说经典》一文中谈到："一、经典是一个时代的标志，空前绝后，比如我们现在不可能再写出唐诗、宋词；二、已上升到理性，有长远的指导意义；三、能经得起重复，即实践的检验，会常读常新。人们每重复一次都能从中开发出有用的东西。这就是经典与平凡的区别。一块黄土，雨一打就碎，而一块钻石，岁月的打磨，只能使它愈见光亮。"怎么才能达到经典的高度呢？这又回到我们开头讲的"一文、二为、三境、五诀"的标准。简要来说，你得有很高的政治修养和文学修养，而且还要能有机地结合。而这不是每一个人都能做到的，用美学大师黑格尔的话说这种人是天才，"一般来说有这种才能的人一遇到心中有什么观念，有什么在感发他，鼓动他，他就会马上把它化为一个形象，一幅素描，一曲乐调或一首诗”。艺术史上这样的例子很多，如王羲之的《兰亭序》、徐悲鸿的马、冼星海的《黄河大合唱》等。范仲淹在这里是把他的政治理念化作了一篇《岳阳楼记》。

好文章是一个人在一定的时代背景下全部知识和阅历的结晶，是他生命的写照。其中不知要经历多少矛盾、冲突、坎坷、辛酸、成功与失败。这非主观意志可得，只可遇而不可求。因此一篇好的文章就如一个天才人物、一个历史事件，甚或如一个太平盛世的出现，不是随便就有的，它要综天时地利之和，得历史演变之机，靠作者的修炼之功，是积数十年甚或数百年才可能出现的一个思想和艺术的高峰。千军易得，一将难求；千年易过，好文难有。

范仲淹为我们写了一篇千古美文，留下了一笔重要的文化遗产和政治财富，同时他也以不朽的政治家、思想家和文学家载入史册。

注：①1948 年 1 月中央决定分 10 万兵南渡长江，由粟裕统率。1 月 12 日粟电中央，过江后无后方，不利。建议不过，在中原打大仗。1 月 27 日，中央再令粟最迟 5 月渡江。1 月 31 日，粟以 2 000 字长电二次电中央，建议三个野战军联合在中原打大仗。将敌主力消灭在江北。2 月 1 日，中央再电令 3 月渡江，后又令 5 月渡江。4 月 18 日，粟面见陈毅，重申己见。4 月 29 日又赶赴城南庄，直接向五大书记汇报，终于说动中央，搞淮海大决战，保证歼敌 50 万到 60 万，结果歼敌 80 万。

②英国布莱尔作首相时，苏格兰北部落后地区一女学生考上牛津大学，这在当地百年一遇。但面试未通过。地方政府请教育大臣出面说情，学校未许。大臣又托副首相去学校说情，未许。副首相找到布莱尔，学校对布说：“任何人无权改变教授面试的结论。”布只好同意，但背后发了一句牢骚，说这个学校也太古板了。学校大怒，宣布取消原定授予布莱尔荣誉博士的计划。

③1971 年 7 月 1 日《新京报》消息：北京市建成第一批廉租房，市委领导为住户发钥匙，住户代表跪地而接，向领导表恩。

④范仲淹词《渔家傲》：塞下秋来风景异，衡阳雁去无留意。四面边声连角起。千嶂里，长烟落日孤城闭。浊酒一杯家万里，燕然未勒归无计。羌管悠悠霜满地。人不寐，将军白发征夫泪。

⑤1931 年 12 月，国民党南北两派勉强联合，召开四中全会，但仍钩心斗角，会前一齐去谒中山陵。鲁迅有诗讽刺："大家去谒陵，强盗装正经。静默十分钟，各自念拳经。"

⑥冯玉祥曾有一联号召人学习范仲淹："兵甲富胸中，纵叫他虏骑横飞，也怕那范小老子；忧乐观天下，劝今人砥砺振奋，都学这秀才先生。"

（2009 年 7 月 18 日于中央部长文史知识讲座的讲演）

百年明镜季羡老

98 岁的季羡林先生离我们而去了。

初识先生是在 20 世纪 90 年代的一次颁奖会上。那时我在新闻出版署工作，全国每两年评选一次优秀图书，季老是评委，坐第一排，我在台上干一点宣布谁谁讲话之类的“主持”之事。他大概看过我哪一篇文章，托助手李玉洁女士来对号，我赶忙上前向他致敬。会后又带上我的几本书到北大他的住处去拜访求教。他对家中的保姆也指导读书，还教她写点小文章。先生的住处是在校园北边的一座很旧的老式楼房里，朗润园 13 号楼。那天我穿树林，过小桥找到楼下，一位司机正在擦车，说正是这里，刚才老人还出来看客人来了没有。

房共两层，先生住一层。左边一套是他的会客室，有客厅和卧室兼书房，不过这只能叫书房之一，主要是用来写散文随笔的。我在心里给它取一个名字叫“散文书屋”。著名的《牛棚杂忆》就产生在这里。书房里有一张睡了几十年的铁皮旧床，甚至还铺着粗布草垫，环墙满架是文学方面的书，还有朋友、学生的赠书。他很认真，凡别人送的书，都让助手仔细登记、编号、上架。到书多得放不下时，就送到学校为他准备的专门图书室去。他每天四时即起，就在床边的一张不大的书桌上写作。这是多年的习惯，学校里都知道他是“北大一盏灯”。有时会客室里客人多时，就先把熟一点的朋友避让到这间房里。有一年春节我去看他，碰到教育部部长来拜年，一会儿市委副书记又来，他就很耐心地让我到书房等一会儿，并没有一些大人物乘机借新客来就逐旧客走的手段。我尽情地仰观满架的藏书，还可低头细读他写了一半的手稿。他用钢笔，总是那样整齐的略显扁一点的小楷。学校考虑到他年高，尽量减少打扰，就在门上贴了不会客之类的小告示，助手也常出面挡驾。但先生很随和，听到动静，常主动出来请客人进屋。助手李玉洁女士说：“没办法，你看我们倒成了恶人。”

这套房子的对面还有一套东屋，我暗叫它“学术书房”。共两间，全部摆满语言、佛教等方面的专业书，人要在书架的夹道中侧身穿行。和“散文书屋”不同，这里是先生专著学术文章的地方，向南临窗也有一书桌。我曾带我的搞摄影的孩子，在这里为先生照过一次相。他就很慷慨地为一个孙辈小儿写了一幅勉励的字，是韩愈的那句：“业精于勤，荒于嬉；行成于思，毁于随”，还要写上“某某小友惠存”。他每有新书出版，送我时，还要写上“老友或兄指正”之类，弄得我很紧张。他却总是慈祥地笑一笑问：还有一本什么新书送过你没有？有许多书我是没有的，但这份情太重，我不敢多受，受之一二本已很满足，就连忙说有了，有了。

先生年事已高，一般我是不带人，或带任务去看他的。有一次，我在中央党校学习，党校离北大不远，他们办的《学习时报》大约正逢几周年，要我向季老求字。我就带了一个年轻记者去采访他。采访中记者很为他的平易近人和居家生活的简朴所感动。那天助手李玉洁女士讲了一件事。季老常为目前社会上的奢费之风担忧，特别是水资源的浪费，他是多次呼吁的，但没有效果。他就从自家做起，在马桶水箱里放了两块砖，这样来减少水箱的排水量。这位年轻的女记者当时就笑弯了腰，她不可理解，先生生活起居都有国家操心，自己何至于这样认真？以后过了几年，她每次见到我都提起那件事，说季老可亲可爱，就像她家乡农村里的一位老爷爷。后来季老住进301医院，为了整理先生的谈话我还带过我的一位学生去看他，这位年轻人回来后也说，总觉得先生就像是隔壁邻居的一位老大爷。我就只有这两次带外人去见他，不忍心加重他的负担。但是后来过了两年，我又一次住党校时，有一位学员认识他，居然带了同班十多个人去他的病房里去问这问那、合影留念。他们回来向我兴奋地炫耀，我却心里戚戚然，十分不安，老人也实在太厚道了。

先生永远是一身中山装，每日三餐粗茶淡饭。他是在24岁那一年，人生可塑可造的年龄留洋的啊，一去十年。以后又一生都在搞外国文学、外语教学和中外文化交流的研究，怎么就没有一点“洋”味呢？近几年基因之说盛行，我就想大概是他身上农民子弟的基因使然。有一次他在病房里给我讲，小时穷得吃不饱饭，给一个亲戚家割牛草，送完草后磨蹭着不走，直等到中午，只为能给一口玉米饼子吃。他现在仍极为节俭，害怕浪费，厌恶虚荣。每到春节，总有各级官场上的人去看他，送许多大小花篮。他病房门口的走廊上就摆起一条花篮的长龙。到医院去找他，这是一个最好的标志。他对这总是暗自摇头。我知道先生是最怕虚应故事的，有一年老同学胡乔木邀他同去敦煌，他是研究古西域文化的，当然想去，但一想沿途的官场迎送，便婉言谢绝。

自从知道他心里的所好，我再去看他时，就专送最土的最实用的东西。一次从香山下来，见到山脚下地摊上卖红薯，很干净漂亮的红薯，我就买了一些直接送到病房，他极高兴，说很久没有见到这样好的红薯。先生睡眠不好，已经吃了40年的安眠药，但他仍好喝茶。杭州的“龙井”当然是名茶，有一年我从浙江开化县的一次环保现场会上带回一种“龙顶”茶。我告他这“龙顶”在“龙井”上游300公里处，少了许多污染，最好喝。他大奇，说从未听说过，目光里竟有一点孩子似的天真。我立即联想到他写的一篇《神奇的丝瓜》，文中他仰头观察房上的丝瓜，也是这个神态。这一刻我一下读懂了一个大学者的童心和他对自然的关怀。季老为读者所喜爱，实在不关什么学术，至少不全因学术。他很喜欢我的家乡出的一种“沁州黄”小米，这米只能在一小片特定的土地上生长，过去是专供皇上的。现在人们有了经营头脑，就打起贡品的招牌，用一种肚大嘴小的青花瓷罐包装。先生吃过米后，却舍不得扔掉罐子，在窗台上摆着，说插花很好看。以后我就摸着脾气，送土不送洋，鲜花之类的是绝不带的。后来，聊得多了，我又发现了一丝微妙，虽是同一辈的大学者，但他对洋派一些的人物，总是所言不多。

我到先生处聊天，一般是我说得多些，考虑先生年高，出门不便，就尽量通报一点社会上的信息。有时政、社会新闻，也有近期学术动态，或说到新出的哪一本书，哪一本杂志。有时出差回来，就说一说外地见闻，有时也汇报一下自己的创作。他都很认真地听。助手李玉洁说先生希望你们多来，他还给常来的人都起个“雅号”，我的雅号是“政治散文”。他还就这个意思为我的散文集写过一篇序。如时间长了我未去，他会问助手，“政治散文”怎么没有来。一次我从新疆回来，正在创作《最后一位戴罪的功臣》，我谈到在伊犁采访林则徐的旧事。虎门销烟之后林被清政府发配伊犁，家人和朋友要依清律出银为他赎罪，林坚决不肯，不愿认这个罪。在纪念馆里有他就此事给夫人的信稿。还有发配入疆时，过险地“果子沟”，大雪拥谷，车不能走，林家父子只好下车趟雪而行，其子跪地向天祷告：“父若能早日得救召还，孩儿愿赤脚趟过此沟。”先生眼角已经饱含泪水。他对爱国和孝敬老人这两种道德观念是看得很重的。他说，爱国，世界各国都爱，但中国人爱国观念更重些。欧洲许多小国，历史变化很大，唯有中国有自己一以继之的历史，爱国情感也就更浓。他对孝道也很看重，说“孝”这个词是汉语里特有的，外语里没有相应的单词。我因在报社分管教育方面的报道，一次到病房里看他，聊天时就说到儿童教育，他说：“我主张小学生的德育标准是：热爱祖国、孝顺父母、尊敬师长、和睦伙伴。”他当即提笔写下这四句话，后来发表在《人民日报》上。

2004年4月8日 星期四 第十三版

热爱祖国 孝顺父母 尊重师长 同伴和睦

贻人民日报教科文版

二〇〇四年四月六日 季羡林题

季羡林先生
给中小学生写了四句话

4月6日上午，我去看望正在住院的季羡林先生。先生已93岁，仍关心国事。我提到最近公布了《中共中央国务院关于进一步加强和改进未成年人思想道德建设的若干意见》，报纸正组织力量宣传。教育部最近又专门通过一个《中小学开展弘扬和培育民族精神教育实施纲要》。

一说到爱国主义教育和青少年教育，季先生就很激动，他说，爱国是我们中华民族的传统。一是，我国统一的历史长，比欧洲那些国家长得多，文化悠久；二是，历史上我国总是边患不断，爱国就显得更迫切。我过去一再提议要居安思危，包括平时就要培养青少年的爱国心，将来好当大任。我小时上学就有一门课叫《公民》。（坐在一旁的助手，比季老约小20岁的李玉洁教授插话说，到她上学时叫《修身》），这是一门品德课，里面讲爱国、爱乡，尊老爱幼，这都是人生起码的品德，永远不能丢。

他说："我历来主张对中小学生要讲四句话：热爱祖国，孝顺父母，尊重师长，同伴和睦。"我知道先生年轻时出国，在二战动乱的年代，困居国外11年，他又学贯古今，致力于中西文化比较研究，这四句话该是他全身心的体会。

李玉洁教授说，先生曾专门把这四句话写在一张大宣纸上，她可以抽空回北大给我取来。我说："不要再取了，现在就请先生再写一幅吧。"季老欣然命笔，为我报教科文版重题了这四句话（上图），表达一个老学者、老教育家对全国中小学生健康成长的期望。

梁衡附记

2004年4月6日

季羡林刊发于《人民日报》的手迹

先生原住在北大，房子虽旧，环境却好。门口有一水塘，夏天开满荷花。是他的学生从南方带了一把莲子，他随手扬入池中，一年、两年、三年，就渐渐荷叶连连，红花映日，他有一文专记此事。于是，北大这处荷花水景就叫"季荷"。但2003年，就是中国大地"非典"流行那一年，先生病了，年初住进了301医院，开始，治疗一段时间还回家去住一两次，后来就只好以院为家了。"留得枯荷听雨声"，季荷再也没见到它的主人，我也无缘季荷池了。以后就只有在医院里见面。刚去时，常碰到护士换药。是腿疾，要用夹子伸到伤口里洗脓涂药，近百岁老人受此折磨，令人心中不是滋味，他却说不痛。助手说，哪能不痛？先生从不言痛。医院都说他是最好伺候的、配合得最好的模范病人。他很坦然地对我说，自己已老朽，对他用药已无价值。他郑重建议医院千万不要用贵药，实在是浪费。医院就骗他说，药不贵。一次护士说漏了嘴："季老，给你用的是最好的药。"这一下坏了，倒叫他心里长时间不安。不过他的腿疾却神奇般地好了。

先生在医院享受国家领导人待遇，刚进来时住在聂荣臻元帅曾住过的病房里。我和家人去看他，一切条件都好，但有两条不便。一是病房没有电话（为安静，有意不装）；二是没有一个方便的可移动的小书桌。先生是因腿疾住院的，不能行走站立，而他看书、写作的习惯却不能丢。我即开车到医院南面的玉泉营商场，买了一个有四个小轮的可移动小桌，下可盛书，上可写字。先生笑呵呵地说，这就好了，这就好了。我再去时，小桌上总是堆满书，还有笔和放大镜。后来先生又搬到 301 南院，条件更好一些。许多重要的文章，如悼念巴金、臧克家的文章都是在小桌板上，如小学生那样伏案写成的。他住院四年，竟又写了一本《病榻杂记》。

我去看季老时大部分是问病，或聊天，从不敢谈学问。在我看来他的学问高深莫测，他大学时候受教于王国维、陈寅恪这些国学大师，留德十年，回国后与胡适、傅斯年共事，朋友中有朱光潜、冯友兰、吴晗、任继愈、臧克家，还有胡乔木、乔冠华等。"文革"前他创办并主持北大东语系 20 年。他研究佛教、研究佛经翻译、研究古代印度和西域的各种方言，又和英、德、法、俄等国语言进行比较。试想我们现在读古汉语已是多么的吃力费解，他却去读人家印度还有西域的古语言，还要理出规律。我们平常听和尚念经，嗡嗡然，不知何意，就是看翻译过来的佛经"揭谛揭谛波罗揭谛"也不知所云，而先生却要去研究、分辨、对比这些经文是梵文的还是那些已经消失的西域古国文字，又研究法显、玄奘如何到西天取经，这经到汉地以后如何翻译，只一个"佛"就有：佛陀、浮陀、浮图、勃陀、母陀、步他、浮屠、香勃陀等 20 多种译法。不只是佛经、佛教，他还研究印度古代文学，翻译剧本《沙恭达罗》、史诗《罗摩衍那》。他不像专攻古诗词、古汉语、古代史的学者，可直接在自己的领地上打天下，享受成果和荣誉，他是在依稀可辨的古文字中研究东方古文学的遗存，在浩渺的史料中寻找中印交流与东西方交流的轨迹及思想、文化的源流。比如他从梵文与其他多国文的“糖”字的考证中，竟如茧抽丝，写出一本80万字的《糖史》，真让人不敢相信。这些东西在我们看来像一片茫茫的原始森林，稍一涉足就会迷路而不得返。我对这些实在心存恐惧，所以很长时间没敢问及。但是就像一个孩子觉得糖好吃就忍不住要打听与糖有关的事，以后见面多了，我还是从旁观的角度提了许多可笑的问题。

我说您研究佛教，信不信佛？他很干脆地说：“不信。”这让我很吃一惊，中国知识分子从苏东坡到梁漱溟，都把佛学当做自己立身处世规则的一部分，先生却是这样的坚决。他说：“我是无神论，佛、天主、耶稣、真主都不信。假如研究一个宗教，结果又信这个教，说明他不是真研究，或者没有研究通。”

我还有一个更外行的问题：“季老，您研究吐火罗文，研究那些外国古代的学问，总是让人觉得很遥远，对现实有什么用？”他没有正面回答，说：“学问，不能拿有用还是无用的标准来衡量，只要精深就行。当年牛顿研究万有引力时知道有什么用？”是的，我从来没有考虑过这个问题，牛顿当时如果只想有用无用，可能早经商发财去了。事实上，所有的科学家在开始研究一个原理时，都没有功利主义地问它有何用，只要是未知，他就去探寻，不问结果。至于有没有用，那是后人的事。而许多时候，科学家、学者都是在世时没有看到自己的研究结果。先生在回答这个问题时的那一份平静，深深地印在我的脑子里。

有一次我带一本新出的梁漱溟的书去见他。他说：“我崇拜梁漱溟。”我就乘势问：“您还崇拜谁？”他说：“并世之人，还有彭德怀。”这又让我吃一惊。一个学者崇拜的怎么会是一个将军。他说：“彭德怀在庐山会议上敢说真话，这一点不简单，很可贵。”我又问：

"还有可崇拜的人吗?""没有了。"他又想了一会:"如果有的话,马寅初算一个。"我没有再问。我知道希望说真话一直是他心中隐隐的痛。在骨子里,他是一个忧时忧政的人。巴金去世时,他在病中写了《悼巴金》,特别提到巴老的《真话集》。"文化大革命"结束十年后他又出版了一本《牛棚杂忆》。

作者在 301 医院看望季老

我每去医院,总看见老人端坐在小桌后面的沙发里,挺胸,目光看着窗户一侧的明亮处,两道长长的寿眉从眼睛上方垂下来,那样深沉慈祥。前额深刻着的皱纹、嘴角处的棱线,连同身上那件特有的病袍,显出几分威严。我想起先生对自己概括的一个字"犟",这一点他和彭总、马老是相通的。不知怎么,我脑子里又飞快地联想到先生的另一个形象。一次人民大会堂开一个关于古籍整理的座谈会,我正好在场。任继愈老先生讲了一个故事,说北京图书馆的善本限定只有一定资格的学者才能借阅。季先生带的研究生写论文需要查阅,但无资格。先生就陪着他到北图,借出书来让学生读,他端坐一旁等着,好一幅寿者课童图。渐渐,这与他眼前端坐病室的身影叠加起来,历史就这样洗磨出一位百岁老人,一个经历了由民国至中华人民共和国,其间又经历了"文化大革命"和改革开放的中国知识分子。

近几年先生的眼睛也不大好了，后来近似失明，他题字时几乎是靠惯性，笔一停就连不上了。我越来越觉得应该为先生做点事，便开始整理一点与先生的谈话。我又想到先生不只是一个很专业的学者，他的思想、精神和文采应该普及和传播。于是去年建议帮他选一本面对青少年的文集，他欣然应允，并自定题目，自题书名。又为其中的一本图集写了书名《风风雨雨一百年》。在定编辑思想时，他一再说："我这一生就是一面镜子。"我就写了一篇短跋，表达我对先生的尊敬和他的社会意义。去年这套《季羡林自选集》终于出版，想不到这竟是我为先生做的最后一件事。而谈话整理，总因各种打扰，惜未做完。

现在我翻着先生的著作，回忆着与他无数次的见面，先生确是一面镜子，一面为时代风雨所打磨的百年明镜。在这面镜子里可以照出百年来国家民族的命运，思想学术的兴替，也可以照见我们自己的人生。

（2009 年 7 月 12 日季老仙逝第二日）

（《人民日报》2009 年 7 月 14 日）

你怎么就是得不到爱

南国冬日，冒着凛冽的海风，我来到福建惠安，看一个给全世界留下了永远的爱，自己却没有得到爱的人。三年前，我到川藏交界的康定，无意中知道那首著名的《康定情歌》的发现整理者是一位叫吴文季的人，原籍福建惠安。以后就总惦记着这件事，今天终于有缘来访他的故居和墓地。

在抗日战争时期，吴文季一身热血投奔抗日，在武汉参加了"战时干部训练团"，后又辗转重庆，考入中央音乐学院。学院停课期间，为生计他应聘到驻扎在康定地区的青年军教歌。这使他有机会到民间采风。康定地处汉藏文化的交接带，既有汉文化的敦厚，又有藏文化的豪放，尤其是音乐取杂交优势，更显个性。大渡河畔有一座跑马山，那是汉藏同胞，特别是青年男女节日里跑马对歌的地方，吴文季就是在这里采得这首情歌溜溜调的。随着抗战胜利，学校内迁，这首歌也被带回南京。先是经加工配器在学院的联欢会上演出，引起轰动。当时的中国女高音歌唱家喻宜萱就将它带到巴黎的国际音乐节，于是这首歌就走遍世界。那是多么浓烈的爱情旋律啊，"世间溜溜的女子，任我溜溜地爱哟，世间溜溜的男子，任你溜溜地求哟！"从西部高原吹来的清风夹着草香，裹着这歌，这情，飘过原野，洒向广袤的大地。大渡河的雪浪和着它的旋律，一泻千里，冲出深山，流过平原，直入大海。

那天晚上我就宿在康定城里。这是一座高山峡谷中的小城，抗战时曾作过西康省的省会。因地处中国内地通往西藏直至印度的咽喉要道，当时是仅次于上海、天津的对外商埠。晚饭后在街上散步，随处可见历史的遗痕。老房子，商店里的旧家具，地摊上老画片，还有藏区常见的石头、骨头项链，小刀具等。许多外地游客在街上悠闲地转悠着，怀旧、淘宝。市中心修了一个休闲广场，华灯初上，喇叭里播放着《康定情歌》，还有那首有名的《康巴汉子》："康巴汉子哟……胸膛是野性和爱的草原，任随女人恨我，自由飞翔……"河水穿城而过，拍打着堤岸，晚风轻漾，百姓就在广场上和着这歌的旋律、浪的节拍翩翩起舞。不少游客按捺不住，也跳进队伍里，手之舞之，足之蹈之。那坦荡的爱浓烈的情，我现在想来心中还咚咚作响。《康定情歌》已被刻在大渡河边的石碑上，已登上各种演唱会，通过现代传媒手段传遍全球，甚至被卫星送上太空。但是，很少有人问一问，它的作者是谁?

《康定情歌》的作者吴文季

当我在大渡河边惊喜地知道了这首民歌的发现整理者时，立即就想探寻他的身世。几年来我到处搜求有关资料，而这却将自己推入一种悲凉的空茫。

南京解放后，吴文季在1949年5月参加解放军，先后在二野文工团、西南军区文工团、总政文工团工作，曾任男高音独唱演员，领唱过《英雄战胜大渡河》等著名的歌曲。但因为有参加过"战干团"和曾到国民党部队教歌这一段经历，被认为不宜在总政文工团工作，于1953年遣送回乡。没有任何处分，也没有任何说法。天真的他以为下放劳动一两年就可返回北京。以至于他走时连行李都没有带全，一批宝贵的创作乐谱也寄存在朋友处。没有想到竟是一去不归。

那天，我从惠安县城出发，找到洛阳镇，又在镇上找到一条小巷。这巷小得仅容一人紧身通过，然后是一处破败的民房。房分前后室，我用脚量了一下，前室只有三步深，墙上挂着他的一张遗像，供少数知情而又知音的人前来瞻仰。地上则散乱地堆着一些他当年用过的农具。后室只能放下一张床，是他劳累一天之后，挑灯写歌的地方。吴回乡后，孤无所依，就吃住在兄嫂家，每日出工，参加集体劳动，业余帮镇上的中学辅导文艺节目。一时使该校节目水平大涨，居然出省演出。后来又安排他到地方歌舞团工作，还创作并排练了反映当地女子爱情的歌剧《阿兰》。他盼着北京有令召还，但日复一日，不见音讯。他哪里知道外面的政治气候正日紧一日，1962 年北戴河会议大讲阶级斗争，1964 年“四清”运动又开始清理阶级队伍。就这样，直到 1966 年 5 月 1 日他不幸病逝，也没有等到召回令，时年才 48 岁。

参观完旧居，访过他的兄嫂，我坚持要去看看他的墓。村里人说，从来没有外地人，更没有北京来的人去看，路不好走。我的心里一紧，就更想去会一会那颗孤独的灵魂。开车不能了，我们就步行从一条蜿蜒的小路爬上一个山包，再左行，又是一条更窄的路。因为走的人少，两边长满一人多高的野草，一种大朵的黄花夹生其中。我问这叫什么花，领路的村民说：“叫臭菊，到处是，很贱的一种花，常用来沤肥的。”我心里又是一紧，更多了一分惆怅。大家在齐人深的野草和臭菊中觅路，谁也不说话，好像回到一个洪荒的中世纪。

转过一个小坡，爬上一个山坳，终于出现一座孤坟。浅浅的土堆，前面有一块石碑，上书吴文季之墓，并有一行字：“他一生坎坷，却始终为自由而歌唱。”我想表达一点心意，就地采了一大把各色的野花，中间裹了一大朵正怒放的臭菊，献在他的墓前，深深地鞠了一躬。然后坐在坟前，听头上的风轻轻吹过，两旁松柏肃然，世界很静。我想陪这个土堆里的人坐一会儿，他绝不会想到有这样一个远方的陌生人来与他心灵对话。他整理那首情歌是在1944年左右，到现在已经60多年，那是他精神世界中最明媚、灿烂的时刻，他的死，并孤寂地躺在这里是1966年，也已半个世纪。他长眠后的岁月里，回忆最多的一定是在康定的日子。那强壮的康巴汉子、多情的藏族姑娘，那激烈的赛马、跳舞、歌唱、狂欢的场面。那是他一生中最美好的一瞬。音乐史上的许多名曲都来自民间的采风，并伴有音乐家的传奇故事，它如大漠戈壁长风送来的驼铃，久久地摇荡着人们的心灵。吴文季的西康采风，很类似音乐家王洛宾的青海湖边采风。康定的藏族姑娘应该比青海的藏族姑娘更热辣奔放一些。王洛宾与卓玛曾有一鞭情，有相拥于马背，飞驰过草原，陶醉于绿草蓝天的浪漫，因而产生了那首名曲《在那遥远的地方》。我们也有理由猜想，在《康定情歌》后面，在鼓声咚咚、彩旗飘飘的跑马山上，或许也另有一个浪漫的故事。“世间溜溜的男子，任你溜溜地求哟”，难道吴家这样英俊的大哥就没有哪位姑娘在赛马时轻轻地抽他一鞭？那时他才24岁啊，正是花季。

我在墓边坐着，南国的冬天并不凋零，放眼望去，大地还是一样的葱绿。近处仍是没人深的野草和大朵的臭菊，远处有一座小山，我问叫什么山，陪同的人说不出具体的名字，倒讲了一个曾在山那边发生的著名的“陈三五娘”故事。啊，我知道《陈三五娘》是在闽南一带流传甚广的传统剧目，后来还拍成了电影。大意是穷文人陈三，在元宵灯会上与富家女子黄五娘邂逅相遇，互相爱慕。黄父却贪财爱势，将五娘允婚他人。陈三便和五娘私奔，终于找到了自己的幸福，这是一个闽版的《梁祝》。但我不知故事的原型却是在这里。讲故事者说，他们私奔的路线就是从那个山后转过来，一直朝这边，朝吴的墓地走来。吴文季在这里长大，又酷爱民间音乐，他一定看过这出戏。也许，他在这凄冷的墓里，还在一遍一遍地回味着这个故事。私奔是爱情题材中常有的主题，从司马相如与卓文君到《陈三五娘》，传唱不衰。但天上无云何有雨，地上无土怎长苗？当你处于一个不敢爱或不敢被人爱的环境或条件下时，你与谁私奔，又奔向何处呢？

吴文季所留资料甚少。他在总政文工团大约是有一位女友的。离京时，他的衣物、书籍，特别是一些乐谱资料还寄存在她处。但自从下放后，对方的回信就渐写渐少，最后终于音断讯绝。这大约是我们知道的他一生中唯一享受过的一丝的爱，像早春里吹过的一缕暖风，然后又复归消失。

山上的风大，不可久留，我起身下山，对地方上的朋友说："墓碑上的那句话应改为：他终生为爱情而歌唱，却没有得到过爱。"

吴文季（右）与总政文工团的同事在一起

（2004 年夏访康定初记，2008 年 1 月访惠安初稿，
2011 年 12 月 16 日北京改定）
（《人民日报》2012 年 1 月 4 日）

梁思成落户大同

当北京正在为拆掉梁思成、林徽因故居而弄的沸沸扬扬满城风雨时，山西大同却悄悄地落成一座梁思成纪念馆。这是我知道的国内第一座关于他的纪念馆，没有出现在他拼死保护的古都北京，也没有出现在他的祖籍广东，却坐落在塞外古城大同。我当时听到这件事不觉大奇。主持城建的耿彦波市长却静静地回答说："这有两个原因，一是 30 年代梁先生即来大同考察，为古城留下许多宝贵资料，这次古城重建全赖他当年的文字和图录；二是解放初梁先生提出将北京新旧城分开建设以保护古都的方案，惜未能实现。60 多年后，大同重建正是用的这个思路。"大同人厚道，古城重建工程还未完工，便先在东城墙下为先生安了一座住宅。开馆半年，参观者已超过 3 万人。

梁思成是古建专家，但更不如说他是古城专家、古城墙专家。他后半生的命运是与古城、古城墙连在一起的。1949 年初解放军攻城的炮声传到了清华园，他不为食忧，不为命忧，却为身边的这座古城北平担忧。一夜有两位神秘人物来访，是解放军派来的，手持一张北平城区图，诚意相求，请他将城内的文物古迹标出，以免为炮火所伤。从来改朝换代一把火啊，项羽烧阿房，黄巢烧长安，哪有未攻城先保城呢？仁者之师啊。他激动得说不出话来，标图的手在颤抖。这是他一生最难忘的一幕。

中国有世界上最古老的房子，却没有留下怎么盖房的文字。一代一代，匠人们口手相传地盖着宏伟的宫殿和辉煌的庙宇，诗人们笔墨相续，歌颂着雕栏玉砌，却不知道祖先留下的这些宝贝是怎么样造就的。梁思成说："独是建筑，数千年来，完全在技工匠师之手。其艺术表现大多数是不自觉的师承及演变之结果。这个同欧洲文艺复兴以前的建筑情形相似。这些无名匠师，虽在实物上为世界留下许多伟大奇迹，在理论上却未为自己或其创造留下解析或夸耀。"如何发扬光大我民族建筑技艺之特点，在以往都是无名匠师不自觉的贡献，今后却要成近代建筑师的责任了。直到上世纪20年代末，国内发现了一本宋版的《营造法式》，但人们不懂它在说些什么。大学者梁启超隐约觉得这是一把开启古建之门的钥匙，便把它寄给在美国学建筑的儿子梁思成，希望他能向洪荒中开出一片新天地。梁思成像读天书、破密码一样，终于弄懂这是一本古代讲建筑结构和方法的图书。纸上得来终觉浅，他从欧美留学回来即一头扎进实地考察之中。那时的中国兵荒马乱，梁带着他美丽的妻子林徽因和几个助手跑遍了河北、山西的古城和古庙。山西的北部为佛教西来传入中原时的驻足之地，庙宇建筑、雕塑壁画等保存丰富；又是北方游牧民族定居、建都之地，城建规模宏大。上世纪30年代，西方科学研究的"田野调查"之法刚刚引进，这里就成为中国第一代古建研究人的理想实验田。1933年9月6日，梁思成、林徽因一行来到大同，下午即开始调查测量华严寺，接着又对云冈、善化寺进行详细考察，17日后又往附近的应县木塔、恒山悬空寺调查。再后来，梁、林又专门去了一次五台山，直到卢沟桥的炮声响起他们才撤回北平。因为有梁思成的到来，这些上千年的殿堂才首次有现代照相机、经纬仪等设备为其量身造影。在纪念馆里我们看到了梁思成满面风尘爬在大梁上的情景，也看到了秀发披肩，系着一条大工作围裙的林徽因正双手叉腰，专注地仰望着一尊有她三倍之高的彩塑大佛。这就是他们当时的工作。幸亏抢在日本人占领之前，这次测量留下了许多宝贵资料。以后许多文物即毁在侵略者的炮火下。抗战八年，他们到处流浪，丢钱丢物也不肯丢掉这批宝贵资料，终于在四川长江边一个叫李庄的小镇上完成了中国古建研究的重要成果，也成就了梁、林在中国建筑史上的地位。

现在纪念馆的墙上和橱窗里还有梁、林当年为大同所绘的古建图，严格的尺寸、详尽的数据、漂亮的线条，还有石窟中那许多婀娜灵动的飞天。真不知道当时在蛛网如织、蝙蝠横飞、积土盈寸的大殿里，在昏暗的油灯下，在简陋的旅舍里，他们是怎样完成这些开山之作的。这些资料不只是为大同留下了记录，也为研究中国建筑艺术提供了依据。

1949 年新中国成立，饱受战乱之苦又饱览古建之学的梁思成亟为兴奋。他想得很远，9 月开国前夕，他即上书北平市长聂荣臻将军，说自己“对于整个北平建设及其对于今后数十百年影响之极度关心”。“人民的首都在开始建设时必须‘慎始’”，要严格规划，不要“铸成难以矫正的错误”。他头脑里想得最多的是怎样保存北京这座古城。当时保护文物的概念已有，但是，把整座城完好保存，不破坏它的结构布局，不损失城墙、城楼、民居这些基本元素，这却是梁思成首次提出。他曾经设想为完整保留北京古城，在其西边再另辟新城以应首都的工作和生活之需。他又设想在城墙上开辟遗址公园。“城墙上面，平均宽度约 10 米以上，可以砌花池，栽植丁香、蔷薇一类的灌木，或铺些草地，种植草花，再安放些园椅。夏季黄昏，可供数十万人的纳凉游息。秋高气爽的时节，登高远眺，俯视全城，西北苍苍的西山，东南无际的平原，居住于城市的人民可以这样接近大自然，胸襟壮阔。还有城楼角楼等可以辟为陈列馆、阅览室、茶点铺。这样一带环城的文娱圈、环城立体公园，是全世界独一无二的。”你看，这是他的论文和建议，也这样赋有文采，可知其人是多么纯真浪漫，这就是民国一代学人的遗风。现在我们在纪念馆里还可以看到他当年手绘的城头公园效果图。但是他的这个思想太超前了，不但与新中国人民翻身后建设的狂热格格不入，就是当时比较发达，正亟待从战火中复苏的伦敦、莫斯科、华沙等都市也无法接受。其时世界各国都在忙于清理战争垃圾，重建新城。刚解放的北京竟清理出 34.9 万吨垃圾，61 万吨大粪。人们恨不能将这座旧城一锹挖去。他的这些理想也就只能是停留在建议中和图纸上了。新中国成立后的十多年间，北京今天拆一座城楼，明天拆一段城墙。每当他听到轰然倒塌的声响，或者锹镐拆墙的咔嚓声，他就痛苦得无处可逃。他说拆一座门楼是挖他的心，拆一层城墙是剥他的皮。诚如他在给聂荣臻的信里所言，他想的是“今后数十百年”的事啊。向来，知识分子的工作就不是处置现实，而是探寻规律，预示未来。他们是先知先觉，先人之忧，先国之忧。所以也就有了超出众人，超出时代的孤独，有了心忧天下而不为人识的悲伤。

1965 年，他率中国建筑代表团赴巴黎出席世界建筑师大会，这时许多名城如伦敦、莫斯科、罗马在战后重建中都有了拆毁古迹的教训，法国也正在热烈争论巴黎古城的毁与存。会议期间法国终于通过了保护巴黎古城另建新区的方案。而这时比巴黎更古老的北京却开始大规模地拆毁城墙。消息传来，他当即病倒。回国途中他神志恍惚，如有所失，过莫斯科时在中国大使馆小住，他找到一本《矛盾论》，把自己关在房子里苦读数遍，在字里行间寻找着，希望能排解心中的矛盾。一年后，“文化大革命”爆发，北京开始修地铁，而地铁选线就正在古城墙之下，好像专门要矫枉过正，要惩罚保护，要给梁思成这些“城墙保皇派”一点颜色看，硬是推其墙、毁其城、刨其根，再入地百米，铺上铁轨，拉进机车，终日让隆隆的火车去震扰那千年的古城之根。这正合了“文化大革命”中最流行的一句革命口号：“打翻在地，再踏上一只脚”，算是挖了古城北京的祖坟。记得那几年我正在北京西郊读书，每次进出城都是在西直门城楼下的公交车站换车，总要不由仰望一会儿那巍峨的城楼和翘动的飞檐。如果赶在黄昏时刻那夕阳中的剪影，总叫你心中升起一阵莫名的感动。但到毕业那年，楼去墙毁，沟壑纵横，黄土漫天。而这时梁思成早已被赶出清华园，经过无数次的批斗，然后被塞进旧城一个胡同的阴暗小屋里，忍受着冬日的寒风和疾病的折磨，直到1972年去世。辛弃疾晚年怀才不遇，报国无门，他曾自嘲自己的姓氏不好，“艰辛做就，悲辛滋味，总是辛酸、辛苦”。梁先生是熟悉宋词的，他晚年在这间房子里一定也联想到自己姓氏，真是凄凉做就，悲凉滋味，凉得叫他彻心彻骨。这是他在这个生活、工作，并拼命为之保护的城市里的最后一个住所，就是这样一间旧房也还是租来的。我们伟大的建筑学家，研究了中国古往今来所有的房子，终身以他的智慧和生命来保护整座北京城，但是他一生从没有一间属于自己的房子。

今天我站在新落成的大同古城墙上，想起林徽因当年劝北京市领导人的一句话：你们现在可以拆毁古城，将来觉悟了也可以重修古城，但真城永去，留下的只不过是一件人造古董。我们现在就正处在这种无奈和尴尬之中。但是重修总是比抛弃好，毕竟我们还没有忘记历史，在经历了痛苦的反思后又重续文明。现在的城市早已没有城墙，有城墙的城市是古代社会的缩影，城墙上的每一块砖都保留着那个时代的信息和文化的基因。每一个有文化的民族都懂得爱护自己的古城犹如爱护自己身上的皮肤。我看过南京的明城墙，墙缝里长着百年老树，城砖上刻有当年制砖人名字，而缘砖缝生长的小树根竟将这个我们不相识的古人拓印下来，他生命的信息融入了这棵绿树，就这样一直伴随着改朝换代的风雨走到我们的面前。我想当初如果听了梁先生的话，北京那40公里长的古城墙，还有十多座巍峨的城楼，至今还会完好保存。我们爬上北京的城楼能从中读出多少感人的故事，听到多少历史的回声。现在我只能在大同城头发思古之幽情和表示对梁先生的敬意了。我手抚城墙，城内的华严寺、善化寺近在咫尺，那不是假古董，而是真正的辽、宋古建文物，是《营造法式》书中的实物。寺内的佛像至今还保存完整，栩栩如生。他们见证了当年梁先生的考察，也见证了近年来这座古城的新生。抚着大同的城墙我又想起在日本参观过的奈良古城，梁思成是在日本出生的，其时他的父亲梁启超正流亡日本。日本人民也世代不会忘记他的大恩。二战后期盟国开始对日本本土大规模轰炸，有 199 座城市被毁，九成建筑物被夷为平地，这时梁先生以古建专家的身份挺身而出，劝阻美军轰炸机机下留情，终于保住了最具有日本文化特色的奈良古城。30 年后这座城市被联合国宣布为世界文化遗产，她保有了全日本十分之一的文物。梁思成是为全人类的文化而生的，他超越民族、超越时空。这样想来，他的纪念馆无论是在古都北京还是在塞外大同都是一样的，人们对他的爱、对他的纪念也是超越地域、超越时空的。

我手抚这似古而新的城墙垛口，远眺古城之外，在心中吟哦着这样的句子：大同之城，世界大同。哲人之爱，无复西东。古城巍巍，朔风阵阵。先生安矣！在天之魂。

（《人民日报》2012 年 7 月 4 日）

宋子文怒辞外长

民国时期宋子文在蒋政权里任外交部长。国民党政府从成立到垮台几乎都是在风雨飘摇中，内忧外患，焦头烂额。弱国无外交，在这样的时候出任外长，应该说没有什么故事，但故事恰恰在他的身上发生。

1945 年世界反法西斯战争接近尾声，美、英、法三巨头在雅尔塔开会，决定苏联出兵东北，同时默许外蒙古独立，实际是投入苏联的怀抱。国民党政府大惊，派宋子文带团赴苏交涉。斯大林态度蛮横，绝不让步。蒋只得去电指示，以苏支持国民党，不支持共产党等为条件，同意外蒙古独立。1945 年 8 月 14 日《中苏友好同盟条约》在莫斯科签字。宋子文认为，日寇未退，外蒙又失，怎么向国人交代？拒不签字，并提出辞职。后来这个条约由新接任的外长王世杰代表中国签字。

弱国无外交，但不一定没有硬臣。当一国之势较弱又无法立即扭转时，吃点亏是没有办法的。但至少在外交上要伸张正义，要有人出来表现一股正气，以存民族精神的火种。楚虽三户能亡秦，只要这口气在，国失亦可复得。历史上也有许多弱国强臣的例子，最著名的是蔺相如使秦。秦强赵弱，秦王以势压人，既想要和氏璧又不给土地，蔺就作持璧撞柱状说："你不践约，我人玉俱碎！"秦王无法，蔺完璧归赵。当此时也，席前柱下，已与秦强赵弱无关，只有正邪之辨、曲直之别和使者的胆量大小、人格高低之分了，这时赢的是一口气。其他如文天祥使元，曾纪泽使俄莫不如此。外交上有一句话："不辱使命"，就是不辜负重托，不丢国格。相反，有时强国也有懦臣，虽理在势在，还是要奴颜婢膝。儒家修养中有一句话：达则兼顾天下，穷则独善其身。这个"独善其身"不是保官、保命、保妻子、保既得利益，而是保住人格的底线。宋子文在外长任上没有签这个条约，虽没有保住疆土，但保住了正气，保住了外交的面子。当然，形格势禁，作为弱国总得有人去低头来签字。但让别人去签好了，我这个外长不能签，而且立即就辞，羞于留任其职。相信他做出这个决定是仔细权衡过的，辞去外长是件大事，这一要冒舆论压力，二要得罪蒋和政府，三要丢了饭碗。但这对个人来说是一种守节，对国家来说也是一种对外的抗议。高官、厚禄、大权，苟非吾意之所合，一刻而不留。虽然，宋子文完全可以不这样做，他已尽了力，又是受命而为，不辞职也没有人指责，但是他良心上过不去。

在民国精神中有一个亮点，就是人格精神的独立，不合我意就辞职而去。这在此前的封建社会不多，君臣纲纪甚严，还没有这个氛围；在之后的新中国也不多，先是无限服从，驯服工具，后又跑官保官，保既得利益。民国正当旧专制之打破，如"文化大革命"之新专制还未成，大局虽乱，精英层的人格精神却还颇有几分靓丽。1929 年，刘文典任安徽大学校长，恰逢学潮，蒋介石召见却不让座，问："你是刘文典么？"刘怒："'文典'是长辈叫的，不是哪个都有资格叫的。"蒋拍桌子道："无耻文人！你怂恿赤党分子闹事，该当何罪？"刘大喊："宁以义死！不苟且生！"欲向蒋介石撞去，幸被侍卫挡住。那时，无论是政界还是学界一言不合便辞职而去是平常事。本来，人一落地就有了生命，以后为了生活又谋一份职业，对官员来说这就是政治生命，一个官原来有两条"命"！但是人在官场身不由己，矛盾复杂，诸事纷繁，常逆我心。为表明心迹，到关键时刻除申明立场，据理力争外，有两个极端之法：一是辞职，自绝政治生命；二是自杀，宁死不从。一不要官，二不要命，还我清白，守住人格。“文化大革命”中自杀的多，辞职的却没有。因为政治生命这张牌早被人收走，你连以职相拼、相抵的资本也没有了，只剩下以死明志。刘少奇在被斗之初就提出带着家人回湖南或延安种地，但不得批准。政治猛于虎，宦海难自主。一个人，当你能自由表达意见时，你不表达，就被绑上了战车；当你还能辞职跳车时你不跳，就被紧紧裹挟；当你连自杀的可能都没有时，就只有任人折磨了。本来，这做官与做人说是一回事，又不是一回事。当官职之事符合自己的做人标准时就做官，这时官是实现人格精神的道具，做人做官是一回事；当官职之事有碍个人的做人底线时就去官辞职，保持人格独立，这时做人与做官就是两回事。而人格精神总是超时空的，它会大大超越官职这个道具，而永留史册，任人评说。宋子文是曾跟着蒋政权反共反人民的，也曾留下骂名，但他绝不卖国，一事不合就愤而辞职，不保官求荣，只这一点就振聋发聩，足可存于青史了。试看现在的官员，虽然嘴上常发着牢骚，可有哪一个肯辞职明志？当然也有“辞职”的，但多是因贪污、失职的“被辞职”，真正坚守自己的做人操守有思想而主动辞职的鲜有所闻。可见官风日下，独立人格精神之式微。

（2012 年 4 月 6 日）

（《文史参考》2012 年第 8 期）

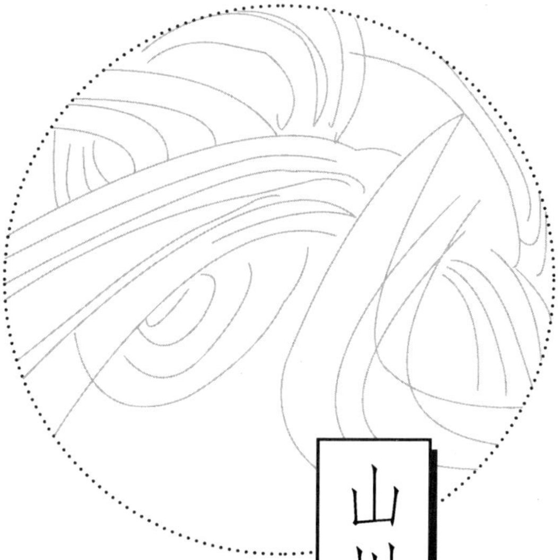

山川如我

榆林红石峡记

每个城市都有自己的名片，如巴黎之大铁塔、北京之天安门、上海之黄浦江。在榆林则是红石峡。峡在城北三里。正大漠北来，浩浩乎平沙无垠，忽巨峡断野，黄绿两分，奇景突现。

峡之奇有三。一是沙中见河，曰榆溪河。此大漠之地，人常以为黄沙漫漫，旱象连连。殊不见，却有一河无首无尾涌出沙中，绿波映天，穿峡而过。二是山色全红。大漠有峡已自为奇，而石又赤红，每当晨曦晚照之时，两岸峭壁危岩，就像团团火焰，接地映天。三是峡中遍布石刻。刀凿斧痕，题刻满山。这是它的迷人之处。

自秦汉以来，榆林即为北疆要塞，红石峡天险其北，镇北台雄视其上，历代征战以此为烈。古诗云："屯兵红石峡，斩将黑山城。血染芹河赤，氛收榆塞清。"想当年，鼙鼓震天，马嘶镝鸣。将军战罢归来，弹剑呼酒，分麾下炙，长烟落日，悲笳声声。于是便削石为纸，振河为墨，铁钩银划，直抒胸臆。个中人物，最知名者有二。一是清代名臣左宗棠。清朝后期，列强瓜分中国，英、俄染指西北，左于同治五年（1866 年）受命陕甘总督。其时，朝中正起"海防"、"塞防"之争。投降派谓塞外不毛之地，不值经营，更欲放弃新疆，任其存亡。左力排谬说，以陕督之职筹粮备饷，又领钦差之命，提兵西进，一举收复新疆，固我中华万世之基业。其用兵之时更植柳千里，后人称左公柳，春风直度玉门关。他的老部下刘厚基时任榆绥总兵，就向他为红石峡求字。他即大书“榆溪胜地”。左宗棠在陕甘经营十多年，雄图大略，边情难舍。这四字虽赞榆溪，却更赞西北。观其书法，用笔沉着，结字险劲，雄踞壁上，隐隐肱股之臣，浩浩大将之风。还有一位，是抗日名将马占山。马曾任东北边防军师长，黑河警备司令。1931 年率部在黑龙江打响抗日第一枪，后受排挤，移驻西北，一腔热血，报国无门。他 1941 年来游此地，眼见祖国河山破碎，愤而连刻两石“还我河山”。其字笔捺沉重，深陷石中，说不尽的臣子恨、亡国痛。石峡中这类慷慨激昂文字还有许多，如“巩固山河”、“威震九边”、“力挽狂澜”等，皆横竖如枪戟，点撇响惊雷。今日读来仍虎震幽谷，风卷残云。

中国之大，何处无峡？峡多刻石，何处无字？然红石峡正当中原大漠之分，蒙汉农牧之界。北望牛羊轻牧而白云落地，南眺稻粱初熟又绿浪接天。天老地荒，沉沉一线，地分绥陕，史接秦汉。呜呼，收南北而融古今，唯此一峡。其全长三百米，南北走向，东西两岸，一川文字，满河经典。除上述边关豪情，还有写风光之秀，如“蓬莱仙岛”、“塞北江南”；写地势之险，如“天限南北”、“雄吞边际”；有感念地方官吏的治民之德，如“功在名山”、“恩衍宗嗣”；有表达民族团结之情，如“中外一统”、“蒙汉一家”等等，各种汉、满文字题刻凡二百余幅。好一部刻在石壁上的地方志，一枚盖在大漠上的中国印。正是：

赤壁青史，铁铸文章。大漠之魂，中华脊梁。

（2009 年 9 月 25 日）

雨中明月山

江西西部有明月山，藏于湘赣之间，不为人识。当地政府恨世人不识璧中之玉，闺中之秀，便邀海内外作家记者团作考察之游。

头一日，游人工栈道，乘缆车登顶，云绕脚下，雾入衣襟，游者不为所动；第二日，看大庙，殿宇巍峨，新瓦照人，更不为动。当晚，人走一半。

第三日，微雨，主人再邀所余之人作半日之游。无车无马，徒步爬山。一入山门，立见毛竹数竿，有两握之粗。青绿滚圆的竹面上泛出一层细濛濛的白雾，竹节处的笋叶还未退净，一看就是当年的新竹。但其拔地接天，已有干云捉月之势。众人精神为之一振，纷纷冲上去照相。然后开始爬山。

路沿峭壁而修，左山右河。山几不见土石，全为翠竹所盖；河却无岸无边难见其貌，其实就是两山间一谷。谷随山的走势成之字形，忽左忽右，渐行渐高。谷间只有四样东西：竹、树、石、水。水流漱石，雪浪横飞，竹木相杂，堆绿染红，好一幅深山秋景图。石头一色青黑。大者如楼，小者如房，横空出世，杂布两岸。有那顺洪水而流落谷底者，无论大小皆平滑圆滚，俯仰各态。雨，似下非下，濛濛茸茸，湿衣润肤。正行间，路边有一石探向谷中，四围藤树横绕围成天然扶栏，我说好个“一石观景处”，凭“栏”望去，只见竹浪层层，满川满山，一直向天上翻滚而去。近处偶有一枝，探向林外，正是苏东坡诗意“竹外一枝斜更好”。竹子这东西无论四季，总是一样的青绿，永葆青春朝气。大家就说起苏东坡，宁肯食无肉，不可居无竹，又说到城里菜市场上卖的竹笋。主人见我们对竹感兴趣，突然说：“你们知道不知道，这竹子是分公、母的?”我们一下了静了下来，都说不知。他说：“你看，从离地处起往上数，找见第一片叶子，单叶为公，双叶为母。”众人大奇，拨开竹子一找，果然单双有别。我自诩爱竹，却还不知这个秘密。大家又问，这有何用? “采笋子呀！山里人都知道，只有母竹根下才能挖到笋子。”原来，这山原来不只是为了人看的。

等到又爬了几里地，过了一座吊桥，再折上一段石板路，半天里忽一堵石壁矗立面前，壁上有瀑布垂下，约有几十层楼房那么高。石壁的背后和四周都簇拥着绿树藤萝，如一幅镶了边的岩画，而画面就是直立起来的江河奔流图。它不像我们在长江或黄河边，看大浪东去，浩浩千里，而是银河泻地，雪浪盖顶。我自然无法接近水边，只试着往前探了一点身子，便有湿云浓雾猛扑过来，要裹挟我们上天而去。我赶紧转身向后，这时再回望来路，只见云雾倏忽，群山奇峰飘忽其上，古庙苍松隐约其间。近处谷底绿竹拍岸，流水奏琴，偶有一束红叶，伏于石间，如夜间火光之一闪。

这时，主人在下面半山腰的一间石室前招手，待我们款款下来，他已设好茶桌。茶备两种。一为当地的黄豆、橙皮、姜丝所制，驱寒暖胃，咸辣香绵，慢慢入心；而另一种则为山上采的野茶，清清淡淡，似有似无，就如这窗外的湿雾。我们都不再说什么，只是端着杯子，静静地望着远处。许久，不知谁喊了一声：“天不早了，该下山了。”我说：“不走了，就这样坐着，等到来年春天吃笋子。”

（《人民日报》2010 年 3 月 11 日）

乌梁素海，带伤的美丽

假如让你欣赏一位带伤流血的美人，那是一种怎样的尴尬。四十年后，当我重回内蒙古乌梁素海时，遇到的就是这种难堪。

乌梁素海在内蒙古河套地区东边的乌拉山下。四十年前我大学刚毕业时曾在这里当记者。叫“海”，实际上是一个湖，当地人称湖为海子，乌梁素海是“红柳海”的意思。红柳是当地的一种耐沙、耐碱的野生灌木。单听这名字，就有几分原生态的味道。而且这“海”确实很大，历史上最大时有 1 200 多平方公里，是地球上同纬度的最大淡水湖。那时我还没有见过真正的大海，每当车行湖边，但见烟水茫茫，霞光滟滟。翠绿的芦苇，在岸边小心地勾起一道绿线，微风吹过，这绿线就起伏着舞动开去，如一首天堂里的乐曲。湖里的水鸟，鸥、鹭、鸭、雁、雀等就竞相起舞，或掠过水波，或猛扎水中，浪花轻溅，像有一只无形的手在弹拨着水面。而水中的鱼儿好像急不可耐，等不到水鸟来抓它，就自动倏地一下跳出水面，闪过一个个白点，像是五线谱上跳动的音符。这时走在湖边，心头会突然涌起那已忘却多时的优美文章，什么“落霞与孤鹜齐飞，秋水共长天一色”，什么“沙鸥咸集，锦鳞游泳，岸芷汀兰，郁郁青青”。我就明白从来不是好文章写出了真美景，而是真美景成就了好文章。乌梁素海就是这样一篇写在北国大地上的锦绣文章。每当船行湖上时，我最喜欢看深不可测的碧绿碧绿的水面，看船尾激起的雪白浪花，还有贴着船帮游戏的鲤鱼。而黄昏降临，远处的乌拉山就会勾出一条暗黑色的曲线，如油画上见过的奔突的海岸，当时我真觉得这就是大海了。

那时，“文化大革命”还未结束，市场上物资供应还比较匮乏，城里人一年也尝不到几次肉，但这海子边的人吃鱼就如吃米饭一样平常。赶上冬天凿开冰洞捕鱼，鱼闻声而来，密聚不散，插进一根木杆都不会倒。那个岁月时兴开“学习毛主席著作讲用会”，有一次我们整理材料，在河套各县从西向东采访，很辛苦，伙食也没有什么油水。乌梁素海是最后一站，还有好几天，大家就盼望着到那里去解馋。到达的当晚，我们果然吃到了鱼，而这种吃法，为我平生第一次所见。每人一大碗堆得冒尖的大鱼块，就像村里人捧着大碗蹲在大门口吃饭一样，这给我留下永久的记忆，当时的鱼才五分钱一斤。以后走南闯北，阅历虽多，但无论是在我国南方的鱼米之乡或国外以海产为主的国家，再也没有碰到过这种吃法，再也没有过这样的享受。那时，每当外地人一来到河套，主人就说：“去看看我们的乌梁素海!”眼里放着亮光，脸上掩饰不住的骄傲。

这次我们真的又来看乌梁素海了，是水务部门的特别邀请，但不是为看海的美丽，而是来参加会诊的，来看它的伤口。

七月的阳光一片灿烂，我们乘一条小船驶入湖面，为了能更有效地翻动历史的篇章，主人还请了一些已退休的老“海民”，与我们同游同忆。船中间的小桌上摆着河套西瓜、葵花籽，还有油炸的小鱼，只有寸许来长。主人说，实在对不起，现在海子里最大的鱼，也不过如此了。我顿觉心情沉重。坐在我对面的王家祥，原乌梁素海渔场的工会主席。他说：“那时打鱼，是用麻绳结的大眼网。三斤以下的都不要，开着 70 吨的三桅大帆船进海子，一网 10 万斤，最多时年产 500 万吨。打上鱼就用这湖水直接煮，那才叫鲜呢。现在，这水你喝一口准拉肚子。”（不知是否为验证他的话，当天下午，我们一行中就有俩人拉肚子，而不能正常采访了。）当年的兵团知青、退休干部于秉义说，上世纪70年代时，这里随便打一处井，7米深，就自动往上喷水。水务公司的秦董事长在一旁补充："到90年代已是30米深才能见水；到2007年，要120米才见水，15年水位下降了90米，年均6米。"

海上泛轻舟，本来是轻松惬意的事，可是今天我们却无论如何也轻松不起来。这应了李清照的那句词："只恐双溪舴艋舟，载不动，许多愁。"我们今天坐的船真的由过去的70吨三桅大船退化成像一只蚱蜢似的舴艋小舟。河套灌区是我国三大自流灌区之一。黄河自宁夏一入内蒙古境，便开始滋润这800里土地。经过总干、干、分干、支、斗、农、毛七级灌水渠道，流入田间，又再依次经总排干、排干等七级排水沟，将水退到乌梁素海，在这里沉淀缓冲后，再退入黄河。所以，这海子是河套平原的"肾"，首先起储水排水的作用。同时，又是河套的"肺"，它云蒸雾霭，吐纳水汽，调节气候。所以才有800里平原的旱涝保收，才有和北面乌拉山著名的国家级森林保护区的美景。但是，近几十年来人口增加，工厂增多，农田里化肥农药增施，而进入湖中的水量却急剧减少，水质下滑。你想，排进湖里的这些水是什么水啊？就是将800里平原浇了一遍的脏水。河套农田每年施用农药1 500吨，化肥50万吨，进入乌梁素海的工业及生活污水3 500万吨，这些都要洗到湖里来啊。所以，当地人说，乌梁素海已经由河套平原的肾和肺，退化为一个"尿盆子"了。这话虽然难听，但很形象，也很警人。

在船舱里坐着，听大家叙往事，说今昔，虽清风拂面，还是拂不去心头的一怀愁绪，我便到后甲板散步。只见偌大的湖面上，用竹竿标出二三十米宽的一条水道，我们的这个"舴艋"小舟只能在两竿之间小心地穿行。原来，湖面的水深已由当年的平均40米，降为不足1米，要行船，就只好单挖一条行船沟。我再看船尾翻起的浪，已不是雪白的浪花，而是黄中带黑，像一条刚翻起的犁沟。半腐半活的水草，如一团团乱麻在水面上荡来荡去，再也找不见往日的碧绿，更不用说什么清澈见鱼了。乌海难道真的应了它的名字，成了乌黑的海、污浊的海？只有芦苇地发疯似地长，重重叠叠，吞食着水面。主管农水的李市长说，这不是好现象，典型的水质富营养化，草盛无鱼，恶性循环。

现在如果你不知内情，远眺水面，芦苇还是一样的绿，天空还是一样的蓝，水鸟还是一样的飞，猛一看好像无多变化。可有谁知道这乌梁素海内心的伤痛，她是林黛玉，两颊微红，弱不禁风，已经是一个病美人了，是在强装笑颜，强支病体迎远客。我举目望去，远处的岸边有些红绿房子，泊了些小游船，在兜揽游客。船边地摊上叫卖着油炸小鱼，船上高声放着流行歌曲。不知为什么，我一下想起那句古诗："商女不知亡国恨，隔墙犹唱《后庭花》。"

中午饭就在岸边的招待所里吃。俗话说，无酒不成席，而在内蒙古还要加上一句"无歌不成宴"。乐声响起，第一支歌就是：《美丽的乌梁素海》。歌手是一位漂亮的蒙古族姑娘，旋律婉转，琴声悠扬，只是听不清歌词。歌罢，我请歌手重新念一遍歌词，她顿时有几分不自然。李市长出来解围说："不好意思，这还是当年的旧歌词，和现在的实景已经远不相符了。"我说："不怕，我们随便听听。"她就念道："乌梁素海美，美就美在乌梁素海的水。滩头芦苇密，水中鱼儿肥，点点白帆伴渔歌，水鸟空中飞。夜来泛舟苇塘荡，胜游漓江水，暖风吹绿一湖水，船入迷津人忘归。"

刚才人们还沉静在美丽的旋律中，她这一念倒像戳破了一层华丽的包装：现在水何绿？鱼何肥？帆何见？怎比漓江水？顿时满场陷入片刻的沉默与尴尬，主客皆停箸歇杯，一时无言。客中只有我一人是当年从这里走出去的，40 年后重返旧地，算是亦客亦主。便连忙打破沉默说："是有点找不到这歌词里的影子了。这次回来我发现，40 年来在这块土地上已消失了不少东西。老李、老秦，你们还记得三白瓜吗？白籽、白皮、白瓤，吃一口，上下唇就让蜜糊住了；

还有冬瓜，有枕头大，专门放到冬天等过年时吃，用手轻轻一拍，都能看到里面蜜汁的流动；糜子米，当年河套人的主食米，煮粥一层油，香飘口水流。现在都一去不回了。连当年玉米地里的爬山调也听不到了。”我这几句解嘲的话，又引来主人一阵欷歔。他们说，都是化肥、农药、人多惹的祸。

乌梁素海啊，过去多么绰约多姿健康美丽，而现在这样的苍老，这样的伤痕累累。但就是这样的病体，她还在承担着难以想象的重负：每年要给黄河补充 1.3 亿方的下游水；给天空补充 3.6 亿方的气候调节水；给大地补充 6 千万方的地下水。可是她自己补进来的只有 4 亿立方溶进了化肥、农药、盐碱的排灌水。入不敷出，强她所难啊！她得的是综合疲劳症，是在以疲弱之躯勉强地支撑危局，为人们尽最后的一丝气力。李市长说，如不紧急施救，她将在数十年内如罗布泊那样彻底干涸。现在设想的办法是，在黄河上引一专用水开渠，于春天凌汛期水有多余时，给她补水输血。大家听得频频点头，都忘了吃饭。正说着，主人忽觉不妥，忙说：“不要这样沉重，办法总会有的，饭还是要吃，歌还是要唱的。”于是，乐声又轻轻响起。歌声中又见青山、绿水、帆白、鱼肥。

受伤的乌梁素海，我们祈祷着你快一点康复，快一点找回昨日的美丽。

（《人民日报》2010 年 8 月 18 日）

冬季到云南去看海

年末深冬季节，到云南腾冲考察林业，主人却说，先领你去看热海。我心里一惊，这大山深处怎么会有海，而海又怎么会是热的？

车出县城便一头扎进山肚子里。公路成“之”字形，车子不紧不慢，一折一折地往上爬，走一程是山，再走一程还是山；一眼望去是树，再看还是树。只见一条条绿色的山脊，起起伏伏，一层一层，黛绿、深绿、浅绿，由近及远一直伸到天边。直到目光的尽头，才现出一抹蓝天——这蓝天倒成了这绿海的远岸。

走了些时候，渐渐车前车后就有了些轻轻的雾，再看对面的林子里也飘起一些淡淡的云。我说：“今天真算是上得高山了。”主人笑道：“正好相反，你现在是已下到热海了。”我才知道，那氤氲缥缈、穿林裹树的并不是云，也不是雾，竟是些热腾腾的水汽，我们车如船行，已是荡漾在热海之上了。

所谓热海，是一个方圆八平方公里的地热带。腾冲是一个休眠火山区。多少年前，这里曾经火山喷发，现在地面上仍留有许多旧痕。如圆形的火山口，黑色的火山石，还有奇特的“柱状节理”，那是岩浆喷出时瞬间形成的一片美丽的石柱。但最奇的是地下的热海。大约火山熄灭后还是不死心，便试探着要找一个出口，地下的岩浆就悄悄地摸到这里，一直窜到离地表还有七八公里处，用炽热的火舌不停地向上喷舔着地面。于是这八平方公里的土地就成了一台巨大的锅炉，地下水被煮得滚烫，一个名符其实的热海。

热海虽名海，但我们并不能像苏东坡那样“纵一苇之所如，凌万顷之茫然”，也不能如曹操那样“东临碣石，以观沧海”。因为这海是藏在地下的，我们只能去找几个海眼“管中窥豹”。最大的一个海眼就是著名的“大滚锅”，单听这个名字，就知道它的威力。要看这口大锅先得爬上一个高高的“锅台”。我们拾级而上，还未见锅就已听到滚滚的沸水之声，头上热气逼人。上到锅台一看，这口石砌的大锅，直径 3 米，深 1.5 米，沸腾的热浪竟有尺许之高。由于长年累月的滚煮，锅沿上已结了一层厚厚的水碱，真是一口老锅。大锅前又开出一条数米长二尺来宽的石槽，亦是水沸有声，热气腾腾，槽上架着一排竹篮，里面蒸着土豆、鸡蛋、花生等物。这恐怕是我见过的最奇特的蒸笼了。游人可以上去随意品尝这地心之火与山泉之水的杰作，就像在城市路边的早点摊上吃小笼包子。我们看惯了日夜奔流不息的江河，可谁又见过这无年无月翻滚不止的开水大锅呢？我抬头看一眼天上的白云和锅后山崖的绿树，忽然想起张若虚的那首名诗：“江畔何人初见月，江月何年初照人？”这山上何时现滚锅，滚锅何时初见人呢？天地间悄悄地隐藏有多少秘密。

因为地处热海之上，山上山下露头的温泉就随处可见。有的潺潺而流，兀自成潭；有的点点而滴，挂垂成线；还有的间歇而喷，如城市广场上的音乐喷泉。但这泉水都脱不了一个“热”字，于是就利用来做浴池，连普通的山民家也开池营业。为了能更深一层感知热海之美，我们选了一处浴室推门而入，待穿过短廊才发现并没有“入室”，而是豁然开朗，又置身在半山之上。原来这里的浴池并不是平地之池，而是一个一个挂在半壁，就如高楼上的阳台。试想，在半山之上，绿风白云，枕石漱流是什么样子？我极兴奋，不肯下水，先披衣环顾四周做一回精神上的沐浴。只见偌大一个池子，犹抱琵琶，叫一株从石缝中探出的大叶榕树俯身遮去了大半，而一株老藤左伸右屈就做了这池子的栏杆。池边杂花弱草，青苔翠竹，池水清清见底，水面热气微微蒸腾。水先是从一个石龙头中注入池中，再漫过池沿，无声地贴着石壁滑向山下，于是过水的半面山岩就如一堵谁家宾馆大堂里的水幕墙，淋淋潺潺。我凭栏遥望着对面林梢上升起的轻轻的雾和脚下谷底游走的云，竟有一种将军阅兵式的自豪，然后翻身入水畅游其中，仰望蓝天白云，觉得自己就是一条天上之鱼。天下真有这样的海吗？

因为刚才池边的那棵大叶榕树，下山时我就留心起这山上的植被。我知道榕树喜热，多见于福建、广东，或者西双版纳，现在能现身于偏北的腾冲定是得了地下的热气。这么一想，果然发现这方圆远近处的树的确特别，既有许多亚热带的芭蕉、棕榈，又有本地的松、柏、杉、樟，还有远古时期留存下来的曾与恐龙为伴的黑桫椤树。有一种我从未见过，枝如杨柳，叶如榆钱，在这个隆冬季节满树还缀着些红绒绒的花朵，主人说，这属柳科，就叫红丝绿柳。啊，好浪漫的名字。现在科学家已经弄清热海的来历，是这满山的绿树饱饱地蓄足了水，然后再慢慢地渗入地下，经地火加热后又悄悄送回地面，这个过程75年一个周期，循环往复，湍流不息。这么说来，我们现在既是行在密林之中，又是站在历史的河岸上。这块神奇的土地，我已说不清到底该叫它热海还是绿海，抑或岁月之海。其实它就是一个为地热所蒸腾，绿树所覆盖，岁月所打造的令人陶醉的生态之海。

（《绿色时报》2010年12月24日）

武当山，人与神的杰作

在武当山旅行最让我震撼的是万山丛中，绝壁之上和古树深处的宫殿。宫殿本是给人住的，给有权的王或皇住的，但不可理解，在这方圆八百里的荒山之中，怎么会有这么多的红墙绿瓦、木柱石梁，甚至还有铜铸、鎏金的大量宫殿。据统计，有 9 宫、8 观、72 庙、27 000 间房。真不知，历史是怎样完成这一杰作的。

武当大兴土木第一人当数朱棣。朱是违反封建帝王的传承法则，夺了侄儿的皇位上台的。他在任期间完成了中国建筑史上的两大工程，一是北修故宫，为我们留下了一座中国最尊贵的皇权殿堂；二是南修武当，为我们留下了一处国内最庞大的神权殿堂。史载，为修武当朱棣运用了江南九省的赋银，30 万工匠，耗时 12 年。现在通行的说法是，他为了借神权来保皇位。可能还有更深一层的意思，这武当山也许是他经营的一个后方战略基地，一个政治陪都。但不管他是什么目的，却为我们留下了一批灿烂的文化遗产。我们只要先看看山上山下的两处大殿就会明白。

太和宫修在海拔 1 612 米的山顶上，规模宏大，明代时已有山门、朝圣殿、金殿等房 520 间，历经风雨、战火，就是现在也还存有 150 多间。它还有一个奇怪的名字：紫禁城，和北京的故宫紫禁城同名，也有一条长长的红色宫墙，将山头最高处全部圈起来，围成一座“皇城”，上顶蓝天，下眺汉水，俯瞰着林海茫茫，白云缭绕的 72 峰。太和宫里最好看的是金殿，整座大殿由黄铜铸成，表面又鎏以赤金。虽为铜铸，却是一座真正的大殿，高 5. 5 米，宽 4. 4 米，梁上的斗栱榫头、屋脊上人物走兽、飞檐下的铃铛、四周的大柱围栏，各种构件应有尽有，花格镂空的门窗开合自如，殿内供设一样不少。我轻轻推开殿门，正中是庙的主人真武大帝的坐像，高 1. 86 米。传说朱棣命画家为真武造像，画一张，不满意，杀一个画家，如是者数人。后一画家暗悟其意，就照朱的神态作画，当即通过。现在满山各庙留下的真武像都是这一个模式。朱棣是个政治强人，南下金陵夺皇位，北扫大漠拓疆土，又下诏修《永乐大典》，文治武功都要占全。他生性残忍，又喜伪装。名儒方孝孺不为他起草诏书，他就以刀抉其口，灭其十族，杀 873 人。但在庙里，有小虫落其衣，他轻放于树说：“此物虽微，皆有生理，毋伤之。”你看现在这个“真武大帝”不威自重，静镇八方，还有几分慈祥。这是一个真真切切的人，圆头大耳，无冠，短须，丹眼，龙鼻，腰壮肩阔，以手按膝，凝视前方。更妙的是他身着一件锦袍，体态安详如春，衣纹流畅如水，却于前胸和袖口处露出金属纹的铮铮铠甲。轻衣便服，难掩杀气。这正合朱的身份。这尊神像无论从哪个角度讲都是一件极好的艺术品。它既无一般庙里神像的呆板，也没有帝王像居高临下的霸气，完美地表现了“神”与“皇”的结合。我真佩服这无名艺术家的构思之精和做工之巧。真武神连同旁边的金童玉女等共五尊真人大小的铜像当时在北京铸就，经大运河运到南京，再溯长江而上，又入汉水至武当山下，再搬到这海拔 1 600 多米的金顶上，可想是怎样的费工费时。现在山上还存有朱棣专为运送这批铜像下的圣旨：“今命尔护送金殿船只至南京，沿途船只务要小心谨慎。遇天道晴明，风水顺利即行。船上要十分整理清洁。故敕。”后面又补了一句：“船要十分清洁，不许做饭。”你看皇帝也这样婆婆妈妈，圣旨公文也不嫌啰唆。今天，当我们读这一段君权神授的故事时，却无意中读出了政治，读出了文化。感谢那些无名的工匠、艺术家，在600年前为我们预留下这多建筑、冶炼、雕塑、绘画的标本。

山顶的金殿是武当山海拔最高，施工难度最大的宫殿，以精见长；而山脚下的玉虚宫则是武当山海拔最低，占地最多的宫殿，以大见长。它又名老营宫、行宫，可知这是当年全山施工的大本营，又是驻扎军队的地方，也是皇帝出行办公、休息的地方。朱棣在启动北京故宫工程后四年，开始修玉虚宫，形制全照故宫的样子，只是等比缩小，而且山门、泰山庙、御碑亭等附属建筑越修越多，高峰时达2 000多间殿宇，占地80多万平方米，后经战火、水患，楼殿、屋宇逐渐荒废坍塌。到上世纪90年代，平地淤泥已达两米之深，沧海之变，宫墙之内已成了一个庞大的果园。1994年花了100多万，动用机械清土，这座深宫才大致露出了原貌。

我一进山门，心灵为之一震，映入眼帘的是一个荒芜的广场，而铺地的巨石每块都有桌面之大。石面油光平滑，可知这里曾经涌过多少人膜拜的人流，但石缝中钻出的荒草又告诉你，它已熬过不知多少年的寂寞。广场的尽头是巍峨的宫殿轮廓，和红色的残垣断壁，衬着绵绵的远山，令人想起万里长城或埃及沙漠里的金字塔。这是另一个故宫，你脚下就是午门外的广场，只是多了一分岁月的悲凉。与北京故宫不同，院里多了四座碑亭。我从来没见过这么大的碑和亭，过去所见庙里、陵前的碑亭也不过就是平地竖碑，四角立柱，搭顶遮雨而已。而眼前，先要踏上几十级台阶才能上到亭座，这时仰观亭身，墙高9米多，厚2.6米，一样的红墙绿瓦，只是顶子已经塌落，成了一个天井，越过墙头的高草矮树，露出一方蓝天白云。实际上这就是一个小的宫殿，里面端立着一扇冰冷的石碑，宛如庙里的神像。这碑也特别的巨大，重约100多吨，只驮碑的赑屃就高过人头。每面碑上刻有一道圣旨，第一道是讲要严肃山规："一应往来浮浪之人，并不许生事喧聒，扰其静功，妨其办道"；第二道是讲这宫建成后如何灵验，"告成之日，神屡显像，祥光烛霄，山峰腾辉”。站在亭上北望，是广场、金水桥、玉带栏杆和巍峨的大殿，不亚于北京故宫的排场。可以设想，皇帝出行到此，这玉虚宫内外仪仗銮驾，山呼万岁，君权神授，何等威风。但是这豪华的行宫未能等到它主人的到来，朱棣在永乐二十二年（1424 年）死于北征途中。

朱棣死后，明清两代直至民国，这出人与神的双簧还在往下演。真武帝的封号愈来愈大，进香的人愈来愈多。但无论如何这造神运动也救不了它的主人。自明代以后武当虽愈修愈大，而中国封建王朝却愈来愈衰落。但这满山满沟的文化积淀却愈来愈深厚，到处是建筑、文学、绘画、雕刻、音乐、武术的精品。太子坡景区有一座五云楼，楼高五层，通高 15.8 米，却只由一柱支撑，交叉托起 12 根梁枋，建筑面积达 544 平方米。南岩景区，在半壁悬空为殿，殿外又横空挑出一长近 3 米，重达数吨的石雕龙头，祥云饰身，日光如炬，须髯生动。且不说其做工之精，如何装上去即是一谜。那天，我去寻访一处荒废的旧宫，半路向导说，沟下有一岩洞，披荆拨草，下去一看，洞里竟刻有一幅王维的自画像并一首诗。我望着起伏的沟壑和冉冉的云雾，真不知藏龙卧虎，这里面还有多少艺术的珍宝。

就像慈禧为自己祝寿却给后人留下了一座颐和园，朱棣为自己修家庙，却下了一座文化武当山。其实，不只是中国这样，你看世界各地的金字塔、泰姬陵、希腊神庙等，那些为皇、为王、为神造的宫殿、教堂、园林，最终都逃离了它的主人，而回到了文化的怀抱。历史总是在重复这样的故事，王者借手中的权力，假神道设教，造神佑主，而忘了打扮神灵时绝离不开艺术。于是神就成了艺术的载体，而那些被奴役的工匠倒成了艺术创作的主体。历史不以英雄的意志为转移，总是按它的取舍标准，有时“买椟还珠”，舍去该舍的，留下该留的。

武当山 1994 年被联合国列入世界文化遗产。

（《人民日报》2011 年 11 月 1 日）

山还是那座山

也许是因为我的姓氏里有一个木字，或者我命中本来就缺木，反正我是发疯地爱树。只要听说哪里有一棵奇一点的树，就千方百计地去看，去摸，去抱。十年前南下到宁波出差，临返回时在机场听说当地有一棵特大的树，树身中空，人民公社时生产队在里面养了两头牛。惜未能谋面。过了两年我终于找到一个机会再到宁波，一下飞机不进城，就直去拜树。虽然又过了几十年，树洞里淤了不少土，但亦然老干如铁，青枝绿叶。村民在树洞里摆了一张八仙桌，大大方方地请我们喝了一壶茶。去年北上到内蒙古出差，见宾馆院里有一棵不知名的树，枝头吊着指肚大小的菱形果实，甚奇。问之，曰丝棉树，秋后，果实会炸开，垂下丝绦万千条，属卫茅科。就不顾体面，用房间里的水果刀，十指并用，“偷挖”了两棵。惹得一路同行的人和机场的安检、空姐不断地拷问。苍天不负有心人，这两棵他乡客居然生根发芽在京城，单等来年此情绵绵寄相思了。

我这样爱树，是因为曾经很少见到树。我大学一毕业就分配到内蒙古，守着乌兰布和沙漠，吃不尽的黄土，看不完的黄沙。外出采访，要是走路，得帽檐朝后；要是坐车，风沙起时得停车让过风头。这时车子就像掉进黄汤海里，人像坐在潜艇里，透过车窗看黄浪从两边滚滚涌过。那时最想看到的是一点绿，一棵树。我坐火车过河西走廊，一个白天，一个晚上，又一个白天，还是没有一棵树。我在河套的黄河湾子里护过林，那是什么“林”啊，只有拇指粗，每年春天绿，冬天死。晋西北倒是有大片的杨树林，那是永远长不大的“老头树”。不但野外缺树，城里也少树。近二十年城市建设提速，房挤树，路挤树，人挤树。一次我走在昆明街上，因为扩路砍光了树，主人还说：“我们这里山好水好，四季如春。”我不顾礼貌，脱口而出：“山好水好，就是官不好，为什么不栽树？”回来后我在《人民日报》发了一篇短文《好山好水更求好官》。什么样的官才算好官？起码有一条，要栽树。

因为爱树，就关心和同情栽树的人。最让我激动的一次采访是在雁北，一位81岁的老人带着棺材进山，15年绿了几座山。真有点《三国演义》中庞德抬着棺材战关羽，或者左宗棠抬着棺材去收复新疆的味道。最得意也最伤心的一次采访是写一个劳模，那稿子还得了全国新闻奖。但几年后他儿子来找我，说父亲进了班房。原因是他栽了很多树，只用了几棵树就犯法。这是什么法？难怪没有人栽树。有人说按统计数字，我们栽的树已经绕地球几圈了，但还是不见树。

终于在2006年春天，我望见了一大片新绿。不是在山上，也不是在平原。说来好笑，是在报社夜班平台上的电稿堆里。福建记者蔡小伟来稿说，那里全省都已把山分给了农民，老百姓种树积极性大增。我如获至宝，或者说是终于找到一根救命的稻草。莫谓书生空议论，稻草也能当金箍棒用。我要借这篇文章浇我胸中的块垒。立即制了一个大标题：《山定权，树定根，人定心，福建全省推行林权制度改革》，立发头条。我又想到马克思的一句话：人们为之奋斗的一切，都同他们的利益有关。就把这话拉来当大旗，配了一篇评论：《栽者有其权，百姓得其利》。签发完稿子，我重重地吐了一口气，一口压了几十年的气。半个月后福建省林业厅厅长黄建兴来京开会，他一住下就来报社，要请我吃饭。这之前我们并不认识。我问他怎么这样热心林权改革。他讲了一个故事。2001 年福建有七万农民因建水库失地闹事，他时任省政府秘书长，到一线去处置此事。却发现有一个村子很平静，没有一人参与闹事，便问何故。支书说："我们前几年就分了山林，每人每年收入 4 000 元，还会闹吗?"福建八山一水一分田，山稳民就稳。他当即说，如果我当林业厅厅长，就先给农民分山。不想，一语成"谶"，三个月后他被任为省林业厅厅长。他农民出身，当过生产队长，深知农民对土地的感情，一朝权在手，便把令来行。在全省积极实验林改，福建成了全国林改第一省，也是森林覆盖率最高的省。他林改有方，从厅长任上下来后又被任命为国家林业局林改领导小组副组长。林改就是土改，是一场藏于绿叶下的红色革命。

可能还是命中脱不去与树的缘分，我退出新闻一线后又被安排到农委工作，就急切地想去看一下当年曾经纸上谈兵的林改如何。今年正月十五刚过，年味还在，就踏上去福建的路。

如果说福建是全国林改第一省，永安就是全国林改第一县（县级市）。这里动手早，出经验多，是国家和省两级林改试验点。8 年来已接待参观者 26 000 人，市委书记江兴禄开玩笑说："我陪客喝的酒，累计也有一吨多。"我发现凡成一件大事，其中必有一些中坚和先锋，黄建兴是一个，江兴禄也是一个。他在县委书记任上已经 15 年，参与了林改的全过程，还编了一本极有实践兼学术价值的书。这天他陪我走访了中国林改第一村洪田村，其地位类似于中国承包第一村的安徽小岗村。但村里的建设比小岗村气派多了。村民全住进了两家一楼的别墅。幼儿园、小学、热闹的街道、店面，仿佛进了县城。走进展览馆，迎面是一座群体雕塑，几个胼手胝足的汉子正拧眉锁眼，在灯下议论着什么。说明牌上只有一句话："今晚不议出个名堂，谁也不许回家!"说的是 1998 年 5 月 27 日那晚，全村开会讨论山林到底是分还是不分？已是后半夜了还没有个结果，村支书邓文山就拍着桌子喊出了这句话，然后从笔记本上撕下一页纸，裁成26条，同意还是不同意，每家立字为证。这很悲壮，像当年小岗村干部为分地按红手印准备去坐牢。我脑海里一下闪过了水泊梁山、绿林、赤眉。我找到邓文山，想不到却是个文静的汉子，看来事逼人为，不到绝路不破釜。这一逼倒逼出一条新路。墙上贴着一张1997—2009年全村经济发展统计表：村财政由15.3万增到63万，人均林业收入由313元增至3 931元，电话由25部增至662部，机动车从无到有375台，电脑从无到有81台……这些财富都是农民在分到手的山上种出来的。

从洪田出来，江兴禄带我们去看一座竹山。春雨绵绵，千竹滴翠。竹子这东西实在是人见人爱，且不说它的用途，你看一眼都舒服。它年年发笋，当年成林，一劳永逸。新竹碧绿如玉，每拔一节就留一条白线，微风吹过，林子就白绿相间，翩翩起舞，好一幅水墨写意。老江招呼人去找这片山的主人，一会儿竹林子就里钻出一个汉子，眼大身瘦，戴斗笠，系腰带，蹬雨靴，肩扛一把细嘴镢头，仿佛是封神榜上的人物。他叫杨国松，名下分得126亩竹林，已经营10多年。斜风细雨里我和他算起这几年的收入。竹子在文人眼里是清供之物，在农民眼里可是摇钱树。他说，冬挖冬笋，春挖春笋，林间还有药材。冬笋贵，每斤5到8元，春笋5毛，一亩地可产三四千斤竹笋。每亩竹子280根，每根卖30元。林改前他家年收入5万元，去年已增到20万，家里还供着两个大学生。我们说着走着，江书记脚下一软，说声“有货”，便去摘老杨肩上的镢头，原来他踩着一棵冬笋。多年的媳妇熬成婆，他这个多年的书记熬成“农”，对这山里的一草一木都有情。只见他蹲下身子，用镢头拨开落叶，围着笋尖小心清土，就像考古队员发现一件宝物，最后一把拉起一棵大冬笋，足有一斤半。大家就提着这笋照相，说中午有好菜吃了，就像抓到一条大魚。

我们说着走着，转过一面坡，眼前一亮。竹林下的红土地上仰躺着一座大青石碑，足有十多米宽，上书三行大字：“山定权，树定根，人定心”，落款是甲申年春月。碑多直立，像这样大的碑仰躺于地还不多见。这是乡民为纪念林权改革而立。他们说这样设计，上可对天，下可对地，民心可鉴。我问老江，林改前后永安的集体林地每亩增值了多少，他答：从 300 元已增到现在的 5 000 元到 6 000 元，长了二三十倍。又问老黄全省如何，他说：“从 300 元增到1 000 多元，3 倍多。福建有集体林 1 亿亩，全国 27 亿亩，你算一算，这一项改革增了多少财富，富了多少农民？这还不说生态效应和民心效应。”

我久久地注视着那块石碑，党中央机关报的头条标题变成碑文立在竹林里，这就是党心民意。又觉得“甲申”这个字好眼熟，噢，想起了，上一个甲申年郭沫若曾写了一篇《甲申三百年祭》，毛泽东很推崇的。那是反思明末一场农民运动的失败的。从那时到如今，又过了六个甲子，360 年。中国农民经过了太平天国革命、辛亥革命、两次土地革命，改革开放以后的土地承包、林改，终于真正成了土地的主人。

百年岁月，万里河山，山还是那座山，只是换了人间。

（2011 年 2 月 28 日）

那青海湖边的蘑菇香

小时长在农村，食不为味只求饱。后来在城市生活，又看得书报，才知道有“美食家”这个词。而很长时间，我一直怀疑这个词不能成立。我们常说科学家、作家、画家、音乐家等，那是有两个含义：其一，他首先是一份职业、一个专业，以此为工作目标，孜孜以求；其二，这工作必有能看得见的结果，还可转化为社会财富，献之他人，为世人所共享。而美食家呢？难道一个人一生以“吃”为专业？而他的吃又与别人何干？所以我对“美食”是从不关心、绝不留意的。

十年前，我到青海采访。青海地域辽阔，出门必坐车，一走一天；那里又是民歌“花儿”的故乡，天高路远，车上无事就唱歌。省委宣传部的曹部长是位女同志，和我们记者站的马站长一递一首地唱，独唱，对唱，为我倾囊展示他们的“花儿”。这也就是西北人才有的豪爽，我走遍全国各地未见哪个省委的部长肯这样给客人唱歌的，当然这也是一种自我享受。但这种情况在号称文化发达的南方无论如何是碰不到的。一天我们唱得兴起，曹部长就建议我们到金银滩去，到那个曾经产生了名曲《在那遥远的地方》的地方去采访，她在那里工作过，人熟。到达的当天下午我们就去草滩上采风，骑马、在草地上打滚，看蓝天白云，听“花儿”和藏族民歌。曹部长的继任者桑书记是一位藏族同志，土生土长，是比老曹还“原生态”的干部。

晚上下了一场小雨。第二天早饭后桑书记领我们去牧民家串门儿，遍野湿漉漉的，草地更绿，像一块刚洗过的大绒毯，而红的、白的、黄的各色小花星布其上，真是一个名副其实的金银滩。和昨天不一样，草丛里又钻出了许多雪白的蘑菇，亭亭玉立，昂昂其首，小的如乒乓球，大的如小馒头，只要你一低头，随意俯拾，要多少有多少。这些小东西捧在手里绵软湿滑，我们生怕擦破她的嫩肤，或碰断她的玉茎。我这时的心情，就是人们常说的“天上掉下烙饼”，喜不自禁。连着走了几户人家，看他们怎样自制黄油子，用小木碗吃糌粑，喝马奶酒，拉家常。老桑从小在这里长大，草场上这些牧马、放羊的汉子，不少就是他光屁股时候的伙伴。蒙蒙细雨中，他不停地用藏语与他们热情地问候，开着玩笑，又一边介绍着我们这些客人。而印象最深的是，每当我们踩着一条黄泥小路走向一户人家时，一不小心就会踢飞几个蘑菇。而每户人家的门口都已矗立着几个半人高的口袋，里面全是新采的蘑菇。

老桑掀开门帘，走进一户人家。青海湖畔高寒，虽是八月天气，可一到雨天家里还是要生火的。屋里有一盘土炕，地上还有一个铁火炉。这炉子也怪，炉面特别的大，像一个吃饭的方桌，油光黑亮。这是为了增加散热，和方便就餐时热饭、温酒。雨天围炉话家常，好一种久违了的温馨。我被让到炕头上，刚要掏采访本，老桑说：“别急，咱们今天上午不工作，只说吃。——娃子！到门口抓几个菌子来。”一个八九岁的红脸娃就蹿出门外，在草丛里三下两下弯腰采了十几个雪白的蘑菇，用衣襟捧着，并水珠儿一起抖落在炕沿上。我突然想起古人说的十步之内必有芳草，这娃迈出门外也不过五六步，就得此美物。而城里人吃的鲜菇也至少得取自百里之外吧，至于架子上的干货更不知是几年以上的枯物了。老桑挽了挽袖子说：“看我的，拿黄油来。”他用那双粗大的黑手，捏起一个小白菇，两个指头灵巧地一捻，去掉菇把，翻转菇帽，仰面朝上。又轻撮三指，向菇帽里撒进些黄油和盐。那动作倒像在包三鲜馄饨。然后将蘑菇仰放在热炉面上，齐齐地排成一行，像年夜包的饺子。不一会儿，炉子上发出丝丝的响声，黄油无声地溶进菇瓤的皱褶里，那鲜嫩的菇头就由雪白而嫩黄，渐渐缩成一个绒球状，而不知不觉间，莫名的香味已经弥漫左右进而充盈整个屋子了，真有宋词里“暗香浮动月黄昏”的意境。也不要什么筷子、刀叉，我们每个人伸出两指，捏着一个蘑菇球放入口中——初吃如嫩肉，却绝无肉的腻味；细嚼有乳香，又比奶味更悠长。像是豆芽、菠菜那一类的清香里又掺进了一丝烤肉的味道，或者像油画高手在幽冷的底色上又点了一笔暖色，提出了一点亮光。总之是从未遇见过的美味。

从草原返回的路上，我还在兴奋地说着那铁炉烤香菇，司机小伙子却回头插了一句嘴：“这还不算最好的，我们小时候在野地里，三块砖头支一个石板，下面烧牛粪，上面烤蘑菇，比这个味道还要香。”大家轰地一阵笑，又引发了许多议论，纷纷回忆一生中遇到的最好的美味。但结论是，再也吃不到从前那样的好东西了。这时老马想起了一首“花儿”，便唱道：“上去高山着还有个山，平川里一朵好牡丹。下了高山（着）折牡丹，心乏（着）折了个马莲莲。”曹部长就对了一首：“山丹丹花开刺刺儿长，马莲花开到（个）路上。我这里牵来你那里想，热身子挨不到（个）一打上。”啊，最好的美味只能是梦中的情人。

回到北京后我十分得意地向人推荐这种蘑菇新吃法。超市里有鲜菇，家里有烤箱，做起来很方便，凡试了的，都说极好。但是我心里明白，却无论如何也比不上草原上、雨天里、热炕边、铁炉上，那个土黄油烤鲜菇的味道，更不用说那道“牛粪石板菇”了。人的一生不能两次趟过同一条河流，世界上最好的东西只能是记忆中的一瞬。物理学上曾有一个著名的“测不准原理”，两个大物理学家——玻尔和爱因斯坦为此争论不休。爱氏说能测准，玻氏反驳说不可能，比如你用温度去量海水，你读到的已不是海水的温度。我又想起胡适的话，他说真正的文学史要到民间去找，到在口头上流传的作品中去找，一上书就变味了。确实，时下文学又有了“手机段子”这个新品种，它常让你捧腹大笑或拍案叫绝，但却永远上不了书。你要体验那个味道只有打开手机。

看来，城里的美食家是永远也享受不到“牛粪石板菇”这道美味了。

（《北京日报》2012 年 6 月 7 日）

一棵怀抱炸弹的老樟树

一棵茂盛的古树用它的枝丫轻轻地托着一颗未爆的炸弹，就像一个老人拉住了一个到处乱跑、莽撞闯祸的孩子。炸弹有一个老式暖水瓶那么大，高高地悬在半空，它是从几千多米高的天空飞落下来后被这棵树轻轻接住的。就这样在浓密的绿叶间探出头来，瞪大眼睛审视人世，已经整整 80 年。眼前是江西瑞金叶坪村的一棵老樟树。

樟树在江西、福建一带是常见树种，家家门前都有种植。民间习俗，女儿出生就种一棵樟树，到出嫁时伐木制箱盛嫁妆，三五百年的老树随处可见。但这一棵却不同。一是它老得出奇，树龄已有 1 100多年，往上推算一下该是北宋时期了。透过历史的烟尘，我脑子里立即闪过范仲淹的“庆历改革”和他的《岳阳楼记》以及后来徽宗误国、岳飞抗金等一连串的故事。在这个世界上什么东西才有资格称古呢？山、河、城堡、老房子等都可以称古，但它们已没有生命。要找活着的东西唯有大树了。活人不能称古，兽不能，禽鱼不能，花草不能，只有树能，动辄百千年，称之为古树。它用自己的年轮一圈一圈地纪录着历史，与岁月俱长，与山川同在，却又常绿不衰，郁郁葱葱。一棵树就是一部站立着的历史，站在我面前的这棵古樟正在给我们静静地诉说历史。第二个不寻常处，在于它和中国现代史上的一个伟人紧紧连在一起，这个人就是毛泽东。毛泽东也是一棵参天大树，他有83圈的年轮，1931年当他生命的年轮进入到第38圈时在这里与这棵古樟相遇。

那时中国大地如一锅开水，又恰似一团乱麻，两千年的封建社会已走到了尽头。地主与农民的矛盾，剥削与被剥削的矛盾，土地不均的矛盾已经到了非有个说法不可的时候。这之前从陈胜、吴广到洪秀全，已经闹过无数次的革命，但总是打倒皇帝坐皇帝，周而复始，不能彻底。这时出现了中国共产党，要领导农民来一次彻底的土地革命。共产党的总部设在上海，它的行动又受命于远在莫斯科的共产国际，他们对中国农村和农民革命知之甚少，又乱指挥，造成失误连连。毛泽东便自己拉起一杆子队伍上了井冈山，要学绿林好汉的样劫富济贫，又参照列宁的路子搞了个“苏维埃”政权。他在六个县方圆五百里的范围内坚持了两年，后又不幸失利。1931年他率队下山准备到福建重整旗鼓再图发展，当路过瑞金时邓小平正在这里任县委书记，就建议他在这里扎根。于是1931年11月7日苏俄十月革命胜利十四周年这一天，在瑞金叶坪村的一个大祠堂里召开了全国代表大会。第一个全国性的红色政权中华苏维埃共和国中央临时政府宣告成立。毛泽东当选为中央执行委员会主席。后来被中国人称呼了近半个世纪的“毛主席”就是从这一天开始的。

虽是共和国的主席，毛泽东也只能借住在一户农民家里。这是一座南方常见的木结构土坯二层小楼，狭窄、阴暗、潮湿。小楼与祠堂之间是一个广场，是红军操练、阅兵的地方，广场尽头还有一座烈士纪念塔。这实在是一处革命圣地，是比延安还要老资格的圣地。共产党第一次尝试建立的中央政府就五脏俱全，有军事、财政、司法、教育、外交等九部一局，都设在那个大祠堂里。毛泽东等几个中央要人则住在广场的南头的小楼上，楼后就是这棵巨大的樟树。一走近大树我就为之一震，肃然起敬。因为它实在太粗、太高、太大，我们已不能用拔地而起之类的词来形容，它简直就是火山喷出地面后突然凝固的一座石山，盘龙卧虎，遮天盖地。树干直径约有4米，树身苔痕斑驳、幽黑铁青，树纹起伏奔腾如江河行地。树的一半曾遭雷劈，外皮炸裂，木质外露，如巨人向天狂呼疾喊，声若奔雷。而就在炸裂后的树身上又生出新的躯干，干又生枝，枝再长叶，一团绿云直向蓝天铺去。好一棵不朽的老树，就这样做着生命的轮回。因地势所限，树身沿东西方向略成扁平，而墨绿的枝叶翻上天空后又如瀑布垂下，浓阴覆地，直将毛泽东住的后半座房子盖了个严实。那天，毛泽东正在二楼上看书，空中隐隐传来飞机的轰鸣。他并不在意，把卷起身，踱步到窗前看了一眼，又回到桌前展纸濡毫准备写文章。突然一声凄厉的嘶鸣，飞机俯冲而下，铁翅几乎刮着了屋顶，一颗炸弹从天而降。警卫员高喊："飞机"，冲上楼梯。毛停笔抬头，看看窗外，半天没有什么动静，飞机已经远去，轰鸣声渐渐消失。这时房后已经乱作一团，早拥来了许多干部、群众。很明显，这架飞机是冲着临时中央政府、冲着毛泽东而来，只扔了一颗炸弹就走了，但炸弹并没有爆炸。大家围着屋子到处寻找，地上没有，又仰头看天，突然有谁喊了一声："在树上!"只见一颗光溜溜的炸弹垂直向下卡在树缝里。好悬！没有爆炸。这时毛泽东已经走下楼来。人们早已惊出一身冷汗，齐向主席道贺，天佑神人，大难不死。毛泽东笑了笑说：是天助人民，该我新生的苏维埃政权不亡。毛泽东戎马一生，不知几遇危难，但总是化险为夷。胡宗南进攻延安，炮声已响在窑畔上，毛还是不走，他说要看看胡宗南的兵长得什么样子。彭德怀没有办法，命令战士把他架出了窑洞。去西柏坡的途中，在城南庄又遇到一次空袭，他又不急，继续休息，是战士用被子卷起他抬进防空洞的。毛的性格坚定、沉着，又有几分固执、浪漫，从不怕死。唯此才能成领袖，成伟人，成大事业，写得大文章。

历史的脚步已走过80年，这棵老樟树依然伫立在那里。枝更密，叶更茂，干更壮。树皮上的青苔还是那样绿，满地的树荫还是那样浓。那颗未爆的炸弹还静静地挂在树上。现在这里早已辟为旅游景点，人们都争着来到树下，仰望这定格在历史天空中的一瞬。古樟树像一个和蔼的老人正俯瞰大地，似有所言。一千年的岁月啊，它看过了改朝换代，看过了沧海桑田，看尽了滚滚红尘。远的不说，只从共产党闹革命开始它就站在这里看红军打仗，看第一个红色中央政府成立，看长征出发；又遥望北方，看延安抗日，北京建国。它的年轮里刻着一部党史，一部共和国的历史。它怀里一直轻轻地抱着那颗炸弹，这是一把现代版的“达摩克利斯之剑”，天将降大任于斯人也必先试其定力，然后又戒其权力。它告诫我们，革命时要敢于牺牲，临危不乱；掌权后要忧心为政，如履薄冰。

（2012 年 10 月 19 日记于瑞金，11 月 14 日写于北京）

（“十八大”闭幕之时，发表于《人民日报》2012 年 12 月 3 日）

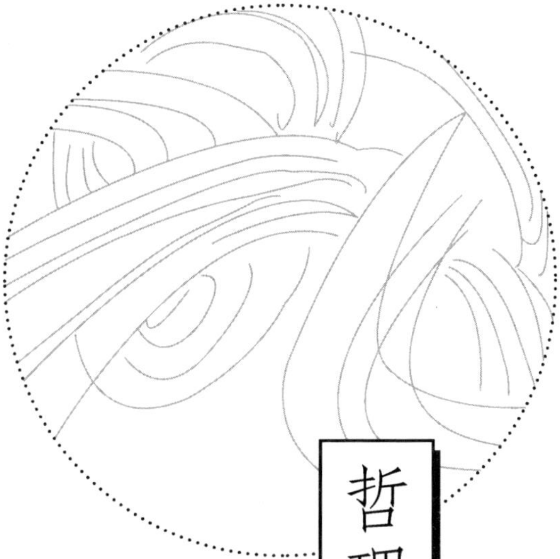

哲理人生

母亲石

那一年我到青海塔尔寺去，被一块普通的石头深深打动。

这石其身不高，约半米；其形不奇，略瘦长，平整光滑。但它却是一块真正的文化石。当年宗喀巴就是从这块石头旁出发，进藏学佛。他的母亲每天到山下背水时就在这块石旁休息，西望拉萨，盼儿想儿。泪水滴于石，汗水抹于石，背靠石头小憩时，体温亦传于石。后来，宗喀巴创立新教派成功，塔尔寺成了佛教圣地，这块望儿石就被请到庙门口。这实在是一块圣母石。现在每当虔诚的信徒们来朝拜时，都要以他们特有习惯来表达对这块石头的崇拜。有的在其上抹一层酥油，有的撒一把糌粑，有的放几丝红线，有的放一枚银针。时间一长，这石的原形早已难认，完全被人重新塑出了一个新貌，真正成了一块母亲石。就是毕加索、米开朗琪罗再世，也创作不出这样的杰作啊。

我在石旁驻足良久，细读着那一层层的，在半透明的酥油间游走着的红线和闪亮的银针。红线蜿蜒曲折如山间细流，飘忽来去又如晚照中的彩云。而散落着的细针，发出淡淡的光，刺着游子们的心微微发痛。我突然想起自己的母亲。那年我奉调进京，走前正在家里收拾文件书籍，忽然听到楼下有“笃笃”地竹杖声。我急忙推开门，老母亲出现在楼梯口，背后窗户的逆光勾映出她满头的白发和微胖的身影。母亲的家离我住地有几里地，街上车水马龙，我真不知道她是怎样拄着杖走过来的。我赶紧去扶她。她看着我，大约有几秒钟，然后说：“你能不能不走?”声音有点颤抖。我的鼻子一下酸了。父亲文化程度不低，母亲却基本上是文盲，她这一辈子是典型的贤妻良母。小时每天放学，一进门母亲问的第一句话就是：“肚子饿了吧?”菜已炒好，炉子上的水已开过两遍。大学毕业后先在外地工作，后调回来没有房子，就住在父母家里。一下班，还是那一句话：“饿了吧。我马上去下面。”

我又想起我第一次离开母亲的时候。那年我已是17岁的小伙子，高中毕业，考上北京的学校。晚上父亲和哥哥送我去火车站。我们出门后，母亲一人对着空落落的房间，不知道该做什么，就打来一盆水准备洗脚。但是直到几个小时后父亲送完我回来，她两眼看着窗户，两只脚搁在盆边上没有沾一点水。这是寒假回家时父亲给我讲的。现在，她年近80，却要离别自己最小的儿子。我上前扶着母亲，一瞬间我觉得我是这世上一个最不孝顺的儿子。我还想起一个朋友讲起他的故事。他回老家出差，在城里办事就回村里看老母亲，说好明天上飞机前就不见了。然而，当他第二天到机场时，远远地就看见老母亲扶着拐杖坐在候机厅大门口。可怜天下父母心，儿女对他们的报答，哪及他们对儿女关怀的万分之一。

我知道在东南沿海有很多望夫石，而在荒凉的西北却有这样一块温情的望儿石，一块伟大的圣母石。它是一面镜子，照见了所有慈母的爱，也照出了所有儿女们的惭愧。

（2009年11月22日）

你不能没有家

读一篇谈烈士后代赵一曼之子境遇的文章，暗吃一惊，阴影在胸挥之不去，并生出许多关于家的联想。

赵一曼受命到东北领导抗日工作时，孩子才出生不久。我们现在能看到的是烈士抱着孩子的那幅照片和那个著名的“遗言”：“宁儿：母亲对于你没有能尽到教育的责任，实在是遗憾的事情。……希望你，宁儿啊！赶快成人，来安慰你地下的母亲！”但是宁儿，就是后来的陈掖贤，成长情况并不理想。因母亲离开之后父亲又受共产国际派遣到国外工作，陈只好寄养在伯父家。他稍大一点，总有寄人篱下之感，性格内向，常郁郁不乐。新中国成立后，生父回国，但已另有妻室，他也未能融进这个新家。

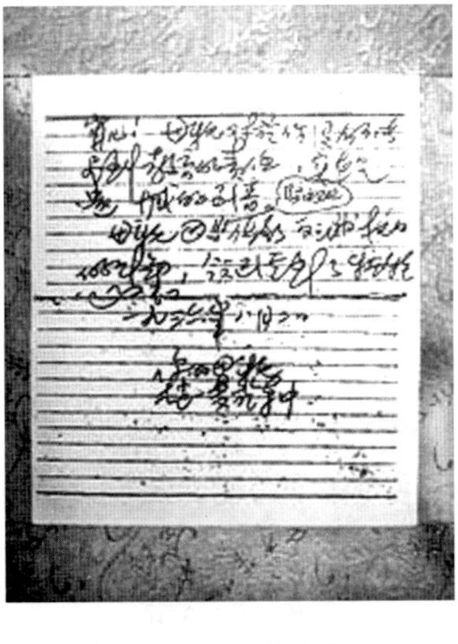

赵一曼给儿子的遗书

陈的姑姑陈琮英（任弼时爱人）找到陈掖贤，送他到中国人民大学外交系读书。但他毕业后却未能从事外交工作，原因说来有点可笑，只因个人卫生太差，不修边幅，甚至蓬头垢面。他被分配到一所学校教书。在以后的工作中，应该说组织上对这位烈士子女还是多有照顾，但他有一个令人难以置信的致命的弱点：自己管理不了自己的个人卫生和每月几十元的工资。屋内被子从来不叠，烟蒂遍地。钱总是上半月大花，后半月借债。组织上只好派人与之同住一屋，帮助整理卫生，并帮管开支。后来甚至到了这种程度：每月工资发下，代管者先替他还债，再买饭票，再分成四份零花钱，每周给一份。但这样仍是管不住，他竟把饭票又兑成现钱去喝酒。一次他四五天未露面，原来是没钱吃饭，饿在床上不能动了。婚姻也不理想，结了离，离了又复，家事常吵吵闹闹，最后的结局是自缢身亡。这真是一个让人心酸的故事。

陈掖贤血统不是不好，烈士后代；组织上也不是不关照，可谓无微不至；本人智力也不差，教学工作还颇受称道。但为何竟是这样的下场呢？是最基本的生存能力、生活能力过不了关！而这个能力又不是学校、社会、组织上能包办的，它只有从小教育，而且只有通过家庭教育才能得到。赵一曼烈士在遗书中已经预感到这种没有尽到教育责任的遗憾。这种情况如果烈士九泉之下有知，一颗母爱之心不知又该受怎样的煎熬。

一个人品德和能力的养成有三个来源：学校的知识灌输、社会实践的磨炼和家庭的熏陶培养。家庭是这链条上的第一环。人一落地是一张白纸，先由家庭教育来定底色。家庭教育与学校、社会教育最大的不同是：无条件的“爱”，以爱来暖化孩子，煨弯、拉直定型。学校教育有前提，讲纪律，讲成绩；社会教育有前提，讲原则，讲利害。家庭里的爱，特别是母爱是没有原则和前提的，爱就是前提，是铺天盖地、大包大容的爱。这种博大、包容的爱比社会上同志、朋友式的爱至少多出两个特点。

一是绝对的负责。父母的一切行为动机都是为了孩子，没有隔阂、猜疑，不计教育成本。大人是以牺牲自己的心态来呵护孩子，就像一只老母鸡硬是要用自己的体温把一颗冰冷的蛋焐成一只小鸡，并且一直保护到它独立。我们经常看到一个小孩子不吃饭，父母会追着哄着去喂饭；不加衣服，父母追着去给他添衣。有不懂事的孩子说："我不吃难道你饿呀？"确实，父母肚子不饿，但心中疼。同时又因为有了这种无私的、负责的态度，才敢进行最彻底的教育，不必保留，不用多心，坚决引导孩子向最好的标准看齐，随时涤除他哪怕是最小的毛病，甚至用打骂的手段，所谓打是亲骂是爱。我们常有这样的体会，在成人社交场合看到某人吃相不雅，举止太俗时，就暗说家教不好。但说归说，这时谁也不肯去行教育责任，指破他的缺点了。因身份不便，顾虑太多。皇帝的新衣只有在皇帝小时候由他妈去说破，既已成帝，谁还敢言呢？有些毛病必须在家庭教育中去克服，有些习惯必须在家庭环境中培养，错过这个环境、氛围，永难再补。

二是无微不至的关怀。因为有了动机上的无私、负责，才会有效果上的无微不至。孩子彻底生活在一个自由王国中，他所有的潜能都可得到淋漓尽致地发挥，就像一颗种子，在春季里，要阳光有阳光，要温度有温度，要水分有水分，尽情地发芽扎根。孩子有什么想法不会看人脸色而止步，不会自我束缚而罢休。甚至撒娇、恶作剧也是一种天性的舒展。这样，他的全部天才基因都会完整地保留下来，将来随着外部条件的到来，就可能长成这样那样的大家、人才，甚至伟人。但是一进入社会教育，哪怕是最初的幼儿园教育，都是某种程度的修理、裁剪、规范统一，是规范教育不是舒展教育、创造教育。家庭教育中的无微不至，充分自由，潜移默化将一去不再。这就是为什么所有的孩子一说去幼儿园就大哭不止。当然，人总得从家庭教育升到学校教育阶段，但绝不能缺少家庭教育。

其实，家庭给人的温暖和关爱，以及由此产生的特殊的教育作用还不止于孩童阶段，它将一直伴随到人的终生。表现为夫妻间、兄弟姐妹间、子女与老人间的坦诚指错、批评、交流、开导、帮助等，这都是任何社会集体里所办不到的。我们细想一下，一个人成家之后在亲人面前又不知改了多少缺点，得到多少鼓励，学到了多少东西。因为家庭成员的合作克服了多少生活及事业上的难题。现在社会上有很多继续教育机构，但常忽略了这个终生家庭教育机构，一个独身的人或寄人篱下的人将失去多少继续接受教育的机会。这么想来，人真的不能没有个家。

马克思说，人是各种社会关系的总和。当一个人少了最基本的社会关系——家庭关系，少了家庭教育、家庭温暖，他至少不是一个完整的社会人，不是一个很幸福的人。佛教哲学讲结缘。在人生的众多缘分中，情缘是最基本的，因情缘而进一步结成家庭就有了血缘，进而使民族、社会得到延续。一个人没有爱过人或被人爱，就少了一大缘，是一悲哀。有爱而无家，又少了第二大缘，又是一悲哀。一个社会如果没有家庭这个细胞它将无缘发展。虽然，曾有志士仁人说过“匈奴不灭，何以家为”的壮语，但那是特殊情况，甘愿牺牲小家为了天下人都能有一个安定的家。辛亥革命烈士林觉民牺牲前在其著名的《与妻书》中说“充吾爱汝之心，助天下人爱其所爱，所以敢先汝而死”。赵一曼烈士对儿子说“你长大成人后，希望不要忘记你的母亲是为国而牺牲的！”乱世舍小家是为救国家；盛世则要思和小家而利国家。历史上也确实有过放大无家思想的实验，但都以失败告终。如太平天国，分成男营、女营，夫妻不得团聚；人民公社搞大食堂，取消小家庭的温馨；“文革”前的干部分配制度造成千万个家庭的两地分居。近读一则资料，1930 年国民党立法院甚至讨论过要不要家庭的问题。可见任何政党都有过“左”的行为，当然都成了历史的泡沫。最新的一份社会调查显示，人们对幸福指数的认同要素，第一是经济，第二是健康，第三是家庭，然后才是职业、社会、环境等。现在出现的老人空巢家庭，农村留守儿童，都是变革中我们不愿看到的“家”字牌悲剧。但有三分奈何，谁愿作无家之人？恩格斯说家庭就像一个苹果，切掉一半就不再是苹果。独身、单亲、离异、留守、空巢、无子女都不能算是一个完善的家庭。当年林则徐说，烟若不禁，政府将无可充之银、可征之丁。现在如果都由这样的家庭组成社会，国家将无可育之才、可用之才。社会要增加多少本该可以在家庭圈子里消化的矛盾。

《西厢记》说，愿天下有情人终成眷属，我则为天下计，愿情缘血缘总相续，小家大家皆欢喜。

（2007 年 1 月 4 日）

匠人与大师

在社会上常听到叫某人为“大师”，有时是尊敬，有时是吹捧。又常不满于某件作品，说有“匠气”。匠人与大师到底有何区别？大致有三点。

一、匠人在重复，大师在创造。一个匠人比如木匠，他总在重复做着一种式样的家具，高下之分只在他的熟练程度和技术精度。比如一般木匠每天做一把椅子，好木匠一天做三把、五把，再加上刨面更光，对缝更严等。但是就算一天做到一百把也还是一个木匠。大师则绝不重复，他设计了一种家具，下一个肯定又是一个新样子。判断他的高下是有没有突破和创新。匠人总在想怎么把手里的玩意儿做得更多、更快、更绝；大师则早就不希望这玩意，又在构思一件新东西。

二、匠人在实践层面，大师在理论层面。匠人从事具体操作水平的上限是经验丰富，但还没从经验上升到理论。虽然这些经验体现和验证了规律，但还不是规律本身。大师则站在理论的层面上，靠规律运作。面对一片瓜地，匠人忙着一个一个去摘瓜，大师只提起一根瓜藤；面对一大堆数字，匠人满头大汗，一道接一道地去算，大师只需轻轻给出一个公式。匠人在想怎么才能捏好一个泥人，大师则探讨宇宙和人。匠人常自持一技，自炫于一艺，偶有一得，守之为本；大师则鲜花掌声过眼烟云，进取不竭，心忧难宁。所以你就明白为什么居里夫人会把诺贝尔奖章送给小女儿当玩具，但是接着她又得了一个诺奖。

三、匠人较单一，大师善综合。我们常说一技之长，一招鲜，吃遍天，这是指匠人。大师则不靠这，他纵横捭阖，运筹帷幄，触类旁通，举一反三。因为凡创新、创造，都是在引进、吸收、对比、杂交、重构等大综合之后才出现的。同样是碳元素，软时可为铅笔，硬时可为金刚石，盖因结构之变化。当匠人靠一技之长，享一得之利，拿人一把，压人一筹时；大师则把这一技收来只作恒河一沙，再佐以砖、瓦、土、石、泥，起一座高楼。牛顿、爱因斯坦成为物理大师并不只因物理，还有更重要的数学、哲学等。一个画家，当他成为绘画大师时，他艺术生命中起关键作用的早已不是绘画，而是音乐、文学、科学、政治、哲学等。同理，一个音乐、书法、文学、科学方面的大师也是如此。而一个社会科学方面的大师就要求更高，马恩是一部他们那个时代的百科全书，毛泽东则是当时中国政治、军事、文学的宝典。

这就是大师与匠人的区别。

我们研究这个区别毫无贬损匠人之意，大师是辉煌的里程碑，匠人是可贵的铺路石。世界是五光十色的，需要大师也需要匠人，正如需要将军也需要士兵。但是我们必须承认这个世界有层次之别，必须有起码的识别力，有一个较高的追求目标。拿破仑说不想当将军的士兵不是好士兵。将军总是在优秀的士兵中成长起来的。当他不满足于打枪、投弹的重复而由单一到综合，由经验到理性，有了战役、战略的水平时他就成了将军。鲁班最初也是一名普通木匠，当他在技术层面已经纯熟，不满足于斧锯的重复，而进军建筑设计、构造原理时，他就成了建筑大师。虽然从匠人而成为大师的总是少数，但这种进取精神是人类进步、社会发展的动力。古语言，法乎其上取乎其中，法乎其中取乎其下。要是人人都法乎其下呢？这个社会就不堪设想，地球就会停止转动。

我们可能在实际业绩上达不到大师水平，至少在思想方法上要循大师的思路，比如力求创新，不要重复，不要窃喜于小巧小技，顾影自怜。对事物要有识别，有目标、有追求。力虽不逮，心向往之。在个人有了这样一种心理，就会有所上进，哪怕还不脱匠气，也是达到了纯熟的高等的技艺；在民族有了这样一个素质，就是一个生气勃勃的向上的民族；在社会有了这样一个氛围，就是一个创新的社会。

（《人民日报》2006 年 5 月 19 日）

碑不自立，名由人传

陕北绥德是一个贫困的县，县委领导竭诚尽力为群众办了不少好事，但遗憾的是，每完成一件工程，某领导即要立碑以记，并亲拟碑文，工程如何，余长我短，明记公事，暗留私名。一时群言纷纷，石碑虽起，口碑却降。由是想到碑的本意，试略为一辩。

碑者从石从卑，取坚用谦。本意是以坚石刻记要事，以期久远，所以立碑之时总是思之又思，酌之再三，心也惴惴，手也颤颤，不知后人会作何点评。何敢草率，何敢张扬。就是在盛行立碑的封建时代，若行此事，也要庭议公论，焚香沐浴，毕恭毕敬。当年新中国成立，中国人民政治协商会议念近百年来无数英雄为国捐躯，特决定于天安门广场立人民英雄纪念碑一座，并议请周恩来亲题碑文。周受命之后，诚惶诚恐，闭门三日，重练书法，抄写数遍，才完成现在碑上的这篇文字，但他却坚辞不敢题名落款。至今，国人多不知此详。呜呼，昔一开国总理在先烈面前如此自谦，今一小县之长在父老面前这样张狂，同为碑石该作何感?

碑者，背也。一背，指所书之事已背我们而去，属事后之论。碑，最早是古人在下棺之时立于墓坑两侧的系绳引棺之石。后来就顺便将死者的事迹刻于其上，到汉以后才逐渐演变为专门的记事之碑。可见其本意是盖棺定论，后而书之。二背，指所言为他人，他事，是背对背，不是面对面，更不是自说自。现在某些地方官却忙于为自己树形象，工程甫定，碑身即起，水泥未干，墨色已干。行匆匆，急慌慌，如赶早集。争立石碑之外，又有争出书者，争登报者，争出镜者。唐代书法家颜真卿有一篇很有名的《争座位贴》，现在这些人更争几行之多，几秒之长，为己树碑，不厌其烦。唐时白居易知杭州，为民修堤，后人感其功，立碑曰白堤；到宋时苏东坡又知杭州，再修一堤，后人又念其功，立碑曰苏堤。假如当年白居易、苏东坡都自磨一石，曰白曰苏，立之湖畔，也许早已被埋于污泥之中。数十年前大寨因大修梯田而名扬全国，老英雄贾进才一生打石垒坝无数，满手老茧如铁锈石斑。别人说，老贾，大寨该给你立一座碑。老人说："要碑做啥？这满沟的石坝不就是碑。"试想，如果老人也像某县领导这样心贪，往每块坝石上刻一个"贾"字，那参观者该恶心成什么样？当然，结果并没有这样，所以大寨展览馆里这位老英雄的形象依旧灿烂。

历史老人很怪，有自鸣得意者，就捂住他的嘴；有桃李不言者，偏扬他的德。从来都是碑不自立，名由人传。奉劝有立碑嗜好者切记这一点。

（《人民日报》2004年4月9日）

反求我心大慧大觉

最近我去拜访 96 岁高龄的季羡林先生，我知道他是研究佛教的，便问先生："你信不信佛?"他说："不信。"我又问："宗教为什么还会存在?"他说："因为科学解决不了所有的问题。剩下的只好求助宗教。"又问："宗教到底何时能消亡?"他说："恐怕到共产主义也消亡不了。人的心理问题没有那么简单。"

佛教在中国，就是这样，许多人信，许多人不信。各有各的理由，各有各的角度。但不管信还是不信，它是一种客观存在，从东汉传入中国，已存在了两千多年。不但存在，还有发展，甚至发展之后又再传回它的故乡印度，季羡林先生称之为文化史上很少见的宗教"倒流"。不但有"倒流"，还有"横流"，它又从中国传到日本，传到欧美等地，几乎遍布世界的各个角落。这说明什么，说明它有用，能在一定程度上解释世界，特别是解释人生和人的心理。另外，还说明中华文化的博大，具有宽容与创新的精神。它没有排外、自闭，也没有盲目膜拜，自卑自怯，而是开放吸收，兼容并蓄，进而改革创新。中国古代之佛教早已不是印度之佛教，现在之佛教也不是过去之佛教。佛教传入中国之后，又新创几宗几派，已无人能说清。特别是禅宗经六祖革新之后，禅与佛几乎是两个概念。佛教与其他宗教之大不同处是不搞神秘化，强调自我体验，我心皆佛，人人可立地成佛；不宣传神主救世，而强调自度度人。有宽忍、无私、利他、和谐的一面，是积极的。中国文化在佛教西来之前，便有道，强调无为，重自然规律；有儒，强调自强不息，济世救民；再加上佛的慈悲，中华文化就三足鼎立，巍然浩然，源远流长。至今中国许多名山、市井的古庙里，都三教共奉，你中有我，我中有你。就是在人们平常的处世用事中也常常是进为儒，守为道，退为佛，像是一套武术的攻防进守，又像是一个人，时而兴奋时而沉静。所以，如林则徐这样的虎门销烟的民族英雄，也是一位虔诚的佛教信徒。而他那副名联"海纳百川，有容乃大；壁立千仞，无欲则刚"，你已无法确指这里是儒、是道、还是佛。文化，是很有意思的事，就像一道好菜，当你细品其色、香、味时，已无法说清，其中是哪一种料在起作用。

对佛的体验有一句话讲得最通俗明白："如人饮水，冷暖自知。"你自己去体会吧，说出来的就不算是佛，这大概就是禅味，其实是哲学。当年爱因斯坦与玻尔两位大物理学家争论物质能不能准确测量，直到死谁也没有说服对方。爱氏说能，玻氏说不能，叫"测不准原理"。比如用温度计测水温，你看到的温度是水加上温度计及环境的温度而不是水的准确温度。有一次毛泽东接见外宾，赵朴初陪同，客人未到，毛即风趣地说：赵朴初，即非赵朴初，是名赵朴初。佛教有没有这个公式？赵答：有。是又不是，测不准，正是哲学境界。佛教传入中国后得华夏文化之灵，浴神州风土之情，是佛教，即非佛教，是名佛教。就像玻尔的那支温度计上的温度，是水温，即非水温，是名水温。它已是哲学、文学、艺术、政治、人生修养等的一种混合体了。一部《红楼梦》，有人读情，有人读理，有人读阶级斗争，一部佛教，更是中国人两千年来读不完的书。你看，像梁启超、胡适、鲁迅这样的大家都曾苦心研究佛教，鲁迅还出资刻过佛经。而李叔同、金庸等作家、艺术家则干脆皈依佛门。这是佛教的妙处，每个行为都能在它的思维下找到一种实现的方法，每个人都能在它的背景下找到一个自我。山西隰县小西天寺里，有一副对联："佛即心，心即佛，欲求佛，先求心，即心即佛；因即果，果即因，种甚因，结甚果，是因是果。"当我们谈佛说禅时，其实是在探寻自我，研究我与周围世界的关系。这种含义是说不很准的，也是"测不准原理"。我心茫茫，佛法无边，唯其不准才有大用，才有发挥的空间，两千年不衰，天地间永驻。我们对佛千万不敢太认真，烧香拜佛，求其显灵；或打坐入定，求其忽通，那不是佛的本意。列宁说，真理不可太死板，也不能太灵活。至于掌握到一个什么样的度，还是那句话，饮水人冷暖自知，你自己慢慢去品吧。

两千年来，佛教在中国是一本读不完的书。这里我们选编了进入现代社会以来，一些名人的读佛笔记，共分为人物、感悟、山水、艺术四大卷，总名《名家佛性散文选》。本书目的不在拜佛学佛，而在参佛悟佛，反求我心，大慧大觉。

是为序。

（2007 年 10 月 5 日）

（此为《名家佛性散文选》序，该书由深圳海天出版社出版）

拂去尘埃，只见人性

——《假如毛泽东去骑马》序

这是一本尘埃落定之后的人物散文集。

尘埃的定义是什么？我没有去查字典。通俗的理解，一是表面，二是很轻，三是多余，轻附于表面的多余之物也。生活中有尘埃，如桌子、地板上的尘土，所以每日早起的第一件事就是打扫庭除。还有一种是历史的尘埃。有许多的人和事，当时十分热闹，但经过十年、五十年、百年、千年的沉落，大都变为尘埃，浮在历史之上，经不住后人的轻轻一吹。这一吹见到了什么？先是那些重大的里程碑式的事件；再一吹是事件中的人物；又再一吹，吹尽黄沙始见金，是这人物的人性，不管是好的还是坏的人性。人创造了历史，其实历史也创造了人。在漫长的历史中经过人性、人格的锤炼，人也在进化。在读史中，我发现，对于后人来说，大约只要过了五十年，事件得失，阶级对立，个人恩怨都会淡化，而留下来的最深印象是那些人物的人性、人格。因为这些东西总在刺痛或者召唤着我们，在指导我们今天怎样做人。

我最初是从山水题材步入散文创作领域的。曾很努力地创作并研究山水散文的理论，不能说没有成果，如《晋祠》等篇入选中学课本，有的还刻碑勒石。但再好也只是在山水的审美层面上打转，没有直接进入人的灵魂。无论是对读者还是对我自己，更大的震撼是开始了人物散文的创作之后。这个转折点是1996年我发表的写瞿秋白的《觅渡，觅渡，渡何处?》。这篇文章很快被收入中学课本，并刻碑立在常州秋白纪念馆门前。后来又有周总理百年纪念时写的《大无大有周恩来》，邓小平百年纪念时写的《广安真理宝鼎记》等。还有历史人物题材的，写辛弃疾的《把栏杆拍遍》，写李清照的《乱世中的美神》，写林则徐的《最后一位戴罪的功臣》，写居里夫人的《跨越百年的美丽》，等等。这些人物，首先是感动了我，激动了我。有的我从小就读，读了几十年；进入写作时反复打磨，虽是一篇数千字文章，一般都是数年得一文，有的甚至用了20年。发表后确实也感动了读者，不少入选课本，并被反复转载。如《大无大有周恩来》发表12年来几乎年年一月的总理忌日都有报刊重新摘发。而像《把栏杆拍遍》，写的虽是一个离开我们已900多年的古人，却仍让今人如此激动，一位军官带领他的战士集体朗诵，说感谢作家为我们武人立传。本文也入选中学课本和《现代散文欣赏辞典》，而同名的散文集，已重印11次。《跨越百年的美丽》写的是一个100年前的外国人，有的家长将这篇文章复印寄给在大洋彼岸留学的子女，也有出版社很快以此为书名出书，这两篇文章也都入选中学课本。一篇人物，胜过十篇、百篇山水。有论者说到《觅渡》等文时，说数千字胜过一本传记、一本小说。这种震撼是我始料不及的。

是什么力量吸引着读者、编者、教育工作者和家长呢。是这些人物的人性、人格的力量。山水散文主要作用于人的审美，而人物散文直捣人的心灵，作用于人的思想。在这些人物身上，无论是今人、古人，还是中国人、外国人，都体现了做人，做一个最优秀的人所必需的要素。这说明人性是不分古今中外的。而人性中的最光辉之点，并不是随时随地，在每一个人身上都能找到。它要有时代的际遇，命运的碰撞和岁月的积累，如同火山喷发、地震释放、尖端放电那样，要等上多少年，越过多少人，在偶然的时候，落在一个特定的人身上。因为政治是社会经济、文化、军事等各种斗争的焦点，这些人物大多和政治脱不了干系，有的就是处于时代旋涡中的政治家，而且大多有悲剧色彩。因为只有悲剧才能撕开现实给人看，而喜剧只是现实之上的泡沫。原子只有裂变之后才放出原子能，这些人物是在时代裂变中飞出的一粒传递人性光辉的火种。作家就是去寻觅这些火种，像传递奥运火炬那样，点燃后人的心灵。这些神圣的火种弥足珍贵，当然不能像野草那样大把地收割。要披阅历史，吹去尘埃，一点一点地寻找。如同踏遍千山万水，去寻求大自然中的奇景。三十功名尘与土，八千里路云和月，我行行止止，上下求索，穿过历史的烟尘，取来这样一些零碎的亮点，这样一些历史的坐标点，献给读者。可惜不多，还得继续寻找。山水让我们享受自然之美，而人物的群山则把我们一程一程地接引到理想的天国。

拂去滚滚红尘，甩脱那些熙熙攘攘的事件，留下来作为人类文明史坐标的只有那些伟大的人物，或者虽是小人物却实现了伟大的人格。既然是历史的坐标，本书编排时在目录上都标出了年代，那是这些人物正当绽放出自己的光辉的时刻，而许多时候它正好也就是历史的拐点。在内文则选用了一些图片，以增加历史的沧桑感和再现写作时的现场感。

（2011年2月25日）

（收入人民日报出版社《假如毛泽东去骑马》）

说时尚

要观察人们生活的变化，莫如看看市场上商品的时尚之变。文人无他，新书旧报。一日居家无事，翻出15年前，1993年7月5日的《精品购物指南》，有这样一条消息：《京城“大哥大”供不应求》。“大哥大”是什么？现在20多岁的人大都没有见过，它就是当时刚出现的移动电话，形如一块砖头。哪如现在的手机这样小巧？但这在当年是暴发户的象征，常和“腰缠万贯、财大气粗”联在一起。如果有哪一位客人走进饭馆，将“大哥大”往桌上一戳，就像霸王升帐，叫菜的声音都不一样。那条消息还说，1993年京城“大哥大”的社会存有量是1.3万台，市价从每台1.7万元涨到了2.7万元，还供不应求，黑市价3.5万。但是没有几时，这个霸气十足的时尚品就销声匿迹。我又找到一本书《消失的商品》，十年内蒸发的商品何止“大哥大”，稍在其后的有BP机、录放机、VCD机（要知道1995—1998年，三年间它的销量竟从60万台激升至1 400万台）……其余还可以列出一个长长的名单。

这其后引领城市消费时尚的是什么？是时装、汽车、别墅、旅游、电影大片、音乐会、体育比赛、明星名模秀等。总之，生活在大变，时尚品的含金量在大增。出于好奇，我又查了一下最新一期的《精品购物指南》，一个小手袋17 200元，正好是15年前的一部

“大哥大”。一小盒红茶 1 700 元。一支按你的口型定做的口红，纯金外筒，镶 199 颗碎钻，标价 62 000 美元。除这些小件时尚品之外，再放眼整个京城，已是名车塞于途，豪宅满郊外了。这确实有点奢华之气。但至少说明社会财富在增多，经济学家所讲的恩格尔系数在下降，民风也从当年的不敢露富，进化到“尚富”。而且，除了一个“富”字，其中至少还有三层意思。

一是开放意识。许多时尚品都是舶来品。社会进步的标志之一就是追赶世界消费潮流。就像经济发展绕不开市场，消费也绕不开时尚。奔驰车是 1926 年创牌，2004 年花落北京；奥迪车是 1910 年创牌，1988 年花落北京；保时捷车是 1930 年创牌，2001 年花落北京。这里的“花落”之意，绝不只是来中国卖车，而是和我们技术合作、合资、办厂。在消费时尚的背后，我们正在悄悄地追赶着知识、科技和管理的世界时尚。

二是品牌观念。当我们远望时尚之潮时，首先看到的是品牌的脊梁。在世界经济一体化的今天，民族品牌，就是时尚之风中的民族魂。还以数字产品为例，1985 年世界上第一台笔记本电脑问世。1996 年“联想”开始进入笔记本电脑市场，而从 2001 年到现在，它就一直稳坐“国内销量第一”的交椅。至于说到潘石屹的别墅，海尔的家电，那就是中国时尚的新符号。当然，在时尚消费之潮中，我们的品牌还远远不多，但不要忘记人家已经先行于我们一百多年。尚者，本来就是学习、追赶之谓也。这说明我们还得继续开放。

三是精神世界。当一个明星、名模，或任何一个普通青年穿上一件时尚套装时，他立即会挺起胸膛，直起腰杆。我们千万不要把时尚消费一概看做奢侈。如果一个人金玉其外，败絮其内，这当然是他个人的悲哀。但是，当社会上已有整个一个阶层能以自己的劳动而达到某种时尚消费水平时，这就标志着社会的进步。而时尚品的尽善尽美早已超乎物外，而成了智慧、成功的象征。你看，电视剧《亮剑》已经在银屏上连播三年而不衰，人们所“时尚”的就是那股英雄气。

历史推进，“代沟”难免。也许年轻人会嘲笑上一代人不懂时尚。但不要忘记，正是因为他们昨天的创造才有了今天的时尚。反过来，老年人也想嘱咐一句年轻人，当你陶醉于自己生活中恩格尔系数的下降时，是否也应该关心一下全社会基尼系数的升降，时尚也是责任，这个时尚大潮过后你们还将创造什么样的时尚。

（2007 年 12 月 27 日）

说兴趣

过去一说某名人怎么成才，总讲如何坚忍不拔、刻苦努力，其实这些都是有了兴趣之后的事。他能有成就，首先是因为他对那件事有兴趣。兴趣是什么呢？就是人追求完美事物的一种本能。没有听说过谁专门对丑的、坏的、恶的、苦的有兴趣。孩子对糖块有兴趣，姑娘对打扮有兴趣，青年对恋爱有兴趣，老人对忆旧有兴趣。人们对休闲、娱乐、美食、华服、好房子、好车都有兴趣，因为这样活着就舒服。但只满足于此也不行，时间长了就要退步，要堕落。于是人们对学习、开拓、创造也有兴趣。这样人类才会活得更美好。有兴趣，有各种各样的兴趣，是人的天性，人要学会开发自己的天性，要发现兴趣，保护兴趣，扩大兴趣。这不用专门去教、去辅导，你只要不压抑、不干扰它就行。就像水，一打开闸门就自然往下流；像烟，你一点燃就自然往上走。

信佛者到处拜佛。佛经上说，你不必拜，佛就是你自己，只要你想成佛，就能立地成佛。如果你能发现自己内心深处对某种事物的强烈兴趣，你就立地成佛，你想成为什么样子，就能成什么样子，这才是一个最厉害的秘密武器。老师、家长总是怕孩子不学习，总嫌孩子不努力，“新松恨不高千尺”，其实，你不要急，也不必“恨”，更不要那么“狠”，搞得孩子们眉头常皱，心存压力。你只须细心地去发现他到底对什么有兴趣，就像发现落叶下的一颗春笋，只需浇一点水，一回头，它就窜高好几米。园丁的作用不是用剪子把花草剪整齐，而是用锄头把杂草锄干净。生物学、人才学研究已经揭示，基因决定了每一个人身上都有某种特殊的才能。“天生我材必有用”，李白这句话是没有错的。兴趣是寂夜里飘着的萤火虫，常在你不经意时灵光一闪，有人及时捕捉到了自己的兴趣，有人却在兴趣敲门时木然无应，花自飘零，水自流，错过了机遇。歌德的父亲安排歌德学法律，他却对文学、科学有兴趣；伽利略的父亲安排伽利略学医学，他却对物理、天文有兴趣。每一届诺贝尔奖公布后，记者总要向得主提这样一个问题：“你为什么要从事这项研究?”大部分人的回答是：“不为什么，就是因为对它感兴趣。”

兴趣是人的天性，但要成就功德，还得将它转化为目标和毅力，不达目的决不罢休。达尔文小时候对生物有兴趣。一次他在野外看见一只未见过的甲虫，就用右手捉住；又见一只，即用左手捉住。这时又发现第三只，情急之下他将一只放入口中，腾出手来去捉第三只。不想嘴里那只甲虫放出一种辛辣刺激的液体，他“哇”的一声，三只全跑了。可以看出，这时他的兴趣还是一种孩童式的天性。但是，由此出发，他后来毅然参加了贝格尔舰的环球考察，一走五年。每到一地，就采挖生物标本，托运回国。五年后他定居伦敦郊外潜心研究这些资料，冷板凳一坐就是20年。1859终于出版了《物种起源》，创立了进化论。是目标和毅力巩固和延伸了他的兴趣。如果要想有更大的成就，兴趣还得转化为责任和牺牲。特别是从事社会科学，必得担大责，才能有大成。比如许多文学少年，当初只是因语言优美、情节曲折而对文学产生兴趣。但真正要成为大作家，如鲁迅，如托尔斯泰，则非得有为时代、为民众立言的责任心不可。至于说到社会活动家更是要心忧天下，以身许国。兴趣只有在注入了目标和责任之后才算成熟，才能抗风雨，破逆境，到达胜利的彼岸。

总之，兴趣是成就人生的一粒种子，种瓜得瓜，种豆得豆。你先得找见自己的基因，是瓜还是豆，然后再说培育之事。有的人从一开始就没有弄清楚自己是瓜还是豆，或因环境所迫，瓜秧爬上豆架，满拧着长；有的人知道是瓜是豆，春风得意，却耐不过夏的煎熬，等不到秋天的丰收。只有那些像达尔文一样，一开始就认定要收获一颗大瓜的人，栉风沐雨几十年，才能享受到秋收的喜悦。

（《北京日报》2011 年 12 月 21 日）

做人如写字，先方后圆

我常恨自己字写得不好，许多要用字的场合常叫人尴尬。后来我找到了根子上的原因，自己小时用的第一本字帖，是赵孟頫的《寿春堂记》，字圆润、漂亮，弧线多，折线少，力度不够。当时只觉好看，谁知这一学就入了歧途。字架子软，总是立不起来，始信“学书当学颜”。后来当记者，更是大部分时间是左手握一个小采访本，右手在上面边听边划，就更没有什么体，只是一些自己才认识的符号。一次读史，说书法家沈尹默的字原来并不好，他和陈独秀相熟，一天在杭州友人聚会的酒桌上，陈当众挖苦他的字不好，沈摔筷下楼而去。从此发愤练字而成名家。“文革”中沈的检查大字报，常是白天贴出，晚上就被人偷去珍藏。虽然我也曾多次发愤，但总是有比写字更重要的事等着，使我一次次愤不起来。因为如果真要练字，就得从头临帖，从头去学欧阳询、颜真卿、柳公权，而这却要时间。真奇怪，欧、颜、柳、赵，三硬一软，我怎么当初就偏偏学了一个赵字呢？我甚至私下埋怨父亲没有尽到督导之责，一失酿成终身恨。

后来又看到曾国藩谈写字，说心中要把圆形的软毛笔当作一个四面体的硬木筷去用，转角换面，字才有棱有角，有力有势。于是我就去帖求碑，以求其硬，专选《张黑女》、《张猛龙》这种又方又硬的帖子来练。说是练，其实是看。办公桌一角摆上“二张”，腰酸背痛之时，翻开看上几眼，过过瘾。练字要有童子功，就像小演员走台步，要用笔锋走遍那字架的每个角、每个棱。童子早不再，逝者如斯夫，我还是没有时间。字没练成，理倒是通了：学字要先方后圆。先把架子立起来，以后怎么变都好说。就像盖房，先起钢筋、骨架、墙面，最后装修任你发挥。如果先圆再去求方，就像对一个已装修完的家，要回头去改墙体结构，实在太难，只有推倒重来。而人生没有返程票，时光不能倒流，岂能什么事都可以推倒重来？只好认了这个苦果，好字待来生了。

字没有补练成，是因为挤不出时间，静不下心。世事纷扰，总是在应付着怎么做人。但提笔办公或写作时，常凝视笔尖倒是悟出一个道理，做人如写字，也要先方后圆。赵孟頫先是宋臣而后又事元的，后人也有一种说法嫌其圆而不方，不像文天祥。人若能先方，即小时吃苦磨炼，修身治学，品行方端，后必有大成。如果一个人，少年时就圆滑、懦弱，就很难再施教成才；而小时方正，哪怕刚烈、莽撞些，也可裁头修边，煨弯成才。

（《人民日报》2011 年 12 月 30 日）

山中夜话

宁夏南部山区，地广人稀。入夜后的山村格外寂静。

有友人讲一事。那年他在当地下乡，晚饭后无事，数人在村头老槐树下听一老者说古。众人正听得入迷，老者忽戛然不言，徐而曰："有动静。"众人侧耳，不闻一声。老者曰："再听。"座中有人俯耳于地，果然有声。时断时续，橐橐而至。满座皆惊，若寒蝉之禁。山高月小，唯闻山风过草之声，俄顷，一人说，有两人走来；又一人说是一大一小；又一人说，是一人与一狗。正议论间，天际一线，月照山脊，有绰绰之影，又续闻踢踏之声。渐近，是一个人，两手各牵一只猴。老者喜曰："是玩猴人来了！"忙上前问候。知夜行数十里，还未吃饭，返身回屋，取来一饼，说："先压压饥。"玩猴人接过一分为三，先予两猴各一块。猴慌不择食。众即雀跃，围着猴与人，兴奋有加。

山中清远，无以为乐，看玩猴，亦是难得一乐事。

（2001 年 9 月）

凌晨就诊记

在报社最怕值夜班时生病。病痛本身不足畏，是病得时机不好，不好意思张口请假，有逃难、避苦之嫌，只好挺着。

12 月又轮到值夜班。正是北京最冷的季节，说怕病，病真的就来了。挺了几天，这天实在挺不住了。凌晨两点下班后路过航天桥下的 302 医院，便进去，想打一支退烧针。我从来没有半夜进过医院，大楼里静得怕人。空荡，昏暗，无声。我刚从夜班平台下来，觉得像从闹市一下被推进了百年前的故宫。接诊护士睡眼惺忪，问："怎么这个时候来看病?"我说："报社的，刚下班。"她大奇，瞪着眼道："报社还有夜班？我还以为这北京城里只有我们医院才上夜班呢?"我说："没有夜班，你白天怎么能看到报纸?"本想打一针，赶快回家睡觉，医生说，一针不顶用，要输液。这一下可糟了，起码要三个小时。大庭里空着几张输液用的躺椅。我拣了一张，老老实实等那液滴，漏声迢递到天明。

身上发烧，脑子里一片混乱，正强迫自己闭目小睡一会儿，突然一阵清脆娇媚的笑声震入耳膜。我睁眼一看，两个漂亮的女孩相扶着走进大厅。一个穿着红色的羽绒大衣，一顶浅蓝色的绒线帽。另一个着黄色风衣，一条宽大的花围巾，潇洒地甩到肩后。她们也在接诊台前办了手续，就在离我不远处拣了一张躺椅输液。那红衣女孩躺在椅子上，嗓音有点沙哑，是感冒了。黄衣女没病，是来陪女友的。她俯在椅背上，病友半仰着头，两人亲密地聊着。“这衣服真漂亮。”“是我换季新买的。”“你每月的钱够花吗？”“够，反正我每月给我妈寄 5 000 元。”这话像一颗小炸弹，震醒了蒙眬的我。好家伙，什么工作啊，小小年纪，每月只寄回家的钱就比我这个老总的工资还多。难得她还很孝顺。我没有了睡意，也忘了发烧。

正待侧耳细听，右边的屏风后面，医生正在大声地训斥一个急诊病人。“你叫什么名字？”没有声音，半天，“给我喝点水。”“你连名字都不说，还想喝水？”没有声音。“说，是谁送你来的。”没有声音。那两个女孩子也停止了谈话，大厅一片寂静。一会儿，红衣女说：“去看看。”黄衣女就小跑着到了屏风后面。医生还在大声问：“说，你怎么进来的？”这时我才依稀看清屏风后的一张急诊床上躺着一个汉子。原来，不知什么时候 110 车悄悄送进一个人来。送的人放下就跑了。看样子是斗殴，这男子伤得不轻，对方定是怕出人命，偷偷把人推到这里。但是，没有事主或家属，医生坚决不接病人。就这样僵着。那黄衣女孩看了一会儿，就回去复命，只听红衣女问：“漂亮不漂亮？”回答说：“还行，看不大清。”

我的心还是惦记着这一头。一会儿医生转出屏风，从我身旁过，我说：“严重吗？不行，先看病再说？”我心想，不就几块挂号费吗？我垫上也行。医生说：“不行，这种事我们见多了。”我说：“那怎么办？”“还打 110，让他们把人取走，要不就等找见家属再说。”我心想，在这座城里他哪里有什么家属？

医生走了，那边两个女孩子还在低声私语。那汉子一会儿怯生生地喊一句要水喝。我只觉得浑身木木的，忘了手上的针头，也忘了身上的高烧。半个小时前，我满脑子还是时事、大样、标题，现在却一片空白，只觉心里酸酸的，说不出的味道。要不是凌晨就诊，真还不知道版面以外，夜幕中的京城还有这样的故事。

（2005 年 12 月）

学问不问用不用，只说知不知

近日去看望96岁高龄的季羡林先生，谈话间我提到："您关于古代东方语言的研究对现在有什么用?"先生说："学问不能拿有用无用来衡量，只看它是否精深。当年牛顿研究万有引力有什么用?"一语如重锤，敲醒了我懵懂的头脑。

是的，对学者来说，做学问单单是为了有用吗？显然不是，不但牛顿研究万有引力时不这样问，就是哥白尼研究天体运动、达尔文研究生物进化、爱因斯坦研究相对论都不这样问。如果只依有用无用来衡量，许多人早就不做学问了。哥白尼直到临死前，他的《天体运行》才出版，这时他已双目失明，只用手摸了一下这本耗尽他一生精力的书便辞世了。开普勒发现了众星运动规律后说："认识这一真理已实现了我最美好的期望，也可能当代就有人读懂它，也可能后世才有人能读懂，这我就管不着了。"类似的话许多学者、科学家都说过。

他们不管，谁来管呢？自然有下一道程序，由实践层面的人——技术人员、设计师、企业家、管理者、政治家等去管。社会这样就接续发展，科学技术、学术就这样不断进步。爱因斯坦发现了相对论后，又经过了40年，这期间通过许多技术人员包括组织管理者的努力，第一颗原子弹才爆炸。社会科学与自然科学稍有区别，但也有一些看似无用的东西要人去静心研究。马克思本来身在工人运动第一线，当他深感工人运动缺少理论支持时，就退出一线去著述《资本论》等理论（当然，他还是同时关心着实践）。当时他已穷得揭不开锅，说：从来没有像我这样一个最缺少货币的人来研究货币。如果为了有用，他最应该去经商，先赚一把货币。他的经济、哲学、社科理论让后来实践层面的革命家、管理者演绎出一个轰轰烈烈的新时代。

原来知识是分上游、下游的。上游是那些最基本的原理，解决规律层面的问题；下游是执行和操作的方法，解决实践层面的问题。上游是科学，下游是技术；上游是学术，是思想，下游是方案，是行动。由于科学、学术的超前性，许多科学家、学者经常看不到自己学问的实用结果。但他们并不悲伤，并不计较，他们不管用与不用，而只管知与不知，只要不知道的事就去研究。就像煤矿的掘进队，只管掘进，而把煤留给后面的采煤人。梁启超说，做学问不为什么，就为我的兴趣，为学问而学问。他们虽说不问为什么，但他们坚信知识对人类有用。培根说："知识就是力量。"事实上，每一项新知识都对人类产生了重要作用，有的简直是惊天动地。伦琴、居里夫人、卢瑟夫等一批研究放射性、原子能的早期科学家，并没有想到后来的原子弹及和平利用原子能。就是季羡林先生也没有想到他研究的梵文、吐火罗文在40年后让他破译了一部天书，补回了一段历史。

正因为这样，我们强调尊重知识，尊重人才，包括对未知世界、对自然界、对星空、对生态的尊重。因为一切未知中都藏有真知，也许哪一棵野草就是将来打开生命大门的钥匙。而面对茫然的未知世界那些勇敢拓荒的人才是真正的英雄。他们治学时不问有用无用，正是因为他们讲大用而不计小用，看将来而不计眼前，为人类之大公而不谋个人小利。这些以学问为乐趣，为人类不断扩充知识边界的人是最值得我们尊敬的。而他们在探知过程中所表现的淡泊名利、宁静致远的治学态度和做人准则，对后人来说比他们提供的知识还重要。

（2007 年 3 月 27 日）

砍的不如旋的圆

"砍的不如旋的圆"，这是我的家乡农民常说的一句俗话。意即你办事要开窍，不要用死力气。用现在的话说，要减少盲目性，跳出误区。比如你要做一个木球，可以用斧子慢慢地去砍，但总不如在旋刀下飞快地一旋，便又光又圆。我在孩童时就听到这句话，现已过花甲之年还常常想起，可见真理总是颠扑不破，历久弥新。

过去我当记者时经常碰到一些热心写稿的通讯员，他们几十年如一日地写稿、投稿，甚至不远千里来报社送稿，但命中率极低。有的虽已白发苍苍，还是乐此不疲。后来又碰到一些多少有点权力的干部将自己的讲话、随感、日记，甚至文件汇集，一本一本地出书，以为这样就有政绩，有名气。这正是用斧子砍制一个木球。

砍和旋到底有什么不同？其实就是跳出自我，敢于革新，就隔一层窗户纸，捅破之后就是质的飞跃。

首先，由砍到旋是方法的革命。成语言"绳锯木断，水滴石穿"，这是讲意志、恒心，你真的用绳锯木、水穿石，这要等到何年何月？方法不变，隔靴搔痒。往大的说，工具和方法是生产力，推动着社会的进步。马克思说：手推磨产生的是封建主的社会，蒸汽磨产生的是工业资本家的社会。往小的说，工具和方法是一个人取得成功的助推器，是他的生存力。

其次，由砍到旋是知识的跃升。你为什么只知道闷头砍，是因为你没有新知识，抱残守缺，还自鸣得意。如计算一道天文数字的大题，人家用计算机算，你却用手算、珠算，因为你根本就没有这方面的知识，只能这样。在别人看来很无聊的文字你却在津津有味地写，因为你没有这方面的审美知识，不知道什么叫好，总在一个低标准上重复。

最后，由砍到旋是规律的掌握，是从实践到理论的飞跃。一个掌握了规律和理论的人一下子就能从根本上判断出这件事该干还是不该干。历史上不知有多少人痴迷着制造永动机，而科学家只需用“能量守恒”四个字就将此事判了死刑。

“砍”与“旋”，这是两个截然不同的阶段，如要跨越必得有“惊险的一跳”。

我们曾有过因“砍”而败的惨痛教训。“大跃进”的失败是用战争的方法，来“砍”经济建设；“文化大革命”的失败就是用革命党的理论来“砍”执政。就是现在也有许多事还沉湎于这种“砍”的盲目和自豪之中。据统计，我国每年拍1.4万集电视剧，而能播出的不到四分之一，每年出版4 300部小说，人们能记住的又有几何？再说到每年的会议、报告、文件就更是一个天文数字。废品之多、废话之多，群众早已经看得很发笑了，但还是乐此不疲，继续耐心地“砍”制一件皇帝的新衣。

为什么总是跳不出保守、封闭的误区？原来除方法、知识、理论之外还有一个更严重的障碍，就是太追求功利，自欺欺人。这样说来，砍与旋又不只是一个方法问题，这背后又有价值观、人生观在起作用了。

无论是一个人还是一个团体，最难的是跳出自我。

（《人民日报》2012年9月4日）

为官为政

什么是政治

一

政治是被人误解最多的一个概念，也是定义最不确定的一个词。它常被人误会为权术、争斗或干脆曰：说不清。

词典解释：政治是“政府、政党、社会团体和个人在内政及国际关系方面的活动。”这有点就事说事，没有讲出事情的本质。政治学的解释，政治是民众将自己的权利出让出来，委托给公共机构及其人员代为行使。这倒是说出了本质，但有点绕口，很学术。政治家又各有自己的说法。孙中山说：政治是管理众人之事。毛泽东说：政治就是把我们的人搞得多多的，把敌人的人搞得少少的。中国共产党十六届五中全会总结党的执政经验是：权为民所用，情为民所系，利为民所谋。

我长期当记者，深入百姓，出入官场；后来又从事管理，身为官员。经历了老百姓怎样看政治，官场怎样看政治。我想给政治下这样一个定义：政治是一定的个人或集团借用公民所委托的权力来为社会和民众办大事。这里有几个关键词，一是“办大事”，不是做小事，不要作秀，不要庸俗化；二是“公民委托的权力”，你手中的权姓公不姓私，政治家干的事是公事，不是私事；三是“个人或集团”，就是说再大的事还是要落实到具体的机构或个人来干，可能干好，也可能干坏，因此必须有监督和制约。以上这些再简化一点可概括为：“一大二公三集团。”用这三点去判断和分析政治，如用数学公式解题，对于普通人来说或更方便些。下面分别说之。

二

凡政治之事都是大事。这个“大”有三层意思：一是它和多数人的利益相关，为多数人所关心；二是这事情的覆盖面大，影响全局，可能是一地、一省也可能涉及全国、全球；三是作用时间长，影响到历史的进程，成为历史的坐标、里程碑。凡大的战事、灾害，及一切涉及大多数人的利益的事件、决策、成就等，都是政治。如新中国成立，十一届三中全会，香港回归，还有美国 2001 年的“9·11”事件，等等。反之那些八卦新闻、明星隐私、家长里短、游山玩水之类的琐事都不是政治。社会五花八门，政治之外当然还有其他门类，如经济、军事、教育、卫生等。不是说这些事不重要，是说一般情况下它们都在自己的范围内动作，当它们越出自己的范围而影响到更多数人的利益、覆盖全局、影响历史进程时，它也就不能自已，扩大、深化而演变成了政治。如 2003 年中国的“非典型肺炎”，由公共卫生事件上升为政治事件；2008 年的北京奥运会，由体育盛事上升为政治大事。军事上的许多大战役都是政治，因为它已经影响全局。

一部世界史、中国史就是世界和中国已往的大事记。而文学只要是有影响力的，又经常是以政治为题材。如中国古典小说《三国演义》、《水浒传》，现代许多二战题材的小说、影视，还有从贾谊的《过秦论》直到梁启超的《少年中国说》的散文，都是在说政治。

三

凡政治之事都是公事，是公开进行的为公众的事。解放初老百姓常把政府工作人员称为“公家的人”，现在则称为“公务员”，又有一个新词叫“公共服务”。“为人民服务”是对政治最好的诠释，人民是最多数的公众。公与私是政治与非政治的一条分界线，也是底线。政治可以有不同的派别、观点，它分别代表着一定范围和数量的公众。封建社会朕即是国，帝王认为他就代表了所有民众，百姓仰视真龙天子，愚昧、奴性、服从专制，这是封建政治。到资产阶级思想家出现，说不行，不能你一人说了算，不同阶级、派别都可以表达和维护自己的利益，这就是政党政治，民主政治。总之，政治一是为公，去努力代表最多数的民众；二是公开、透明、竞争、监督，好争取到最多的人自觉跟你走。

关于为公和公开这一点，梁漱溟批林彪堪称一例。1971 年，林彪出事，全国批林，梁在政协会上说：一个政治家为国家、民族之前途而提出的公开主张，才称得上是路线。林彪不是路线，是阴谋，政变夺权而已。刘少奇有许多公开的主张，彭德怀有给毛主席的公开信，都是为国家、民族，只是政见不同。他说这个话的时候，刘、彭还正在被打倒，戴着反党、反革命的帽子呢，而自己也不避斧钺，敢于公开说出。他是在讲政治。随着世界政治的进步，这种公开、公平的竞争越来越多地取代专制和阴谋。

四

政治是由人，由组成集团的人来具体实施的，需要监督。从理论上讲，政治是民众把自己的权力出让，委托公共机构去代为行使。但这个机构不是一座办公大楼，不是一个会议室，而是由人组成的管理集团，是一群人，包括这群人的领袖。他们的活动是政治活动，他们是政治人物。政治人物不是神，不是机器人，是活着的有血有肉、有情有感、有私有利的人。这就生出两个问题：一、人孰能无错，他们在办事过程中，因知识、能力、经验所限，可能会犯错误；二、人孰能无私，他们可能碍于私情，动了私心，为集团或个人之利办一些损公利己的事。这样就会有工作的失误或吏治腐败，有贪有诈，这是古今中外一切政府都不可避免的，是政治运作中一个永远的难题。于是就需要监督。权力与监督如人之双腿，鸟之两翼，失去一方就不平衡。要做到政治清明，只有两种情况：要么，当政者自制力极强，觉悟极高，修养极好，不用监督；要么有一套有效的监督机制。过去，中国的老百姓总是盼望能出一个好皇帝，幻想中的尧舜。领袖人物中也会有清教徒式的自我约束力极强的人。但这只是个别的、短暂的现象，从来没有什么自觉的政治，只有监督下保持平衡的政治。监督的办法包括权力机构的相互监督、法律监督、舆论监督等。如果监督无效，当权者就失误、腐败，矛盾就激化，最后就要更换管理集团，更换领袖。千百年来就这样演绎着权力更迭、改朝换代的故事。

五

怎样依据这个道理去实践政治。对政治家、公务员的最低要求是守住四条底线。一、要干事，干一点大事。本来老百姓给你权力是要你办实事、办大事的。你看他们是怎样评价政治家的："毛主席让中国人站起来，邓小平让中国人富起来"，"要吃粮找紫阳，要吃米找万里"。这些政治人物都曾在自己掌权时办过大事。一般来说，给你千里之地，百万之众，两年之内应有政绩。"滕子京谪守巴陵郡，越明年，政通人和"，谪贬之臣都能出政绩，何况我们多是提拔的新秀呢？可惜现在平庸的官太多，升也平平，去也无名。官声人去后，去后悄无声。二、为公不要营私，更不要贪污腐败。一朝为政，就要准备奉献、牺牲。周恩来所谓“我不下苦海，谁下苦海”，范仲淹所说的“先忧后乐”、“居庙堂之高则忧其民”，都是讲的为公为民这个理。政治本来就是借民之权，为民服务，姓公不姓私。按孙中山的说法是管理众人之事，不是苟营私人之事。不要让你保管一下玉玺，就以为自己是皇帝；给你一张任命书，就以为是上方剑、免死牌，胆大包天，滥用其权，谋私舞弊。三、光明正大，公开透明。虽然政治斗争离不开策略、方法、保密等，但玩阴谋却要不得。因为政治说到底是看你能代表多少人，如毛泽东所说：把我们的人搞得多多的。而搞阴谋终会失人心，虽胜一时，终输历史。四、勤政敬业，勤学多思，尽量少犯错误。政治家以个人之身担天下之事，其压力可想而知，这就更要如履薄冰，虚怀若谷。以毛泽东这样的伟人，稍一不慎都会犯“文化大革命”这样的大错，何况我们这些普通公务员呢?

对一般人来说，也不要鄙视政治，不要存偏见。不要与己无关，高高挂起，不要以远离政治为清高，不要把政治家都看成阴谋家。政治毕竟是大事，是大家的事、国家民族的事，天下兴亡，匹夫有责。而且我们的生活好坏，确实也脱离不了时局，脱离不了政治。无论是从前老百姓盼望能有一个好皇帝，还是现在人人议论政治改革、经济改革，包括议论物价、治安、环境等，这说明人们心里还是有政治，从来也没有忘记政治。

（2010年11月13日）

说官德

德是人的行为规范，头上三尺有神明。现实生活中每个人都有一种无形的道德约束，而官员又更多一层，这就是怎么用权。因为他比普通百姓拥有更多的权力。权对官来说有两重性：一是可以为百姓办事，服务社会；二是可以为自己谋私利，甚至欺压百姓。好官坏官由此区分而来。

官的政绩决定于他的能与德，但主要是德。有德无能至少不会办坏事，无德有能却可大大地办坏事。德是基础，是软实力，是一个无形的大磁场。所以中国封建社会初期汉武帝选官时首重德，举孝廉；隋唐开始科举考试，重能亦重德；到明清更总结出“公生明，廉生威”，出现曾国藩等这样的道德榜样，又回到道德上来。大凡一个政权，在开创之初，德和能都不成问题。替天行道，为民请命，自然大得民心，且自戒甚严，德风感天下。至于能，更是在战火中打出来的，无往不胜。而麻烦在于掌权之后，德渐松弛，能亦下降。1940 年 2 月 1 日毛泽东在延安民众大会的讲演中自豪地说边区有“十个没有”：“这里一没有贪官污吏，二没有土豪劣绅，三没有赌博，四没有娼妓，五没有小老婆，六没有叫花子，七没有结党营私之徒，八没有萎靡不振之气，九没有人吃摩擦饭，十没有人发国难财。”这“十个没有”确实反映了当时延安良好的党风、政风、民风，令人羡慕，使人向往。这种风气一直延续到建国初期。周恩来“文化大革命”之初到学校视察，就在学生食堂里吃饭，一个菜两角五分钱也要如数交上。中南海里开会，每个人主动交 5 分钱的茶水费。但现在生活好了，官员的“胃口”也大了，贪个千百万很平常。改革开放之后，第一个因贪伏法的省部级以上干部是江西副省长胡长清，2000 年 2 月贪 500 万，死刑；第二个是全国人大副委员长成克杰，2000 年 9 月贪 1 000 万，死刑。后来就多得数不过来了，数额也高得惊人。高官贪贿再多也只能判个无期。虱子多了不怕咬，法不责众了。去年的公开数字，只外逃贪官卷走的钱，有说 5 000 亿，有说8 000 个亿。高官贪，小官亦贪，辽宁省大连市检察院公布，大连街道办下面一小区居委会主任王仁财，职务在科级以下，2007 年至 2009 年期间贪污 9 000 余万元。此外还联同当地黑社会，犯下了多宗故意伤害、非法采矿、寻衅滋事等刑事案件，2011 年 12 月 21 日被判处死刑。以至于出现这样的怪现象，小偷专偷贪官，网上流行词“小偷反腐”。原因很简单：1. 贪官有钱；2. 是不义之财；3. 失主不敢报案。这样想来小偷的“偷”倒是一种客观上的义举了，类似当年土匪的劫富济贫。而且因破小偷小案牵出不少大贪大案。成语“小巫见大巫”又多了一个姊妹词“小偷见大盗”。国之大盗，监守自盗。这还只是贪财之腐败，其余还有买官卖官、弄虚作假、阿谀奉承、结党营私、吃喝嫖赌等，不一而足。

没有约束的权力必然走向腐败。对权力的监督可以使官员变成一匹奋蹄腾飞的千里马，而对权力的放纵亦可以使他变成一个为所欲为的魔鬼。任何一个政权的兴起都是先从干部准备做起，而它的衰落也是先从吏治腐败开始。治国先治吏，国败吏先衰。治理的办法当然是有的，如领导带头，使有楷模；严刑峻法，使不敢犯；民主监督，使不能犯；还有就是道德教育，使之良心发现，自我约束，不该去犯。这几条中，制度约束、民主监督是最重要的，对官员个人来讲，自我约束，正确对待权力则是内因。

那么从道德上来说，近年来官场有哪些变化呢？或者说出现了哪些坏风气呢？现在官场道德之坏主要表现是：私、贪、假、惰、媚。如何惩治其害并重整新风，笔者在官场已观察有年，对症下药开了十味药方，这就是：为公、为民、诚实、敬业、廉洁、独立、坚定、谦虚、坦荡、淡泊。有些是老生常谈，但官场总是旧病复发，有的还是顽疾难除，虽是常谈也只好再说再谈了。恰逢有出版社来约稿，就辑为《官德十讲》，这十个方面主要是针对官场的现状和时下官德的种种表现，也兼顾总结古代为官的伦理道德。十讲又可大致分为两组，前五讲主要是围绕权力和工作，是以德施政，以德辅政；后五讲主要是围绕个人修养，以德自立，处世待人，"以吏为师"，给社会一个榜样。

孙中山临终遗言说，他致力于革命凡40年，革命尚未成功，同志仍须努力。现在改革开放眼看也要奔40年而去了，小平若在世当会叹息道：贫富不均，世风日下，同志仍须努力。

（《新湘评论》2012年第11期）

老百姓怎么看政治

近翻40年前的日记，有一段政治趣闻。1971年林彪叛逃，摔死在蒙古国。这个接班人、副统帅一夜之间成了叛徒、奸雄、大阴谋家，全国掀起批林高潮。当时我在内蒙古巴盟当记者，上面传达的文件里有一句话说："林彪披着马克思主义的外衣。"生产队开批判会，队长向大家传达说："这个林彪很坏，他还偷了一件马克思的大衣。"前几天我与一位宣传工作老前辈、中宣部的老部长吃饭，席间说起这个笑话，他很认真地说："现在仍然是这样呀。到基层去，农民老问，你们那'三个代表'还没选出来啊？"

前后相距40年的两则政治笑话，使我思考一个问题："老百姓怎样看政治？"40年了，我们的政治口号、中心任务已不知几变，而不变的是老百姓看政治的目光。马克思说：人们为之奋斗的一切都同他们的利益有关，他又说：思想一旦离开利益就一定使自己出丑。就是说，我们提政治口号并宣传解释时一定要能和普通百姓的具体利益相结合。

什么是政治？政治学解释：政治是人民群众将自己的权力出让出来，委托给一个公共权力机构来执行。这个机构可以是执政党也可以是政府。这里有几点本质之处常被掩盖忽略：一、这权力属于人民，执行机构不过是代行；二、代行之时要能提炼、概括人民的具体要求，使之上升为一项方针政策，凝练为一个口号；三、这口号必须为群众所理解，与其利益紧密关联。这三者哪一个环节缺失或欠完美，都将影响政治运作的效果。至少鼓动工作者要懂得这个政治规律和宣传艺术。其实这规律和艺术也很简单，就是能不能从老百姓的目光来看政治，能不能把一个政党、政府大政方针翻译成群众语言，能不能把一个时期的政治任务的本质和群众关心的具体利益相联系。毛泽东说：政治就是把我们的人搞得多多的，把敌人搞得少少的。孙中山说：政治就是管理众人之事。反正，你的政治目标要与老百姓的利益相联系。联系得好就成功，联系得不好就失败，这已为无数历史事实所证明。李自成起义，他的口号是“迎闯王，不纳粮”，一下就说到赋税重压下的农民的心里，从者如云。我们在解放战争时期的口号是“保卫胜利果实”，分得土地的农民就踊跃参军。而抗美援朝的口号是“抗美援朝，保家卫国”，八个字将国际义务、爱国精神和“保家”的具体利益都概括进来。这对新中国刚成立、正在建设幸福家园的群众来说很好理解，很有感召力，堪称政治动员口号中的精品。改革开放之初，对农村大包干的概括是“交够国家的，留够集体的，全是自己的”，对推动农村改革也极具号召力。其余，各个历史时期，各种新政策出台时，都有一些好的动员口号，如环保方面的口号是“要金山银山，也要绿水青山”，教育方面的口号是“再穷也不能穷教育，再苦也不能苦孩子”，也都很有号召力。一般来讲，越接近基层，宣传就越能联系实际。一次我到甘肃采访，车在无人的田野上行驶，路边埋着光缆。一条红色立地标语映入眼帘：“光缆无铜，偷盗判刑。”它讲得再明白不过，光缆里面没有铜，你偷了也无处可卖，还要判刑，何苦呢？八个字，把最要害的利益说得清清楚楚，还宣传了科普知识。这虽是一条标语，比站一个警察还有效果。

政治是什么？就是最大多数人的利益，老百姓的利益。让百姓知道自己的利益所在，自觉去行动。这是管理者的责任，也是管理的艺术。

（《人民日报》2010 年 9 月 10 日）

居官无官官之事

魏晋风度，崇尚隐逸。东晋时的大官刘尹是晋明帝的女婿，皇亲国戚，身份显赫，但他为政清静，死后人赞之曰："居官无官官之事，处事无事事之心。"用现在的话说就是不作秀，不太把做官当回事，而保持人格的独立和人性的率真。最典型的就是陶渊明不为五斗米折腰。"无官官之事"不是让你玩忽职守，掉以轻心，而是实事求是，实实在在地去干事。这句话类似"好读书不求甚解"，不是囫囵吞枣，而是把握主旨，不一味地抠词掰句；又类似"君子之交淡如水"，不是说交情淡，而是说交往的形式简，更见真情。

近来中央召开扶贫工作会议，令我想起一件亲历的扶贫小事，可为"官官之事"作注。那年秋风乍起，我所在的单位赶紧向对口扶贫的某县送去六大卡车棉衣、棉被，正好由我负责带队送达。三个月后，元旦已过，彼县长来京，我问："棉衣发下去没有?"答曰："没有，等春节前'送温暖'时再发。"我大怒："现在春节还未到，你身上怎么已经穿上棉衣?"可知他们整天就是这样做着些"送温暖"之类的"官官之事"，还又时时端着一颗唯恐人不知的"事事之心"。就像一只老母鸡，下不下蛋无所谓，但只要下一颗蛋必定叫得呱呱响。这哪里还有一点官责和官德？用这样的官去治理地方只能贫上加贫。还有某地矿难，经几日抢险总算打通了生命通道，危困井下的工人终于可以升井了。但且慢，还有一件“官官之事”不能少，领导还没有来到井口，明天报上没有他与升井工人现场拥抱的镜头怎么行？（工人与自己的亲人拥抱、流泪都不算。）于是宁可让他们在井下再忍一会儿。“官官之事”已经演化为官场的“官官之规”。

一个人不做官也罢，他只要做了官身上就同时有了三层含义。一是为官之责。政治学上讲，老百姓把自己的权力出让给公共机构，委托它来管理社会。所以官员手里的权力不是天生的，也不是谁赐予的，而是老百姓给的，官的本质是为民办事，为人民服务。二是为官之德。它的底线是怎么做人，官做到多大也逃不出人格与人性。可惜，官场的人性扭曲往往比民间还严重。三是为官之形。任何事物总有个方式，施政之官权在手，其行事的方式自然与普通百姓不同。如讲究成就、荣誉、排场、权威、效果等，即所谓的“官官之事”。明白这三层意思，就知道坐官（坐在官的位置上）时最重要的是“为官之责”和“为官之德”，为百姓、国家、民族办事，做一个真正的、实在的人。至于“官官之事”不是一点不要，但毕竟是形式上的次一级的“官元素”。可惜不少官员常忘了“官责”与“官德”，倒把“官官之事”看得比天还重。

这“官官之事”在古代也就是骑马、坐轿、宴请、写奏折之类，现在与时俱进了，闹得更大更新。如：求政绩，大搞短期行为；多应酬，巧于上下打点；泡会议，镜头来，版面去；造假势，汇报预演，视察排练；讲排场，警车开道，前呼后拥，等等。官场成了剧场，官员成了演员，演得很是过瘾。把这些“官官之事”办好了，虽然表面上还是官照坐，权照掌，但民心已失。水可载舟亦可覆舟，恐去官之日不远矣！慎之，慎之。

（《人民日报》2012 年 1 月 13 日）

用其力还是用其心

康熙时黄河泛滥，经年不治，工程上马后又众说纷纭，意见不一。治河老臣靳辅在黄河上滚了十几年，因与皇上看法不一被贬。后事实证明他的意见正确，又召他回来。他上书说：我已七十岁，心有余而力不足了，还是请皇上另选他人吧。康熙说：我知道你老了，我是用你的心，不用你的力。黄河于是得治。类似的故事还有一个。1949年，新中国刚成立，我们没有海军。1.8万公里海岸线，无一船一舰。毛泽东召长征老将、十二兵团兼湖南军区司令员肖劲光，要他任海军司令，组建海军。肖急了，说：我是个旱鸭子，哪懂海军。这辈子总共坐过五六次船，每次都晕得不敢动，怎么当海军司令？主席说：就看上你这个旱鸭子。结果在他主持下，创建了一支强大的海军。毛主席很满意，说有肖劲光在，海军司令不易人。他成了世界上任职最长的海军司令。

这让我们思考一个问题，用人是用其力，还是用其心。其力，当然要考虑，但前提是他的心，即他的思想、品德、意志。思想是管方向的，做什么，怎样做。品德是操守，要能把握住自己，处理好公与私、个人与事业的关系。意志是坚持力、毅力、攻坚能力。人才学研究表明，人与人之间的能力相差不多，成功与否常在意志方面。靳辅以七十岁暮年之身，肖劲光以外行之人，结果都不负重托，卓有建树，是心在起作用。

古人有阅人之术，就是观察人。曾国藩就自信通此道。有时一个人的好坏，并不要多么复杂的考察。可管中窥豹，一叶知秋。很奇怪，近年来落马的一些干部，群众早有议论，其恶行丑闻，就是做邻居也要回避三舍的，却照升、照用。最近公布处理的一位副地市级干部，作县委书记时写了一本他与本县名人的书，好借机出名。封面上他挺胸叉腰，雄视河山。十几个“名人”如指甲盖大的头像，环衬在他在身后。他到中央党校学习，用“换头术”假造了一张中央领导给他发毕业证的照片，到处吹嘘。又有中央领导来当地视察，他本不在现场，又如法炮制一张与领导人的合影。其父母过生日，用公款大摆宴席，请剧团唱戏。他最后翻船是因为查出贪污数百万。但如果没有这些经济问题呢？这种瞒天过海、欺世盗名的做派，就是拿一般的阅人术，一看也知是个坏人，倒退一百多年，曾国藩也不敢用他。这种人格在封建社会、资本主义社会，在国外也是嗤之以鼻的。但在出事前，此人还又提了一级。

用其心，用什么？用其公心，忧国忧民、不以权谋私；用其诚心，不弄虚作假、招摇撞骗；用其忠心，负责敬业，恪尽职守。这用不着多么复杂的考察，稍一了解，或谈一次话，就能阅其大概。正如一张粗劣的假币，一看就知，用不着再上什么验钞机。人格的高下，是放之四海、求之古今都一样的。君子、小人，忠臣、奸相，清官、污吏，早有定格。我们现在只要回到最低门槛，把住其心就行，也就是老百姓说的良心。有了这个良心，力不足，可以勤补拙，以诚撼天。没有这个良心，力有余，则正好以权谋私，以能售奸。用人还是用心为上。

（《人民日报》2008 年 10 月 10 日）

一个没有被荣誉宠坏的人

申纪兰恐怕是还健在并活跃于政坛的新中国最老资格的农业劳动模范了。她是建国前在根据地就和李顺达一起带领农民搞互助生产而出名的，是比陈永贵还早一茬的明星级劳模。她又是至今唯一从第一届人大连任至第十一届人大的全国人民代表。她不愧为共和国成长的历史见证人。

我和申纪兰同志相识已几十年，在十一届人代会上我们又有缘编在一个团，不由忆起了她的几件小事。

1974 年，我从内蒙古调回山西省委工作。妻子调山西省妇联机关。申纪兰同志以其声望时任省妇联主任，但大部分时间仍在基层，并不驻机关办公。当时“文化大革命”还未结束，各方面很不正规。我们由外地调来，第一件头痛的事就是没有住房，孩子又小，四处奔波、借住，十分狼狈。老申知道了这件事，找到妻子说：“小宋，我这个主任关心干部不够，让你们为难。不要费劲了，你们小两口和孩子就住在我的办公室吧。反正那房子长年空着，也是浪费。”说着拿出了钥匙。我们再困难、再不懂规矩，也不敢接这把钥匙呀。但心里一直热乎乎的，多年以后还常记起。

还有一件事。当年申纪兰参加各种会议活动较多，机关常要代她填表，其时她从省到县已兼有多种职务，有各种头衔，但她每次都要叮嘱工作人员："前面那些填不填都行，村支部书记这个职务一定不要拉下。"她是一个不忘本的人，常说，劳动模范离开了劳动还算什么劳模。

虽相识多年，我却一直无缘到她的西沟村一看，直到去年春天终于有了一次机会。西沟，真是深山大沟，前沟后沟沟套沟。老申已是78岁的人了，领着我翻梁下沟如履平地。她先领我看西沟发展史的源头，新中国成立前李顺达逃荒来这里住的沟底破窑，又看一条条治过来的沟。现在满山都是郁郁葱葱的树林，村里依山而建的层层窑洞，比城里鳞次栉比的水泥楼房更赏心悦目。我奇怪这大山里的交通之便，不管哪条沟，车子都可进可出。原来这里也有老申的功劳。过去山区多年通不了路，老乡头年买个猪娃抱着上山，第二年长成大肥猪，却抬不下山。山货运不出，看病难，上学难。作为人民代表，申纪兰对这种关乎民生的现状很是揪心，2001年他在全国人代会上正式提案，请政府关注山区交通建设。时任交通部部长的张春贤同志立即率人到太行山区调查部署修路。政府亦相应拨款。现在山区已村村通公路、通班车。这通车之便还带来另一情况，常有外省市的村民慕名到西沟来，向人民代表申纪兰反映本地的民情和积案，老申都认真听取。就在她陪我走下一层层窑洞的台阶时，还有一个从东北远道来的中年妇女拦住她说话。

从西沟回来，我一直在想一个问题：什么是人民代表，就是要代表人民说话；而要能代表人民说话，先得自己不脱离人民，永葆一个普通劳动者的本色。以申纪兰的资历，从第一届代表当到第十一届代表，已是全国名人，多年的名人。就是任何一个文体明星也未有她这样在媒体上占据的时间长。上到中央下到省市，她不知曾结识过多少领导，多少大人物。她也有机会高就他职。但她从没有什么非分之想，从没有借机为自己办一件私事。两个孩子也是靠自己的能力做平平百姓。爱因斯坦说居里夫人是欧洲唯一一个没有被荣誉宠坏的名人。申纪兰顶着名人的光环已半个多世纪，却没有一点名人的架子。她确实以代表的身份为人民办了不少事，有的还是很不一般的大事，但她从来不说，也不让媒体宣传。这正是她最让人敬重的地方。

（2008 年 1 月 6 日）

假奶粉拷问真道德

食品卫生出了一件大事，有人将化学物质三聚氰胺掺入牛奶，只为提高检测指标，卖个好价，却危及人命。成千上万吃了有毒奶粉的婴幼儿发病，并有死亡。全国为之震动。此事看似质检不严，实为道德崩溃。

民以食为天，人命关天。天都敢欺，命都敢害，还有什么不敢为之？我们说以德治国，如果这样的道德行世，则人将不人，国将不国，社会将不社会，更谈不上和谐、安定。作案人何来此胆？一是利令智昏，只要能满足一点私利，就敢昧良心，敢害人命。二是愚不知法，窃喜于小利之得，不知法网难逃，正所谓无知者无畏。总之，是人的思想出了问题，不是奶粉质量，是人的质量，人的道德质量，社会管理质量。而且这种事情屡有发生，已不是一次两次。

五月份“汶川大地震”让我们见证了人性中真诚无私的一面，这九月份的奶粉事件，让我们看到了人性中自私虚伪的一面。鲁迅一生以极大的勇气和精力与民族劣根性作斗争，看来，此事还远没有完结。奶粉掺假的背后是社会上假风盛行，久而久之，司空见惯，见怪不怪。

记得上世纪五六十年代，如果一个人说了一句假话，被人点破，羞得恨不能立即跳楼。如果发现别人有假，也必勇于揭露，愤而斥之。社会道德之失真，从“文化大革命”始，后愈演愈烈。到现在，社会上公然卖假证件、假发票，出假票据。你若要报销，售货员主动问你怎样开票，会计帮你合法入账。大家都在阳光下运作，脸不红，心不跳。谁还怕人说有假，谁还觉得是造假。所以朱镕基任总理时，一次为某会计学院题词，愤而题曰：“不做假账。”可见做假账都已成了会计经常的业务。以图财害命，责之造假的奶农、药商，可也；而假风蔓延，则要拷问全社会的道德，拷问官员的管理教化示范之责。政治是什么，孙中山说是管理众人之事，我们说是管理国家大事，是为民办事。商场之假与官场之假深有其缘。治商须问政，正人先正己。

现在官场造假成风，虚伪成规。开会排座次，发言念稿子，写公文套框子，发表文章编句子，应付视察摆场子。就是内部开个会，正常接待上司，一发言，也要先说一句“尊敬的某某领导”，如旧时臣子喊“吾皇万岁”，天天演戏，乐此不疲。干部一提拔，先学会应酬，摆架子，装样子，哪有什么如履薄冰，先忧后乐之心；下级见上级，专拣好听的顺耳顺嘴的话说，哪有什么忠言逆耳，实事求是。本来一个社会的安定是百姓老老实实做人，官员勤勤恳恳办事，现在官员只顾演戏，不做真人，怎么能教化百姓办真事？假不为错，伪不觉耻，官无个性，商无诚信，是社会安定和发展之大患。毒奶粉事发，冰山一角。

改革开放，让我们懂得了“商品经济不可逾越”，而商品交换必得有诚信，我们现在亟须补上这一课。改革开放还让我们懂得政治文明要讲民主。在这方面，中国封建社会长，遗毒甚多。专制和集权需要伪装、造假，而民主政治则要透明，要监督，要务实。我们也要补上这一课。无论是政治道德还是商业道德，都要从诚实做起。道德是法律的基础，德不行则法不立，法不立则国难治。而一个社会道德的教化普及，大莫过于先立制度，保障民主，有效监督。然后才能官员勤勉，政风朴实，上行下效，人人自律，自然河清海晏，夜不闭户，路不拾遗。

愿从假奶粉事件中反思治国大义。

（《北京日报》2008 年 10 月 20 日）

警惕学习的异化

近读《中国档案报》编辑出版的一本《解读尘封档案》，其中详细记录了“文化大革命”中，《毛主席语录》的编写过程，思考良多。1959年9月，林彪接替彭德怀任国防部长，第二年提出军队要掀起学毛著高潮，并说训练、生产都不能冲击学习。1961年4月又提出，毛主席有许多警句，要把它背下来，《解放军报》要登语录。于是军报开始在头版登语录。1965年8月1日，64开本《毛主席语录》发行，每个战士一本。地方上起而效仿，军队为地方代印《语录》1 200余万册。1966年12月17日，全国各报发表林彪署名的《〈毛主席语录〉再版前言》。到“文化大革命”中，《语录》已正式由新华书店发行，全国绝大多数省市都按人口印刷，几乎人手一册。1971年“九一三”事件发生，《语录》热戛然而止。

应该说，当年的《语录》热，对普及毛泽东思想作用很大。我们这一代人的政治常识也是那个时候垫的底。但万事不可太过，过则走向反面。学习本是一种自觉的探求，冷静的辨别，科学的实践。求不得轰轰烈烈，更不能搞成运动。既成运动，便来如潮涨，去如潮落，就躲不开涨潮时的盲目和退潮时的寂寞。寂寞之后当然应该有思考。

原来，任何事物，除内容之外还有形式。形式这种东西有自身的价值，便总想脱离内容，闹出点动静来展示自己的独立。如诗词，人们发明了格律，它是形式，但是诗词的一部分，于是就有人以为只要按格律填上字就是写诗作词。生活中许多人就这样求于形式，止于形式，因为这比内容要容易掌握。于是就本末倒置，就异化变味，生出许多有违初衷的事。如吃饭，当七碟八碗，桌上有鲜花，眼前有乐舞时，那早已不是为吃；如服装，当它变成了舞台上模特身上的奇装异服时，那也早已不是为穿了。而一个事物每当形式完全俘获了内容时，它也就走到了尽头，不再会有生命力。形式愈完备，愈烦琐，生命就愈僵化，愈近停止。八股文是这样，“文化大革命”中的手捧《语录》“早请示、晚汇报”也是这样。过去，我们不知经过了多少学习运动，现在不少地方也在这“学习化”，那“学习化”，口号喊得震天响，什么领导动员、讲演比赛、有奖问答、开卷考试、辅导验收，不一而足。公款买的学习用书，发了一筐又一筐。学习已经被异化为一种形象工程或应酬行为。

近日纪念改革开放 30 年，重读邓小平视察南方时关于读书与学习的一段谈话。他说：“学习马列要精，要管用的。长篇的东西是少数搞专业的人读的，群众怎么读？要求读大本子，那是形式主义，办不到……我们改革开放的成功，不是靠本本，而是靠实践，靠实事求是。……我读的书并不多，就是一条，相信毛主席讲的实事求是。”据家人回忆，小平确实没有读完《资本论》，但《列宁全集》是仔细读完了的，那是他在江西落难的时候，在那个被软禁的小院里，小楼上的灯彻夜不熄，他在结合读书思考执政党如何治国的问题。据身边的人讲，小平在视察工作时总是多问少说，静静地听；在读书时，不勾画，不批注，静静地想。他是最不爱虚张声势，弄出点什么动静的人。在南方谈话中他还说：“你们查一查，我们三中全会以来所作的决定，哪一条是从马列主义的书上抄下来的，没有。但是你再查一查，我们哪一条是违反马列主义、毛泽东思想的，没有。”

当年林彪硬把学习毛主席著作这件好事异化成狂热的个人崇拜，而他自己乘机篡权。而邓小平却因坚持实事求是遭毛主席一批再批，到主席去世前一年还在“批邓反击右倾翻案风”。但主席去世后，邓却力主搞一个《关于建国以来若干重大历史问题的决议》，并指出决议的关键是要肯定毛泽东思想和毛主席的历史地位，如果这一点做不到宁可不搞。诚如他说的，就是“相信毛主席讲的实事求是”。这是真读书，真学马列毛泽东思想。有小平倡导的这种学习精神，我们才有今天的好局面。

（《新华文摘》2009 年第 5 期）

地震教我们如何说话

“5·12”汶川大地震后，国内外只有一个呼声：抗震救灾。过去常不绝于耳的几种声音，如老百姓对政府的批评，西方媒体对我们的挑剔，社会上的谣言和猜测，统统没有了。大地这一发威，把舆论都震住了。

舆论是比军事的、经济的、物质的等一切硬实力还难对付的软实力。俗话说众口难调，各人有各人的看法；又百口莫辩，任你怎样解释，人家总是不信。但有一样东西可以对付，这就是事实。学会用事实说话，用重要的事实说话，用真诚的口吻说话。抗震救灾，检验了我们的经济实力、组织能力，也检验了我们的说话能力、把握舆论的能力。

大道无形，强不言兵，最好的说话方式是不必再说。过去群众对政府的工作有意见，如腐败、效率等。这次收到地震消息时，总理还在外地回京的路上，立即掉转车头直奔机场，就在飞机上发表抗灾动员。四个小时后，已落地在废墟中指挥救灾。当日就近调帐篷 5 000 顶，十天后又在全国再增调 90 万顶。救援队水、陆、空并进，三天内，来自数千里外不同方向的，挂着北京、广州、青岛、沈阳等不同牌子的白色救护车，已按划定分工出现在灾区各县、镇。这时百姓还有什么话说，无论是灾民，还是全体国民，只有一句话：

政府效率高，政府想着百姓。什么是政治？国家、民族的全体大事就是政治，这几天救灾是最大的事，就是政治。儒家的思想“民为邦本”，孙中山说政治是管理众人之事，毛主席说：站在最大多数人一边，不管是哪一个时代的政府，能给老百姓办事的政府就是好政府。这是人类长期积累的共同的政治文明。此时此刻，我们的政府就是最好的政府，最得人心的政府。全国人民高高举起的双手既是对灾区的支援也是对政府的致敬。哪里还会有什么牢骚？

信息公开是现代政治文明的表现。最好的工作形式就是无形式，这次救灾工作及其报道，最大的特点就是透明。地震突发后，相关部门每天都召开新闻发布会，电视台 24 小时滚动报道，各媒体都有记者深入到灾区的每一个角落和后方的每一条生产线、运输线实时播报。一时，人们的脑子里只两个概念，一是灾难，百年不遇的大难；二是救灾，一刻不停地救灾。事实的透明带来思想的统一。这场救灾检验出了我们的两个进步：一是政治进步，政府坦诚，没有什么可保密的，欢迎监督，每一笔资金、每一项物资都可跟踪调查；二是科技进步，通信、电话、网络提供了全程、全方位的服务和监督。或捐赠救灾、寻找震后亲友，或监督举报，都可。在一次记者招待会上，记者问及有救灾帐篷流向市面，怎么解释。民政部立即答应查办。谣言止于信息公开。这样，小道消息还有什么市场？我们要感谢在地震前不到半个月出台的《中华人民共和国政府信息公开条例》。虽然这比美国 1976 年出台的《阳光下的政府法》晚了三十多年，但我们还是追上了世界政治文明，百年不遇的大地震就遇上了这个刚刚出台十多天的法规，这也是天意。

过去西方媒体最喜欢做的文章就是中国的人权。我们常对他们说，最大的人权是生存权，也许他们没有什么体会。当温总理在废墟上大喊：第一是救人！当连续三天，全国都为死难者下半旗致哀时，全世界都看到了中国政府是怎样尊重生命。而近来在西方，无论是政府、国会还是媒体都一片声地称赞中国政府的救灾行动。谣言止于透明，偏见化于诚恳。当年朱镕基访问美国，示威者围着他下榻的宾馆闹人权，朱第二天讲话说，你们急什么，我们自己的事，我是总理，我比你们还急。温家宝总理访问美国，耐心地解释，中国有自己的国情，什么事一乘13亿太多，一除13亿又不够。这都是诚恳的态度。这次抗震救灾我们向全世界再次显示了这种诚恳。就在一个月前，西方还有人借“藏独”说人权，地震后却出奇的平静。诚恳再加事实，总会理解，总能沟通。

毛泽东同志说，战争是洗涤剂。灾难也是洗涤剂，这次地震帮我们洗掉了许多旧方法、旧作风，让我们的工作，特别是宣传工作大进了一步。我们不敢说以后有多好，但遇到困难时，听到批评时，我们就想一想这次地震。就像过去常说的，想一想战争，想一想长征。

（《人民日报》2008年6月30日）

干部何必展示才艺

现在干部的文化基础水涨船高，大学本科已是起码的门槛，硕士、博士比比皆是。不像解放初的工农干部，胼手胝足，只会闷头工作。于是除工作之外便有了“才艺展示”。

胡长清人人皆知，是新时期第一个因贪污而处死刑的省部级高官。他选的才艺是书法。据说他在监狱里还对狱警说：“你善待我，我出去后给你写幅字。”可惜笔未落纸，头已落地。还有一位地方官，治民无方，治地发生群体事件，他处理不了，化装逃出。但他却会弹钢琴。他常会客的宾馆里放着一架专用琴，每当酒酣之时，部下就会巧妙地暗示：我们领导还会弹琴呢。客人就赶快知趣地说：真的吗？愿闻其妙。他就半推半就，走上琴台，才艺展示一番。

多才多艺没有错，关键是分清主次，才当其用。大凡一个稍有文化、中等智力的人，身上总会有数种甚至十数种以上的才，这不足为奇。据说人身上的 23 对染色体，只有 1 对管起码的体力智力，其余 22 对管不同的才，人人有才，人皆多才。君不见随便一个民间二人转演员，从耍手绢到吹唢呐，都能在台上玩他一个眼花缭乱。但他真要成名却不容易，一是要有一个专门的才，二是这才还得是别人没有的绝才。这就难了，这里有个角色分工问题，也有人生态度问题。如果唱旦角的不攻旦功，而旁骛丑功，则“旦不成而丑不就”，为老实人、聪明人所不为。政治舞台与演艺舞台其理同一。

干部的主要角色是什么？是理政。孙中山说政治是管理众人之事，毛泽东说是为人民服务。首先你要有行政能力。心忧天下，心系百姓，把握大势，拆难解困，卒然临之而不惊，捧之宠之而不喜。老老实实把该管的事管好，勤勤恳恳为百姓谋一点福，如果还能有一点创造，比如有一点新政，那就更好。正如朱镕基答记者问所说，希望是个清官，干一点实事。我们常爱在官员前加“父母”二字，称父母官，暂不说其是否准确，但这却有强调责任的一面。父母者，首先要解决子女的衣食等事。如果一个父母每天拿不回粮米，进门就只会给孩子唱歌，子女也实在乐不起来，要这等父母何用？其实无论是百姓还是上级，直到中央，对干部并没有什么过多要求，干部考核表上也没有“才艺展示”这一项。但是为什么有些干部喜欢频频展示其才艺呢？原来花拳绣腿比真功夫既好看又省力。

才艺对政治家有没有用？有用，但那是锦上添花。有一点，更见其彩，没有也不影响为官做人。毛泽东诗词写得好，中国人为有这样的领袖自豪；邓小平不写诗，仍不失为伟人，人们照样尊敬他。政坛上人物的才气可分为四种。一是有政治之才又兼有艺术之才；二是只有政治之才；三是只有艺术之才，投错了胎，误入政途，如宋徽宗、李后主；四是既无政治之才又无艺术之才，阴差阳错，戴上了官帽。不管哪一类，既入政坛，就要一心务政。共产党的第一代领袖无不多才，周恩来年轻时就演话剧，张闻天写小说，海军司令肖劲光还拉得一手好二胡，但从没有听说他们“露一手”。官者管也，管好老百姓的事，同时也管好自己。有才艺可以，但不必频频展示，不要本末倒置，否则适得其反。宋徽宗好字画，李后主好诗词，明朝还有一个木匠皇帝熹宗朱由校，这些业余才艺反倒促使他们更快地人亡政息。共产党员早期重要干部顾顺章会两下魔术，执行秘密任务途中，过汉口码头时禁不住上台露了一手，结果暴露身份，被捕叛变。凡热心于小技小艺者，其心必浮，难有大成，亦难托大任。足为之戒。

（人民网 2009 年 11 月 2 日）

官员答记者问的14个不要

因为长期从事新闻工作，经常采访官员和参加各种官员举办的记者招待会，总觉得我们官员答记者问的水平还有待大大提高。这首先是一个认识问题、态度问题，然后才是技巧问题。答记者问是现代政治的一种运作手段，是政治文明的一部分，是主动提供信息、沟通意愿、争取民心、获得支持和改进工作的重要途径，切不可有应付、对抗的心理。以低标准来要求，起码必须做到14个“不要”：

1. 不要做报告。答记者问是有问才答，不问不答。虽有时也可借题发挥，但不可太多。常见的毛病是不管人家问什么，只管念自己事先准备好的稿子，做了一个小报告。甚至是故意占住时间，怕人多问。

2. 不要抖家底。一些地方官，不管回答什么，总要不厌其烦地将自己所辖地的土地、人口、物产、产值，甚至山川、历史、气候，全都抖落一遍。这些并不能见报，也无人关心。

3. 不要居高临下。答记者问就是答客问。对客人要尊重、客气。和气生财，谦虚生威。

4. 不要环顾左右而言他。这样不礼貌，人家觉得你心不诚。相反，答问时你最好始终看着对方的眼睛，人和人的交流主要靠语言，而无言的交流主要靠眼睛。语言加眼睛，诚恳而生动。

5．不要以不变应万变。不要用外交辞令，这样给人“滑”的感觉，自以为得计，其实有损形象，吃大亏。

6．不要有对抗心理。所提问题有时可能尖锐，但不必介意，不要立即做出一副防范、抵抗状，这样问答将无法进行。

7．不要念稿子。凡问答都是即时的，试想，你与亲人、朋友谈话，或者你年轻时谈恋爱是否也先有一份稿子？有稿，就有其心不诚、其人无能之嫌。

8．不要上专业课。答记者问就是通过媒体普及你的思想、你的观点。你讲得又专又深就等于白说。钱学森要求大学毕业生交两篇论文，一篇专业论文，一篇科普文章。真懂是能深入浅出。官员也要有两种本事，一是起草文件，写工作报告；二是动员群众，包括回答记者。

9．不要假装幽默。幽默是宽裕的表现，是达到目标的同时还有一点花絮，如篮球的空中扣篮，足球的倒勾射门。没有真本事，不要幽默。许多官员以为答问时，幽默就能得分，结果，身子能倒勾，球却进不去，弄巧成拙。

10．不要借机捧上级。大型记者招待会，有时是各级官员出场，由最高官员主持。常有低级官员借答记者问捧上级，让人肉麻。虽面向记者，却心系领导，这是封建政治、奴性人格的表现。无论民主政治还是现代传媒都无此内容。

11．讲话的前奏不要太长。答问，是借问作答浑然一体，如太极拳之借力发力，四两拨千斤，一开口即要接上记者的问话，不要自加前奏，自泄其气，反招人烦。

12．讲话不要超过 5 分钟。长则有水分，长则惹人嫌。

13．不要讲空话、套话。你要明白这些话统统不会见报，所有的记者都是挑最有个性的材料和语言来写稿。

14．不要向记者发脾气，更不可动粗，弄不好身败名裂。就算已看出是对方设的圈套，也要机智地、有风度地绕过去。

这 14 个“不要”都是我在记者招待会上屡屡看到，现仍在发生着的。特整理奉上，以资官资政。

（《人民日报》2010 年 3 月 24 日）

一把跪着接过的钥匙

报载北京市盖好第一批专供低收入家庭使用的廉租房，业主代表感激万分，在接钥匙时向领导下跪。报纸以赞赏的口吻报道此事，大标题是《北京首个限价房项目瑞旗家园交用，市委书记、市长发钥匙，入住廉租房业主跪地谢》，并配有下跪的大幅图片。这条消息刊发在 7 月 1 日，党的 88 周岁生日当天，显然是一项计划好的“送温暖”活动。消息一见报即议论纷纷。

自从 1944 年毛泽东同志发表《为人民服务》以来，全心全意为人民服务，已经是中国共产党人上下一致的信念。老一辈革命家和无数普通的前辈党员、干部都为我们做出了榜样。干部为人民办事是应该的，很自然、平常，没有什么可自诩、自豪、自矜、自炫的。功高如邓小平，他仍说：“我是中国人民的儿子。”共产党立党为公，绝无一点私利，也绝不要什么回报，包括什么报恩、答谢。今天，我们只不过用纳税人的钱为老百姓盖了几间房，就心安理得地接受人民的跪谢，这成何体统？报上登的是一把跪着接过的新房钥匙，而这恰是我们解开执政理念的一把思想钥匙。

下跪人与受跪人之间是什么关系？是下对上、晚辈对长辈、奴才对主人、受施者对恩人。所以有子女跪父母、学生跪老师、仆人跪主人，而从没有反过来跪的。即使这样也是封建遗风，民主社会任怎样的感激、崇敬，有话尽管说，也是不必下跪的。21 世纪的今天，忽然冒出小民下跪的一幕，并登之于报，能不让人大呼怪哉？这镜头里透出的显然是民在下，官在上；民为子女，官为父母；民为受恩者，官为施恩者。这一跪就是人格问题、道德问题、政治问题。跪者不自爱，受者不警觉，时代大倒退。自辛亥革命推翻封建体制已 98 年，马上就要一个世纪，封建残余还如此顽固，正应了孙中山那句话："革命尚未成功，同志仍须努力。"问题是我们从建党那一刻起，不，从建党前五四时期的思想准备阶段起，就高举民主、平等的大旗，以后为此不知又付出了多少牺牲。现在掌权既久，怎么倒淡忘了初衷？我们不是常说自己是公仆、是人民的儿子吗？假如父母向你下跪，那是什么滋味？

突发之事最见真感情、真水平。大典上的这件事，是考验我们执政理念的试金石。虽然报上说领导赶快去扶下跪的群众，但我怀疑其内心仍有一种以恩人自居、受人一跪的窃喜。要不，为什么不当场严厉批评，坚决制止，并不许登报呢？当年彭德怀保卫延安，转战陕北，屡建奇功。一次开庆功大会，彭德怀一进会场，看到主席台上挂着他的头像，便勃然大怒，说："还不快把那张像给我撕下来？"这是真谦虚，动真情。如果这件事能像当年彭总那样处理，坚决制止，并仔细讲清道理，岂不传为美谈？如果报纸报道出来，是多么生动的一场立党为公、执政为民的现场教育课？说不定还是一条得奖好新闻。

我还想，如果毛泽东在世碰到这件事，他一定又要写一篇新版的《为人民服务》。大意是：我们共产党的干部是彻底为人民利益工作的。我们为了一个伟大的目标，已经走了 88 年，走过了建国，走过了改革开放。我们为人民办了许多好事，但是还不够，还要办得更多一些。因为胜利，人民会感谢我们，但我们千万不可骄傲。今天，我们只不过为人民盖了几间房子，发了一把钥匙，就弄得百姓来向我们下跪，这值得我们深思。这说明我们还没有真正弄懂党和人民的关系。只有这个问题解决好了，我们的事业才有希望。

（人民网 2009 年 7 月 7 日）

笑谈真理又何妨

这个题目是我读初中时，在《人民日报》上见到的一篇文章的标题。文章引列宁的话意，说我们谈话写文章为什么一定要板着面孔？就是严肃的真理也可以笑着来谈。这是讲宣传方式和效果。几十年过去了，我一直没有忘掉这个题目，因为天天读报，特别是读言论时，看到的仍是板面孔多，笑面孔少。

一次参加作品评奖，有一篇题为《"揉屁股"现象及其他》的言论，终于使我笑了起来。文章说小时候惹了祸，父亲气得拉过来狠打一顿屁股；过后母亲又搂过来心疼地揉一揉。现在不少单位在报上挨了批评后，便要求接着发篇改正稿，甚至表扬稿，不发还不行，非得给"揉一揉"才算了事。此稿批评捧场、作假、护短甚至耍赖的社会风气入木三分，却又让人忍俊不禁，可谓笑谈真理。

真理的内容是一回事，表达方式又是一回事。许多重大的、艰深的问题是可以通过轻松、幽默的方式来笑谈的。毛泽东同志一生大都在笑谈真理。重庆谈判，记者问：和谈破裂，毛先生能战胜蒋先生吗？他说："蒋先生的'蒋'是将军头上加棵草。不过草头将军而已。"说完大笑。又问："那'毛'字呢？""我的'毛'是毛手毛脚的毛，又是个反'手'，代表大多数中国人民的共产党战胜国民党易如反掌。"这回连记者也笑了。这是何等自信，又何等轻松。当大革命失败，许多人心灰意冷时，他说，革命高潮就要到来，是海上已露出桅尖的航船，是喷薄欲出的红日，是躁动于母腹的婴儿。革命快胜利了，我们要进城了，他说，这是万里长征第一步，要警惕糖衣炮弹。作为接班人的林彪突然叛逃，他说，天要下雨，娘要嫁人，由他去。科学家也在笑谈真理。有人向爱因斯坦请教相对论，他说，与老妪相坐日长如年，与漂亮的姑娘相坐时快如梭。法拉第做学术演讲，并表演磁变电实验，台下一位爵士说，可是这又有什么用呢？法拉第说，用不了多久它就会向你交税的。现在全世界用电创造的财富究竟有多少，谁能统计清楚？

真理是既深刻又平凡的。深刻是因为它反映了事物的本质，又常为表象所掩蔽；平凡是因为和人的切身利益有关，人人可以感受感知。新闻是不断通过信息（现象）的叠加，供读者分析认识事物；文学是通过故事的叙述让人认识社会的本质；理论是直接揭示规律给读者。笑谈真理则是借读者已经感受到的现象或道理喻知事物的本质，如诗歌艺术中的比兴手法，由此及彼，由浅入深，渐入佳境，更见效果。

真理而能笑谈，第一是作者拥有真理的自信，第二是他知识的渊博。笑，是胜券在握时表现出的轻松。两人辩论，理屈词穷的一方总是紧张得手心都出汗，而将胜一方可以一言不发，只以微笑来逼视对方的窘态。笑谈又是一种附加了形式美的对内容的阐述。像足球射门，可定点射入，也可凌空倒勾一脚射入，虽然都得一分，但后者更能博得观众雷动的欢呼。杂技舞台上的丑角恰是由水平最高的演员担任，他能在技巧之外又加进艺术（语言的、形象的），从而使观众获得轻松的享受。苏东坡词："谈笑间，樯橹灰飞烟灭。"那是一种何等自信的实力的显示。

作者只有在吃透了自己所论的问题，同时在知识、语言、方法上又都绰绰有余时，才能笑谈真理，举重若轻，深入浅出，又真又美。

（《新湘评论》2012 年第 3 期）

逢八之年忆往事

今年是2008年，序数为“8”，谐音为“发”。大事不断，好事连连，第29届奥运会将在北京举行。这标志着我们的国力、国格已为世界所重。站在历史的高峰上，回望民族发展的历程，有多少个“8”可以让我们永远地纪念？

由此上溯30年，是难忘的1978年，时在北京。邓小平主持召开了最有意义的中国共产党十一届三中全会。这是一块历史里程碑，其意义可与现代史的开篇五四运动相比。五四思想大解放，反帝反封建，开始了新民主主义革命，始有新中国；三中全会思想大解放，冲破了我们误入既久的僵化模式，始有中国特色社会主义。是一历史意义的发展。

由此上溯60年，1948年，时在西柏坡。毛主席和党中央由陕北转移来此，在我党这最后一个农村指挥部，指挥了夺取政权的战略大决战，三大战役告捷，七届二中全会召开，提出“两个务必”，我党将由革命转入建设。是一历史意义的发展。

由此上溯70年，1938年，时在延安。毛泽东发表著名的《论持久战》。国共合作，党领导了抗日统一战线，领导了中国人民的最后一场反抗外国入侵的战争。此战结束了中国近代以来的民族屈辱史。是一历史意义的发展。

由此上溯 80 年，1928 年，时在井冈山。毛泽东和朱德会师，革命高潮如喷薄欲出的红日，枪杆子里面出政权，中国革命开始了农村包围城市的光辉历程。红色苏维埃第一次出现在中华大地上。是一历史意义的发展。

邓小平说“老祖宗不能丢”。我们还可以由此上溯 160 年，1848 年，马克思、恩格斯发表《共产党宣言》，那是我们革命理想的起点。从接受科学社会主义到今天建设中国特色社会主义，科学发展，和谐社会，我们走过了多么漫长的历程。

长路漫漫，几多胜利，几多艰辛，其间亦有挫折。由此上溯 40 年，1968 年正是“文革”高潮，党和国家深陷危机；由此上溯 50 年，1958 年，全国“大跃进”，生产力大破坏。这两个逢“8”之年，都未有发展，反成倒退。前事不远，后车之鉴。

逢“8”忆事，又忆其人。今年有两位逢“8”的伟人不能忘记。由此上溯 110 年，1898 年，周恩来、彭德怀诞生。周，开国总理，大无大有，人格至上；彭，开国元帅，刚正不阿，犯颜直谏。伟人之光，后世长仰；伟人之德，后世难忘。他们在党史、国史上都有特别的地位。

当此踏入 2008 年门槛之际，我们攀登在曲折如“8”、萦回起伏的盘山道上，以“8”为题，抽检历史，回首发展，无论成就还是教训，皆为汗凝成，血写就，自当多多珍惜，再思进取。收回上溯的思绪，让我们顺流而下，展望 10 年、30 年、50 年后的 2018、2038、2058，那将是一个什么样的世界？吾辈当更加努力，勿愧青史。

（《大地》2008 年第 1 期）

“要”字牌言论

十多年前，我写过一篇《“哇”字牌通讯》，批评通讯写作的华而不实。这几年看稿多了，又发现一种“要”字牌言论。这种言论，几乎是把文件拆分成段，要这，要那，要读者去照办执行。结构也简单，一“要”到底，有时一篇能数出十多个“要”字。“哇”字牌通讯，透出一种“嗲”气、“浮”气，有做作之态；“要”字牌则不用装模作样，是直截了当的横气、霸气，一股强迫命令之气。

报纸和读者的关系是一种自愿结合的我登你看、我说你听的组合，并表现为一种自愿的市场供求，读者在自由地购买或订阅报纸。这中间没有任何的上下隶属、行政约束。一个报纸好看不好看，有没有读者，全靠两样东西：第一，有没有事实信息，这主要靠消息、通讯来传递；第二，有没有思想内容，这主要靠言论表达。思想这个东西很怪，至少有两个特点：一是吃软不吃硬。一个人接受外来的思想时，他只表现为理解、接受，而不是盲从。用“要”的方式来命令只会激起逆反和厌弃。就像男女结婚只能通过自由恋爱而不能逼婚。报纸的力量是一种“软实力”而不是行政硬实力，它应具有一种让人心悦诚服、自愿接受的思想魅力。二是必须有个性，用个性去表现共性。世界上的基本道理，无论是政治、哲学、科学还是马克思主义原理，最基本的就那么几条，但是为什么又还有那么多的人天天在讲，那么多的书报刊在天天阐述？原来这讲解、阐述的过程是在思考，而不是重复，是加进了个性的创造。比如我们宣传中央的一个政策，自然就加进了当地的实例、群众的实践、干部的体会、作者的理解，还包括不同于文件原文的新的语言表达等。这些个性创造一方面进一步强化、升华了共性原理，另一方面因个性特点让读者对原理感知得更具体，更易接受。如果去掉个性的东西，只把文件拆成几段，多加了几个“要”字，说好听一点是传声筒，说不好听是抄袭，因为这里并没有作者的新创造。就像搬来一堆砖头，硬说自己盖了一所房子；送人一斤面粉，就说我这是送你一块面包。写作常被称为“创作”，关键就在一个“创”字。创者，突破、新生也。你比原来的文件到底新了一点什么？是新例证、新理解，还是新表达？文章五诀：形、事、情、理、典。一篇文章，除了理，总得有点具体的“事”或“形”吧，好引发读者的思考。“情”与“典”要求高了点，暂可不要。

为了强调言论写作的个性，我们可否用一个笨办法，提出这样一个最低的“四有”标准：每篇文章有一个属于自己悟到的新思想（从中可看出你对原理的理解）；有一个自己精心挑选的例子（这证明你已能理论结合实际）；有一个贴近的比喻（这考验你是否吃透了原理，能深入浅出）；有与文件不同的语言。这个办法是比较笨，要求也比较低，但只要上这个线，你就可以从“要”字这根带子的捆绑中解放出来了。

道理虽这样讲，可为什么报刊上“要”字牌言论还是这么多呢？细分一下，这种言论的作者有两类人，一是编辑记者自己，原因只有一个“懒”，应付了事，或许他在写稿时心里就在说，反正也没多少人看，自己对这文章便没有兴趣。二是一些官员，坏在一个“权”字。平时“硬实力”用惯了，行政思维，言出成令，现在把千百万读者也当成了他的下属。不管是源于“懒”还是源于“权”，都是既不尊重读者，也不尊重自己的劳动，这言论当然也就成了一件摆设。试想一个作家、画家或音乐家，他在进行自己的创造性劳动时敢这样随意去写文、作画、作曲吗？真这样去做，作品能被人接受而流传开吗？个性是一切作品的生命。有一个误解，以为理论没有个性，其实理论和艺术同样需要个性，而且除形式外，它比艺术又更多一份思想的个性。

一篇好的言论是既让读者接收到一个新思想、新观点，又少用或不用“要”字，这叫“不战而屈人之兵”。恩格斯的名文《在马克思墓前的讲话》，无疑是要宣扬马克思，让人们学习他、接受他、继承他，但我数了一遍，全文没有一个要字。

（《人民日报》2006年9月10日）

对政治人物不应称爷爷

政治就是“一大二公”，是国家大事、公家的事。讲政治就是要分清大小，分清公私。大事不能乱，公私不能掺。报纸宣传犹要注意。一些细节，虽一时无大碍，但潜移默化，事关规矩。社会运转自有一套大规矩、大程序，是公共程序。在这套程序中，从国家领导人到平民百姓各有定位，各尽其职，各尽其责，这就是政治生活。政治是严肃的，惟其严肃，才有效率。政治生活之外，还有人情、人伦的私生活，但两者不能混淆。北宋名臣富弼出使辽国，一走数月。有人捎家书来，他不拆，直放灯上烧掉，曰：徒乱人心。当此时也，他如无家、无妻儿，只有使臣身份。我们一些报纸，一些记者，常用孩儿语、私家情去写严肃的政治，弄得不伦不类。如报纸上报道孩子们对国家领导人的称呼常用“爷爷”。到过“六一”儿童节，整版通栏大标题喊爷爷。个别稿子，可以动笔改一改。但对这种风气，便只有认真向有关部门反映，提请研究改正。下面这封信是我当时写给中央有关领导的一封信，并受到重视，通知各媒体注意改正。

某某同志：

您好！

最近的“六一”报道中，许多报纸提到孩子们对国家领导人称呼时都用“胡爷爷”、“温爷爷”等，以前也有这种情况。我觉不妥。一方面欠严肃，另外，也涉及未成年人教育的一个问题。从晚辈尊老的角度讲，称爷爷当然是对的，但更重要的是要从小培养孩子们的国家意识、领导人意识和社会观念。一个看似简单的称谓，实际上是在潜移默化，是不是在对孩子进行爱国主义和宪法、法律的启蒙教育，是个政治问题。孩子一懂事，除了让他们懂得家庭、亲情、尊老爱幼外，还要逐渐让他们懂得自己是生活在社会上和国家中，这样才会有责任感和纪律性，进而有爱国心。像“主席”、“总理”这样的职务是代表国家的，在媒体上的公开宣传报道中还是称职务好，比较严肃。上世纪幼儿园、小学里教育孩子也是称“毛主席”，而不是称“毛爷爷”。我们提倡党内称同志，但在报纸上对国家领导人还是称职务好。

不知妥否，仅供参考。

（2004 年 6 月 2 日）

为艺为文

说经典

什么是经典？常念为经，常数为典。经典就是经得起重复，常被人想起，不会忘记。

常言道，“话说三遍淡如水”，一般的话多说几遍人就要烦。但经典的语言人们一遍遍地说，一代代地说；经典的书，人们一遍遍地读，一代代地读。不但文字的经典这样，就是音乐、绘画等一切艺术品都是这样。一首好歌，人们会不厌其烦地唱；一首好曲子会不厌其烦地听；一幅好字画挂在墙上，天天看不够。甚至像唐太宗那样，喜欢王羲之的字，一生看不够，临死又陪葬到帝陵里。许多人都在梦想自己的作品、事业成为经典，政治的、文学的、艺术的、工程的等等，好让自己被历史记住，实现永恒。但这永恒之梦，总是被可怕的重复之手轻轻一劈就碎。修炼不够，太轻太薄，不耐用，甚至经不起念叨第二遍。倒是许多不经意之说、之作，无心插柳柳成荫，一不经意间成了经典。说到“柳”，想起至今生长在河西走廊上的“左公柳”。100 多年前，左宗棠带着湘军去收复新疆。他一路边行军边栽柳，现在这些合抱之木成了历史的见证，成了活的经典，凡游人没有不去凭吊的。“统一战线、武装斗争、党的建设”是中国革命的三大法宝，是中国共产党打天下的经典。但它的产生是毛泽东不经意间脱口说出的。1939 年陕北公学的一批学生毕业要上前线，毛泽东去讲话说：“《封神演义》上姜子牙下山，元始天尊送他三样法宝：打神鞭、杏黄旗、四不像。今天我也送你们三件宝：统一战线、武装斗争、党的领导。”经典就这样产生了。莎士比亚有许多话，简直就是大白话，比如“是生还是死，这是一个问题”；还有托尔斯泰《安娜·卡列妮娜》的开头，“幸福的家庭都是相似的，不幸的家庭各有各的不幸”。这些话被人千百次地模仿。就是《兰亭序》，也是在一次普通的文人聚会上，王羲之一挥而就。当然，经典也有呕心沥血、积久而成的。像米开朗琪罗的壁画《末日的宣判》，一画就是八年。不管是妙手偶成还是苦修所得，总之，它达到了那个水平，后人承认它，就常想起它，提起它，借用它。它如铜镜愈磨愈亮，要是一只纸糊灯笼呢？用三五次就破了。

经典所以经得起重复，原因有三：一是达到了空前的高度；二是有绝后的效果；三是上升到了理性，有长远的指导意义。

经典不怕后人重复，但重复前人却造不成经典。

文化的发展总是一层一层，积累而成。在这个积累过程中要有个性，能占一席之地必得有新的创造。比如教师一遍一遍讲数理化常识，如果他只教书而不从事科研，一生也不会成为数学或物理学方面的经典。因为只有像牛顿发现了万有引力，像伽利略发现了重力加速度，像爱因斯坦发现了相对论等，才算是科学发展史上的经典；马克思创造了无产阶级专政理论，毛泽东创立了农村包围城市理论，邓小平创立了中国特色社会主义理论等，这些都是无产阶级革命和建设的经典。它是创新，不是先前理论的重复。唐诗、宋词、元曲，书法的欧、颜、柳、赵，王羲之的行书、宋徽宗的瘦金体，都是中国文学艺术史上的经典。因为在这之前没有过，实现了“空前”，有里程碑的效果。只要写史，只要再往前走，就要回望一下这些高峰，它们是一个永远的参照点。

经典又是绝后的，你可以重复它、超越它，但不能复制它。

后人时时地想起、品味、研究经典的目的是为了吸收借鉴它，以便去创造自己新的经典。就像爱因斯坦超越牛顿，他和牛顿都不失为经典。齐白石谈到别人学他的画时说："学我者生，似我者死。"因为每一个经典都有它那个时代、环境及创造者的个性烙印。哲学家讲，人不能两次踏进同一条河流。比如我们现在写古诗词，无论如何也不会有李白、李商隐、李清照的神韵，岂但唐宋，就是郭小川、贺敬之也无法克隆。时势异也，条件不再。你只能创造你自己的高峰。惟其这种"绝后"性，才使它高标青史，成为永远的经典。

我们对经典的重复不只是表面的阅读，更是一次新的挖掘。

经典所以总能让人重复、不忘，总要提起，是因为它对后人有启示和指导价值。"绣出鸳鸯凭君看，莫把金针度与人。"经典不只是一幅鸳鸯绣，还是一根闪闪的金针。凡经典都超出了当时实践的范围而有了理性的意义，有观点、立场方法、思想、哲理的内涵，唯理性才可以指导以后的实践。理性之树常青。只有理性的东西才经得起一遍一遍的挖掘、印证，而它又总能在新的条件下释放出新的能量。如天然放射性铀矿一样，有释放不完的能量。范仲淹说："先天下之忧而忧，后天下之乐而乐。"司马迁说："人固有一死，或重于泰山，或轻于鸿毛。"邓小平说："不管白猫黑猫，抓住老鼠就是好猫。"这些都是永远的经典，早超出了当时的具体所指而有了哲理的永恒。就是达·芬奇的《蒙娜丽莎》的微笑，朱自清《背影》中父亲饱经风霜的背影，小提琴曲《梁祝》中爱的旋律，还有毕加索油画中的哲理，张旭狂草中的张力，也都远远超出自身的艺术价值而有了生命的启示。

总之，经典所以经得起重复是因为它丰富的内涵，人们每重复它一次都能从中开发出有用的东西，像一块糖，因为有甜味人们才会去嚼。同样，一篇文章、一幅画或一个理论，能经得起人们反复咀嚼而味终不淡，这就是经典与平凡的区别。一块黄土，风一吹雨一打就碎；而一颗钻石，岁月的打磨只能使它愈见光亮。

（2005 年 2 月 16 日）

美是什么

审美文化，是艺术文化。回答美是怎么一回事、什么叫美、怎样才美、美有什么用等问题，有这样几个要点。

1. 美是人的本性

这个本性甚至可以追溯到动物性。你看孔雀的羽毛、老虎的花纹无不求美。公鸡好看，是因为母鸡爱美，对它长期追求、筛选的结果。爱美不要什么理由，也不受时代、阶级、环境的限制。原始人就知道用兽骨制成项链，还在岩壁上画画，后来又在陶器上画各种花纹、图案。只不过随着文化的进步，人的精神世界的丰富，美的内容、层次也在增加变化。美是与人类的成长同步的，一部美学史也即是一部社会发展史。人的爱美之心是人发展完善的一种动力。我们要承认这种本能，“文化大革命”把人的这种本能都批判了，美就是资产阶级，就是反动，“左”到否定人的本性。而人的本性是不能剥夺的，正如饿了就要吃东西的食欲，不懂就要学习的求知欲，看到美的人、美的物、美的作品就喜欢的审美欲。既然人人都爱美，都有这个本性，反过来就人人讨厌丑，不管是外表形式的丑，还是内在的精神方面的丑。当然谁也不愿被人讨厌。于是为了自己的美和欣赏外部的美，就生出一门美学，研究怎样才算美、才能美。

2. 美的用途

农村里的一些老人常说年轻人："描眉画红（口红）有什么用?"从发展生产、多打粮食来讲，确实没有用。"文革"前，把绿化、美化环境都看做是资产阶级思想作怪。美这个东西，既不实用，也不深刻，只作用于人的情感，让你愉悦、兴奋、激动、忧伤，改善情绪，作用于精神世界，提高道德修养，就像人身上的经络系统，没有血管、骨骼那样具体，看不见，摸不着，却在起很重要的沟通、维系作用。

美学老祖宗黑格尔把人与外界的关系分为三种。一是欲望关系。消灭它或利用它，以满足自己生命的需要，这是针对一个具体的完整的事物。如你又渴又饿，看见一个苹果就想吃掉它。这时要的不是欣赏。他幽默地说，你要是想使用一块木材或吃一种动物，画一个就不能满足。中国成语中有"画饼充饥"，就是说欣赏代替不了实用。二是思考关系。并不要消灭它，而是研究它，找出事物规律、本质。如，我们研究数学、物理的公式定理，只是要弄懂它，并不想吃掉它，也不是欣赏它。当我们解剖一只老虎时，注意力在研究它的结构功能，而不是如在野外时欣赏它漂亮的花纹和奔跑的姿势。三是审美关系。既不吃，也不深入研究，只是满足求美的心理，欣赏它，黑格尔称为"满足心灵的旨趣"。所以，美针对的既不是具体事物的全部，也不是它内含的抽象的道理（概念、本质、规律），而是外表的具体的形式（形状、颜色等）。通过形式让人愉悦（不是具体的实用，也不是抽象的思考）。男女找对象，都愿找漂亮的，先要从形式上就让人看着舒服。有一个真实的故事。一美女与甲乙两男生为大学同学。女先与甲好，到毕业前又被乙挖去，后结婚。40年后老同学聚会，都成白发老人。回顾昔日说了真话。甲对乙说："你知道吗，当时你娶走了她，我真想杀了你。"乙说："你不知道，这些年我差一点自杀。跟她生活这几十年不知多么痛苦。"恋爱时是审美，结婚后讲实用，用途不同。音乐、美术、诗歌都是形式艺术，不管实用，只管审美。专门调节人的观感、情绪，进而修炼人的道德。这就是美的用途。我们无论是看画、听音乐、游山玩水，都能产生或宁静、安闲，或激动、振奋的心情，这就是审美，享受美。它不像具体的食物让你长身体，也不像普遍的理性让你长思想。而是让你知道怎样把自己修炼得更美，好让别人喜欢，同时你也得到尊重和方便；怎样去欣赏和享受外部世界的美，尊重别人。

3．怎样才美

（1）美在真实。审美即是解决人情感上的问题，而情感是最不能被欺骗的，所以美的前提是真实。有一个真实的故事。一美女爱一俊男，后结婚。男说，我从小就没有沾过厨房的边，不会家务。女说我侍候你。一直十年。一次女出差，提前到家，发现他在厨房做菜，非常熟练。原来为不干家务竟伪装了十年。女大怒，立即离婚。生活中先真才会美。人喜欢真山、真水、真花，讨厌假景。有人说话时对你拿腔拿调，嗲声嗲气，你就浑身起鸡皮疙瘩。杨朔散文，后来人不愿看，就是总要装一个光明的尾巴。一个政治家，民众对他的判断首先不是能力大小，而是行为的真假。许多作秀、表演已让人恶心，怎么可能再去服从和追随他。

（2）美在结构。这要说到外美和内美。

外美，指形式的美。当事物的外形构成一种和谐比例时，看着就舒服，这就是美感。人的美，首先是五官、身体四肢的结构合理、和谐。书法的美，先讲笔画的间架结构，图画讲构图、色彩搭配；音乐是音符、音色的结构配合。自然美是青山绿水、红花绿叶、石硬水柔、天高地阔、风动枝摇、花香蝶舞等等自然元素的搭配。但这结构不是平均分配，常会有主次，有个性。如我们说那个姑娘有一双漂亮的大眼睛，这正是她的个性，她的亮点。书法中的行书、草书就打破了楷书的平稳，追求结构变化个性化，常一笔出人不意，于是美就变化无穷。

内美，指人的修养。精神之美。这也是讲结构，文化结构，人的知识、思想、道德修养等精神方面的结构，由此可分出高尚与卑下、丰富与贫乏、高雅与粗俗等等。知识丰富的人有一种从容与幽默的雍容之美，思想敏锐而有个性的人有一种勇敢与坚强的阳刚之美。但如果有一方缺失，也会结构失衡而立马变丑。历史上曾有诺贝尔奖得主跟上希特勒干坏事，好莱坞影星偷东西，像周作人那样的大文人当汉奸，都是内丑而不是外丑。

漂亮不一定美。漂亮经常是指表层的感觉，而不涉及深层结构。比如一个人穿一件粗麻布衣服，当然不如绸缎衣服漂亮，但是如果衣、裙、鞋、帽搭配恰到好处，仍然美。布衣荆钗，仍不失其美。如果她的知识、才艺、思想等内在结构更丰富合理呢，就有了风度美、精神美。经常有一些很漂亮的女人，如电影明星却过单身生活，别人奇怪，怎么这样的人还没人要呢？如果男女找对象只是双方外表的结构搭配就最好办了。但人这种东西很复杂，他还有内在结构。不是美女不漂亮，是她的内在精神，知识、精神、脾气等，和对方形不成合理的结构，互相觉得不美。

（3）美在距离。美既不解决实用（不会上去吃一口），也不解决研究（不去解剖实验）的问题，只是欣赏，于是就要有一定的距离。我们在画廊看大画总是要退后几步看。《爱莲说》里讲“可远观而不可亵玩焉”。上面举到的一女两男的故事，未结婚前看恋人，怎么看，怎么美，因为有距离。俩人一结合后才发现问题不少，没有距离了。正因为有距离，审美才脱离了实用方便的庸俗的作用，而有了道德的、艺术的意义。道德是一种行为规范，一种自我约束。我们看见一朵漂亮的花，知道只能看，不可摘。虽然也有占为已有的欲望，但又有道德良心来克服这种欲望，于是就会保持一定的距离。这样才美。人和人的交往彼此保持一定的距离，会给对方留下美好的印象。有时亲密接触，知道了对方许多缺点，就不觉得美了。因为这时距离太近，如黑格尔所说你已不只是欣赏关系而有了实用关系或研究关系。看山水也是这样，“横看成岭侧成峰”，有许多朦胧变幻的美，你一旦走进山肚子里可能又不觉得美了。朦胧是一种美，而距离正是实现它的一个重要前提。

美只管形式，不管内容。但它可以和内容结合成更复杂的形式组合，达到更高层次的美，内外一致的美。在物品，如既实用又美观的设计；在人则是外美加上内在的思想和能力，如居里夫人；在科学和思想研究则是深刻的哲理加上简洁优美的形式，如爱因斯坦的相对论公式，如范仲淹表达忧国思想的“先天下之忧而忧，后天下之乐而乐”的名句，当然还有更多的好诗、好画、好歌。

（《党建》2009 年第 2、3 期）

文章为思想而写

人们为什么写文章？可以有很多目的。比如，为了传递信息，传播知识；为了创造艺术，创造美感。但还有更深的一层，就像开矿一样，是为了开采新的思想，交流新的思想。当然，并不是每一篇文章都能有新思想，但有新思想的文章肯定是好文章。这也是写作者追求的理想。

我自己最早写文章是学生时代作文。那主要是为了学习字词句的组合，好比小孩学步，只要会走，还谈不上走的目的。再后来写文章是当记者，是为传播信息。新闻属平实一类的文体，以陈望道先生修辞学的分类法，是消极修辞，只求内容之实，不敢求形式华丽。但因采访之需，要接触各种人和事，感情常被感染，于是我又明白，文章是表达情感的。又因南北奔波常行名山大川之间，感于自然之美，再勾起肚子里小时候读进去的那些美文，又明白文章是要表达和创造美感的。但随着年龄的增长和阅历的增加，许多事理在胸中冲撞、激荡和沉淀，许多想法从无到有，许多事从不懂到懂，我渐渐明白，文章还有更深一层的目的，它是用来开采和表达新思想的。

前些年，我曾写过一篇文章，提出散文美的三个层次，即三个意境的美。第一层是描写叙述的美，写景、状物、叙事等，力求准确、干净，谓之形境；第二层是抒情的美，写出感觉、情感、趣味，谓之情境；第三层是哲理的美，写出新的有个性的思想，谓之理境。这种美在文学作品中有，在许多政论、哲学和科学论文甚至讲话中都可找到。只要有新的思想，就有美的魅力（当然，兼有其他的美更好）。我们平时看报纸，读社论，听讲话，大部分时候留下的印象不深，就是因为这些文章讲话只到了传递信息、决定、指示这一层，还没有给人以新思想。而一篇文章或一篇讲话中有了新思想的火花，便如闪电划过夜空，你会有永久的记忆。比如“文化大革命”十年，我们已经习惯了一切按最高指示办，报上文章无不重复着这样的话。但到 1978 年 5 月，《光明日报》突然冒出一篇文章说“实践是检验真理的唯一标准”，提出一个很有震撼力的新思想，所以至今人们对这篇文章记忆犹新。再细想一些古文名篇之所以能留传下来成为经典，除有艺术之美外，大都是因为它首先说出了一种前人没有说出的新思想。如“业精于勤荒于嬉，行成于思毁于随”，如“天将降大任于斯人也，必先苦其心志，劳其筋骨，饿其体肤”，如“桃李不言，下自成蹊”，如“亲贤臣，远小人”等，这些哲理名言都让人常读常新，而这些文章也得以代代流传。可以说裹藏在文章中的思想，是这些文章在人们头脑里代代繁殖的种子。当然，光有种子的颗粒还不行，还得有茂盛的枝干花叶。所以文章还得有文采，还得有前两个层次的衬托。作为文学作品，如果三个层次都达到了便是不朽好文。比如《岳阳楼记》，有洞庭湖景色的描写之美，有作者由此引发的情感之美，而最后又推出作者独自悟出的思想“先天下之忧而忧，后天下之乐而乐”，达到了一种哲理之美。这篇文章之所以能流传千古，气贯百代，老实说，主要是因为这句话，这一个新思想。

人们或许会问，社会上每天文章千千万，哪能篇篇都有新思想？是的，许多文章只是完成着传递信息、传播知识、讲述故事的任务。作为一般人，这就够了。但作为作家、思想者，这却不够，他必须使自己的文章有新思想，要挖出别人没有表述过的思想。对这种新思想的追求就像铸炼新词新句一样，务求个性，务求最新。“语不惊人死不休”，篇无新意不出手。因为你是“专门家”，弄文章的“专家”，当然就与其他人的文章不同。就像跑步，一般人快点慢点都无所谓，而运动员则不同，他必须跑出比别人快的成绩，因为他是专门干这个的。如果百米纪录是十秒，所有跑十秒零几的人都不算数，都不会被人记住，唯有跑到九秒几的人才会被人记住。这零点一二秒才是运动员生命的意义。同理，文章中的新思想才是作家生命的增长点。

历史老人将首先选择那些有新思想、有新鲜艺术感的文章传之后代，并根据其思想和艺术水平的程度决定它存留的时间。

（《新湘评论》2009 年第 6 期）

为文第一要激动

我常听到这样的话：你看到此情此景又可写一篇好文章了。但我大多数情况下却心静如水，没有创作的激动。

写作就是一种感情和思想的喷发。你可以在学识、技巧各方面已有足够的准备，但是没有一个契机，它还是不能成文。就像一座火山要等百年千年才喷一次，也可能永远地怀抱岩浆，沉默不语。

文章之有激动和无激动大不一样。有激动为真文章，能感到作者想说话，说真话，读者就有新感觉，新启发。无激动，作者所言必抄袭，必重复，必说教，读来令人心烦。无激动之文有四种。一是新手学而为文，比如学生作文。这时作者的主要目标在掌握文字技巧，训练文字的驾驭能力，布局得当，文字通顺皆可，重在学形式，还不能一气贯文中，所以也多找不到什么激动之情。二是外行为文。有一部分人并不是当作家的料，但是对写作十分爱好，十分投入，而且自以为找到了感觉，一篇接一篇，一本接一本地写。实际上他是在照样画葫芦。他从一开始就没有找到那个激动点，没有找到进山的路。如果他有发表的条件，就更促成了这种恶性循环。甚至他一生就这样穿着皇帝的新衣，出席作家会议，上台领奖，为人签名等。三是匠人原地踏步为文。有的人确实写过几篇成名作，但是再找不到新突破，又不甘心被人忘掉，就在自己原有的高度上不断重复。像一个匠人，在熟练地工作，所提高的只是技巧与速度，设计造型没有新突破，上不到大师这个台阶。四是老手敷衍为文。文章写多了就累人，名家也难篇篇激动，老手在为文债所逼时也会敷衍为文，并不去动真情。就像一个名演员，一生总演这一出戏，也有腻的时候，场场激动受不了。这四种人，第一、二种是根本不知道为文要激动，第三种是丢失了激动，第四种是懒得激动。

为文为什么要激动？就是为了产生一种爆发力、爆炸力，这样才能震撼人心，感动读者。读者捧读一篇新文章前，本来心静如水，全靠作者这一粒石子投入他心海之中，激起情感的涟漪。能不能投得准，是关键。而投之前，又要看作者是不是先激动，即先产生投的欲望。刘勰所谓"目既往还，心亦吐纳"。心不动，难为文。如果作者心如止水，怎么能望读者其心如沸呢？激动者，情为所激，心为所动，实际上是一个由事物到作者再到读者的连续过程，必得"双动"才行。作者不动情，不能为文；就算为文，读者不动心，不算好文。所以这个激动点一般要找在时代和最大多数人的共振点上，才能收大激动、大影响之效。比如，家家婚丧嫁娶，都有个人之喜，个人之悲，但这并不是社会全体之喜、之悲，这种文章写出来自已激动，别人并不激动。这就是为什么小情小景不足取。凡历史上留下来的名篇都是大激动之文。虽也有取之常情常景者，如朱自清《背影》，但实际上它是寓共性于个性，揭示出人伦之大情。

怎样才算有激动之文呢？简单说，就是无中生有，死中求活。无论是作者内心平静的世界，还是外部的客观事物，原本是孤立的，不成文章。只有两相一激，便无中生有，生出新的思想，便死寂之中忽然跃出活灵灵的情感。像春天第一声春雷，震醒冬眠蛰伏之物，像春雨浸润土中的种子，催生新芽。作家的修养学识经外部事物一激，就如原子辐射使生物变异，可以激发出想象不到的新思想、新情意、新文章。作家许多时候并不想为文，但忽为外事外景所激，反会顺手写出一篇好文，正所谓"文章乃天成，妙手偶得之"。我写过许多山水文章，对象都是万年旧物，前人咏过何止千遍，但仍觉有可激动之处；也写过许多文章，都是古人故人，别人也多有抒写评点，但仍有激动我的地方。也还有许多山水人物看过想过不知多少遍，但就是不想写，因为我还没有发现激动我的那个点。一个作品的成功，概括来说是“二次激动”，“三点一线”，先要作者激动，并发而为文，像杜甫那样“感时花溅泪，恨别鸟惊心”，再用这种文章去激动别人，洛阳纸贵。作者、写作对象、读者三点一线，在激动这根弦上共振才行。鲁迅说写不出时不要硬写。不激动时，就不要提笔。

（1999 年 6 月 28 日）

（《新湘评论》2008 年第 10 期）

教材的力量

人民教育出版社建社60周年了，约我以课文作者的身份谈点感想。我首先想到的是教材的力量。

中小学教育就是要教学生怎么做人，而教材就是改变人生的杠杆，是奠定他一生事业的基础。记得我小学6年级时，姐姐已上高中，我偷看她的语文书，里面有李白的《静夜思》、白居易的《卖炭翁》，抒情、叙事都很迷人，特别是苏东坡的《赤壁赋》，读到里面的句子"清风徐来，水波不兴"，"纵一苇之所如，凌万顷之茫然"，突然感到平平常常的汉字竟能这样的美。大概就在那一刻，如触动了一个开关，我就迷上了文学，底定了一生事业的走向，而且决定了我源于古典文学的文章风格。我高中时又遇到一位名师叫李光英，他对语文教材的诠释到了出神入化的境界。至今我还记得他讲《五人墓碑记》时扼腕而悲的神情，而讲杜甫《客至》诗时喜不自禁，随手在黑板上几笔就勾出一幅客至图。他在讲韩愈文章时说的一句话，我终生难忘。他说："韩愈每为文时，必先读一段《史记》里的文字，为的是借一口司马迁的气。"后来在我的作品中，随时都能看见当年中学课堂上学过的教材的影子，都有这种借气的感觉。好的教材无论是给教师还是学生都能留出研究和发挥的空间，都有一种无穷的示范力。我对课文里的许多篇章都能熟背，直到上大学时还在背课文，包括一些数千字的现代散文，如魏巍的《依依惜别的深情》。这些理解并记住了的文字影响了我的一生。近几十年来，我也有多篇作品入选语文教材，与不少学生、教师及家长常有来往，这让我更深地感觉到教材是怎样影响着学生的一生。

我的第一篇入选教材的作品是散文《晋祠》，1982 年选入初三课本。当时我是《光明日报》驻山西记者。地图出版社要创办一种名为《图苑》的杂志，报社就代他们向我约稿，后来杂志中途下马，这稿子就留下，在 4 月 12 日的《光明日报》副刊发表了，当年就入选课文，算是阴差阳错。那年我 36 岁，这在“文化大革命”十年内乱之后青黄不接的年代算是年轻人了，我很有点受宠若惊。多少年后我在《人民日报》社任副总编，一个记者初次见到我，兴奋地说：我第一次知道“璀璨”这个词就是学你的《晋祠》。他还能背出文中“春日黄花满山，径幽而香远；秋来草木郁郁，天高而水清”的对仗句。这大大拉近了我与年轻人的距离。我一生中没有当过教师，却总常被人叫老师，就因为课文里的那几篇文章。一次我在山西出差碰到一位年轻的女公务员，是黑龙江人。我说，你怎么这么远来山西工作？她说：“上学时学了《晋祠》，觉得山西很美，就报考了山西大学，又嫁给了山西人，就留在这里工作。想不到一篇文章改变了我的人生。”那一年，我刚调新闻出版署工作，陪署长去山西出差，去参观晋祠，晋祠文管所的所长把署长晾在一旁，却和我热情地攀谈，弄得我很不好意思。原来，他于中山大学毕业后在广州当教师，教了好几年的《晋祠》，终于心动，调回家乡，当了晋祠文管所的所长。他说，我得感谢你让我与晋祠结缘，又送我一张很珍贵的唐太宗《晋祠铭》的大型拓片。他说上午中宣部部长刚来过，我都没舍得送他。《晋祠》这篇课文一直到现在还使用，大约已送走了 30 届学生，这其中不知还有多少故事，可能以后还会改变一些人的人生轨迹。而我没有想到的另一个结果是，晋祠为此也大大增加了游客，带来了更大的知名度和经济效益。常有北京的一些白领，想起小时的课文，假日里就自驾游，去山西游晋祠。有了这个先例，不少风景名胜点，都来找我写文章，说最好也能入选课文。最典型的是贵州黄果树景区，我曾为他们写过一篇《桥那边有一个美丽的地方》，他们将文章印在画册里，刻成碑立在景区，印成传单散发，还不过瘾，一定要活动进课文。我说不大可能了，他们还是专门进了一趟北京，请人民教育出版社的同志吃了一顿饭，结果也没有下文。可见教材在人心目中的力量。

时隔21年后，2003年我的另一篇写瞿秋白烈士的散文《觅渡，觅渡，渡何处?》又被选入高中课本。对我来说，从山水散文到人物散文，是一次大的转换，这在读者中的反响则更为强烈。后来我的母校的出版社中国人民大学出版社就以《觅渡》为书名出了一本我的散文集，发行很好，连续再版。瞿秋白是共产党的早期领袖，我的这篇文章却不是写政治，也不是写英雄，而是写人格，写哲人。我本来以为这篇文章对中学生可能深了一些，但没有想到那样地为他们所喜爱。我们报社的一位编辑的朋友的孩子上高中，就转托他介绍来见我。想不到这个稚嫩的中学生跟我大谈党史，谈我写马克思的《特利尔的幽灵》。北京101中学的师生请我去与他们见面，他们兴奋地交流着对课文的理解。一个学生说："这是心灵的告白，是作者与笔下人物思想交汇撞出的火花，从而又点燃了我的心灵。"在小礼堂里，老师在台上问："同学们，谁手里有梁老师的书?"台下人手一本《觅渡》，高高举起，红红的一片。当时让我眼睛一热。原来这已形成惯例，一开学，学生先到对面的书店买一本《觅渡》。中国人民大学出版社的同志说："我们得感谢人民教育出版社，他们选的一篇文章为我们的一本书打开了市场。"这篇课文还被制成有声读物发行，又被刻成一面12米长、2米高的大石碑，立在常州瞿秋白纪念馆门前，成了纪念馆的一个重要景观，因此也增加了更多瞻仰者。胡锦涛等领导人也驻足细读，并索要碑文。研究人员说："宣传先烈，这一篇文章的作用超过了一本传记。"纪念馆旁有一所小学就名“觅渡小学”，常举行“觅渡”主题班会或讨论会，他们还聘我为名誉校长。因此还弄出笑话，因这所小学是名校，入学难。有人就给我写信，托我这个“校长”走后门，帮孩子入学。总之，这篇课文无论是对传播秋白精神，还是对附带提高当地的知名度都起了很大的作用。

我还有其他一些文章入选从小学到大学的各种课本和师生读本，有山水题材的，如《苏州园林》、《清凉世界五台山》、《夏感》，但以写人物的为多，如《大无大有周恩来》、《读韩愈》、《读柳永》，还有写辛弃疾的《把栏杆拍遍》、写诸葛亮的《武侯祠》、写王洛宾的《追寻那遥远的美丽》、写一个普通植树老人的《青山不老》（见1983年7月24日《光明日报》）等。而影响最大的是写居里夫人的《跨越百年的美丽》（首刊于1998年10月《光明日报》），分别被选进了13个不同版本的教材中。其次是《把栏杆拍遍》，入选华东师大版等7个版本的高中语文课本。上海一家出版社以此为契机，专为中学生出版了一本我的批注本散文集，就名为《把栏杆拍遍》，已印行到第11版。（我真的应该感谢《光明日报》，以上提到的12篇入选教材或读本的文章，其中有5篇是任《光明日报》记者时所写，或后来所写又发在该报上的。）这些文章主要是从精神、信念、人格养成方面指导学生，但读者面早已超出了学生而影响到教师、家长并走向社会。我的其他谈写作的文章被选入各种教师用书，有的老师从外地打长途来探讨教学。一个家长在陪女儿读书时看到课文，便到网上搜出我所写的文章，到书店里去买书，并激动地写了博客说：“这是些充满阳光的，让孩子向上，让家长放心的文字。”有的家长把搜集到的我的文章寄给远涉重洋在外留学的孩子，让他们正确对待困难、事业和人生。这也从另一方面反衬出目前社会上不利孩子成长、让家长不放心的文字实在不少，呼唤着作家、出版社的责任。

同样是一篇文章，为什么一放到教材里就有这么大的力量呢？

这是因为：一、教科书的正统性，人们对它有信任感；二、课文的样板性，有示范放大作用；三、课堂教育是制式教育，有强制性；四、学生可塑，而且量大，我国在校中小学生年约两亿。教材对学生的直接作用是学习语言文字知识，但从长远来看，其在思想道德方面的间接作用更大。这是一种力量，它将思想基因植入青少年头脑中，将影响他的一生，进而影响一代人，影响一个国家，一个民族。

（2010 年 12 月 8 日）

肢体导演张艺谋

从来没有说过电影方面的事，因为是外行；更没有议论过张艺谋，因为他是大人物。但最近，张艺谋自己为他的《三枪拍案惊奇》实在闹得动静太大，占住电视屏幕，总在你眼前晃，晃得头晕，就想说几句。并不全关电影，也不关他个人。

为了给《三枪拍案惊奇》做广告，张艺谋表扬他的演员，特别是小沈阳。说他们的长处是肢体表演，比如要表现“恐怖”，一般电影演员是用面部的心理表情，十几秒钟。而小沈阳他们能用全身的肢体，摔倒、爬滚、哆嗦、抽搐、歪眉斜眼、屁滚尿流。十秒的表演可以扩到十分钟。他自以为这种表演和导演手法是新的艺术高峰，其实是掉进了黑洞。张的这段自白可以看做解读他的电影的钥匙。这几天电视上不断播出《三枪拍案惊奇》的拍摄花絮，张亲自演示怎样踢屁股，要求像足球射门那样踢，把腿抡圆，一次不行，两次，直踢了七次。于是银幕上就满是横飞的肢体、鼻涕眼泪的脸、忽斜忽圆的眼、黑白的阴阳头、变形的胳膊腿……猛看就像毕加索那幅《格尔尼卡》的扭曲画面。

从表情走向肢体动作，这是进步吗？是退步。二人转作为一种底层民间艺术，原来的缺点有二。一是粗了一些，主要是动作的夸张粗野。二是脏了一些，互相调骂的太多，行话叫“脏口”。约二十年前，我曾专门到吉林，在一个地下表演厅看了一台原始的二人转，要硬着头皮看。赵本山的功劳正是对这两方面进行了改革，救活了二人转，加进了审美。张艺谋不吸收现在的阳光，反而去挖掘过去的裹脚布。张也曾有过好作品，如《秋菊打官司》、《一个都不能少》等，记得他当时说过一句话：自己叙述的功力不够，拍《秋菊打官司》是为补课。新闻和电影本来是不搭界的，但我当时很为他的这种艺术追求所感动，就到处给青年记者讲，写新闻也要学张艺谋这种苦练叙述的基本功。可惜，我们认真学了，他却浅尝辄止。再一细想，他恐怕始终也没有走出“肢体热”的怪圈。他后来热心搞大型的《印象》，动辄百人、千人，真山水，声、光、电，那就是一种多人运动的大肢体戏。记得在桂林看《刘三姐印象》，气势虽大，但怎么也找不回当年歌剧和影片的美感，而现场倒是催生出了一个怪产业：卖望远镜。观者都传，远处船上的女演员是裸体。不管怎么样，在肢体上做文章，恐怕不是艺术的出路。前几年，作家中曾出现过所谓身体写作的美女作家，网上有木子美、芙蓉姐姐之类，虽有点噱头，但并没有什么大成。当然，张艺谋不会走这么远，但也难说。因为《三枪拍案惊奇》炒作的关键词是票房！票房！为了票房什么不敢牺牲？况且，玩庸俗本身也会上瘾，就像吸毒、赌博一样。

张艺谋说拍这个戏是为搞笑。搞笑是艺术吗？就算是，也是艺术中很小的一块皮毛。说到底，艺术要给人以美感。人除了物质需求之外，其精神文化需求有六个档次，由低到高分别是：刺激、休闲、信息、知识、思想、审美。搞笑属于刺激这一档，是最低档。刺激是一个巨大的精神需求黑洞，它甚至超过了其他五个档次，因为人由动物变来，有原始性、粗野性。如果不加限制，刺激性的精神产品就有无边的、可怕的市场。这就是为什么我们总在扫黄，却不可能完全扫净，但又还得不停地扫。在《三枪拍案惊奇》的宣传推介中，出品人居然在电视上大声喊，不管评价多么不同，只要有人看，能卖钱就行。我们关于精神产品的管理不是一直坚持“两个效果”的标准吗？即市场效果和社会效果。现在怎么自打嘴巴了？这时就不讲政治了？如果要更刺激、更赚钱、更市场一点，把赌场和妓院也开放了岂不痛快？黑格尔的《美学》，比较艰深难读，但他说出一个简单的道理：人与外部世界的关系，有两种，一种是为狭窄的庸俗的兴趣所束缚的欲望关系，另一种是对艺术品的审美关系。“人们常爱说：人应与自然契合为一体。但是就它的抽象意义来说，这种契合一体只是粗野性和野蛮性，而艺术替人把这契合一体拆开，这样，它就用慈祥的手替人解去自然的束缚。”（《美学》第一卷第61页）社会为什么敬重艺术家？是因为他们那双慈祥的手。张艺谋的手似乎并不慈祥，他的作品总是留恋原始、粗野和野蛮，乐此不疲。总喜欢把戏往下半身导。在高粱地里做爱，往烧酒锅里尿尿，打架斗殴踢屁股。就是秋菊男人被村长一脚踢伤，踢的部位也必须是生殖器。这些当然刺激，如黑格尔说的也能“起欲望”，也搞笑。但作为一种艺术方向，总这样搞笑下去，这个民族还有什么希望？如果当初我们的唐诗、宋词、元曲也这样一路搞笑过来，现在我们的文化会是什么样子？不是说艺术不能搞笑，但艺术的方向和本质不是搞笑，尤其它的代表人物不能以搞笑为旗、为业。我们所有的作家、音乐家、画家、演员、导演等艺术家，都应该有一双仁慈的手，为社会、为观众慈航普度，而不是玩弄和亵渎他们。艺术家啊，听听黑格尔老人的劝告吧，看看你的手，是仁慈的？无力的？抑或是罪恶的？

一个有修养的艺术家惜名如金，珍惜自己的艺术生命，绝不推出水准线以下的作品。米开朗琪罗从不让人看他还没有成功的作品，一次朋友来访，只看了一眼旁边正创作中的雕塑，他就假装失手，油灯落地，周围一片黑暗。吴冠中怕自己不满意的作品流传于世，竟自己点火烧了一大批画。孙红雷刚在《潜伏》中有了一点好名声，竟去接这样的烂片。童子无知，导演欺人。看来一个演员要修到不让导演误导，不被人导着演，还真不容易。社会捧红了一个大导演，他却不知自爱，对自己不负责，对演员不负责，对观众不负责，怎能叫人不伤心。或者他原来就没有读几本书，现在又忙于搞笑，不读书，认识水平实在上不去，但文艺研究部门、宣传管理部门哪里去了？谁来导一导这个导演？不是刚换了教育部部长吗？快到电影学院去看一看，除了“形体表演”，有没有开美学课、政治课？文化部除了讲产业发展，下面不是还有一个艺术研究院吗？电影艺术在不在研究之列？我奇怪，每年贺岁片一出，总是一哇声地说“票房、票房”，“当日票房”，却没有人出来讲一点艺术的规矩。也许是因为出不起广告钱，媒体不给他们话语权。于是只剩下写博客了。尽管电视上不断地老王卖瓜，网上一位80后作家还是说他只能给《三枪拍案惊奇》打一分。这一点认识倒是“老少咸一”，看来艺术还不会绝种。

（《人民日报》（海外版）2009年12月24日）

怎么区分低俗、通俗和高雅

一次谈文化，有人问什么是低俗、通俗和高雅？我一时语塞。如果凭感觉来回答，当然谁都知道，再往深说，有什么理论根据呢？我就赶快回来查书和旧日的读书笔记，于是有了一点新的梳理。

谈这个问题先得承认一个基本的事实：人是由动物变来的。

恩格斯在《自然辩证法》中说：在最初的动物中发展出脊椎动物，“而在这些脊椎动物中，最后又发展出这样一种脊椎动物，在它身上自然界获得了自我意识，这就是人”。于是人就有了两面性：动物性与人性，物质性与精神性。一般来说，“俗”是指动物性、物质性的一面，“雅”是指人性、精神性的一面。黑格尔在《美学》一书中将人与外部世界的关系分为三种。一是欲望关系，占有的欲望，如见美食就想吃，见好衣就要穿，一个猎人见了老虎就必定要捕杀它。欲望关系是以占有、牺牲对象为前提。二是研究关系，只想弄清对象的真相、规律，并不占有或牺牲它，这是科学的任务。如动物学家跟踪老虎，只是为了研究，绝不干涉老虎的行为。三是审美关系，只是欣赏，并不占有，也不想对它做更深研究。黑格尔称这为心灵的美感。它的特点是不把对象看做实用的个体，心中不起欲望，与其保持一定的距离，只生起一种愉悦的美感。如观众看演出，旅游者看山水。我们从欣赏角度看老虎，也只欣赏它的花纹、雄姿，而绝不会有捕杀的欲望或研究的耐心。

就是说人面对一物会有三念：占有的欲望、冷静的思考和愉悦的欣赏，就看你选择哪一种。这三种念头第一种源于人的动物性、物质性，可称为“俗”；第三种体现人的精神存在，可称为“雅”。俗与雅之间还有一个过渡地带，这就是“通俗”。

人自身的两面性与对外的三种关系，就使人在行为方面产生了六种精神需求，也可称为阅读需求。它从低到高分别是：刺激、休闲、信息、知识、思想和审美的需求。大致说来，前两项刺激、休闲是满足物质需求的，可归于“俗”；后两项思想和审美是满足精神需求的，可归于“雅”。中间两项比较模糊，兼而有之。但最低、最高的两项，即刺激与审美的需求却是很典型的。刺激就是勾起人的欲望，满足人的动物性，是最低的一档。这是一切黄色、凶杀、打斗、赌毒类低俗作品的心理基础和市场基础。过去我在新闻出版署工作，人们常问：扫黄、扫黄，为什么总是扫不完呢？它不可能扫完。只要人动物性的一面还存在，人与外界的欲望关系还在，它就要寻求刺激、发泄与满足。我们只能把它控制在最低限度：不公开传播，不以营利为目的，不危害青少年。相反，这六种需求的最高一档，即审美需求则是来满足精神的心灵的需要，常表现为纯艺术。其代表如已被历史洗练、陶冶过的唐诗、宋词、古典音乐、名画及一切经典作品，它没有任何物欲的刺激，全在净化心灵，这无疑是最高雅的。但是人们食人间烟火，正常的欲望还是要的，还得有作品去满足他的休闲需求、信息需求、知识需求等，这里有物质的也有精神的，这就是“通俗”。通俗的标准是不刺激人的欲望心理但又不脱离人的物质的现实。所以纯艺术、纯思辨性的作品不在通俗之列，它归于高雅；另一方面，纯刺激性的作品也不在通俗之列，它归于低俗，或名粗俗、庸俗。

上面我们从接受角度，即人接受作品时的“两面性、三种关系、六点需求”谈了低俗、通俗和高雅的存在基础，这样我们就知道社会上为什么会有三类截然不同的作品，古今中外，概莫能外。低俗的作品是从人的物质欲望出发，刺激并满足人的贪占、享用要求；高雅的作品是从愉悦人的精神出发，满足人的审美要求。低俗作品让人回归动物性、物质性的一面；高雅作品让人升华精神性、道德的一面。

通俗则是低俗与高雅间的过渡地带。但我们一般说的通俗是有方向性的，它是指从高到低的过渡。就是说作品内在的思想、艺术（审美）水准已经很高，但是照顾到接受者的接受能力，兼顾到他的需求（通常叫大众需求），而采用了他能接受的方式。注意，这里的要害是“高起低落”，是从高雅的标准出发落实到一个通俗的效果，从而避免了低俗。如果反过来从低俗的标准出发，就会滑落得更低，而永远不可能达到通俗的效果。就像委派一个大学文化程度的教师去教小学，可以把小学生培养成人才；而委派一个小学文化程度的教师去教中学，则只能把人才教成废才。真正的好作品都是“高起低落”，深入浅出，专家学者看了不觉为浅，工人、农民读来不觉为深，这就是通俗。这方面著名的例子，文艺作品如中国的四部古典名著，现代作家老舍、赵树理的作品，哲学著作如艾思奇的《大众哲学》。

（《人民日报》2010 年 8 月 19 日）

文化贴牌无异于自杀

前几天张家界忽将自己最著名的景点“南天一柱”改名为“哈利路亚山”，原因是美国人拍了一部电影《阿凡达》，景区就慌忙把祖宗留下的真山改为电影里虚幻的山名，还自我壮胆说，这不是崇洋媚外，是为了发展旅游。这多少有点像一个贪官在外面包了二奶，又连忙解释，我真的是为了爱。在网民的强烈反对下，这个闹剧虽然收场，但还是给我们留下了一点文化思考。

这件事不由使人想起国门打开以来的“更名热”。商品改名，民族工业中许多著名品牌不见了；人改国籍，去年曝出一部《开国大典》电影中有众多中国明星原来已不是中国人。现在却要轮到中国的名山大川换洋名了，如此下去什么不能改？只怕长江要变成亚马逊江，泰山要变成冈底斯泰，老子、孔子也要改做老乔治、孔耶夫了。

记得改革开放之初，民间戏将老歌词“帝国主义夹着尾巴逃跑了”，改为“夹着皮包回来了”。这不奇怪，同处一个地球，本来就是国与国之间的你我竞争，发达国家或经济攻势，或文化攻势，都是允许的，虚心学习也是应该。当年中国积贫积弱，高喊要自立于世界民族之林，现在我们早已主权独立，最近传来的消息说经济实力已跃居世界前三位，但还有一个“自立”没有彻底解决，即精神自立、文化自立。外国人说：中国能出口电视机，但出口不了电视节目。张家界更名一事正透出了国人在文化方面缺乏自信。湘西的一座名山，人文有贺龙、沈从文、黄永玉等，自然风光，世界独一无二，现在巍巍秀峰，铮铮石岩却要弯腰去俯就一部外国电影，一个一关电源就什么也没有的虚影子。更何况，那个电影就是在张家界取的景，就像《红楼梦》里的元春，本来就是贾家的姑娘，才嫁到宫里没几天，再回娘家，全家人就要下跪。这是一种文化的自卑，在西方发达国家不大可能发生。明天英国、法国、日本再来拍一部电影，你改名不改？

向来，改用外来地名，大多是政治原因。如英国殖民者到处命名"维多利亚"。在那些人迹未到的地方，探险者总是抢先命上本国名字。最近我们终于出版了一本中文命名的南极地图，宣示了我们的科学探险能力。还有一种情况是为了友谊，也是政治需要，如新中国成立初个别城市的"斯大林大街"，现在还在用的"白求恩医科大学"。从来还没有听说过，把自己的名牌山水又贴上一个外来地名去发财的。恐怕钱还没来，异化的名字倒先引来消费者的反感。

一个民族的独立、兴旺、发达，要靠武力强大、经济独立，更要靠精神自立。我们这个民族始终有坚强、勇敢、自信的一面，从文天祥的"天地有正气"到共产党人的自力更生。但也有奴性残余的一面，鲁迅当年就曾与此终身战斗，可惜还是劣根难尽。一个没有了自立意识、自立愿望的人还侈谈什么发展产业。在商品生产上靠贴牌销售终归没有出路，在文化产业上贴牌更是一种自杀。事实上，张家界景区改名的做法已遭到国民的反对。据湖南本地红网，外地凤凰网、环球网做的调查，反对者分别达 70.94%、82%、91.9%，国内媒体一片批评。事后，当事者解释说是为促销，是民间所为。但不管怎么解释，拿一座标志性的名山来试刀，这总是干了一件蠢事，这说明乱改洋名这根神经碰不得。张家界本来是一处发现较晚、大自然为我们保存较好的原生态景观，也因此获得世界非物质文化遗产的殊荣，祖宗有功，湖南有幸，自应珍重。前几年张家界曾因无序开发，乱建宾馆、电梯，为了“申遗”又不得不强行拆迁。那一次土折腾，余影犹在，现在又来了一次洋折腾。我们不是每天喊着学习践行科学发展观吗？胡锦涛在纪念改革开放30年的讲话中用了“不折腾”这个词。希望重读一下讲话，真的少来一点折腾。

（《人民日报》2010年2月5日）

以后这样的人不多了

从医院里看范敬宜同志回来，第三天就收到他去世的消息。我们是很熟的，曾在同一个单位工作，又住在同一个大院里。但那天去看他时，却几乎是相对无言。过去常说的话题，如写作，如社会上的事，如新闻业务，都已无力再谈；而病情，心照不宣，又谁也不愿提及，不敢提及。我极难过，生离死别，竟是这个样子。又怕他累，说了一点不着边际的话，就赶快退了出来。回到家里，就找他过去送我的《敬宜笔记》看。老范从小受过严格的国学训练，又上过教会办的大学，"文革"前让政治风浪打到东北一个农村劳动，改革开放后得以重新回京。论学问是中西合璧，论经历是七上八下，论意志和信念可谓九死而不悔。他曾主持《经济日报》、《人民日报》两大报纸，成绩显著，且人又十分温和善良。每个人总是属于自己的时代，有自己的基因，我想今后中国新闻界这样的人是不多了。

我想到老范可与两个人相比。

一是邓拓。邓是《人民日报》第一任总编。在过去的十多任总编中，论学识之富，笔耕之勤，当数邓、范。新闻因实用性强，社会上曾流传"新闻无学"。我曾有专文《新闻有学，学在有无中》谈此事。其实大新闻人必是大文化人，胸中自有八方之学。邓、范都够得上。当年邓拓曾在《北京晚报》开专栏，写《燕山夜话》；老范在《新民晚报》开专栏，写《敬宜笔记》。邓拓从《人民日报》离任时曾有赠诗，中有“笔走龙蛇二十年”、“文章满纸书生累”的佳句；范离任时亦有赠诗，其中有“风晨雨夕赖相持，剑气箫心喜共鸣”的佳句。邓说“不当新闻官”，躬亲版面；而范写稿编报至细。一次，我当夜班，他出国，远在万里之外的莫斯科，两次来电话只为稿中的一个字。真如古诗所说“吟安一个字，捻断数茎须”。他未当总编时有名篇《莫把开头当过头》，当总编后又有大量新闻作品和多次著名的策划。总编之职，说难亦难，说易亦易。大学问家有之，甩手掌柜有之。看大样签字点头亦可，殚精竭虑审稿、拟题、配言论亦可。办报是政治把关，文化兜底，把关易，兜底难，能言传身教，提升记者、编辑和版面的水平更难。办报是很累人的，我们这些人常感叹是误入歧途，只好舍命相陪。他却从来没有把编报看成负担。按说总编辑不必细看副刊的大样，但他说这是他的爱好，常常能从稿中学到一些东西。当然，他也常挑出一些错误。他给我讲过一个例子，说年轻记者对旧典不熟，易出笑话。有一篇言论批评我们的干部和市场走得太近，说是“依市门”，殊不知“依市门”是指妓女拉客。他骨子里还是一个文化人。范敬宜继承了中国报人的正宗一脉，警醒于政治，厚积于文化，薄发于新闻，满腹才学，发为文章，并带出一批高徒。在新闻界大家都知道他谦虚随和，乐于助人。20世纪90年代初，我在新闻出版署主办一本管理杂志《报纸月报》，为活跃版面，拟在每期封面发一个新闻名人漫画头像，同时发一个人物小传。那时人们还不习惯正面人物用漫画，特别是封面人物。我们正愁这个策划无法实现，他却很痛快地愿意为我们第一个“以身试画”。有他这个名人带头，这个创意终于成功，并一直使用了两年。我从心里是很感谢他的。他平时勤读好学，不耻下问，毫无架子。一次在小饭店里吃饭，见墙上贴着一篇《红烧肉赋》，感觉有趣，便放下筷子，从头至尾抄下来。服务员大奇，以为这文中有什么毛病。一天早晨，他突然来电话问我：“你谈夜班体会的那八个字是什么？”原来他正要登车出门去讲课。我读《敬宜笔记》，看其随手例举诗、词、书、画、古籍、掌故，总想起瞿秋白的一句话：以后这样的文人是没有了。就是那天在医院里，桌子上还摆着他刚画完的一幅山水，竟成绝笔。

二是范仲淹。这么比，好像说远了，但确实他最堪其比。当然，不是比功业，而是比精神。范敬宜是范仲淹之后，又是范仲淹思想研究会会长。蒙他错爱，我忝为这个研究会的顾问，近两年常在一起搞范学研究。范仲淹提出“先天下之忧而忧，后天下之乐而乐”，“居庙堂之高则忧其民，处江湖之远则忧其君”。范敬宜完全彻底地继承了先祖的忧国思想。他是九届全国人大常委，一次他提出要到北京的外地人口聚居区视察，答曰：治安不好，环境不好，最好不去。他说：“这样就更要去了。”事后他给我谈起感想说：“回来七天，我的鞋上还有腥臭味，其生存环境可想而知。”戚然良久，忧心不释。到外地视察，他往往直言政弊，恳切献策。他退休之后还常给报纸写稿。一次春节过后他传来一稿《风雪念村官》，原来他与自己三十年前“发配”东北农村时的老房东、老支书还一直保持联系，年节通电话察问民情，知惠民政策见效，喜上心头，急草成一稿。夜班的编辑们都深为感动。他是人大代表，每年开“两会”时都不忘搜集民情，写成稿件。这本来普通小记者做的事情，他自觉去做。这正如范仲淹所言：“求民疾于一方，分国忧于千里。”试问，一个部级干部，一个70多岁的退休老人，还这样牵挂民情的能有几人？

范仲淹为政，每到一地必先办书院，一生不知亲自提携、资助了多少后进。范敬宜退下来后即被聘为清华大学新闻传播学院院长。按说人家是要他这个名，大可不必去多管事。事实上在其他院校也多是这样。但他很认真，还备课，给本科生上课，带研究生，甚至亲自组织课堂讨论，批改学生作业。这几年大学毕业生就业成了老大难，每到学生毕业时他又四处托人帮他们找工作。有一年他带的一个研究生毕业答辩，他这个导师要回避，又找我去帮忙主持。我说："老范，你这哪像个院长?"事实上，在清华，学生背后都叫他"范爷爷"。看来他这一辈子也不会当官。当总编，改稿子；当院长，改作业，实在是忧心太重。就是社会上许多求文、求字的事他也是有求必应。一次我在刊物上读到他应人之请写的《重修望海楼记》，大喜。其结尾处的六个排比，气势之宏，忧怀天下之切，令人过目难忘，真正是一个《岳阳楼记》的现代版。当世之人，我还少见可与并驾之笔。现抄于此："望其澎湃奔腾之势，则感世界潮流之变，而思何以应之；望其浩瀚广袤之状，则感孕育万物之德，而思何以敬之；望其吸纳百川之广，则感有容乃大之量，而思何以效之；望其神秘莫测之深，则感宇宙无尽之藏，而思何以宝之；望其波澜不惊之静，则感一碧万顷之美，而思何以致之；望其咆哮震怒之威，则感裂岸决堤之险，而思何以安之。"没有一生坎坷、满腹诗书、一腔忧心，何能有这样的文字?

《人民日报》十多位总编，自邓拓之后，其才学堪与其比者唯老范一人；范仲淹倡"先忧后乐"已千年，我身边亲历亲见，能躬行其道的新闻高官，唯老范一人。我只有用《岳阳楼记》的最后一句话来说："噫！微斯人，吾谁与归!"

(《新闻战线》2010 年第 12 期，《文史参考》2010 年第 23 期)

用文学来翻译政治

时值建党90周年，散文集《红色经典》再版，编辑约谈一点创作体会。

我一直认为文章写作主要有两个目的：为思想而写，为美而写。文章最后作用于读者的或是思想的启发，或是美的享受，可以此多彼少，当然两者俱佳更好。文章的题材可以是多样的，有的便于表现美感，如山水；有的便于表达思想，如政治。但政治天生枯燥、抽象，离普通人太远。其中虽含有许多大事、大情、大理，却不与人“亲和”，难免敬而远之。怎样既取其思想之大，又能生美感，让人愉快地接受，就得把政治翻译为文学——发扬其思想，强化其美感。文学是艺术，如同绘画、音乐一样，专门给人美的享受，但它又不像绘画、音乐那样是纯形式艺术，它有内容，有灵魂，内容美加形式美有更强的震撼力。

写政治题材的文章，不怕缺思想，因为那些经典的思想早已存在，它比作家自己苦想出来的不知要高出多少。怕的是翻译不好，转换不出文学的美感。而一般读者首先是为了审美而阅读，如果只是为了思想，宁可去看政治或学术读物。这种翻译是一个复杂的系统工程，我的主要体会如下。

一、选择适合的典型。用文学翻译政治就是借政治人物、事件的光芒来照亮文学领地，照亮读者的心。文学是典型艺术，红色经典虽然足够宏大，但并不是所有的政治素材都能入文学，它还是要符合文学的典型性。选材时我力求找到每一个人物或事件的最亮之点。如写毛泽东就选他延安时期最实事求是的那一段（《这思考的窑洞》）；写周恩来就写他最感人的无私品德（《大无大有周恩来》）、写瞿秋白就写他坦诚的人格（《觅渡，觅渡，渡何处?》）。还有选取西柏坡等这些能代表历史转折的关节点。而对人物又选其命运中矛盾冲突最尖锐的那一刻，而这多是悲剧的一瞬，却最易看到其生命的价值，如庐山会议上的彭德怀，“文革”中在江西被管制劳动时的邓小平。历史又从来是现实的镜子，典型性就是针对性，这些以往的红色经典移入文学作品要能满足三个条件：一是已为实践所证明其正确；二是针对现在的问题仍有批判、指导、启发作用；三是为读者心中所想所思，有受众。我严格遵守这三个条件，这也是为什么作品一发表就反响较大，以后又被连连转载和再版的原因。

二、还神为人。政治是治国管人的学问，高高在上；文学是人学，有血有肉。文学所说的“人学”主要是指人的情感、性格和人格。曾经高高在上的“管人者”一下成了作家笔下解剖的对象，这好像很难接受。而我们过去又曾有过一段造神运动，把最高管理者即领袖人物神化，作家不敢写，读者不爱看。从文学的视角来看政治人物就要还神为人，要写出他们的情感、人格。一旦突破这一点，转过这个弯子，政治就贴近了读者。怎么转？一是淡化其政治身份，集中剖析他的人格；二是摆脱旧有形象，聚焦其真实的情感。写人格，如瞿秋白：“他觉得自己实在藐小，实在愧对党的领袖这个称号，于是用解剖刀，将自己的灵魂仔仔细细地剖析了一遍。别人看到的他是一个光明的结论，他在这里却非要说一说光明之前的暗淡，或者光明后面的阴影。这又是一种惊人的平静。……项羽面对生的希望却举起了一把自刎的剑，秋白在将要英名流芳时却举起了一把解剖刀，他们都把行将定格的生命的价值又向上推了一层。哲人者，宁肯舍其事而成其心。”

写情感，如邓小平落难时为受株连而身残的儿子洗澡：“多么壮实的儿子啊，现在却只能躺在床上了。他替他翻身，背他到外面去晒太阳。他将澡盆里倒满热水，为儿子一把一把地搓澡。热气和着泪水一起模糊了老父的双眼，水滴顺着颤抖的手指轻轻滑落，父爱在指间轻轻地流淌，隐痛却在他的心间阵阵发作。这时他抚着的不只是儿子摔坏的脊梁，他摸到了国家民族的伤口，他心痛欲绝，老泪纵横。”写周总理在被毛泽东批评后被迫写检查：“从成都回京后，一个静静的夜晚，西花厅夜凉如水，周恩来把秘书叫来说：‘我要给主席写份检查，我讲一句，你记一句。’但是他枯对孤灯，常常五六分钟说不出一个字。……天亮时，秘书终于整理成一篇文字，其中加了这样一句：‘我与主席多年风雨同舟，朝夕与共，还是跟不上主席的思想。’总理指着‘风雨同舟，朝夕与共’八个字说，怎么能这样提呢？你太不懂党史，不懂党史。说时眼眶里已泪水盈盈了。秘书不知总理苦，为文犹用昨日辞。”政治人物原来也有自己的酸甜苦辣。

三、“顺瓜摸藤”，还原形象。政治讲究结论，文学注重形象。用文学翻译政治就是还原结论之前的过程，你要告诉读者这“瓜”是怎么结出来的，描绘出它的藤和叶，这就是形象。虽是讲政治内容，但必须有文学形象。比如写毛泽东转战陕北，“胡宗南进犯，他搬出了曾工作九年的延安窑洞，到米脂县的另一孔窑洞里设了一个沙家店战役指挥部。古今中外有哪一孔窑洞配得上这份殊荣啊，土墙上挂满地图，缸盖上摊着电报，土炕上几包烟，一个大茶缸，地上一把水壶还有一把夜壶。中外军事史上哪有这样的司令部，哪有这样的统帅。毛泽东三天两夜不出屋，不睡觉，不停地抽烟、喝茶、吃茶叶、撒尿、签发电报，一仗俘敌六千余。他是有神助啊，这神就是默默的黄土，就是拱起高高的穹庐、瞪着眼睛思考的窑洞。大胜之后他别无奢求，推开窑门对警卫说，只要吃一碗红烧肉。”毛泽东在延安窑洞里，一面指挥战争，签发电报，一面还要从事理论研究，写文章。这种双重身份是用这样一个形象来表达的："他只能将自己分身为二，用右手批文件，左手写文章。他是一个中国式的民族英雄，像古小说里的那种武林高手，挥刀逼住对面的敌人，又侧耳辨听着背后射来的飞箭，再准备着下一步怎么出手。当我们与对手扭打在一起，急得用手去撕，用脚去踢，用嘴去咬时，他却暗暗凝神，调动内功，然后轻轻吹一口气，就把对手卷到九霄云外。他是比一般人更深一层，更早一步的人。"这些形象读者印象深刻，读后还常常说起，他早已不是那个天安门上挥巨手的形象。

四、含蓄表达，留出想象的空间。政治要明确，文学却要含蓄。政治是方针政策、法律，甚至可以是口号，但文学不行，它是艺术。相对来说，小说还可以直白一点，大篇幅地铺排，散文不行。散文精短，要求含蓄，诗歌更短，就更要含蓄。这时反而要把明白了的政治理念翻译成含蓄的文学意境，本来可以一步到达，偏要曲径通幽，人的思维就这么怪，朦胧和距离产生美感，这是美学规律。在散文创作中就是要找到"意象"。意象是最能体现文章立意的形象，是一种象征，是诗化了的典型，是文章意境的定格。作家动笔之前，诗人先找韵脚，小说家先找故事，散文家先找意象。

散文名作中常有意象的运用，如朱自清的《背影》。政治题材天生宏大，找意象不易，可是一旦找到就顿生奇效。比如，用瞿秋白故居前的觅渡桥，来写他寻觅人生渡口而终不得的悲剧（《觅渡，觅渡，渡何处?》）；用红毛线、蓝毛线来写西柏坡时期党的战略转移（《红毛线，蓝毛线》）；用一条小船来写共产党 80 年的历程（《一个大党和一条小船》）等。《一个大党和一条小船》一文 2 660 个字，却有 46 处提到船。文章发表后，像"觅渡桥"、"红毛线、蓝毛线"等，已经成了纪念馆新的重要内容，而被赋予了崭新的含义。参观者在举头敬仰之时，心中又多了许多美好的联想。意象在文章中的使用一是天然性，可遇不可求；二是要有"象"，即具体的形象；三是要有“意”，即有象征性；四是要“意”大“象”小；五是“意”、“象”之间要有较大反差，以收奇险之美。六是唯一性，既要空前，也要绝后，收个性之美。这是散文与其他文学形式的不同之处，也是政治散文最难写之处。

五、善用修辞。政治严肃，用消极修辞，以内容的准确表达为度；文学浪漫，用积极修辞，不仅准确，更求生动。生动的文学碰上严肃的政治，全靠语言的转换。不但修辞方面的十八般武艺都要用上，古典、口语、诗句、长短句等各种风格都要灵活运用，以尽显语言的形式美。有时吸收口语所长，句式或整或散。如：“红毛线、蓝毛线、二尺小桌、石头会场、小石磨、旧伙房，谁能想到在两个政权最后大决战的时刻，共产党就是祭起这些法宝，横扫江北，问鼎北平的。真是撒豆成兵，指木成阵，怎么打怎么顺了。”（《红毛线，蓝毛线》）有时或整齐严谨，暗用旧典，求古朴深沉的韵味。如：“当周恩来去世时，无论东方西方，同声悲泣，整个地球都载不动这许多遗憾，许多愁。”（《大无大有周恩来》）（李清照词曰：“只恐双溪舴艋舟，载不动许多愁。”）对重大理论思想也可用幽默来表达：“可是我们急于对号入座，急于过渡，硬要马克思给我们说下个长短，强捉住幽灵要显灵。现在回想我们的心急和天真实在让人脸红，这就像一个刚会走路说话的毛孩子嚷嚷着说：‘我要成家娶媳妇。’马克思老人慈祥地摸着他的头说：‘孩子，你先得吃饭，先得长大。’”（《特利尔的幽灵》）

（2011 年 6 月）

文以载美

爱美之心，人皆有之。赏美景，穿美衣，尝美食，生活就是追求美。没有人说活着就是为了苦，为了恶。人们付出辛苦、牺牲，与各种艰难和丑恶作斗争，还是为了追求美，美就是幸福。理想总是美好的，没有听说谁心里珍藏着一个苦涩、丑恶的理想。

一个人生活半径是有限的，人们在自己的生活圈内所能感受到的美，特别是精神方面的美就更有限。这就要靠艺术、靠传媒，文章正是担负了这方面的功能。它能将一景一事之美播向全球，能将一人所感之美传于万众。一部美学就是研究文学、艺术如何表现美。每一位作家都在努力挖掘生活中的美，加工它，传播它，同时在这过程中又创造出一种艺术之美，感染读者，装点生活，改造生活。所谓作品的震撼力、感染力就是美的和弦、美的共振。作家与读者间的共振效果越强，作品就越成功。一些作品之所以被称为世界名著，古典名著，就是因为它的振波之强是可以纵横遍全球，上下数千年。谁能找到那个美的兴奋点，谁就是那个有幸发现断臂维纳斯的牧童。

美在哪里？美在山水之间，这是大自然的杰作。美在生活深处，这是人与人碰撞的火花。美在伟人的生命中，这是人格力量。因为留心美，我就有了一些关于美的记录和感悟，今应出版社之约，搜集整理为一集，名《追寻遥远的美丽》。谨将此书献于读者，希望它能引起一点美的共鸣，为我们的精神生活增加一点美感。

（2002 年 1 月 24 日）

影响中国历史的十篇政治美文

中国从古至今，以一篇文章而影响了中华民族政治文明、人格行为和文化思想的美文为数不多。我排了一下有十篇。

请注意，这里说的是“政治美文”，就是说既要有思想，还要文字美。要符合三个条件：1. 文章提出了一个影响中华民族政治文明、人格行为的思想；2. 文章中的一些名句熟词广为流传，成为格言、座右铭，有的已载入词典，丰富了民族语言；3. 文章符合艺术规律，词、句、章，形、情、理都达到了美的要求。如果我们只是就文字“选美”，当然还会选出更多，如王勃的《滕王阁序》等，那是另一个范畴。

下面按这个标准一一分析。

贾谊的《过秦论》探讨一个政权为什么会灭亡。为政必须施仁政，不能反人民。后来说到农民起义时常用的词“斩木为兵，揭竿为旗”，即出自本篇。

司马迁的《报任安书》探讨生命的价值，提出一个做人的人格标准：“人固有一死，或重于泰山，或轻于鸿毛，用之所趋异也。”成语“士为知己者死，女为悦己者容”亦出自本篇。

诸葛亮的《出师表》提出忠心耿耿的为臣之道和勤恳不怠的敬业精神。名句“鞠躬尽瘁，死而后已”，“亲贤臣，远小人”，“受任于败军之际，奉命于危难之间”等广为流传。

陶渊明的《桃花源记》以文学的手法描绘出一个理想社会的蓝图。从中可以看出老庄哲学与空想社会主义的影子。西方的政治名著《乌托邦》、《太阳城》与其相类。“桃花源中人”、“只知秦汉，不识魏晋”，已成后人常用的成语，而“桃花源”已经是理想社会和优美风景的代名词。

魏徵的《谏太宗十思疏》探讨一个政权怎样才能巩固，并且塑造了一个较理想的君臣关系样板。文中提出“居安思危，戒奢以俭”、“载舟覆舟，所宜深慎”，提出“凡昔元首，承天景命，善始者实繁，克终者盖寡”。这就是1942年黄炎培与毛泽东在延安谈的政权周期律。后人常说的“居安思危”、“水可载舟亦可覆舟”，即出于此。

范仲淹的《岳阳楼记》提出“先天下之忧而忧，后天下之乐而乐”的为人、为政理念。这句名言成了范之后所有进步政治家的信条。范的这篇文章和陶渊明的《桃花源记》都做到了形美、情美、理美，是用文学来翻译政治的典范。

文天祥的《正气歌序》提出为人要有正气的气节观，鼓舞了历代的民族英雄，成了中国人的做人标准。“天地有正气”成了战胜一切邪恶、腐败势力的旗帜。

梁启超的《少年中国说》反对保守，提倡革新，提出抛弃老朽的中国，创造一个少年中国，振兴中华。几乎通篇都是美言美句。

林觉民的《与妻书》呼唤共和，敲响了数千年封建王朝的丧钟。文中再次响亮地喊出“老吾老以及人之老，幼吾幼以及人之幼”，牺牲个人，报效祖国。

毛泽东的《为人民服务》提出的为人民服务的思想成了共产党人立党立国的宗旨。

这些文章已经成为中华文明的经典。

好文章是替时代立言，是一个人在一定的时代背景下全部知识和阅历的结晶，是他生命的写照。这其中不知要经历多少矛盾、冲突、坎坷、辛酸、成功与失败。这非主观意志可得，只可遇而不可求。因此，一篇好的文章就如一个天才人物、一个历史事件，甚或如一个太平盛世的出现一样，不是随便就能有的，它要综天时地利之和，得历史演变之机，靠作者的修炼之功，是积数十年甚或数百年才可能出现的一个思想和艺术的高峰。

《影响中国历史的十篇政治美文》书影

千军易得，一将难求；千年易过，好文难有。

（2002 年 4 月）

大渡河上三首歌

去年为纪念邓小平诞辰百周年事，到四川，过大渡河，遇一趣事，亦是奇事，总想写出来。

泸定县，因红军长征飞夺泸定桥而名扬天下，在县城边为纪念红军长征飞夺泸定桥，建一纪念公园，园内有一“四歌亭”。亭内有一四面体石碑，碑的三面各刻有一首歌，连词带谱。这三首歌说出来都是赫赫有名。第一首是《歌唱二郎山》，第二首是《英雄战胜大渡河》，第三首是《康定情歌》。三首歌都发祥于大渡河两边，大渡河不但因红军夺桥而有威武之名，亦因这三首歌而大有文名。四歌亭名“四歌”，实际只有“三歌”，还空一面碑虚席以待。当地负责人说，如果有谁还能写出可与这三首比肩的作品，我们就把它刻在那面空碑上。这三首歌中，《康定情歌》是民歌，其余两首都是音乐老前辈时乐蒙作曲，我回京后即托人找到老先生并登门拜访。从康定雪山到京城，受了一次音乐启蒙教育。

1．音乐不说具体事，只表现一种情绪——《歌唱二郎山》原本唱的是大别山。

当我在北三环外的一处部队干休所见到时乐蒙时，老先生偶感小疾，坐着轮椅，还是坚持接待我这个奇怪的不速之客。外面的音乐世界好热闹，流行歌、摇滚乐，歌手前面唱，美女后面跳，歌星台上站，台下的观众就举手来回摇。而曾为一个时代写下许多名曲，曾任中国音乐家协会主席的老人，却静静地坐在这个光线略显不足的旧房里，坐在这把轮椅上，有几分孤独，几分落寞。我们一起开始了对湮没往事的钩沉。

作者在大渡河铁索桥上

“二呀么二郎山，高呀么高万丈；古树荒草遍山野，巨石满山冈；羊肠小道难行走，康藏交通被它挡。”这是一首20世纪五六十年代非常流行的歌。但是我万没想到，一坐下来老人就说，其实这首歌原本是写大别山的，是从歌唱大别山移植过来的。原来的歌词是：“大呀大别山，红军到了家。大别山，从此就是人民的家。”1952年7月要搞第一届全军文艺会演。5月，西南军区为筹备会演节目，将时乐蒙从川东军区调到贺龙、邓小平领导的西南军区，任战斗文工团团长，抓创作。他发现独唱歌曲《千里跃进大别山》很受战士欢迎。二野是从大别山过来的，山东、河南子弟多，由时乐蒙作曲的这首歌本就用了河南梆子风格，每次到筑路工地演出都要连连谢幕。当时筑路部队正大战二郎山，歌手孙战白建议重新填词，就拿它进京参赛。于是由洛水填了现在的这个词。先是在筑路工地上传唱，进京调演又一炮打响，连谢幕四次仍下不了台，第二天就在北京传唱起来。贺龙高兴得不得了。很快又流行全国，家喻户晓。再后又带到朝鲜慰问志愿军，传遍朝鲜战场。朝鲜来华演出的文工团都唱这首歌。20 世纪 50 年代，我们一个文化代表团到英国演出，一位观众提出要听《歌唱二郎山》，演员大奇，一问才知道，这位英国老兵曾是朝鲜战场的战俘。他在俘虏营里学会了这首歌，而且终生难忘。

谈到这首歌由唱大别山改编为唱二郎山，时乐蒙先生说，音乐不表现具体事物，只表现情绪，当工人在扛麻袋或拉纤时，就只"嘿呦，嘿呦"，比有具体的词还丰富，还鼓劲。现在二郎山隧道已经通车。过去遇有雪雨，七八天翻不过去的山，那天我们十几分钟就通过了。隧道口前立有一块红色岩石，石面上刻着这首《歌唱二郎山》。这是筑路大军的纪念碑，也是新中国音乐史上的一块丰碑。老人还不知道这件事，我将此事告诉他时，他坐在轮椅里，脸上漾出幸福的笑容。

隧道口的《歌唱二郎山》歌碑

2. 艺术创作主要靠多方面长时间的生活积累——《英雄战胜大渡河》曲作者没有去过大渡河。

大约在我上小学的时候就听到过这首雄壮豪迈的歌曲《英雄战胜大渡河》，开头的歌词至今还能记起。那天沿着大渡河驱车赶路，我忽然想起这首歌，就问地方上陪同的老郭，他一听就激动，我们就一同哼起了开头一段："万里风雪盖高原，大渡河水浪滔天。"就是有了这个契机，老郭才说，县里有一个红军飞夺泸定桥纪念公园，公园里有一个四歌亭，于是才又特意绕路去看了那个四歌亭。

《英雄战胜大渡河》刻在亭内四方碑的面东一侧，五线谱并词，魏风词，罗宗贤、时乐蒙曲。这是一首气势很大的合唱歌曲，近半个世纪在我脑海里一直乐声如潮，大浪滔天。这次读碑才发现歌词很简单，就四段：“万里风雪盖高原，大渡河水浪滔天，进军的道路被它挡；当年红军爬铁索，大渡河上英雄多，坚决战胜大渡河；你看汽车千万辆，一辆一辆排成行，藏胞支援了牛皮船；同志们，加油干快把物资搬上船。”这词反映了那个时代简明朴素的文风，也证实了时乐蒙先生说的音乐主要是一种情绪，而不在具体内容。

访问中我亟想知道这首歌的创作过程，不想时先生又出言惊人：“我到现在也没有去过大渡河。”时老说，当时接到参加调演的任务后，考虑到在舞蹈方面还有几个能拿出手的，如《军民打青稞》、《筑路舞》等，音乐方面却没有有分量的节目。当时全国就两件大事，一是抗美援朝，一是解放西藏。大渡河成了进军西藏的大障碍，筑路任务十分艰巨。当年红军过大渡河是和阶级敌人斗，现在是和恶劣的自然条件斗。于是决定写一个七分钟的合唱，这在当时已是大型节目。再下去体验生活已来不及，只剩一个月了，就从生活积累中汲取。时老说，周总理说过嘛，文艺创作是长期积累偶尔为之。他没有到过大渡河，但他随军征战，到过黄河、长江、湘江等大江大河，有生活。当时部队文艺生活很活跃，战士筑路时写了许多墙报、快板、枪杆诗，这是创作的又一主要来源。他很快就写好、排好。这个节目全军会演得了二等奖。

在那次全军会演上，时乐蒙一个人有三首曲子得奖，被授予中国人民解放军作曲家。后来他又创作了大合唱《三套黄牛一套马》，120 人的合唱团，一直唱到“文革”开始。

3．一团凄美的谜——《康定情歌》的作者是谁？

泸定四歌亭里的三首歌，前两首词曲作者都明明白白刻在碑上，唯《康定情歌》没有作者。现在我们都说它是一首民歌，但记谱、整理者又是谁？应该有一个人，就像王洛宾整理新疆民歌那样。

我提出这个问题，老郭更来了精神。老郭是地委宣传部副部长，曾在报社工作过，遍采当地风土掌故。他说，这首名曲的收集者叫吴文季。

吴文季是福建泉州惠安人。抗战时期在重庆上学，学音乐，当时国民党在甘孜有一支准备出征缅甸的部队，他被调来任文化教员，主要是教唱歌。康定地处通往西藏的咽喉地带，内地物资经此流往中国西藏及印度，日军侵华期间曾是仅次于上海、天津的第三口岸，藏汉文化交流多，音乐积淀多。吴文季在军旅中事情不多，就常到寨子里，到集市上，到骡马会上收集民歌。《康定情歌》就是这样收集到的。歌中唱的跑马山，我原以为是如兴安岭、祁连山一样连绵的大山，原来就是康定城里的一个小山包，站在街上就能望见山顶，当年藏汉民在山头斜坡上跑马取乐。可以想见那时货物满街、骡马满山、藏汉杂处、山歌互答的情景。吴文季在康定的短暂服役结束后回到重庆，抗战胜利后又回南京继续学音乐。1947 年，南京音乐学院举办师生联欢会，他将这首歌拿出来，请江定仙老师配器，首次由武正谦老师演唱。1948 年，女高音歌唱家喻宜萱将这首歌带到巴黎，《康定情歌》开始走向世界。直到 20 世纪 80 年代，美国发射太空飞船选择地球人的文化符号到外层空间去觅知音，也带着这首歌。《康定情歌》成了人类的标志，为全球所共享。如果有一天，外星人真的听懂了这首歌，它就成了沟通宇宙间的情歌。不是“跑马溜溜的山上”，而是“银光闪闪的星空”了。不幸的是，吴文季以后的生活道路十分坎坷。新中国成立后他调到总政文工团，任男高音领唱，曾领唱过《英雄战胜大渡河》。听到这个说法我很兴奋，大渡河的三首歌相互间真有扯不断的缘分，前两者和时乐蒙有关，后两首又和吴文季有关，两个人串起了三首歌。

但是好景不长，新中国成立后肃反，吴文季因为在国民党部队的那一段历史问题被取消了领唱资格，后来又被下放到家乡泉州的文工团。“文化大革命”中背着历史问题又遭批斗，他一直是孤身一人，最后死在惠安的一个破庙里。“文化大革命”结束后，决定为他平反，但遍查档案，却没有一份正式处分决定。泉州文化局为他重新修墓立碑，碑上刻着“他终生为自由而歌唱”。我听后想到另一句碑文也许更合适：“他终生为爱情而歌唱，却没有得到过爱。”

（2005 年 1 月 20 日）

背书是写作的捷径

语文的规律，不同于数理化。数理化的思维主要是逻辑思维，给他一个定律，就可以举一反三。我们掌握了勾股定理，不管以后碰到多大、多小的三角形，运用起来都没有问题。而语文虽然也有语法，也有修辞，但要写成文章却不是只靠语法和修辞就可以解决问题的。常用汉字就是那么几千个，但从秦汉到现在，没有一篇文章重复，它有无穷的排列组合，在这排列组合中，足够作者尽情发挥。这无穷的发挥里面也有基本规律，这个规律只有在了解了基本法则后反复实践才能掌握。就像学拳术，不只是把拳经记下来，而是要把基本套路打下来，打得很熟，临场对敌的时候才可以得心应手。这个得心应手不是靠记住一个道理，而靠将很多基本套路练习熟透了后，到时候自然变化出来的。这个基本套路是什么？就是范文，你必须肚子里装进很多范文，熟记它的词汇、章法、思想，到时候才能拿得出来，才能变化组合。中国古代有很多很有名的文章和段落，你去查，并不是他的发明，而是他改造的。因为他改造得好，所以人们倒把前人的句子忘掉了。王勃的“落霞与孤鹜齐飞，秋水共长天一色”，是从庾信的“落花与芝盖同飞，杨柳共春旗一色”改造而来。宋人秦观的“斜阳外，寒鸦万点，流水绕孤村”是改造了隋炀帝的句子“寒鸦千万点，流水绕孤村”。

我主张，趁记忆好的时候多背一点东西。我写文章时经常会冒出一句我中学时期背的东西，许多就是课本上的。比如《鸿门宴》，张良和项羽的谈判，讲“张良出，邀项伯，项伯入见沛公，沛公奉卮酒为寿”。这个句子我至今记得老师讲是修辞里的“顶针”格，一句顶着一句，这样文章显得连贯，一气呵成。后来我在写《清凉世界五台山》一文时不自觉地用上了这一修辞格：“无梁殿，殿无一木，全砖到顶；明月泉，泉如碗口，可鉴星月；写字崖，崖本无字，水流则现；千佛洞，洞内怪石，如人脏腑。”如果我当时没有背过《鸿门宴》的那一段，就不可能灵活运用这个修辞格。我在《跨越百年的美丽》这一篇里，写到居里夫人得了很多奖以后，把名誉看得很淡，仍旧冷静地继续搞研究，突然冒出一句话，“她漫把浮名换了精修细研”，写完后我才觉得这是从柳永的词“忍把浮名，换了浅斟低唱”中化出来的。我的散文《晋祠》被编入教材后，不断收到中学生来信，来信中常提到最多的句子是：“春来黄花满山，径幽而香远；秋来草木郁郁，天高而水清。”这是古文特别是赋里常用的句式。当你把书背得很熟，作文时，你自己也不知道怎么会冒出这一个新句或一个新词。像武打，不管敌人从哪个角度来，你都会突然冒出一招，这一招肯定就是你平时积累的，脑子里已经有的。所以我主张，如果有志于学写作，第一步还是要背书。这好像很笨，其实是捷径。

（2001 年 11 月 13 日）

李元茂治印

我对治印一学纯属外行，天意安排，我却有一个内行朋友，这就是治印大家李元茂。

初中时我与元茂是同学，前后桌，感情甚笃。所留记忆不多唯顽皮淘气而已，常被老师点名。忽一日，他说要参军，一脸稚气、一身新军装是我对他少年时的最后印象。40 多年后，我们在北京见面，他已是金石书画方面的专家。

他现在的头衔是我国知名的书画鉴定家、书法家、治印家，央视“鉴宝”栏目专家，西泠印社社员。他生长在山西，是山西金石书道事业的开创者，1983 年与同仁创办了我国第一所研究金石书画的专业机构“山西省金石书道研究所”，填补了我国在该专业机构上的空白。其人其事载入《中国印学年表》。这是山西自明末傅山之后，三百年来被印学史册载入的第一人，也是山西加入西泠印社的第一人。他曾任海南省博物馆业务馆长，现定居北京。

老友重逢，一言难尽。我就设一饭局，顺便向他学艺。

我说：“我们弄文字的，千言万言还不能尽其意；画家动辄六尺八尺宣，甚至百米长卷，也不能收其景。一印章，方寸之间，能容下多少学问？多少思想？”

他说：“作家、画家取材用纸，印人取材用石，石是印的载体，印料与印章之间有本质的内在关联。石不上等，则印不入流。未曾刻字，石上就分高低。这一点比写文作画还讲究。”

他对国内出产的四大名印石及各地产的小矿坑的印石研究多年，只要看上一眼，就能知道它产于某地、某坑、某洞。他多次赴寿山、青田、昌化实地考察印石，采集标本，有一次为向石农学艺，在产地坑边一住三个月。他对石中之王——田黄的鉴定研究更是付出了近一生的心血，发表了多篇关于田黄石鉴定的专业论文。2002 年他还出版了专著《名石治印》一书，专门论及各个印章石的品级。那时候在国内还没有著作论及印章石的好坏，这本书为后来一系列的专著开启了先路。

我说："印章符号而已，哪有这许多讲究?"他说："这符号是祖先留下的文字符号，不敢造次。治印，最起码不能刻错字。你先得敬先礼贤，继承前人，把这些符号弄清楚，才敢说创造。"

他在入印文字上下过很大功夫，古代有关篆字的各种器物：两周钟鼎器，秦代的石鼓文、绎山石刻，汉代缪篆石刻及清人邓石如、吴让之、赵之谦、吴昌硕等篆书他无所不临。为记住篆字造型，他曾临写《说文》十通。后来他不但能把《说文》五百四十部首背写下来，弄清古文字中形、音、义的关系，还能发现其中的问题。他在 1972 年遇到了一位文字学方面的高人，我国著名的古文字学家张颔先生。当时张先生刚从牛棚中放出来，他就拜其为师，张先生介绍给他的学术著作是王国维著的《观堂集林》，并且告诉他说："一个篆刻家，既要是一个书法家、一个画家，还要是一个文字学家。"从此，他跟随张先生师法清乾嘉学派戴震、段玉裁、王念孙、王引之、王筠、朱骏声及王国维等，用了十年时间来研究古文字考据学。他还弄清了先秦各国古文字的来龙去脉。这为他以后步入全国印坛之林奠定了深厚基础。但是，他说，他只愿意做印人，做书画鉴定家，不愿意做专门的古文字学家。他研究古文字只是为篆刻打基础，起码不要写错字。20 世纪 80 年代他曾专门发表《篆刻中篆字错写问题》的论文。其专著《名石治印》中，他对其所刻印的每一个字，都要考证出来龙去脉。

我说："同是艺术，人家张艺谋搞奥运开幕式，运动上万人，何等风光；你戴一副老花镜，伏案雕虫凿米，怎耐得这种寂寞?"

他说："艺术不分高低，学问只要精深。只要钻进去，就其乐无穷。篆刻这一脉源远流长、永续不断就是明证。再说，现代艺术也离不开传统，奥运会取篆刻作徽标就是最好的例证。"

李元茂追根溯源，在研刻中国古代印章上下了大功夫。他用半透明的日本美浓纸蒙在印蜕上，仔细摹写。刻了又磨，磨了又刻，足足刻了二千方汉印。他又对明代以后的流派印进行摹刻，凡是见到样式奇特的印式，或某书画家、鉴藏家的印鉴，他都要特别仔细地摹刻下来。后来他觉得美浓纸的透明程度还不够满意，就用刻蜡版用的蜡纸加油烟墨、肥皂水，进行摹写。他用这种方法又摹刻了明清流派印与名家姓名印千余方。

1966 年"文化大革命"开始，全国都在喊毛主席万寿无疆，他萌发了刻百寿印的想法，到处搜集古今关于寿字的资料，共收集了五百余个单独寿字，又将每方寿字印用他所涉猎过的印式刻出来，几乎每一方印都有不同的章法和刀法变化，终于在 1968 年夏天刻成了"百寿印存"组印。随着形势的变化，万寿无疆口号的退去，他从治印的角度重新审视了这一庞大的组印，总感到是徒有其形，不得其神，便下狠心将其全部磨掉。

1977 年中日恢复邦交之后，日本对华旅游开始，篆刻有了新用场。李元茂也开始忙于为外国友人治印，创作书法作品。这时他又想到了重新创作刻治百寿组印，这距离第一次创作已过了十年的时间，终于他在 1978 年第二次刻就了"百寿印存"。百寿印拓出来后，在友谊商店很是畅销，日本友人争相购买，有时一个旅游团人手一幅。随着百寿印名气的增大，他的名气也走出国门：1982 年，中国新闻代表团就携带李元茂的两件"百寿印存"赴朝鲜，作为金日成七十大寿的礼品。1985 年，日本学者小岛信子出版《冬蔷薇》诗集，该书的封面用的是元茂的“百寿印存”。但他仍不满意，又磨掉重刻。到 1994 年纪念邓小平九十寿辰全国书法篆刻邀请展时，他已重刻完百分之九十，拓出来参加了展览。会后，他仍觉水平不够好，就又全部磨掉。朋友们都想再看到他的百寿印，但他总说火候不到。这种“寂寞”还不知要守多久。我们期待着李元茂的百寿印存的第四次出台。

李元茂自在 1973 年以自学成才调入山西美术工作室后，就与国内书法、篆刻大家来往甚密，尤其是与杭州的沙孟海先生来往更多。沙老经常给他来信鼓励，并还给他亲笔题写了“徐徐斋”书斋匾。山西与杭州西泠印社的交流大多是由他联系。1975 年，他还担任山西省赴杭州西泠印社书法篆刻代表团的副团长（团长朱焰），赴杭州与西泠印社的同道进行艺术交流。但是李元茂一直没有加入了西泠印社，他为人低调，总觉自己不够格，要加倍努力，从不“跑官”而等“组织”说话。直到 2003 年西泠百年社庆时，元茂才由印社的资深社员推荐加入了西泠印社。当时，副社长陈振濂看了沙孟海先生写给元茂的信及当年元茂与西泠印社同仁的老照片时说：真是一个新入社的老社员！其治学态度可见一斑。

听了他的侃侃而谈我还是要提俗人之见。我说：“印者，印记；章，图章，留个记号罢了，还能有多大用？况现在多用签名、密码，谁还用什么大印？你看哪个明星、球星不是苦练签名，而从不盖印。”

他说：“这你就不知了。印有四种，一是老百姓的名章，就是俗称盖个‘戳子’；二是官印；三是艺术印，我们常说的篆刻；四是‘真印’。这真印根据易经原理，沟通天地灵气，虽治的是方寸之印，却含做人、处事、为官之理，依印行事能成正果。”

我大奇，愿闻其详，请举一例。他说，比如你要刻一“王”姓之印。现在已知“王”字的天格为土属，还须把姓名核实清楚，按其名的五行金、木、水、火、土的序次换算其与父辈、侪辈与子辈相生与相克的关系，得出其名的地格与人格为何属，在布置与刻治中施以“助”技，如笔画之势、布局之态。

他又说：从形式而言，真印在印材、文字、布置与刻治的基础上增加“刻治礼仪”，包括审度天时（避雷风雨电）与立升印本。礼仪是中华民族文明的象征，貌似形式，实可通于宇宙天地的本性。真印需在心诚的自身大前提下进行，在刻印前须选其吉日、吉时，沉心静气，沐浴，按师傅所传之法打印稿刻之。

从根本上说，真印的原理是推变之印，须及石真、字真、图真、格真等四真皆具之“天人合一”的要求，方能构成升变的基础，而祈抵升华的目的。在《礼记·礼运》中已有提示。“真”字在《说文》匕部，从匕、从目、从乚、从八；匕即化也，有变化之意，故称真印。俗话说：“谋事在人，成事在天。”以印玺沟通天地灵气，使之按照人的意愿信息而变化。我得此传授，又经过数十年研究，发现凡刻真印与人者必验，但我自已也必大病一场。

呵，我明白了。元茂治印不是刀与石的碰撞，而是身与心的结合。至于真印的得主是否真灵，还要看自身的修炼，但元茂的创作确是一片真心。

（《北京文学》2012年第3期）

周一波画人物

周一波先生要出版画册了，请我写几句话。我要告诉读者的是，对这本书你千万不要只当画来读。从这里读出来的是人生。

未见其人前先见过他一本书法集。我一下为他的字所吸引，苍劲、悲怆、稳重。线条极富张力，墨色或枯或淡，总之不肯走什么饱满、圆润之类的常轨。那时我正有感于社会上常有许多无名的好字。脑子里转着想编一本《无名书法家集》，一波当时也还属无名。再一打听，他本来就不是书画界的人，是一位市委书记，管着陕北的那片黄土高坡。几年以后初见面，我又是一惊。他既不是画家型的儒雅风流，也不是官员型的指点江山。言语木讷，神情谦恭。中等个，人略瘦，肤微黑，脸上看不出艺术家的光彩，也没有高官的光环，倒像一个未脱农民味的乡镇干部。这就是一个艺术家和副省级干部？（其时他在艺途和仕途上又都进了一步。）我这个老记者曾阅人无数，就努力用目光扫描着他的全身，想找出一点答案。

答案就在他的画册里。我一边细品着这本书，一边与他聊天。这是一本写意人物。既然是写意，就是舍形而取意。“意”即意境。画我不大懂，做文章的意境，我是分为三层的，即形境、情境、理境。大致类似绘画的工笔、写意和抽象（如漫画、毕加索的画等）。一波的写意是捕捉黄土地上农民生活的情与理，而对形却尽量舍去。

你看他的人物，脸上几乎没有五官，全靠人物的势态传神。

一幅《卖柴图》引起我的注意。一个山里汉在集市上守着一担柴火等人来买。一根扁担横穿，两捆柴火落地，他正坐在扁担上。这时故事来了。一般情景是卖柴人焦急地等待买主上门，或高声叫卖，或疲倦地观望，或无奈地抽烟。但是现在这个卖柴人却掏出一把口琴，忘情地吹了起来。周一波说：那就是我，是写我小时候的生活。他出生在陕西的深山里，童年又赶上三年困难时期，家里很穷，从有一点力气起，就砍柴、卖柴（他现在的身形还留有小时候挨饿吃苦的影子）。一次卖柴时听见谁家窗户里传出竹笛声，按捺不住心痒，就循声寻去。回到家里，砍了一根竹子，自制为笛。他是有艺术天赋的，以后不管是买柴，进工厂打工，还是后来当干部，都离不了音乐和绘画。他还会吹埙，那是一种出土古乐器，会的人不多。他说生活就是欢乐，就是要自己找乐子，再苦也能找到乐趣。因为身上有了农民的基因，他以后做了书记也总能发现农民的苦与乐，这是他施政的依据，也是他作画的题材。

有一幅《舔碗》，是画一个孩子吃完饭后正仰面把碗上的玉米面糊舔尽。现在城里人无法理解，而这确是当年农民勤俭节约的好习惯。类似的还有很多，如《洗衣》《推磨》《农家乐》等。也有一些是揭示农村新生活中的新问题。如《讲话稿》是讽刺干部下基层，空话太多，讲话太长。《寻找狐狸精》则是讲商品经济下，进城打工，人口流动，出现的“第三者插足”现象。

总之，从传统到新潮，他敏锐的目光和艺术的笔触为我们展现出了一卷中国农村的民生、民情图。这就是他写的“意”，民意。这之前有谁用写意画法表现过农民？徐青藤是写意画的鼻祖，最有代表性的是那幅《墨葡萄图》，“笔底明珠无处卖，闲抛闲掷野藤中”，发泄文人的怀才不遇，好像没见到他画农民。郑板桥当过地方官、县官，比周一波小一级，最有名的是那幅竹子图，“衙斋卧听萧萧竹，疑是民间疾苦声”，以竹写情，但未见直接画农民。齐白石出身农民，倒是有许多白菜、萝卜图。现代的官员画家，以泼墨笔意画农民，周一波恐怕是第一个，正是：笔起笔落皆有意，墨浓墨淡总关情。大风吹过黄土坡，还从纸上听民声。这大概也是中国美术馆为他出画集的初衷。

从技法上讲周一波也独成一格，人物的脸只取轮廓，没有五官。国画有没骨画法，他的写意人物却特殊，我称之为“没面画法”。我问他上过什么专业学校，有什么师承，居然都没有。就是靠自己的兴趣，多看、多画，后来在陕北工作，刘文西等名家常去那里写生采风，他热情接待，抓紧时间当学生。齐白石也是自学成才，他曾有一首诗谈自己的学画体会：“青藤雪个远凡胎，缶老衰年别有才。我欲九泉为走狗，三家门下轮转来。”这应了那句话，兴趣是最好的老师，天赋加勤奋就能成功。

这画册里表现的是陕北农民的民生、民意，也是周一波的人生。

（2011年3月25日）

胡顺江写字

应邀考察武当山之文化，一路风尘，刚入住宾馆用饭，抬头见墙上一幅书法："廉和静美"。我停箸歇碗，一时竟忘了吃饭。主人李发平书记说："这字好?"我说："深得魏碑之神，厚重质朴之气袭人，是何人所书?"李说："不是什么名人，本地相熟的一个朋友，名胡顺江。如喜欢可约一见。"当天下午看城市广场，左为武当剧院，题写者未落名；右为武当博物馆，为国内一书法名家所写。我说："此字不如他字。"李说："他字正是胡字，从不落名。"我又驻足许久，最喜武字起笔那一短横，泰山压顶，如飞来之石，却又威中有秀，重而不泥。令人想到长城上的老砖，金字塔上的条石。以后三天在景区各处多见胡字，真的皆不留名。

我不懂书法，从不敢写字，也不敢评字，但这并不妨碍表达个人所好。正如不是歌手也爱听歌，不是厨师也爱美食。于书法，人人说的名家，我常不以为然。如王羲之我嫌其秀，米芾我嫌其僵，苏东坡我嫌其肥等。就是当代名家也常对不上脾气。不是他们的字不美，俗话说，饺子吃多了还腻。倒是无意间会发现一些好字，如在野山偶见好花，让你眼前一亮。那年在豫西一个小县的招待所里，也是吃饭，墙上有一幅《岳阳楼记》，惹得我一饭三回头，就是当地一退休干部所写。一次在山西绵山景区，看指路牌、景点说明，竟见字忘景。一问是山下一焦化厂工人所写。真是深山藏古寺，藏龙又卧虎。所以每每想编一本《无名书法家选》。今天又碰着这根神经。

武当三天，我天天提到胡字。直到临走的前一天晚上才有缘去造访。其居为一普通宿舍楼的底层，让他改造成“顺江书院”。门前小院有花草树木遮荫，虽数米之深，却有曲径通幽之效。旧式民居，高门槛，一对清代抱鼓石，两扇老榆木大门。门前一方踏石，其上方方正正刻四个字：“福寿康宁”。进门是一短走廊，天花板上有字，柱上有字。敞式客厅，厅口一对明代盘龙小石柱，背景墙砖痕、短檐、汉瓦，墙上有一大佛头，两边书“纳云为画，坐地行文”。贴墙根有一从鄂西深山淘来的老猪槽，油黑发亮，槽内悠闲地游着几尾金鱼。厨房更别致，风箱砖灶，锅底却吐着煤气火苗，石头水缸，一个百年以上的剁柴墩。墙上也有三个字：“菜根香”。卧室打横一张清代雕花木床，脚下一个石头火盆。最有趣的是墙上镜框里供着一张他父母的结婚证，字迹清晰，朱红大印，保存得十分完好。时间是 1953 年，即是他出生前 11 年。我说：“这些东西你从哪里淘来？”他说：“一点一点，积累了 30 年。”“这和写字有什么关系？”“开始只知写字，后来才悟到字是有根的。”本来我最喜的就是他字里的沉稳，原来其根在这里，在这片千百年来汉水所浇灌，父老所耕作，武当文化所濡养的土壤里。

一般中国人写字，向来先从欧、颜、柳、赵学起，但如果要成家没有不寻根到篆书、金文甚而石鼓、甲骨的。如果要写出自己的个性呢，又还得找到属于自己的那片土壤，扎下根去，长成一棵与众不同的大树。

那晚相见甚欢，清茶一盏，不觉夜已过半。

（2011 年 7 月）

图书在版编目（CIP）数据

洗尘/梁衡著. —北京：中国人民大学出版社，2012. 12
ISBN 978-7-300-16888-3

Ⅰ. ①洗… Ⅱ. ①梁… Ⅲ. ①散文集-中国-当代 Ⅳ. ①I267

中国版本图书馆 CIP 数据核字（2012）第 306935 号

洗尘
梁衡 著
Xichen

出版发行	中国人民大学出版社		
社　　址	北京中关村大街 31 号	**邮政编码**	100080
电　　话	010－62511242（总编室）		010－62511770（质管部）
	010－82501766（邮购部）		010－62514148（门市部）
	010－62515195（发行公司）		010－62515275（盗版举报）
网　　址	http://www. crup. com. cn		
经　　销	新华书店		
印　　刷	涿州市星河印刷有限公司		
开　　本	720 mm×1000 mm　1/16	**版　　次**	2013 年 1 月第 1 版
印　　张	23 插页 2	**印　　次**	2024 年 4 月第 8 次印刷
字　　数	289 000	**定　　价**	68.00 元

版权所有　侵权必究　　印装差错　负责调换